Manfred Mai

WINTERJAHRE

Manfred Mai

WINTERJAHRE

Roman von der Schwäbischen Alb

Silberburg-Verlag

1. Auflage 2007

© 2007 by Silberburg-Verlag GmbH,
Schönbuchstraße 48, D-72074 Tübingen.
Alle Rechte vorbehalten.

Der Abdruck des Zitates aus »Siddhartha«
von Hermann Hesse erfolgt mit freundlicher
Genehmigung des Rechteinhabers.
Copyright © Hermann Hesse 1922.
Alle Rechte bei und vorbehalten durch
Suhrkamp Verlag, Frankfurt am Main.

Umschlaggestaltung: Christoph Wöhler, Tübingen,
unter Verwendung einer Fotografie von Rainer Fieselmann.
Lektorat: Michael Raffel, Tübingen.
Druck: Freiburger Graphische Betriebe, Freiburg.
Printed in Germany.

ISBN 978-3-87407-761-3

Besuchen Sie uns im Internet und entdecken Sie
die Vielfalt unseres Verlagsprogramms:
www.silberburg.de

Vorbei – was für ein dummes Wort!
J. W. v. Goethe

Der Langsame sieht mehr.
Sten Nadolny

*Für meine Töchter Melanie und Daniela
in Liebe*

I

Wolfgang gibt sich Mühe, dürfte aber manchmal etwas flinker sein. Dieser Satz stand am Ende des ersten Schuljahres in Wolfgang Windbachers Zeugnis. Geschrieben hatte ihn Wolfgangs Lehrerin, die auch noch zwei Jahre vor ihrer Pensionierung mit Fräulein angesprochen wurde, genau wie alle nach dem Krieg zugezogenen unverheirateten Frauen im Dorf. Die Einheimischen gingen nicht so förmlich miteinander um, sie redeten sich mit dem Vornamen an und manchmal sparten sie selbst den noch. Für Förmlichkeiten war nicht die Zeit, und sie passten auch nicht zu den einfachen Menschen in dieser Ecke der Schwäbischen Alb, die auch Raue Alb genannt wird, auf deren Hochfläche die Dreitausend-Seelen-Gemeinde Winterlingen liegt. Hier oben, in 800 Metern Höhe, sei es immer einen Kittel kälter, klagten die Besucher aus dem Unterland, die selten freiwillig heraufkamen. Manche behaupteten, Winterlingen habe seinen Namen deswegen, weil es hier das halbe Jahr Winter und der Rest des Jahres kalt sei. Böse Zungen sprachen gar von Schwäbisch-Sibirien, um das man am besten einen großen Bogen mache. So waren die Einheimischen Jahrhunderte lang weitgehend unter sich geblieben, was dazu geführt hatte, dass sie sich mit Fremden schwertaten.

Das unbedeutende Dorf auf der Rauen Alb war den Feinden im Krieg keine Bomben und Granaten wert gewesen, dennoch waren die Folgen des Krieges unübersehbar, vor allem an den auffallend vielen schwarz gekleideten Frauen und an den Flüchtlingen, die ins Dorf gespült worden waren und für die auf dem gut einen Kilometer entfernt liegenden Fachberg bald eine eigene Siedlung aus dem felsigen Boden gestampft wurde.

Eine von diesen Flüchtlingen war Fräulein Weckler, Wolfgangs erste Lehrerin. Sie hatte immer in Rostock gelebt, bis sie im Dezember 1944 vor den Russen geflohen war. Mit einem Koffer und einem Rucksack strandete sie im Februar 1947 in Winterlingen, erhielt eine spärlich besoldete Stelle als Lehrerin und zog in die freistehende Lehrerwohnung im oberen Stock des Schulhauses.

Anfangs tat sich Fräulein Weckler schwer mit den Kindern und die mit ihr, was vor allem an den unterschiedlichen Sprachen lag. Sie redete nach der Schrift und das oft ziemlich schnell; das hörte sich für die Bauern- und Arbeiterkinder wie eine Fremdsprache an. Und wenn die Kinder redeten, verstand die Lehrerin kaum etwas. Sätze wie »Huit scheint d' Sonn schao schee« oder »Aosa Goiß hot huit Nacht Kitze kriagt« klangen für sie wie Chinesisch. An manchen Tagen resignierte sie und ließ die Mädchen und Jungen stundenlang Buchstaben auf ihre Schiefertafeln schreiben und wieder abwischen, ohne sich weiter um sie zu kümmern. Dann wurde sie wieder von einem missionarischen Eifer gepackt und wollte diesen in ihren Augen armen Landkindern Kultur vermitteln und ihnen den Weg zum richtigen Menschsein weisen.

Obwohl sie ihre Schüler gegen Ende des ersten Schuljahres zumindest sprachlich schon besser verstand, wollte sie aus dem Albdorf weg. Doch ihr Wunsch wurde vom Rektor und vom Schulrat abgelehnt. Ebenso in den folgenden fünf Jahren. Dann gab sie auf und fand sich damit ab, zumindest ihr Berufsleben in Winterlingen zu beenden. Ob sie eine gute oder schlechte Lehrerin war, hätte Wolfgang später nicht sagen können; er erinnerte sich nicht an ihren Unterricht. Was er allerdings nie vergaß, waren ihre Hände. Trotz der Altersflecken waren sie viel heller und feiner als die Hände seiner Mutter, was durch die immer rot lackierten Fingernägel noch unterstrichen wurde. An jeder Hand trug Fräulein Weckler zwei Ringe, die in die fleischige Haut eingewachsen zu sein schienen. Mit einer dieser Hände machte Wolfgang zum ersten Mal Bekanntschaft, als die Kinder Spazierstöcke auf ihre Schiefertafeln malen mussten; bei Wolfgang dauerte das länger als bei den anderen, weil er den Griffel wie in Zeitlupe führte und jeden Spazierstock, der einen Makel hatte, mit dem feuchten Schwamm wegwischte. Fräulein Weckler trat leise hinter ihn, sah die wenigen Spazierstöcke, packte Wolfgang im Genick, wobei sich die fleischigen Finger um seinen dünnen Hals legten, dass er das Gefühl hatte, ersticken zu müssen. Aus lauter Angst hörte er nicht, was sie zu ihm sagte.

Wenige Tage später sollten sie die Zahl 2 auf ihre Tafeln schreiben. Wolfgang bemühte sich, die Zweier so zu schreiben, dass sie den Vorbildern im Rechenbuch möglichst nahe kamen, wozu er viel Zeit brauchte. Er war noch bei der ersten Reihe, als die Lehrerin wieder hinter ihn trat und zupackte. Und weil er trotz aller Mühe für ihre Ansprüche meistens zu langsam war, verfolgten ihn Fräulein Wecklers Finger bis in seine Träume und hinterließen unzählige Würgemale auf seiner unschuldigen Seele.

Wolfgang gab sich wirklich Mühe, hatte sich immer Mühe gegeben. Trotzdem dauerte bei ihm alles länger als bei anderen. Das begann schon mit seiner Geburt, die vom Arzt für den 30. April 1949 vorausberechnet worden war, was Wolfgang allerdings nicht dazu bewegen konnte, den Termin auch einzuhalten, weil die Zeit für ihn noch nicht reif war. Als die werdende Mutter schon glaubte, das Kind wolle ihren Leib überhaupt nicht verlassen, erlöste Wolfgang sie mit dreieinhalb

Wochen Verspätung endlich von sich. Und als die etwa gleichaltrigen Kinder des Dorfes ein knappes Jahr später schon auf zwei Beinen ins Leben watschelten, krabbelte Wolfgang noch auf allen vieren durch die kleine Stube des alten Bauernhauses. Und selbst dazu brauchte er so viel Zeit, dass es Wochen dauerte, bis er auch den hintersten Winkel erkundet hatte. Seine Mutter erzählte oft, wie froh sie sei, dass sie nach zwei ziemlich lebhaften Mädchen nun einen so ruhigen und braven Jungen habe, hinter dem sie nicht ständig her sein müsse.

Hinter Wolfgang musste sie nicht her sein; ihn konnte sie noch mit drei Jahren in sein Gitterbett legen und hinaus aufs Feld radeln, um dort zu arbeiten. Wenn sie Stunden später nach getaner Arbeit leise an sein Bett trat, lag Wolfgang meistens noch still und friedlich drin. »Bist ein braver Junge«, lobte sie ihn dann.

Auch der Vater war froh, dass er einen braven Sohn hatte, der wenig Arbeit machte. Aber ein bisschen mehr Leben hätte er langsam schon zeigen dürfen, oder ob mit dem Jungen etwas nicht stimme? Das wäre für Eugen Windbacher schlimm gewesen, so schlimm, dass er den Gedanken gleich wieder wegschob. Nach vier Töchtern, die seine Frau während des Krieges in jährlichem Abstand unter Schmerzen zur Welt gebracht hatte und von denen die ersten zwei schon kurz nach der Geburt gestorben waren, war der erste Sohn seines Vaters ganzer Stolz. Dass er nach fünf Jahren Krieg, vier Mädchen und drei Jahren französischer Gefangenschaft noch einen Sohn würde zeugen können, hatte er kaum noch zu hoffen gewagt. Erst ein Sohn machte einen Mann zum richtigen Mann, aber nur, wenn der Sohn ein richtiger Junge war. Das hatte Eugen Windbacher schon in der Hitlerjugend gelernt.

Obwohl er sich anfangs kaum um Wolfgang gekümmert hatte, weil er mit kleinen Kindern nichts anzufangen wusste, egal ob es sich dabei um Jungen oder Mädchen handelte, blieb ihm nicht verborgen, dass Wolfgang stiller war als andere Kinder. Gegen seinen ein knappes Jahr älteren Vetter Heinz, dessen Tatendrang oft kaum zu bremsen war, verblasste Wolfgang geradezu. Manchmal wurde Eugen Windbacher ein wenig neidisch, wenn Heinz flink auf den Leiterwagen kletterte oder sich auf den Gepäckträger des Fahrrades setzen ließ, die Beine spreizte und rief: »Los Mama, fahr!« So einen Sohn wünschte er sich insgeheim auch, aber nicht nur, damit er vor sich selbst und den anderen als richtiger Mann galt. In dem abgelegenen Dorf, das bis in die hohen fünfziger Jahre noch weitgehend von den Segnungen der Zivilisation verschont geblieben war, wurde jede Hand gebraucht, zumal auf einem Bauernhof.

2

Anfang der fünfziger Jahre lebten die meisten der knapp dreitausend alteingesessenen Winterlinger nicht viel anders als ihre Ahnen. Weil der karge Boden auf der Rauen Alb seit jeher mit Erträgen geizte, mussten die Bauern hier härter arbeiten als anderswo, um überleben zu können. Doch die im protestantischen Teil Schwabens praktizierte Realerbteilung hatte im Lauf der Zeit dazu geführt, dass viele Bauernhöfe völlig zerstückelt wurden und die Familien nicht mehr ernähren konnten, egal wie fleißig die Leute arbeiteten. Wer es nicht verstand, durch geschicktes Heiraten wenigstens zwei Teilstücke zu einem überlebensfähigen Ganzen zu verbinden, musste sich in einer Fabrik nach Arbeit umsehen und die Landwirtschaft nebenbei betreiben, auch wenn ihm dieser Schritt gegen die Natur ging.

Weil die Landwirtschaft nicht viel abwarf und die Arbeit in den Fabriken schlecht bezahlt war, reichte das Geld hinten und vorne nicht. Die dringend notwendige Modernisierung der Häuser musste von Jahr zu Jahr verschoben werden. Hätte es nicht Strom und fließend kaltes Wasser gegeben, wäre niemand auf die Idee gekommen, man befinde sich in der Mitte des 20. Jahrhunderts.

Auch das Bauernhaus, in dem Familie Windbacher den ersten Stock bewohnte, hatte sich in den vergangenen hundert Jahren kaum verändert. In dieses Haus hatte die junge Familie nur einziehen können, weil die kinderlose Schwester des Großvaters, von allen Tante Sofie genannt, gestorben war und ihren einzigen Bruder als Alleinerben eingesetzt hatte. Die Wohnung bestand aus Stube, Elternkammer, Küche und Kinderkammer. Alle Räume waren karg möbliert, ein Teil der Möbel stammte von Tante Sofie, so die gesamte Einrichtung der Stube. Wenn man eintrat, sah man an der Wand unter den schmalen Fenstern ein Sofa, über dem eine geblümte Decke lag, um den Stoff zu schonen. In der Mitte der Stube stand ein Tisch, dessen hohes Alter durch ein weißes Tuch mit bunten Stickereien kaschiert wurde. An jeder Seite stand ein schlichter Stuhl. An der Wand gegenüber dem Sofa hatte ein schmuckloses dunkelbraunes Büfett seit ewigen Zeiten seinen Platz, und in der Ecke neben der Tür zur Elternkammer sorgte ein Kanonenofen in der kalten Jahreszeit für die notwendige Wärme.

Nicht neu, aber neu gestrichen in einer Technik, die Holzmaserung vortäuschte, waren das Ehebett, der Kleiderschrank und der Toilettentisch mit seinem großflächigen dreiflügligen Spiegel, der in dieser Umgebung wie ein luxuriöser Fremdkörper wirkte. Neben der Tür stand Wolfgangs Gitterbett an der Wand.

In der Mädchenkammer gab es außer einem alten Doppelbett, zwei von Eugen Windbacher selbst gezimmerten Nachtschränkchen und einem kleinen Schrank kein Möbelstück. Der kleinste Raum war die Küche, in der neben dem Holz-Kohle-Herd ein Schrank, ein Tisch und zwei Stühle Platz hatten. Da sich hier, über dem Schüttstein, auch der einzige Wasserhahn befand, kam es in der engen Küche öfter zu Reibereien, an denen Wolfgang allerdings selten beteiligt war, weil es ihn nicht zu dem kalten Wasser drängte, es sei denn, er hatte Durst. Der Abort lag auf halber Treppe zur Waschküche im Erdgeschoss, zum darunterliegenden Keller und zum ausgedienten Stall, in dem allerhand Gerümpel stand. An den Stall grenzte die Scheune, in der Heu und Stroh gelagert wurden, weil in der Scheune des Großvaters nicht genug Platz dafür war.

Der Großvater selbst besaß einen Bauernhof, auf dem zwei seiner drei Töchter, ihre Männer und Kinder mithelfen mussten. Weil der Hof aber nicht alle ernähren konnte, arbeiteten Eugen Windbacher und sein Schwager Gerhard Sawatzki in der Werkzeugfabrik, die es seit Hitlers Zeiten im Dorf gab. Und ihre Frauen verdienten mit dem Nähen von Unterhosen in Heimarbeit noch ein paar Mark hinzu, wann immer die Arbeit in Haus und Hof und auf dem Feld ihnen dazu Zeit ließ.

Viel Steine gibt's und wenig Brot, klagten nicht nur die bibelfesten Menschen hier oben oft. Damit Getreide, Kartoffeln, Kraut und Rüben ein bisschen mehr Platz zum Wachsen bekamen, wurden Steine aus den Äckern gelesen und am Wegrand aufgeschüttet. Das war eigentlich eine Sträflingsarbeit, doch weil es keine Sträflinge und Kriegsgefangene mehr gab, mussten die Frauen und Kinder sie tun. Als Wolfgang mit knapp vier Jahren zum ersten Mal zum Steinelesen mitgenommen wurde, freute er sich. Seine beiden fünf und vier Jahre älteren Schwestern Sieglinde und Brigitte lachten ihn aus. Aber Wolfgang kümmerte sich nicht darum, sammelte eifrig Steine auf und warf sie in einen Korb. Dabei war er allerdings ziemlich wählerisch. Manche Steine waren ihm zu kantig, andere zu unförmig. Nur glatte, rundliche Steine fanden Gnade vor Wolfgangs Augen. Doch obwohl er so bedächtig auswählte, lagen in seinem Korb bald mehr Steine als in dem seines Vetters Heinz. Der baute mit den Steinen lieber Burgen und zerstörte sie dann mit gezielten Würfen.

Die beiden Jungen wurden ermahnt, nicht nur zu spielen, sondern mitzuhelfen. Heinz kümmerte sich nicht um die Ermahnung, Wolfgang verstand sie nicht. Er spielte doch überhaupt nicht, er las die ganze Zeit Steine auf, noch dazu besonders schöne. In seinem Korb lagen bestimmt die schönsten Steine von allen, darüber sollte seine Mutter sich doch freuen, statt ihn zu ermahnen.

Als sein Korb voll war, lobte sie Wolfgang zwar, bemerkte jedoch die schönen Steine nicht und schüttete sie achtlos auf den Haufen am Wegrand. Wolfgang wollte noch »Halt!« rufen, war aber wieder einmal zu langsam.

Aus stillem Protest warf er von da an nur noch besonders hässliche Steine in seinen Korb.

Bis zum späten Nachmittag hatten die Frauen etliche Körbe aus dem Acker getragen, doch am nächsten Tag schienen genausoviele Steine auf sie zu warten wie am Tag zuvor. Wolfgang fragte, ob in der Nacht neue Steine gewachsen seien. Seine Schwestern lachten über ihren dummen Bruder, seine Mutter seufzte, manchmal sehe es fast so aus. Weil er auf seine Frage keine vernünftige Antwort erhielt und sie tagelang Steine lasen, ohne dass ein Ende abzusehen war, glaubte Wolfgang lange Zeit, die Steine wüchsen wie Kartoffeln in der Erde.

Auch auf andere Fragen bekam Wolfgang nicht immer vernünftige Antworten. »Das verstehst du nicht, dafür bist du noch zu klein«, hörte er dagegen oft. Also fragte er immer weniger und versuchte, selbst Antworten zu finden. Aber vieles blieb ihm rätselhaft. Wie war das zum Beispiel mit Hermine? Er wusste, dass es in der Kinderschule drei Gruppen gab: die Kleinen, die Mittleren und die Großen. Aber wohin gehörte Hermine? Sie war schon die Größte von allen gewesen, als er in die Kinderschule kam, und ihr Gesicht war älter und verschrumpelter als das seiner Großmutter. Es ähnelte den Gesichtern der Zwerge, die Wolfgang in Brigittes Märchenbuch gesehen hatte. Mit den stets zu einem strengen Zopf gebundenen Haaren war Hermines Kopf der einer alten Frau, aber lachen tat sie wie ein kleines Mädchen. Sie lachte viel, freute sich, wenn man ihr etwas schenkte, und sei es nur ein Steinchen, ein Tannenzapfen oder ein Blatt. Sie legte die Geschenke ans Fußende ihres Puppenwagens und hütete sie wie Schätze. Manchmal nahmen große Buben ihr die Schätze weg und versteckten sie; dann weinte Hermine, und wenn sie weinte, sah sie gleichzeitig älter und jünger aus, bot ein Bild des Jammers und war schnell von Kindern, die sie trösten wollten, umringt. Hermine war älter und größer als die Größten der Großen und blieb trotzdem in der Kinderschule.

Sie sei nicht ganz richtig im Kopf, sie werde in die Kinderschule gehen, bis sie sterbe, hörte Wolfgang manche sagen. Das verstand er nicht. Man ging doch nicht in die Kinderschule, bis man starb; man musste doch in die richtige Schule und dann zur Arbeit. Noch weniger verstand er, wenn Leute sagten, solche Menschen – manche sagten auch solche Wesen oder solches Ziefer – wie Hermine hätte es früher nicht gegeben, die hätte man einfach verschwinden lassen.

Als Wolfgang beim Mittagessen fragte, was das bedeute, verharrte Eugen Windbachers Löffel auf dem Weg vom Teller zum Mund, bevor er mit der Suppe eine mögliche Antwort hinunterschluckte.

»Das verstehst du nicht und das gehört auch nicht an den Mittagstisch«, sagte die Mutter.

Warum nicht?, hatte Wolfgang schon auf der Zunge, was seine Mutter wohl ahnte, weshalb sie noch hinzufügte: »Iss jetzt!«

Auch die Sache mit den Eisbrocken in der Schlafkammer der Großeltern blieb ihm rätselhaft. Die Großmutter war gestorben. Wolfgang begriff noch nicht, was das bedeutete. Er wusste nur, dass gute Menschen in den Himmel kommen, wenn sie sterben. Also kam seine Großmutter in den Himmel, wo der liebe Gott und Jesus wohnten, das war für Wolfgang keine Frage. Aber warum trugen die Männer Eisbrocken in die Kammer? Was geschah dort mit dem Eis und mit seiner Großmutter?

»Das verstehst du noch nicht«, sagte seine Mutter. Und weil sie dabei so traurig schaute, fragte Wolfgang nicht nach.

Wie hätte sie ihm etwas von Verwesung erzählen sollen, die in der beinahe unerträglichen Julihitze so schnell voranschritt, dass der Leichengeruch schon am zweiten Tag im ganzen Haus hing und die Katzen es vorzogen, im Freien zu nächtigen. Das Eis sollte etwas Kühle in die Kammer bringen, in der die Großmutter bis zu ihrer Beerdigung liegen musste, so wie es der Brauch war.

Als Werner aus dem Nachbarhaus in der Kinderschule erzählte, Wolfgangs Großmutter faule in ihrem Bett und stinke so gewaltig, dass man es hundert Meter weit rieche, da schlug Wolfgang zum ersten Mal in seinem Leben zu, und zwar so schnell, dass alle überrascht waren. Werners gemeine Worte ließen bei Wolfgang sämtliche Sicherungen durchbrennen, er war außer sich und damit zu einer Schnelligkeit fähig, die niemand ihm zugetraut hatte, am allerwenigsten er selbst. Wäre Schwester Amalie nicht dazwischengegangen, um Wolfgang festzuhalten, was ihr nur mit viel Mühe gelang, hätte Werner mehr als nur einen Zahn und ein Büschel Haare verloren. Von dieser Tat an war Wolfgangs Zorn bei den Kindern gefürchtet. Bis zum Ende ihrer Kinderschulzeit legte sich keines mehr mit ihm an.

»Was ist bloß in dich gefahren«, sagte seine Mutter zu Hause.

Wolfgang hörte an ihrem Ton und sah in ihrem Gesicht, dass der Satz keine Frage, sondern ein Vorwurf war. Also gab er auch keine Antwort.

Sie sah ihn mit ihren verweinten Augen an und murmelte: »Als ob ich nicht schon genug Sorgen hätte.«

Ich habe auch Sorgen!, hätte Wolfgang am liebsten gerufen, aber er würgte die Worte hinunter.

Auch als sein Vater ihn später packte, hochhob und so heftig schüttelte, dass Wolfgang schon dachte, sein Kopf würde vom Hals fliegen, geschah dies ohne viele Worte.

Geredet wurde ohnehin nicht viel und mit Kindern schon gar nicht; die Frauen hatten nicht viel zu sagen und die Männer sagten nicht viel – jedenfalls nicht zu Frau und Kindern.

»Komm her!«, »Geh weg!«, »Setz dich!«, »Lass das!«, »Sei anständig!«, »Finger weg!«, »Sei still!« – so oder so ähnlich klang es, wenn Erwachsene mit Kindern, Hunden und Katzen, Pferden, Kühen, Schafen und Ziegen redeten. Da Wolfgang oft nicht flink und geschickt genug war, hörte er Sätze wie »Geh zur Seite!«, »Lass das liegen!«, »Ich mach das lieber selbst!«, »Finger weg!« tagtäglich. Als braver Junge ging er immer öfter zur Seite und ließ andere machen. Das belastete ihn allerdings wenig, weil er am liebsten seine Ruhe haben wollte. Doch die ließ ihm vor allem sein Vater nicht, der für Wolfgang zum größten Rätsel wurde.

Schon früh musste der Junge ihm bei Arbeiten in Haus und Garten zusehen und auch zur Hand gehen. Wenn Wolfgang sich dabei ungeschickt anstellte, was oft genug vorkam, verlor sein Vater schnell die Geduld und wurde laut. Er war handwerklich sehr geschickt und konnte nicht verstehen, dass sein Sohn zwei linke Hände hatte. Doch obwohl Wolfgang oft gescholten wurde, viel öfter als seine Schwestern, hatte er das Gefühl, seinem Vater wichtiger als sie zu sein. Ihn wollte der Vater bei sich haben, nicht seine Schwestern, er durfte am Sonntag mit auf den Fußballplatz, nicht seine Schwestern, und ihm gab der Vater beim Vesper meistens ein Stück Wurst ab, nicht seinen Schwestern.

Das alles geschah ohne viele Worte und bedurfte keiner Erklärungen. Denn unabhängig davon, wie klug oder dumm, geschickt oder ungeschickt sich ein bestimmter Junge oder ein bestimmtes Mädchen zeigte, dass Jungen als solche mehr wert waren als Mädchen, gehörte auf der Rauen Alb damals noch zum Allgemeingut. Wurde ein Mädchen geboren, hieß es: »Hauptsache gesund«. Männer neckten die Väter dann mit Sätzen wie »Hast du nichts Richtiges fertiggebracht?«, »Sollen wir dir nächstes Mal helfen?«. Und das Sprichwort »Drei Jungen sind eine Plage, drei Mädchen eine Schande« brachte die vorherrschende Denkweise auf den Punkt. Hilde Windbacher dachte zwar nicht ganz so radikal und betrachtete es nicht als Schande, dass sie vier Mädchen zur Welt gebracht hatte, aber auch sie war froh und erleichtert, dass ihr fünftes Kind der lang ersehnte Junge und »Thronfolger« war.

Das Gefühl, besonders wichtig, ja sogar etwas Besonderes zu sein, konnte Wolfgangs Vater allerdings mit einem Satz, einer Geste oder einem Blick wegwischen. Und weil er sehr launisch war, wusste Wolfgang nie, ob sein Vater ihn in den Himmel heben oder in die Hölle stoßen würde. Also lernte er früh, ihn genau zu beobachten und ihm, wenn immer möglich, aus dem Weg zu gehen.

3

In seinem fünften Lebensjahr wuchsen Wolfgangs Beine langsam durchs Gitterbett und zeigten an, dass er dringend eine größere Schlafstelle benötigte. Da in der Wohnung kein weiteres Bett aufgestellt werden konnte, wurde Wolfgang kurzerhand zwischen seine Schwestern gelegt, obwohl die davon alles andere als begeistert waren. Doch sie wussten genau, dass jede Widerrede nicht nur zwecklos, sondern sogar gefährlich gewesen wäre. Also schwiegen sie und nahmen sich vor, Papas Liebling, wie sie ihren Bruder wenig liebevoll nannten, ein bisschen zu piesacken. Das taten sie vor allem durch das abendliche Erzählen schauriger Geschichten, in denen immer ein kleiner Junge die tragische Hauptrolle spielte. Mal wurde er vom Schwarzen Mann geholt und in den dunklen Wald geschleppt, mal hackte ihm der Nachtvogel mit seinem scharfen Schnabel die Augen aus, mal sperrte ihn die böse Hexe in einen Käfig, um ihn zu mästen und dann zu kochen. Wollte Wolfgang nach der Mutter rufen, hielten sie ihm schnell den Mund zu und drohten ihm, den Schwarzen Mann oder die böse Hexe zu holen, wenn er den Eltern auch nur ein Sterbenswörtchen verraten würde. Aus Angst schwieg er und nahm die schaurigen Wesen mit in seine Träume, wo sie ihn weiter peinigten. Wenn er nassgeschwitzt aufwachte und mit seinem Weinen auch seine Schwestern aufweckte, drückten sie ihm ein Kissen aufs Gesicht. Einmal erstickte er beinahe darunter.

Nur wenige Tage nach dem Umzug zu seinen Schwestern wachte Wolfgang am Morgen auf und hatte eingenässt. Die

Mädchen waren schon aufgestanden, ohne etwas bemerkt zu haben. Aber der Mutter blieb die Bescherung nicht verborgen.

»Wolfgang!«, rief sie. »Was hast du denn gemacht?« Sie war entsetzt, weil sie mit so etwas nicht gerechnet hatte. Wolfgang war seit zwei Jahren sauber, und nun das. Sie fragte ihn, ob er am Abend nicht auf dem Topf gewesen sei.

Er nickte, ohne seine Mutter dabei anzuschauen.

»Hast du gestern viel getrunken?«

Kopfschütteln.

»Warum hast du dann ins Bett gemacht?«

Was hätte Wolfgang darauf antworten sollen?

Von diesem Tag an begann jeder Morgen gleich qualvoll. Die Nässe wäre noch zu ertragen gewesen, viel schlimmer war das stumme, vorwurfsvolle Gesicht der Mutter, wenn sie Wolfgang das Nachthemd aus- und die beiden Leintücher von den Betten abzog. Wolfgangs Schwestern lachten ihn aus, machten zotige Bemerkungen und wollten den »Hosasoicher« nicht mehr in ihrem Bett haben. Die Mutter gebot ihnen zu schweigen und ja dem Vater nichts zu verraten. Doch einmal verplapperte sich Brigitte, und für einen Augenblick schien die Welt stillzustehen.

Dann schlugen Eugen Windbachers Worte ein wie Bomben. »A Hosasoicher isch der! Und so ebbes will mei Sohn sei! Schaff mir den bloß aus de Auga!«

Die Mutter nahm Wolfgang an der Hand und zog ihn rasch aus der Stube. Ohne ihre Mutter hielten es Sieglinde und Brigitte mit ihrem Vater in einem Raum nicht aus und verdrückten sich.

In der Küche saß die Mutter mit Wolfgang auf dem Schoß. Beide weinten. Die Mädchen blieben in der Tür stehen und trauten sich nicht, ihre Mutter anzusehen.

»Ich will nicht mehr bei denen schlafen«, nuschelte Wolfgang.

»Warum denn nicht?«

Wolfgang dachte an die Drohungen seiner Schwestern und schwieg.

»Haben sie dir etwas getan?«

Sieglinde wollte nicht darauf warten, ob ihr Bruder die Frage der Mutter doch noch beantwortete und gab zu, dass sie und Brigitte ihm vor dem Einschlafen manchmal Geschichten erzählt hatten, keine schlimmen, fügte sie schnell hinzu, aber der – Hosasoicher hätte sie beinahe gesagt, verkniff es sich, beließ es beim »der« und fuhr fort – der habe ja vor allem immer gleich Angst, selbst wenn man nur einen Spaß mache.

Die Mutter ahnte, dass die Geschichten keineswegs so harmlos gewesen waren, wie Sieglinde sie glauben machen wollte und nahm ihren Töchtern das Versprechen ab, Wolfgang im Bett keine Geschichten mehr zu erzählen.

Die Mädchen hielten sich daran, auch wenn es ihnen schwer fiel. Trotzdem geisterten die Furcht erregenden Wesen weiter durch Wolfgangs Kopf, schon vor dem Einschlafen und erst recht danach. Und jeden Morgen spürte er beim Aufwachen das feuchte Nachthemd an sich kleben und schämte sich, weil es wieder passiert war.

Hilde Windbacher wusste sich keinen Rat mehr. Mit ihrem Mann konnte sie darüber nicht reden, davon wollte der nichts hören, das war Frauensache. Ihre Mutter war gestorben und ihren Schwestern wollte sie sich nicht anvertrauen, weil die nichts für sich behalten konnten. In ihrer Verzweiflung schlug sie Wolfgang zum ersten Mal. Obwohl diese Schläge ihn erschreckten, waren sie ihm lieber als die Seufzer und die leidenden Blicke, mit denen seine Mutter ihm in den letzten Wochen das Herz schwer gemacht hatte.

»Ich möchte in deinem Bett schlafen«, sagte er leise, als sie ihn mit glasigen Augen anstarrte.

Dieser Satz schien sie von weit her zurückzuholen, Tränen schossen ihr in die Augen, sie bückte sich, nahm Wolfgang auf den Arm, drückte ihn an sich und schluchzte.

An diesem Abend legte sie Wolfgang in ihr Bett und Eugen Windbacher akzeptierte es, ohne ein Wort darüber zu verlieren. Was er von der Maßnahme hielt, konnte sie nur ahnen, aber lange würde er den Jungen im Ehebett nicht dulden, das war ihr klar. Sie hoffte und betete, betete und hoffte, Wolfgang möge am Morgen trocken aufwachen und auch trocken bleiben, damit sie ihn in ein paar Tagen wieder zu den Mädchen legen könnte, denen sie zuvor noch einmal heftig ins Gewissen reden wollte.

Wolfgang fühlte sich im Bett seiner Mutter sicher, obwohl er zuerst alleine darin lag. Hier hatten die schrecklichen Wesen keine Macht über ihn. Bald kam seine Mutter, legte sich zu ihm, tastete mit der Hand über sein Nachthemd und atmete erleichtert auf. Er drehte sich im Halbschlaf so, dass er ihren weichen Körper spürte und wünschte sich, diese warme Höhle nie mehr verlassen zu müssen.

Am Morgen wachte er auf, rieb sich die Augen, sah, wo er war, hielt den Atem an, konzentrierte sich auf seinen Unterleib, spürte keine Feuchtigkeit, kroch aus dem Bett, fand seine Mutter in der Küche und lief ihr in die Arme. Sie war so erleichtert und froh, dass sie Wolfgang herzte und küsste, was sie schon lange nicht mehr getan hatte.

Auch die nächsten Nächte durfte Wolfgang in Mutters schützender Betthöhle verbringen.

»Wie lang soll das noch gehen?«, fragte Eugen Windbacher am vierten Abend so laut, dass Wolfgang, der schon im Bett lag, es hörte.

Seine Mutter antwortete so leise, dass Wolfgang sie nicht verstehen konnte. Aber er wusste genau, dass er wieder bei seinen Schwestern schlafen musste, wenn er nicht mehr ins Bett machte. Deswegen dachte er sogar daran wieder einzunässen, verwarf den Gedanken jedoch, weil er das seiner Mutter, die sich so sehr über das trockene Bett am Morgen freute, nicht antun konnte.

Nach einer Woche reichte es dem Vater endgültig, und Wolfgang musste zurück zu seinen Schwestern. Die mahnenden Worte der Mutter, vor allem jedoch ihre Drohung, dem Vater zu sagen, warum Wolfgang ins Bett gemacht hatte, zeigten Wirkung bei den Mädchen. Ihre Angst vor dem Vater war so groß, dass sie ihrem Bruder weder schaurige Geschichten erzählten noch ihm sonst ein Leid antaten; sie ignorierten ihn und redeten miteinander über ihn hinweg, als ob er überhaupt nicht vorhanden wäre.

Wolfgang traute dem erzwungenen Frieden noch nicht, schloss die Augen und stellte sich vor, er läge im Bett seiner Mutter. Alle Energien seines Körpers strömten zusammen und machten diese Vorstellung so stark, dass Wolfgang seine Mutter roch und atmen hörte und einschlief wie an den Abenden zuvor.

4

An jenem Abend, zwischen seinen Schwestern liegend, war es Wolfgang zum ersten Mal gelungen, aus einer bedrohlichen Situation zu fliehen, indem er Geist und Körper in einen Zustand versetzte, in dem ihn nichts Bedrohliches erreichen konnte. Der Zustand glich einem Schlaf mit schönen Träumen, die wie in Zeitlupe abliefen. Diese Fähigkeit ersparte Wolfgang fortan manchen Kummer,.

Es gab im Eltern- und im Großvaterhaus allerdings Orte, wo er sich nicht in den rettenden Zustand flüchten konnte. Einer davon war der Abort, den die Erwachsenen je nach Stimmung auch Häusle, Locus, Abtritt, Thron oder Scheißhaus nannten. Ein Haus war dieser Ort nun wirklich nicht; die knapp eineinhalb Quadratmeter schienen dem Wohnhaus eher abgetrotzt worden zu sein. In der hinteren Hälfte befand sich der aus Brettern gezimmerte, etwa fünfzig Zentimeter hohe Kasten, in dem sich oben ein rundes Loch von dreißig Zentimetern Durchmesser befand. Auf diesem lag ein eingepasster Deckel mit einem Knauf in der Mitte. Rechts neben dem Deckel lagen klein gerissene Zeitungsstücke und an der Wand darüber befand sich ein Fenster, das so klein war, dass es diesen Namen nicht verdiente.

Als die Mutter Wolfgang zum ersten Mal auf den Abort mitnahm und ihn über das Loch setzte, hatte er einen Moment das Gefühl, ins Nichts zu fallen. Er schrie, klammerte sich in panischer Angst an sie und wollte sich an ihr hochziehen. Sie drückte ihn zurück und sagte, er brauche keine Angst zu haben, sie halte ihn doch fest, ihm könne nichts passieren. Er spürte ihre Hände unter den Achseln, wusste, dass sie ihn nicht fallen lassen würde, und war trotzdem unfähig, sein Geschäft zu verrichten.

Die nächsten beiden Male hob sie Wolfgang hoch und hielt ihn fest. Beim dritten Mal musste er sich allein über das Loch setzen; die Mutter stand mit ausgestreckten Armen vor ihm, bereit, jederzeit zuzupacken, falls Wolfgang rück- und abwärts kippen sollte. Doch der hielt sich mit den Händen krampfhaft am Kasteneck fest, stemmte die Füße gegen die Bretter unter sich und beugte den Oberkörper so weit vor, dass er beinahe vornübergekippt wäre. Nur langsam fand er die richtige Haltung und das Gleichgewicht.

Seine Mutter sagte, er solle sich beeilen, sie habe nicht ewig Zeit. Wie gerne hätte er ihr diesmal gehorcht, doch mit stark angespannten Muskeln war das leichter gewollt als getan. Als er dann endlich alles hinter sich gebracht hatte, waren beide erleichtert.

Schon am nächsten Tag musste er den schweren Gang allein antreten. In der offenen Tür blieb er stehen, den Blick auf den Deckel gerichtet. Noch war er zu, noch konnte nichts passieren. Wolfgang überlegte, ob er nicht lieber in den Garten schleichen und seinen Haufen hinter den Schuppen setzen sollte. Bevor er sich entschließen konnte, traf ihn die Stimme seines Vaters wie eine Keule im Rücken. »Was stehst du da rum? Geh rein und mach die Tür zu!«

Wolfgang ging hinein und schloss die Tür. Dann griff er nach dem Knauf, hob den Deckel hoch und sah das Loch vor sich, das für Erwachsenenhintern gemacht war. Er beugte sich ein wenig vor, konnte in dem schwarzen Schlund jedoch nichts erkennen, riechen dafür um so mehr. Langsam drehte er sich um, streifte Hose und Unterhose nach unten, legte die Hände aufs Kasteneck, stellte sich auf die Zehen und stemmte sich gleichzeitig mit den Armen hoch, immer voller Angst, in das Loch zu fallen. Erst als er die Balance gefunden hatte, konnte er sich dem eigentlichen Geschäft widmen. Während er drückend über dem Loch hing, fühlte er, wie Monsterpfoten nach ihm grapschten, um ihn in die Tiefe zu ziehen. Als er es unter sich plumpsen hörte, schob er sich sofort nach vorn, war froh, wieder auf den Füßen zu stehen, zog Unterhose und Hose hoch, ohne den Hintern abgewischt zu haben, und verließ den unheimlichen Ort.

Wolfgangs Angst, in das Loch zu fallen, schwand mit der Zeit; die Vorstellung, dass dort unten Wesen hausten, die ihn hinabziehen oder ihn zumindest in den Hintern zwicken oder in sein Glied beißen könnten, verstärkte sich noch. Besonders schlimm war es für Wolfgang, wenn er abends oder gar nachts auf den Abort musste. Zwar verstreute eine 25-Watt-Birne ein käsiges Licht, aber zu der Angst vor den unheimlichen Wesen unter ihm kam noch die vor den Wesen, die draußen in der Dunkelheit ihr Unwesen trieben, die plötzlich zu dem immer offenstehenden Fenster hereinkommen, ihn in das Loch stoßen und den Deckel draufdrücken konnten.

Der Abort blieb lange Jahre einer der bedrückendsten Orte für Wolfgang. Noch schlimmer aber war der Keller im Haus des Großvaters. In diesen Keller ging man nicht auf einer Treppe nach unten und dann durch eine Tür, nein, der Keller lag unter dem Boden der Werkstatt. Wer hinunter wollte, musste erst den Verschlag hochheben und mit einem Riegel an der Wand festklemmen. Eine ausgetretene Holztreppe führte hinab, unten verbreitete eine schwache Birne in einem mit Draht gesicherten, ewig schmutzigen Schutzglas ein schummriges Licht, das kaum bis in die Ecken reichte. Der Duft von Most und eingemachtem Sauerkraut, von Kartoffeln, Obst und Gemüse vermischte sich mit dem von Erde, Fäulnis und

Schimmel und dem von Kot und Pisse der Mäuse und Ratten zu einem säuerlich-dumpfen Geruch, der einem das Atmen schwer machte.

Für Wolfgang war dieser Keller der unheimlichste Ort, den er sich vorstellen konnte. Als er eines Abends verspätet vom Sportplatz kam, sperrte ihn sein Vater zum ersten Mal hinunter, ohne das Licht einzuschalten. Wolfgang glaubte, lebendig begraben zu sein und sterben zu müssen. Zuerst schrie er um sein Leben, drückte und trommelte mit aller Kraft gegen den Verschlag über sich – vergeblich.

Plötzlich wurde der Verschlag ein Stück hochgehoben, Wolfgang wollte hinaus, doch der große Schuh des Vaters versperrte ihm den Weg. »Wenn du keine Ruhe gibst und nicht brav bist, bleibst du bis morgen da unten!« Schon ließ er den Verschlag wieder hinab und Wolfgang musste schnell zwei, drei Stufen abwärts rutschen, um nicht erdrückt zu werden. Er schlug wieder gegen die Bretter und rief: »Papa, lass mich raus! Ich bin auch ganz brav!«

Keine Antwort, stattdessen Schritte, die sich entfernten.

»Papa! Papa, lass mich raus!«, schrie Wolfgang und hämmerte verzweifelt gegen den Verschlag, bis seine Hände schmerzten und er keine Kraft mehr hatte. Erschöpft und erledigt sackte er zusammen, zog die Beine an, umschlang sie mit den Armen, legte den Kopf auf die Knie und weinte. Irgendwann ging das Weinen in ein Wimmern und Winseln über. Die Angst fraß an Wolfgang und bald war er nicht mehr sicher, ob er noch lebte und noch leben wollte.

Als der Verschlag hochgehoben wurde, rührte Wolfgang sich nicht.

»Siehst du, wie brav du sein kannst«, sagte Eugen Windbacher.

Wolfgang reagierte nicht.

»Was ist, willst du da unten bleiben?«, fragte er schon in einem anderen Ton.

Erst jetzt erhob sich Wolfgang, kniff die Augen zu, weil es so hell war, stieg die paar Stufen hoch und ging wortlos an seinem Vater vorbei.

Weil Wolfgang ein ängstlicher und braver Junge war, wurde er nicht oft in den Keller gesperrt. Dafür musste er, sobald er kräftig genug war, um den Verschlag hochheben zu können, Kartoffeln, Kraut, Obst, Gemüse und Most heraufholen. Anfangs hatte er gebeten und gebettelt, ihn nicht in den Keller zu schicken, bis Eugen Windbacher auf den Tisch schlug und drohte: »Noch ein Wort, und ich sperr dich runter!«

Von da an stieg Wolfgang pfeifend und singend in die gespenstische Vorhölle und war jedesmal sicher, dass ihn ein Monster in eine dunkle Ecke zerren und töten würde.

5

Im Grossvaterhaus fand Wolfgang es nur an Heiligabend richtig schön. Da versammelte sich nach der Kirche die ganze Familie in der Stube: der Großvater, die Windbachers, Gotte Hedwig und Onkel Ludwig mit Heinz und Ursula, Tante Luise und Onkel Gerhard mit der kleinen Susanne. In der Ecke neben der Tür zur Kammer stand der bis zur Decke reichende Tannenbaum, an dessen Spitze ein Engel zu schweben schien. Tante Luise hatte den vom Großvater aus dem eigenen Wäldchen geholten Baum mit Glaskugeln behängt, mit Lametta geschmückt und neue rote Kerzen in die Halter gesteckt. Noch brannten sie nicht, noch lag kein Päckchen unter dem Baum. Die jüngeren Kinder glaubten selbstverständlich ans Christkind, Heinz und Wolfgang hatten schon gehörige Zweifel, Sieglinde und Brigitte wussten längst, was da gespielt wurde, spielten das Spiel dennoch mit, weil es auch ihnen noch Freude machte. Sie gingen mit den Kleinen in die Küche, denn das Christkind konnte natürlich nicht kommen, solange die Kinder in der Stube waren. Dort flüsterten sie aufgeregt, lauschten zwischendurch atemlos, weil sie Schritte oder Rascheln hörten, was nur bedeuten konnte, dass das Christkind jetzt da war. Die Spannung wuchs beinahe ins Unerträgliche und wurde mit dem Anstimmen des Liedes *Ihr Kinderlein kommet* endlich gelöst. Auf leisen Sohlen und mit klopfenden Herzen gingen die Kinder Hand in Hand zurück in die Stube, erblickten den leuchtenden Christbaum und bekamen große Augen. So stehend und staunend lauschten sie, bis die Erwachsenen das Lied zu Ende gesungen hatten. Dann setzten sie sich zu ihren Müttern, teils auf deren Schoß, teils neben sie und sangen mit ihnen alle Weihnachtslieder, die sie kannten. Danach wurden die Päckchen ausgepackt, die Sachen zum Anziehen enthielten, von den Müttern gestrickte Pullover, Kniestrümpfe, Fausthandschuhe, Pudelmützen, auch mal neue Schuhe und Spielzeug, meistens von den Vätern gebastelt, selten gekauft. Die Kinder freuten sich trotzdem, je jünger sie waren, desto mehr.

Vor diesem für die Kinder schönsten Tag des Jahres gab es allerdings einen anderen, den sie fürchteten. Am Abend des 5. Dezember zogen wilde Gestalten, die man Pelzmärte nannte, durchs Dorf, rasselten mit ihren Ketten und schlugen mit ihren Ruten an Fenster und Türen. Vor ihnen hatten auch Sieglinde und Brigitte Angst. Doch am meisten fürchtete sich Heinz, der ziemlich vorlaut, manchmal auch frech war. Zusammen mit Wolfgang und den großen Mädchen hockte er in der hintersten Ecke der Stube beim Kanonenofen, und alle baten den lieben Gott in zahllosen leisen Gebeten, die Gestalten mögen vorübergehen; denn die Erwachsenen hatten ihnen im Lauf des Jahres öfter damit gedroht, dass der Pelzmärte alle unartigen und frechen Kinder in seinen Sack stecken und in den Wald mitnehmen würde. Bis zum Spätherbst hatten sie die Drohungen nicht sonderlich ernst genommen, doch je näher der Dezember rückte, desto öfter dachten sie an den Pelzmärte.

Wolfgang versuchte neben dem Beten noch, alle Energien seines Körpers so zu lenken, dass er in den tranceartigen Zustand gelangte, in dem ihm kein Pelzmärte etwas anhaben konnte, schaffte es jedoch nicht. Und auch alles Beten half nichts, irgendwann polterte der erste die Treppe herauf, stieß die Tür auf, stapfte herein, durch eine tief in die Stirn gezogene Mütze, einen wilden Bart und einen langen Mantel unkenntlich gemacht, und füllte die Stube wie ein gewaltiges Ungeheuer, das wirklich aus dem Wald zu kommen schien.

Die Kinder drückten sich zitternd aneinander und hielten sich fest. Dann fing der Pelzmärte zu schimpfen an, sagte, sie seien wieder nicht brav gewesen, manchmal zählte er auch auf, was sie alles angestellt und ausgefressen hatten und schlug mit der Rute zu. Zum Schluss mussten die Kinder ihm versprechen, im neuen Jahr braver zu sein, was sie mit vor Angst bebenden Stimmchen taten. Dann kramte er ein paar Nüsse und Äpfel aus seinem Sack, verteilte sie und polterte wieder hinaus. So ging das drei-, vier- oder fünfmal am Abend, und dabei wurde manche Unterhose feucht.

Als Wolfgang acht, Heinz neun Jahre alt war, kam ein Pelzmärte, der sich widerwärtiger gab als alle anderen. Er schimpfte lauter als sie und behauptete, die Kinder seien dieses Jahr besonders unartig und böse gewesen.

»Du da, steh mal auf!«, befahl er Wolfgang, der ängstlich gehorchte. Der Pelzmärte legte ihn übers Knie und schlug ihm die Rute ein paarmal auf den Hintern. Dann ließ er den wimmernden Jungen los und wandte sich an Heinz: »Dich kenne ich, du bist der Schlimmste von allen! Dich muss ich diesmal in den Wald mitnehmen!«

»Nein!«, schrie Heinz und wollte zu seinem Vater laufen, doch der Pelzmärte packte ihn, zwängte ihm seinen großen Sack über den Kopf, hob ihn hoch und nahm ihn unter den Arm. Heinz schrie, bettelte, heulte, zerrte und zappelte, es half ihm alles nichts, der Pelzmärte ging mit ihm zur Tür.

Wolfgang hatte seine Schmerzen vergessen, sah dem Geschehen entsetzt und fassungslos zu, wartete darauf, dass die Erwachsenen sagten, nun sei es genug, und Heinz befreiten. Doch niemand rührte sich, nicht der Großvater, dem das Haus gehörte und der hier bestimmen konnte, nicht Onkel Ludwig, der so oft erzählte, was für tolle Sachen sie früher, vor allem im Krieg, gemacht hätten, nicht Onkel Gerhard und auch nicht sein Vater, der größte und stärkste Mann in der Familie. Sie sahen alle zu, wie der Pelzmärte mit dem fürchterlich schreienden Heinz zur Tür hinausging. Dieser Moment glich dem, als der Vater Wolfgang zum ersten Mal in den dunklen Keller gesperrt hatte. Damals hatte er geglaubt, lebendig begraben zu sein und irgendwann nicht mehr gewusst, ob er noch lebte oder schon tot war. Auch jetzt fühlte er kein Leben mehr, wollte aufstehen und Heinz retten, war zu keiner Bewegung fähig, wusste, dass der nächste Pelzmärte ihn in den Sack stecken und in den Wald mitnehmen konnte, dass niemand ihm helfen würde, nicht sein großer starker Vater, nicht der mächtige Großvater, nicht Onkel Ludwig und Onkel Gerhard, schon gar nicht seine Mutter, seine Gotte und Tante Luise. Sie alle, die ihn zwar schon oft gescholten, ihn aber trotzdem behütet und beschützt hatten, auf die er vertraut hatte, würden ihn nicht retten, so wie sie Heinz nicht retteten.

Der kam Minuten später wieder in die Stube gelaufen und drückte sich schluchzend an seine Mutter, die sagte, jetzt habe er mal gesehen, was mit so frechen Buben passiere. Wolfgang saß da wie versteinert.

Nach diesem Erlebnis war nichts mehr wie zuvor, auch der Heilige Abend nicht, denn Christkind und Pelzmärte, schönste und schlimmste Erinnerungen waren für Wolfgang zu eng miteinander verbunden.

6

Vom Pelzmärte abgesehen empfand Wolfgang den Winter trotz der oft klirrenden Kälte als schönste Jahreszeit. In Haus und Hof gab es längst nicht so viel zu tun und zu helfen wie vom Frühjahr bis zum Herbst. Das Leben verlangsamte sich und wurde stiller, was Wolfgangs Wesen entgegenkam.

Auf den verschneiten Hängen um Winterlingen konnten die Kinder von Dezember bis Februar, in manchen Jahren bis in den März hinein Schlitten fahren. Die Vorsichtigen wählten dazu die flacheren Hänge bei der Sonnenhalde, auf denen man nicht zu schnell wurde; andere fuhren von dort weiter ins Dickeloch, wo die Skifahrer ein Stück Wald gerodet und als Piste präpariert hatten. An den Wochenenden duldeten sie keine Schlittenfahrer auf ihrer Piste. Aber an den Wochentagen, wenn die Großen arbeiten mussten, konnten manche, die besonders mutig waren oder scheinen wollten, der Versuchung nicht widerstehen, auf dem steilen Hang zu fahren. Wolfgang gehörte lange nicht zu ihnen, ihm genügte das Tempo an der Sonnenhalde, das er noch einigermaßen beherrschen konnte. Doch seine Kameraden schwärmten von den tollen Fahrten im Dickeloch, die viel schöner und länger seien, und bedrängten ihn so lange, bis er hinter ihnen herfuhr. Anfangs stemmte er die Füße in den Schnee und zog, den Oberkörper weit nach hinten gebeugt, mit beiden Händen an der dicken Schnur, als sei sein Schlitten ein bockiges Pferd, das er zähmen müsse. Andere Kinder sausten johlend und kreischend an ihm vorbei, warteten unten und witzelten über ihn. Weil er nicht als Feigling gelten wollte, fuhr er schneller, immer schneller, kam an die Grenze, wo er nicht mehr wusste, ob er mit dem Schlitten oder der mit ihm fuhr, überschritt sie zum ersten Mal im Leben und überließ sich für Sekunden der Geschwindigkeit, die ihn ängstigte und berauschte. Unten angekommen, blieb Wolfgang einen Moment sitzen, ließ die Gefühle ausklingen, stand auf und rief »Das ist toll!«, zog seinen Schlitten schneller als andere den Hang hoch und raste sofort wieder hinab. Er, der ängstliche Zauderer, genoss das Tempo, konnte nicht genug davon bekommen und nutzte fortan jede Gelegenheit zum Schlittenfahren im Dickeloch. Dort gab es auch eine kleine Sprungschanze, auf der die Winterlinger Skispringer trainierten. Die besten flogen über dreißig Meter. Seit Wolfgang ihnen zugesehen hatte, ließ ihn ein Gedanke nicht mehr los: So wollte er auch fliegen. Seine Freunde sagten, er spinne, aber Wolfgang ließ sich nicht abhalten, zog eines Nachmittags seinen Schlitten zur Anlaufspur hinauf, setzte sich drauf, stellte die Füße auf die Kufen und ließ ihn fahren, sauste über den etwa zwei Meter hohen, aus Holz gezimmerten Schanzentisch, flog einige Meter zwischen Entsetzen und unbeschreiblicher Lust durch die Luft, bevor ihn das Gesetz der Schwerkraft auf die Erde holte, wo der Schlitten unter ihm in seine Einzelteile zerschellte, was Wolfgang aber nur noch im Unterbewusstsein registrierte. In das Krachen und Splittern des Holzes mischten sich andere Töne, Töne, die schöner klangen als alles, was er bis dahin gehört hatte, und er schwebte auf diesen Tönen, schwebte leicht wie eine Feder in warmes, gelbes Licht, das ihn wie eine Wolke einhüllte, die er festhalten wollte, die sich nicht festhalten ließ, langsam ihre Farbe verlor und zu einem schwarzen Schlund wurde, der ihn verschluckte.

Stimmen wurden laut, Münder, Nasen, Augen tauchten auf, die ihm fremd und beängstigend erschienen, bis er sie allmählich Gesichtern und Menschen zuordnen konnte, die er kannte.

»Wolfi, he Wolfi!«, sagte der Mund, der zu Peter gehörte.

Wolfgang hob den Kopf, spürte sofort einen stechenden Schmerz im unteren Rücken, schrie auf und ließ den Kopf wieder sinken, die Augen fielen zu.

»Was ist?«, fragte Peter ängstlich.

Wolfgangs Gedanken stolperten noch und brachten keine vernünftige Antwort auf die Zunge, die wie ein blutiger Klumpen Fleisch im Mund lag und schmerzte.

»Er blutet.«

Die zwei Worte drangen in sein Gehirn und bewegten die Gedanken. Ich blute – wer blutet, ist verletzt – ich bin verletzt – vielleicht muss ich jetzt sterben – dann bin ich tot – ich will nicht tot sein! Wolfgang schlug die Augen auf, sah Peter und Rudi über sich, nuschelte mit schmerzender Zunge »Helft mir« und streckte ihnen die Hände entgegen. Unsicher griff jeder eine, und zusammen zogen sie ihren vor Schmerzen weinenden Kameraden vorsichtig hoch, halfen ihm auf die noch wackeligen Beine und schauten ihn fragend an.

Wolfgang wischte sich mit dem Ärmel über das verheulte Gesicht, schmeckte das Blut im Mund, spuckte rote Flecken in den Schnee, fuhr mit der Zunge an den Zähnen entlang und erspürte den Riss.

»Du hast dich in die Zunge gebissen«, sagte Rudi.

Wolfgang streckte sie raus und fragte, was mehr zu erahnen als zu verstehen war, ob sie noch dran sei.

Alle nickten.

»Mir tut der Arsch weh«, stöhnte Wolfgang, der vom Steißbein noch nie etwas gehört hatte.

»Besser der Arsch als der Kopf«, sagte Peter, was bei seinem Freund zu einer Mischung aus Lachen und Weinen führte.

Die Spannung löste sich und die Kinder fingen an, sich gegenseitig von Wolfgangs Flug und der Landung zu erzählen, als wären die anderen nicht dabei gewesen. Und noch immer konnten sie nicht fassen, dass er das gewagt hatte.

»Du bist verrückt«, sagte Rudi, »du hättest tot sein können.«

»Warum hast du das getan?«, wollte Peter wissen.

»Ich wollte fliegen.«

»Du bist verrückt«, wiederholte Rudi.

Wolfgang machte erste Versuchsschritte, die ihm neue Schmerzen bereiteten. »Ich kann nicht laufen.«

»Wir ziehen dich«, sagte Peter. »Setz dich auf meinen Schlitten.«

Schlitten! Wolfgang fragte nach seinem Schlitten, sah, was von ihm übrig geblieben war und fast gleichzeitig seinen Vater vor sich. Der durfte davon nichts erfahren, sonst ... Das wollte Wolfgang sich lieber nicht vorstellen.

Dass er mit dem Schlitten über die Skischanze gefahren war, wusste am nächsten Tag das ganze Dorf. Als die Mutter beim Mittagessen davon erfuhr, war sie fassungs- und sprachlos. Sieglinde sagte, sie habe schon immer gewusst, dass der im Kopf nicht ganz richtig sei.

Sie solle ihren vorlauten Mund halten, herrschte der Vater sie an. In seinem Haus seien alle richtig im Kopf.

Wenn ich oder Brigitte über die Schanze gefahren wären, hättest du uns für verrückt erklärt, hätte Sieglinde ihrem Vater am liebsten an den Kopf geknallt. Aber der kann tun, was er will, immer ist es nicht so schlimm, wie wenn ich und Brigitte das Gleiche tun. Immer wird der bevorzugt, nur weil er ein Junge ist. Das ist ungerecht und gemein! Und eines Tages zahle ich dir das alles heim, das schwöre ich!

Das alles verbiss sie sich und schwieg, wie sie immer geschwiegen hatte, auch wenn ihr das schwerer fiel, je älter sie wurde. Sie verstand auch nicht, dass ihre Schwester das hinnahm, als sei es selbstverständlich. Für sie war das keineswegs selbstverständlich, und irgendwann würde sie sich das nicht mehr gefallen lassen.

Während Sieglinde unter dem Tisch eine Faust ballte, dass sich ihre Fingernägel langsam ins Fleisch drückten, hing Wolfgang tief über seinem Teller mit einer Löffelspitze Reisbrei im Mund, stellte fest, dass seine verletzte Zunge nur noch erträglich schmerzte und erwartete die Worthiebe mit eingezogenem Genick. Sie kamen nicht, was ihn verunsicherte. Eugen Windbacher aß schweigend vom Reisbrei, der in seinen Augen kein Essen für einen Mann war. Die eingemachten Pflaumen, die es dazu gab, rührte er nicht an. Seine Frau wusste, was er von solchen Speisen hielt, trotzdem musste sie mindestens zweimal in der Woche extra billige Gerichte auf den Tisch bringen, weil das Haushaltsgeld für mehr nicht reichte.

Eugen Windbacher, der schon als Junge und später im Krieg und in der Gefangenschaft noch viel schmerzlicher den Hunger kennen gelernt hatte, lebte mit seiner Familie nach der Devise: Es wird gegessen, was auf den Tisch kommt – bis die Teller mindestens einmal leer sind. Also leerte auch er seinen Teller, selbst wenn es Reisbrei gab.

»Und der Schlitten?«, fragte Eugen Windbacher, nachdem er den Löffel in den leeren Teller gelegt hatte. Der Ton war nicht drohend wie oft, wenn er solche Fragen stellte.

Wolfgang war überrascht, schaute kurz hoch, sah das Gesicht seines Vaters, der gerade seine *Reval* aus dem Brusttäschchen holte, und murmelte: »Den kann man wieder machen.«

»So – na, dann ist es ja gut.« Es sah fast so aus, als husche ein Lächeln um Eugen Windbachers Mund. »Und dir tut nichts weh?«

Wolfgang schüttelte schnell und heftig den Kopf, zu heftig, und die Eltern ahnten, dass er ihnen die Schmerzen verheimlichen wollte, was dem Vater imponierte. Dass sein Sohn mit dem Schlitten über die Schanze fahren würde, hätte er ihm nie und nimmer zugetraut; das hatte vor ihm noch keiner gewagt und würde auch nach ihm so schnell keiner wagen. Und er jammerte nicht, obwohl er garantiert Schmerzen hatte; vielleicht war Wolfgang ja doch kein solches »Mamakendle«, wie er immer gedacht hatte, vielleicht war der nur ein Spätzünder, bei dem alles ein wenig länger dauerte, und er musste einfach mehr Geduld mit ihm haben.

Eugen Windbacher riss die Flamme an das Streichholz, zündete die filterlose Zigarette an, sog den Rauch bis tief in die Lunge, schien ihn dort am liebsten halten zu wollen, schluckte und stieß ihn durch die Nasenlöcher wieder aus.

»Und wo ist der Schlitten?«

»In der Scheune.«

Eugen Windbacher griff nach der Zeitung und drehte das Radio, in dem Freddy Quinn gerade *Fährt ein weißes Schiff nach Hongkong* sang, leiser.

»Habt ihr gewettet, oder warum hast du das getan?«, fragte Hilde Windbacher.

»Ich wollte fliegen.«

Eugen Windbacher ließ die Zeitung sinken. »Fliegen?«, fragte er und sein Gesichtsausdruck veränderte sich. »Du bist wirklich nicht ganz richtig im Kopf!«

7

Im dritten Schuljahr bekam Wolfgangs Klasse den wegen seines Jähzorns allseits gefürchteten Herrn Inger als Klassenlehrer. Während die anderen Kinder wahre Horrorgeschichten erzählten, war Wolfgang nur froh, dass er die endlos scheinenden ersten zwei Schuljahre überlebt hatte. Nichts, so glaubte er, konnte in der Schule je wieder so schlimm sein wie die ungezählte Male ausgestandene Angst, zwischen Fräulein Wecklers Würgefingern ersticken zu müssen. Dagegen schienen ihm ein paar Schläge mit dem Zeigestock auf die Finger oder den Hintern geradezu harmlos. Davon erhielt er nur anfangs ein paar, als Herr Inger noch glaubte, Wolfgang auf diese Weise antreiben zu können. Nach wenigen Wochen erkannte der Lehrer jedoch, dass Wolfgang seinem Tempo nicht gewachsen war, verlor das Interesse an ihm und schickte ihn in die letzte Bank neben Adolf Burger, der, hätte es damals in der Gegend schon Sonderschulen gegeben, in eine solche abgeschoben worden wäre. So aber saß der Halbdackel, wie er von den anderen genannt wurde, seit dem ersten Schultag in der letzten Bank und grinste meistens vor sich hin, weil er von dem, was im Unterricht geredet wurde, kaum etwas begriff.

Mit Wolfgang musste zum ersten Mal ein anderes Kind neben ihm sitzen. Das sprach sich bald im Dorf herum und kam auch Eugen Windbacher zu Ohren. Der Vater eines Mitschülers und Arbeitskollege erzählte es ihm spöttisch grinsend. Eugen Windbachers Hände ballten sich zu Fäusten und es kostete ihn ungeheuer viel Mühe, sie nicht in das grinsende Gesicht zu schlagen.

Beim Mittagessen entlud sich seine angestaute Wut dann gewaltiger als je zuvor. Seine mächtige Faust krachte auf den Tisch, dass der Raum bebte. Wolfgang hatte keine Chance, dem Unheil zu entfliehen und sich in seine andere Welt zu retten. Obwohl Eugen Windbacher noch kein Wort gesagt hatte, wusste Wolfgang, dass er der Grund für die Wut des Vaters war. So eine Wut waren ihm weder seine Frau noch seine Töchter wert.

»Weißt du, neben wem der in der Schule sitzt?«, stieß er heraus und glotzte seine Frau dabei an, die wie immer in solchen Situationen schrumpfte und schwieg. »Neben dem Halbdackel von Burgers! Dein Sohn muss neben so einem sitzen!«

Sein Kopf fuhr herum und stierte Wolfgang an, dass der das Gefühl hatte, der Blick töte ihn. »Bist du auch so blöd wie der Halbdackel?«, schrie er.

Tränen stiegen in Wolfgangs Augen und lösten sich.

»Heul nicht! Antworte!« Gleichzeitig mit den Worten traf Wolfgang ein Schlag, der ihn vom Stuhl riss. Eugen Windbacher sprang auf, stieß Wolfgangs Stuhl zur Seite, trat nach seinem Sohn und brüllte mit sich überschlagender Stimme: »Du sollst nicht heulen, du Waschlappen!«

Die Angst um ihren Sohn löste Hilde Windbacher aus ihrer Erstarrung. Sie zerrte mit aller Kraft an ihrem Mann und rief: »Hör auf, du schlägst ihn ja tot!«

»Der hat es nicht besser verdient, der Krüppel!«

»Bist du verrückt!«, schrie sie, ließ ihn los und warf sich schützend über Wolfgang.

Eugen Windbacher holte zu einem weiteren Fußtritt aus, stoppte die Bewegung, ließ den Fuß sinken, starrte auf seine am Boden kauernde Frau, hörte das Wimmern seiner Kinder, drehte sich um und warf die Tür hinter sich zu, dass es in den Ohren dröhnte.

Hilde Windbacher verharrte noch eine Weile in ihrer schützenden Stellung und schaute unter dem Tisch hindurch zur Tür, die sich nicht mehr öffnete. Sieglinde und Brigitte rutschten unter den Tisch, krabbelten wie kleine Kinder zu ihrer Mutter und klammerten sich zitternd an sie. Die Mutter versuchte, ihre Kinder zu beruhigen, obwohl sie selbst erregt war wie selten.

»Kannst du aufstehen?«, fragte sie Wolfgang.

Er nickte, nuschelte jedoch gleichzeitig ängstlich: »Und wenn er wieder kommt?«

»Er wird dir nichts mehr tun«, antwortete seine Mutter und wunderte sich über die Festigkeit in ihrer Stimme. So entschieden hatte sie sich noch nie gegen ihren Mann gestellt.

Sie erhob sich mit ihren Kindern, legte die Arme um alle drei und schüttelte den Kopf, immer wieder.

Wolfgang klagte über Schmerzen im Rücken. Die Mutter hieß ihn das Hemd auszuziehen, holte eine Flasche Franzbranntwein und rieb den Rücken damit ein. Die Mädchen schauten zu, und als der kleine Bruder sogar unter dem sanften Druck von Mutters Händen aufstöhnte, tat er seinen Schwestern wirklich leid.

Später rieb Hilde Windbacher ihn noch einmal ein, von den Schultern bis zu den Oberschenkeln, die auch ein paar Tritte abbekommen hatten. Nebenbei fragte sie Wolfgang nach der Schule und seit wann er denn neben Adolf Burger sitze.

»Seit drei Tagen.«

»Und warum?«

Wolfgang zog die Schultern hoch.

»Du bist doch nicht dumm.«

»Aber zu langsam«, murmelte er.

»Dann musst du dich einfach mehr anstrengen und schneller werden«, sagte sie. »Wer zu langsam ist, kommt unter die Räder.«

Wolfgang schwieg. Er wusste, dass seine Langsamkeit nicht aus mangelnder Anstrengung resultierte und seine Mutter wusste es auch. Sie sah doch jeden Tag, wie fleißig und gewissenhaft er seine Schulaufgaben machte, wie er sich bemühte, die Arbeiten in Haus und Hof so gut und schnell wie möglich zu erledigen. Außerdem war niemandem verborgen geblieben, dass Wolfgang keineswegs auf allen Gebieten langsam war. So war er der schnellste Läufer und beste Weitspringer seiner Klasse und hatte bei den Bundesjugendspielen mit der höchsten Punktzahl einen Buchpreis gewonnen. Wenn es nichts zu überlegen und zu entscheiden gab, war Wolfgang so schnell wie andere Kinder, manchmal sogar schneller. Hatte er jedoch die Wahl zwischen zwei oder gar noch mehr Möglichkeiten, brauchte er Zeit zum Überlegen, mehr Zeit, als ihm seine Mitmenschen in der Regel ließen. Das machte ihm zu schaffen.

8

Eugen Windbacher schwieg seine Familie wie schon oft eine Woche lang an. Besonders schlimm war das eisige Schweigen bei den gemeinsamen Mahlzeiten. Die Kinder saßen mit gesenkten Köpfen über ihren Tellern und trauten sich kaum zu beißen. Auch die Mutter würgte das Essen durch den engen Hals. Nur der Herr des Hauses aß wie immer, zündete sich nach dem Essen eine *Reval* an und verschwand damit hinter der Zeitung. An solchen Tagen halfen die Mädchen ihrer Mutter gern beim Abräumen und Spülen. Wolfgang hätte am liebsten auch mitgeholfen, um möglichst schnell aufstehen und in die Küche gehen zu können, aber er traute sich nicht, weil er wusste, dass sein Vater Hausarbeit für Frauen- und Mädchensache hielt. Also musste er, einem ungeschriebenen Familiengesetz folgend, noch am Tisch sitzen bleiben und seinem Vater stille Gesellschaft leisten. Manchmal schaffte Wolfgang es, aus dieser bedrückenden Stille in seine andere Welt zu fliehen, wo ihm der Vater nichts anhaben konnte. Wenn er es nicht schaffte, machten sich die Gedanken und Wunschfantasien in seinem Kopf selbstständig, ließen Wolfgang zu einem Riesen werden und den Vater auf Zwergengröße schrumpfen. Schimpfte der Vater dann und wurde laut, war kaum mehr als ein Flüstern zu hören, worüber Wolfgang nur lachte. Und wenn er lachte, musste sich der Zwergenvater schnell die Ohren zuhalten, damit es ihm den Kopf nicht zerriss. Wolfgang konnte ihn mit seinen Riesenfingern vom Stuhl schnippen wie eine lästige Fliege, was er auch mit Vergnügen tat. Lag der Vater dann in einer Ecke und gab noch immer keine Ruhe, drohte Wolfgang, ihn zu zertreten. Das half.

Immer öfter geisterten Gedanken durch Wolfgangs Kopf, die den Vater weghaben wollten, zuerst nur weg, weit weg, am liebsten in Afrika oder Amerika, von wo er nur an Weihnachten und Ostern nach Hause kommen durfte, dann noch weiter weg, so weit, dass er nicht einmal mehr zu Besuch kommen konnte, ganz weg, für immer.

Über solche Gedanken erschrak Wolfgang, die wollte er doch gar nicht denken, durfte sie nicht denken, aber sie ließen sich nichts befehlen, geisterten weiter durch seinen Kopf, ergriffen Besitz von seinem ganzen Körper und machten ihm Angst. Um sich von diesen Gedanken abzulenken, las Wolfgang die Schlagzeilen der Zeitung: Bundeskanzler Adenauer besucht Italien. Albert Schweitzer warnt vor Atomversuchen. Bundestag verabschiedet das Gesetz über die Gleichberechtigung von Mann und Frau.

Was ein Bundeskanzler war, wusste Wolfgang nicht. Aber von Albert Schweitzer hatte Herr Inger schon mal erzählt. Der hatte im Urwald ein Krankenhaus gebaut und half dort den Negern. Die dritte Schlagzeile war für Wolfgang zu kompliziert formuliert; er verstand nur, dass es um Mann und Frau ging und irgendwas mit gleich.

Bevor er die Schlagzeile noch einmal lesen und weiter darüber nachdenken konnte, legte sein Vater die Zeitung zusammen, drückte den Zigarettenstummel im Aschenbecher aus, stand auf und verließ wortlos den Raum. Hilde Windbacher und die Kinder lauschten ihm hinterher, ahnten, dass er auf den Abort ging und hörten verschiedene Geräusche, die ihre Ahnungen bestätigten. Wenig später kam er zurück, steckte das von seiner Frau in Pergamentpapier eingepackte Vesperbrot in die rechte Jackentasche seines blauen Antons, die

Sprudelflasche mit einem Gemisch aus selbstgemachtem Beerensaft und Wasser in die linke und machte sich mit einem kurzen »Ade!« auf den Weg zur Arbeit. Erst als die Haustür ins Schloss fiel, löste sich Wolfgang von seinem Platz, trat ans Fenster und schaute durch die Gardine auf den Hof hinunter. Dort schob Eugen Windbacher gerade das Fahrrad an den Straßenrand, hob das Hinterrad an, stellte den linken Fuß auf das linke Pedal, brachte es in die gewünschte Stellung, trieb das Fahrrad mit zwei, drei Stößen des rechten Fußes an, schwang sich auf den Sattel und fuhr die leicht abschüssige Straße hinab. Wolfgang drückte die Gardine mit der Nase gegen die Fensterscheibe und folgte seinem Vater mit den Augen, bis der nach einer Linkskurve hinter dem Haus des Bauern Fuchs verschwand. Wolfgangs Blick hing noch ein paar Sekunden an der Hausecke, bevor er erleichtert aufatmete. Mehr als vier Stunden war er nun vor seinem Vater sicher. Diese Zeit war für Wolfgang die schönste des Tages, obwohl als Erstes die Schularbeiten anstanden, mit denen er sich oft lange herumschlagen musste. Wenn seine Mutter ihm anschließend nicht irgendeine Arbeit auftrug, konnte er nach draußen gehen. Meistens lief er zum Sportplatz hinter dem Freibad, wo sich am Nachmittag viele Jungen des Dorfes trafen. Nicht alle kamen zum Fußballspielen. Manche setzten sich unter die Bäume neben der Baracke, in der sich die Mannschaften des FC Winterlingen und ihre Gegner bei den Spielen umzogen, und spielten Karten. Andere zogen hinaus in die Wälder, um dort Räuber und Gendarm, Cowboy und Indianer zu spielen oder Höhlen zu erforschen. Wolfgang schloss sich meistens der Gruppe an, zu der seine besten Kameraden Peter und Rudi gehörten. Obwohl die beiden leidenschaftliche Fußballer waren, hatten auch sie manchmal mehr Lust auf Abenteuer als auf Fußball.

Einmal machten sich Peter, Rudi, Wolfgang, Karl-Heinz, Josef und Bernhard, ausgerüstet mit Holzschwertern, Taschenmessern und Stiletten, Stricken, Schnüren und Fackeln auf den Weg zum »Kapf«, einem etwa zwei Kilometer vom Sportplatz entfernten Waldstück. Das Besondere am Kapf waren die zwei mächtigen Felsen, von denen aus man weit über das darunterliegende Schmeiental mit den Ortschaften Straßberg und Kaiseringen blicken konnte. Das ganze Gebiet bestand aus Kalkstein, in dem sich im Lauf von Jahrmillionen zahlreiche Felsspalten und Höhlen gebildet hatten. Eine dieser Höhlen hatten Josef und Bernhard entdeckt. Nun ging es mit Verstärkung und voller Ausrüstung hinaus, um sie zu erforschen. Schon unterwegs redeten sich die sechs Jungen die Köpfe heiß, spannen Geschichten von einem versteckten Schatz, von Gnomen und Höhlengeistern, die ihn bewachen könnten und die es zu verscheuchen oder zu bekämpfen und besiegen galt.

»Da!«, sagte Josef und zeigte vor sich auf den Boden.

»Wo?«, fragte Rudi, weil er außer ein paar Ästen nichts sehen konnte.

Josef und Bernhard zogen die Äste weg, und ein Loch in der Erde wurde sichtbar.

Peter, der sich einen Höhleneingang anders vorgestellt hatte, fragte: »Das soll eine Höhle sein?«

Bernhard nahm einen Stein, hielt ihn über das Loch, legte den Finger an den Mund und ließ den Stein fallen. Es dauerte ein paar Sekunden, bis von unten ein dumpfes »Plopp« zu hören war. Sie warfen noch ein paar Steine hinunter und schätzten die Tiefe der Höhle. Ihre Schätzungen schwanken zwischen zwei und hundert Metern.

Hastig rissen die Jungen das Gras und Moos rund um das Loch aus, zündeten eine Fackel an und wollten in den dunklen

Schlund hinableuchten. Doch der schwarze Rauch stieg ihnen in die Gesichter und biss in den Augen.

»Einer muss runter«, sagte Bernhard.

Jeder dachte an die Gnome und Höhlengeister und trat zurück.

»Wir zählen aus«, schlug Josef vor. Und weil er den Höhleneingang entdeckt hatte, fing er auch gleich an: »Karin hat ins Bett geschissen, mitten aufs Paradekissen. Mutter hat's gesehn und du kannst gehn!«

Als Erster durfte Peter gehen, als letzter Karl-Heinz. Übrig blieb Wolfgang – wie immer, wenn es galt, etwas Gefährliches oder Unangenehmes zu tun. Er was sicher, dass das nicht mit rechten Dingen zuging, dass die anderen irgendwie mogelten, aber die Auszählerei ging jedesmal so schnell, dass er nicht wusste wie. Und wenn er nicht als Feigling gelten und ausgeschlossen werden wollte, musste er sich nun einen Strick um die Brust binden lassen.

Ängstlich setzte er sich an den Rand des Loches, hängte seine Beine hinein und fühlte schon die Monsterhände nach ihm greifen. Rudi zündete zwei Fackeln an und drückte Wolfgang in jede Hand eine.

»Ich ... ich ... ich will ...«, begann Wolfgang.

Die anderen konnten sich schon denken, was er wollte oder, besser gesagt, nicht wollte, hielten den Strick fest, drückten Wolfgang in das Loch und ließen ihn hinunter. Das war so schlimm, wie vom Vater in den Keller gesperrt zu werden. Dort wusste er trotz der Dunkelheit wenigstens, was wo stand, konnte sich alles vorstellen und kannte die Gerüche. Hier, in der Höhle, fehlte ihm jede Orientierung und er hatte keine Ahnung, was ihn erwartete. Das flackernde Licht der Fackeln warf bizarre Figuren an eine Wand, was alles noch unheimlicher machte.

Endlich spürte Wolfgang Boden unter den Füßen. Als er sicher stand, drehte er sich ganz langsam auf der Stelle und streckte die Arme aus, um möglichst weit zu leuchten.

»He, Wolfi! Was ist?«, rief Peter.

Wolfgang gab keine Antwort, weil er voll und ganz mit Schauen beschäftigt war. Langsam gewöhnten sich seine Augen an das gespenstische Licht. Die Höhle war ungefähr vier Meter hoch. Auf der einen Seite sah Wolfgang eine halbkreisförmige Felswand, die feucht glänzte. Auf der gegenüberliegenden Seite konnte er kein Ende erkennen.

»Wolfi, was siehst du?«, kam es von oben.

Wieder antwortete er nicht. Die hatten ihn beim Auszählen ausgetrickst, weil sie genauso viel Angst vor der dunklen Höhle hatten wie er, aber jetzt war er unten, jetzt wollte er für seine Angst belohnt werden. Trotz seines hämmernden Herzens wollte er sehen, was es hier unten gab. Und er würde ihnen nichts verraten, ratzeputz nichts!

Vorsichtig setzte er Fuß vor Fuß. Nach zehn, zwölf zaghaften Schritten tauchte im Fackelschein die Felswand auf. Hier war die Höhle niedriger als unter dem Einstiegsloch. Auf dem Boden entdeckte Wolfgang eine Kiste, wollte schreien, brachte keinen Ton heraus und starrte die Kiste, deren Bretter mit Moos bewachsen waren, an. Einerseits hätte er sich am liebsten hochziehen lassen, andererseits zog ihn die Kiste magisch an. Er näherte sich ihr bis auf einen Meter, senkte die Fackeln und machte den Hals lang. Der Deckel war in der Mitte nach unten gebrochen, doch vom Inhalt konnte Wolfgang wegen des Mooses trotzdem nichts erkennen. Er ging noch näher ran, beugte sich über die Kiste und stieß mit einer Fackel zuerst nur leicht, dann etwas stärker gegen die morschen Bretter des Deckels: Sie fielen in sich zusammen. Wolfgang schob sie ein wenig beiseite und konnte erkennen, dass Gewehre drinlagen.

Eine Pistole sah er auch. Bevor er noch mehr sehen konnte, spannte sich der Strick und zerrte Wolfgang zurück. Er hatte Mühe, sich auf den Beinen zu halten. Seine Freunde zogen ihn hoch, und als sie schwer atmend im Gras lagen, wollten sie wissen, was dort unten sei und warum er nicht geantwortet habe. Er antwortete ausweichend, sagte kein Wort von der Kiste. Und weil sich von den anderen keiner hinuntertraute, hatte Wolfgang von nun an ein Geheimnis.

9

An vielen Tagen des Jahres durfte Wolfgang nicht mit den anderen draußen herumstrolchen, denn auf dem großväterlichen Bauernhof und im Elternhaus, zu dem ein großer Garten mit Hühnerstall und einem Holzschuppen gehörte, in dem immer zwischen zehn und fünfzehn Hasen gehalten wurden, gab es viel zu tun. Mit möglichst vielen Dingen des täglichen Bedarfs versorgte man sich selbst, weil das Geld knapp war. Besonders schlimm wurde es, nachdem Mutters Schwester Hedwig ihren Anteil am Haus ausbezahlt haben wollte, weil sie das Geld für den Um- und Ausbau ihrer neuen Wohnung brauchte. Dafür hatten Windbachers einen Kredit aufnehmen müssen, was vor allem den Vater plagte, der Schulden machen und Schulden haben als Schande betrachtete. Jetzt musste wirklich mit jedem Pfennig gerechnet werden. Die Kleidung wurde von der Mutter und den Mädchen größtenteils selbst geschneidert und genäht oder gestrickt. Was kaputt oder zerschlissen war, wurde geflickt, wenn nötig auch mehrmals. Weil Wolfgang der Kleinste war, musste er Pullover und Jacken, ja sogar manche Schuhe von seinen Schwestern auftragen. Wenn die noch zu groß waren, stopfte die Mutter Zeitungspapier hinein.

Auch Lebensmittel wurden so wenig wie möglich gekauft. Obst und Gemüse kamen aus dem eigenen Garten, wurden frisch gegessen oder eingekocht, dass es bis weit ins nächste Jahr reichte. Brot und Milch, Fleisch, Wurst und Speck lieferte der Bauernhof des Großvaters genügend, so dass wenigstens niemand hungern musste.

Eine der Aufgaben Wolfgangs war es, die Hasen zu versorgen. Sobald im Frühjahr das Gras zu sprießen begann, musste er auf den Wiesen am Ortsrand Hasenfutter holen. In den ersten Wochen war das immer eine recht mühsame Arbeit und es dauerte ziemlich lange, bis der Korb voll war. Erst wenn frische Löwenzahnblätter die Wiesen bevölkerten, ging es deutlich schneller, und die Hasen freuten sich über das saftige Futter. Die schönsten Blätter bekam Wolfgangs Lieblingshase, dem er einen Namen gegeben hatte. Mit ihm sprach er beim Füttern und Stallausmisten, ihn nahm er jeden Tag heraus und spielte mit ihm. Seinen ersten Lieblingshasen hatte Wolfgang auf den Namen Boschi getauft. Weil er Boschi nicht nur mit dem saftigsten Löwenzahn fütterte, sondern ihm auch öfter einen Apfel, eine besonders dicke Möhre oder andere Leckerbissen zuschob, wuchs und gedieh der prächtig. Wolfgang freute sich an Boschi, bis der Vater ihn an einem Samstag Nachmittag in den Schuppen rief. Dort stand er, öffnete Boschis Stall, packte ihn im Genick und wollte ihn in einen Sack stecken.

»Nein!«, schrie Wolfgang und hielt mit beiden Händen den Arm seines Vaters fest.

»Was soll das?«

»Nicht Boschi!«, flehte Wolfgang. »Nimm doch einen andern.«

Eugen Windbacher guckte seinen Sohn an, als habe er nicht richtig gehört. Dann sagte er gefährlich leise: »Tu deine Hände weg, aber schnell!«

Zum ersten Mal im Leben gehorchte Wolfgang seinem Vater nicht.

»Bitte, bitte, Papa!«

Blitzschnell fuhr Eugen Windbachers rechter Arm zur Seite und Wolfgang krachte gegen die Schuppenwand. Durch einen Tränenschleier sah er, wie sein Vater Boschi in den Sack steckte.

In diesem Augenblick dachte Wolfgang an die Gewehre und die Pistole. Er würde sie aus der Höhle holen, einmal würde er hinabsteigen und sie heraufholen und dann ...

»Komm her!«, herrschte ihn sein Vater an, drückte ihm den Sack und eine Blechschüssel in die Hände.

Ohne ein weiteres Wort tappte Wolfgang aus dem Schuppen, durch den Garten, über den Hof und dann am Straßenrand entlang in Richtung Erich Sauter. Unterwegs rasten so viele Gedanken durch Wolfgangs Kopf, dass er wie benommen und rein mechanisch Fuß vor Fuß setzte, bis vor Erich Sauters Haustür. Weil er beide Hände voll hatte, konnte er die Tür nicht öffnen. Bei dem Versuch, Sack und Schüssel mit einer Hand zu halten, glitt ihm der Sack aus den Fingern, fiel auf den metallenen Schuhabstreifer, wobei Boschi einen Ton von sich gab, wie Wolfgang noch keinen gehört hatte. Dieser Ton brachte ihn wieder zu sich, machte ihm klar, wo er war und was in wenigen Minuten mit seinem Boschi passieren würde. Wolfgang stellte die Schüssel ab, hob den Sack auf und flüsterte: »Keine Angst, Boschi, ich lass dich raus.«

Da öffnete sich die Tür, Erich Sauter stand vor ihm und sagte: »So, bringst du mir Arbeit.« Mit diesen Worten griff er nach dem Sack.

Wolfgang hielt ihn fest.

»Was ist, gib ihn schon her!« Erich Sauter zog den Sack ruckartig zu sich und ging an Wolfgang vorbei. Ohne klar denken zu können, trottete der hinter dem Metzger in den kleinen Garten hinterm Haus, wo eine alte Tür an der Wand lehnte, in der oben mehrere Nägel steckten.

Erich Sauter wollte den Sack öffnen und zupfte an der Schnur herum. »Donnerwetter«, brummte er, »heut hat es dein Vater aber besonders gut gemeint. Da ist wohl ein ganz Wilder drin, was!«

Wolfgang wollte »Nein!« sagen, wollte sagen, dass Boschi überhaupt nicht wild, sondern ganz lieb sei. Doch er blieb stumm, wie immer, wenn er Erich Sauter einen Hasen bringen musste. Der große, kräftige Mann mit seinen riesigen, immer ein wenig aufgedunsenen Händen war ihm unheimlich. Jedesmal stellte Wolfgang sich vor, diese Hände würden ihn wie einen Hasen im Genick packen, was bestimmt noch schlimmer wäre, als von Fräulein Wecklers Würgefingern umklammert zu werden. Er sah Erich Sauter immer ungeduldiger an der Schnur zerren und hoffte schon, der Sack lasse sich nicht öffnen und er, Wolfgang, könne seinen Boschi wieder heil mit nach Hause nehmen. Da hatte Erich Sauter plötzlich ein Messer in der Hand, schnitt die Schnur durch, griff in den Sack und holte Boschi heraus. »Das ist ja ein Prachtexemplar«, sagte er beeindruckt und wandte sich Wolfgang zu. »Den hast du wirklich gut gemästet. Der gibt einen schönen Braten.«

»Nein!«, rutschte es Wolfgang heraus.

Erich Sauter hörte es nicht, jedenfalls reagierte er nicht darauf, nahm das Messer zwischen die Zähne, packte den Hasen mit der linken Hand an den Löffeln und hielt schon das runde Holzstück in der rechten Hand, das auf einem Fenstersims immer griffbereit lag. Wolfgang wollte ihm in den Arm fallen und Boschi retten, war jedoch zu keiner Bewegung fähig. Wie hypnotisiert schaute er dem Geschehen zu. Erich Sauter hielt den Hasen am ausgestreckten Arm und schlug ihm das Holz so gewaltig ins Genick, dass der ganze Körper bebte. Fast gleichzeitig hatte er das Messer in der Hand und stach es in Boschis Hals, aus dem sofort das Blut schoss. Kaum hatte der Hase ausgeblutet, schnitt Erich Sauter zwei Schlitze in die Hinterläufe und hängte ihn daran mit dem Bauch nach vorne an die Tür. Dann zog er ihm mit präzisen Schnitten und Griffen das Fell ab, öffnete den Körper, nahm die Eingeweide heraus, schnitt sie ab und warf sie auf den Misthaufen, wo ein paar Ratten schon gewartet hatten und sich jetzt gierig draufstürzten. Aber diesmal sah Wolfgang sie nicht, weil er keinen Blick von dem nackten Hasen lassen konnte. Erst als der Metzger die Augen aus ihren Höhlen schnitt, »Hier hast du zwei Murmeln!« rief und sie Wolfgang zuwarf, bewegte der sich, wollte ausweichen, war zu langsam, spürte das leichte Aufprallen der Augen auf seiner Brust, sah sie vor seinen Schuhen liegen und ihn anstarren, stieß einen Schrei aus und rannte davon – in die Arme seines Vaters, der ihm gefolgt war.

»Hier geblieben!«, sagte Eugen Windbacher und schob Wolfgang zurück in den Garten, um mit ihm zu warten, bis Erich Sauter mit seiner Arbeit fertig war. Dann drückte Eugen Windbacher seinem Sohn die Schüssel mit dem zerlegten Hasen gegen den Bauch, Wolfgang hob langsam die Hände und hielt sie fest. Die beiden Männer warfen sich Blicke zu, Eugen Windbacher nahm seinen Geldbeutel aus der Tasche, kramte zwei Münzen heraus, gab sie dem Metzger, verließ mit einem kurzen »Ade!« den Garten, und Wolfgang folgte ihm, die Nase dicht über seinem toten Boschi. Da dachte er wieder an die Pistole und war sicher, dass er in den Rücken vor ihm schießen würde, wenn er sie jetzt in der Hand hätte.

Am nächsten Tag stand Boschi als Sonntagsbraten auf dem Tisch. Wie immer bekam der Vater das erste Stück. Dann verteilte die Mutter Fleisch an die Mädchen. Als sie Wolfgangs Teller haben wollte, schüttelte er stumm den Kopf. Und obwohl im Hause Windbacher die Devise lautete: Es wird gegessen, was auf den Tisch kommt!, gab es ein stillschweigendes Einverständnis zwischen den Eltern, in diesem besonderen Fall eine Ausnahme zu machen. Aber Wolfgang musste am Tisch sitzen bleiben, während die anderen seinen Boschi verspeisten.

Er schaute über die ihm gegenübersitzende Mutter, sein Blick blieb an Albrecht Dürers »Betenden Händen« hängen und es dauerte nicht lange, bis Wolfgang in seiner anderen Welt war. Die Zuschauer am Spielfeldrand übertönten die Essgeräusche. Die Mannschaft des FC Winterlingen lag gegen den FC Hechingen 0:1 zurück. Obwohl Winterlingen drückend überlegen war, gelang ihnen gegen die geschickt verteidigenden Hechinger bis zehn Minuten vor Schluss kein Tor. Dann ließ Wolfgang als Regisseur des Films sich selbst am Mittelkreis den Ball erwischen, zu einem unwiderstehlichen Alleingang ansetzen und mit einem platzierten Schuss ins rechte Kreuzeck den Ausgleich erzielen. Doch damit war er noch nicht zufrieden. Sekunden vor dem Schlusspfiff setzte sich Peter am rechten Flügel gegen zwei Abwehrspieler durch, flankte zur Mitte, wo er hochstieg und den Ball mit einem wuchtigen Kopfstoß zum Siegtreffer ins Netz beförderte. Diesmal erdrückten seine Mannschaftskameraden ihn beinahe, und auf dem Weg zur Umkleidekabine stand auch sein Vater, nickte ihm anerkennend zu und sagte: »Gut gemacht, Wolfgang!«

»Wolfgang!«

Das war die Stimme der Mutter – die gehörte doch nicht auf den Sportplatz.

»Wolfgang, hörst du nicht?«

Fast gleichzeitig bekam er einen Tritt gegen das Schienbein, der ihn vollends vom Sportplatz weg- und an den Tisch zurückholte.

Nachdem Wolfgang seine nächsten Lieblingshasen Schecki und Moppel auf die gleiche Weise enden sah, gab er keinem mehr einen Namen. Er suchte auch für keinen besonders gutes Futter, rupfte achtlos Grasbüschel um Grasbüschel aus und verteilte alles gleichgültig. Mitunter wurde er beim Füttern sogar grob, und wenn ein Hase sich nach dem Öffnen seines Stalles naseweis nach vorne wagte, bekam er eins auf die Schnauze. Und als Wolfgang bei einem besonders lebhaften, schwarz-weiß gefleckten jungen Hasen spürte, dass der ihm etwas bedeuten könnte, nahm er ein Stück Draht, schob es durch das Gitter, ärgerte und piesackte den Hasen, bis der sich verängstigt in eine Ecke drückte.

10

Viel mehr Tiere und Arbeiten als zu Hause gab es auf dem großväterlichen Bauernhof. Nach dem Tod der Großmutter waren ihre Aufgaben der jüngsten Tochter Luise zugewachsen, weil sie als einzige der drei Schwestern noch im Haus lebte. Genau wie die beiden älteren war auch sie nach der Volksschule in eine Trikotfabrik geschickt worden, wo sie als Näherin arbeitete, bis sie zu Hause dringender gebraucht wurde, eine Nähmaschine in die Stube gestellt bekam, an der sie dann saß, wenn in Haus und Hof keine Arbeit rief, was vor allem im Sommerhalbjahr selten vorkam.

Luise und Hedwig wechselten sich beim Melken der Kühe und bei der Stallarbeit ab. Morgens war Luise dran, abends Hedwig. Und während seine Mutter, auf dem Melkschemel sitzend, einen Eimer zwischen den Beinen haltend und den mit einem Tuch bedeckten Kopf gegen den Bauch der Kuh drückend, Milchstrahl um Milchstrahl aus dem Euter presste, musste Wolfgang beim Füttern helfen. Dazu füllte er in der Scheune einen Korb mit gehäckseltem Heu und trug ihn in den Stall. Gleich rechts neben der Tür standen die beiden Pferde Fritz und Fanni, hinter denen er entlangmusste, um zu den Kühen und Kälbern zu kommen. Das tat er immer so leise und langsam wie nötig, um die Pferde nicht zu erschrecken, und so schnell wie möglich, um nicht von ihren gefährlichen Hufen getroffen zu werden. Denn seit Onkel Gerhard erzählt hatte, im Nachbardorf habe ein Pferd beim Füttern ausgeschlagen und der jungen Bäuerin das Knie zertrümmert, lebte Wolfgang in der ständigen Angst vor so einem Tritt. Jedesmal wenn er unverletzt an den Pferden vorbei war, atmete Wolfgang erleichtert auf, wohl wissend, dass diese Erleichterung nur von kurzer Dauer sein konnte, weil er den gleichen Weg wieder zurückmusste und das noch mehrere Male. Füttern durfte Wolfgang die Pferde nicht, und er war sehr froh darüber; das machte der Großvater selbst, denn sie waren sein ganzer Stolz.

Wolfgang trug das Häckselfutter zu den ungefährlichen Kühen und Kälbern, schüttete es in die Krippe und verteilte es gleichmäßig. Dabei musste er sich stets vor den Schwänzen in Acht nehmen, die immer wieder nach Mücken und Bremsen schlugen. Wenn man von so einem Kuhschwanz erwischt wurde, vielleicht sogar im Gesicht, tat das ordentlich weh. Nach dem Füttern half Wolfgang dem Großvater, der inzwischen den Stall ausgemistet hatte, beim Verteilen des frischen Strohs. Dann musste er in der Küche den Schweineeimer mit den Abfällen des Tages und ein paar zerdrückten gekochten Kartoffeln holen und zum Schweinestall hinterm Haus tragen. Dort warteten, angelockt durch das bekannte Quietschen des Blecheimers, nicht nur die vier Schweine, sondern bis zu zehn Ratten. Sie wuselten auf dem Boden und auf dem Rand des Troges herum, dass sie Wolfgang schon wegen ihrer Schnelligkeit unheimlich waren. Wenn er mit dem Fuß aufstampfte, huschten sie weg, waren aber sofort wieder da. Manche machten auf dem Trog Männchen, piepten und zeigten die Zähne, als wollten sie sagen: Nun rück das Fressen schon raus, sonst ...

Dieses »sonst« war es, das Wolfgangs Fantasie beschäftigte, seit Onkel Ludwig die Geschichte mit den Ratten erzählt hatte: Im Krieg war er mit ein paar Kameraden in Russland vor einem Schneesturm in eine Hütte geflüchtet. Müde und ausgehungert legten sie sich eng nebeneinander auf den Boden, um sich gegenseitig ein wenig zu wärmen. Kaum lagen sie, tauchten auf einem Balken über ihnen zwei Ratten auf, die wie Aasgeier auf ihre Opfer zu warten schienen. Auch unten waren bald welche zu hören. Solange die Männer wach waren, hoben sie von Zeit zu Zeit ihre Beine und ließen die Stiefel auf den Boden poltern, um so die Nager zu verscheuchen. Aber das half immer nur kurz.

»Mitten in der Nacht«, so Onkel Ludwig wörtlich, »wachte ich auf, weil an meinem linken Oberschenkel etwas kratzte. Noch im Halbschlaf begriff ich, das war eine Ratte. Ich packte zu, sie wand sich, biss und kratzte, aber ich drückte mit beiden Händen so lange, bis sie sich nicht mehr rührte. Dann stand ich auf, zog meinen Stiefel aus und schüttelte das Miststück aus meiner Hose. Am nächsten Morgen sah ich, dass sie gleich über dem Stiefel ein Loch in die Hose genagt hatte. Und noch etwas sah ich: Einem Kameraden, der in der Nacht gestorben war, hatten diese verdammten Biester schon die Hände und das Gesicht angefressen.«

Solche Biester warteten beim Schweinestall jeden Abend auf Wolfgang. Seit Onkel Ludwigs Rattengeschichte hatte er ein paar Mal gebettelt, jemand anders möge den Schweineeimer zum Schweinestall tragen. »Die Ratten werden dich schon nicht fressen«, hieß es nur.

Sie fraßen ihn zwar nicht, aber sie nagten an ihm, zum Beispiel in der Schule oder zu Hause am Tisch, wenn er nicht zu seinen Beinen sah und plötzlich spürte, wie etwas in seiner Hose hochkrabbelte. Sieglinde und Brigitte wussten von Wolfgangs Angst, und wenn sie ihm mal wieder eins auswischen wollten, kroch eine von ihm unbemerkt unter den Tisch und krabbelte mit den Fingern an seinem Bein hoch. Wie von der Ratte gebissen sprang er auf, schrie hysterisch und fing an zu heulen. Wenn seine Schwestern dann lachten und er begriff, dass sie ihm einen Streich gespielt hatten, trat und schlug er nach ihnen, dass sie Mühe hatten, ihn zu bändigen.

»Ihr seid blöde Sauen!«, brüllte er. »Ich sag's dem Papa, dann haut er euch!«

Wenn er dem Papa sage, dass er vor einem Mäuschen unter dem Tisch Angst gehabt habe, lache der ihn aus.

Wolfgang wusste, dass sie Recht hatten, was ihn noch wütender machte. »Dann sag ich ihm, dass ihr mich geschlagen habt!«

»Dann sagen wir ihm, dass du lügst, und wir sind zu zweit.«

»Aber euch glaubt er nicht, weil ihr nur Mädchen seid!« Damit traf er Sieglinde an ihrem wunden Punkt, und sie knallte ihm wirklich eine.

Als Wolfgang in der Schule zum ersten Mal das Gefühl hatte, eine Ratte krabble sein Bein hinauf, sprang er auf, schrie und vollführte einen wahren Veitstanz. Herr Inger fing ihn ein, schüttelte ihn und gab ihm zwei saftige Backpfeifen, damit Wolfgang wieder zu sich kam. Seit diesem Vorfall betrachtete der Lehrer ihn nicht nur als zu langsam und dumm, sondern auch als nicht ganz richtig im Kopf. Aber da Wolfgang nicht weiter störte, kümmerte Herr Inger sich nicht darum.

Schlimmer als die Tage waren die Nächte, wenn es hinter und über ihm in Wand und Decke raschelte und kratzte. Zwar beteuerte Wolfgangs Mutter hoch und heilig, das seien keine Ratten, sondern nur harmlose Mäuse; er wollte ihr auch gern glauben, doch in der Dunkelheit wurden die Nager in den Wänden zu hässlichen, fetten Ratten, die nur warteten, bis er einschlief. Dann würden sie herauskommen, auf die Bettdecke springen, sich seinem Gesicht nähern und es anknabbern, so wie die Ratten in der russischen Hütte Onkel Ludwigs toten Kameraden angeknabbert hatten.

Allein die Allgegenwart der kleinen und großen Nager zu Hause und mehr noch auf dem Bauernhof machte das Leben für Wolfgang schwer und manchmal zur Qual. Aber das interessierte niemanden, ebenso wenig wie seine Angst vor den Pferden. Eines Nachmittags musste er den Großvater begleiten, der den Fritz zum Schmied brachte, wo er neue Hufeisen bekommen sollte.

»Willst reiten?«, fragte der Großvater.

Wolfgang schüttelte heftig den Kopf.

»Brauchst keine Angst haben, der Fritz ist ein braver Kerl.«

Bevor Wolfgang etwas entgegnen oder tun konnte, packte der Großvater ihn um die Hüfte und hob ihn auf das Pferd.

»Halt dich an seiner Mähne fest!«

Wolfgang wäre am liebsten wieder hinuntergesprungen, doch so hoch oben, wie er saß, traute er sich das nicht, rutschte nur ein wenig nach vorn und krallte seine Finger in die derben Pferdehaare.

»Hü!«, sagte der Großvater und führte Fritz an einem Strick, der am Halfter festgebunden war, zur Schmiede.

Bei den ersten Schritten drückte Wolfgang seine Beine fest gegen den Pferdeleib, um ja nicht hinunterzufallen. Doch bald hatte er sich an den Rhythmus der Schritte und an das gleichmäßige Schaukeln gewöhnt und empfand es als immer angenehmer. Unterwegs kamen ihnen Peter, Rudi und Josef entgegen. Wolfgang ließ mit einer Hand kurz die Pferdehaare los und winkte seinen Kameraden. Ihre Blicke verrieten ihm, dass sie gern mit ihm tauschen und an seiner Stelle sitzen würden, auch wenn er nicht gerade wie ein Cowboy durch die Prärie ritt, sondern nur von seinem Großvater zur Schmiede geführt wurde. Das machte ihn ein wenig stolz.

Vor der Schmiede hob der Großvater seinen Enkel vom Pferd, führte es in eine Box, wo es mit dem Kopf zur Wand angebunden wurde. Die Männer wechselten ein paar Worte, der Schmied holte Hammer, Zange und Messer, der Großvater stellte sich neben Fritz, packte dessen rechtes Hinterbein unter dem Knie und rief: »Hoch!«

Gehorsam hob Fritz das Bein, der Großvater hielt es fest, und der Schmied löste mit geschickten Handgriffen das Hufeisen. Dann nahm er ein Messer, entfernte den Dreck vom Huf und schnitt viele kleine Stücke ab, was Wolfgang erschreckte, weil er dachte, das müsse dem Fritz weh tun. Aber der stand ruhig und schien nichts zu spüren.

»Siehst du«, sagte der Schmied zu Wolfgang, der alles aus sicherer Entfernung beobachtete, »Pferden muss man auch die Zehennägel schneiden wie dir.«

Wolfgang nickte, obwohl er nicht genau verstand, was der Schmied damit meinte. Der holte ein neues Hufeisen, drückte es gegen den Huf, stellte fest, dass es zu breit war, ging damit zur Esse, wo glimmende Kohlen lagen, zog ein paar Mal am Blasebalg und schob das Hufeisen mit einer langen Zange in die entfachte Glut.

Wolfgang schaute sich um. Dieser düstere, rauch- und rußgeschwärzte Raum mit den glühenden Kohlen in der Mitte war ihm nicht geheuer; so ungefähr stellte er sich die Hölle vor mit dem Schmied als Teufel. Vielleicht hatte der sogar Hörner, die man unter seiner schwarzen Kappe nur nicht sehen konnte.

Dröhnende Hammerschläge rissen Wolfgang aus seinen Gedanken. Er drückte beide Hände gegen die Ohren, sah, wie der Schmied das glühende Hufeisen auf dem Amboss mit dem Hammer bearbeitete. Dann stieß er das heiße Eisen in kaltes Wasser, wobei es zischte und dampfte. Anschließend kontrollierte er den Sitz; als es passte, machte er das Eisen noch einmal heiß und drückte es mit zwei Zangen gegen den Huf, dass es augenblicklich nach verbranntem Horn stank und sich Wolfgangs Magen beinahe umdrehte. An einigen Stellen besserte der Schmied mit dem Messer noch etwas nach, bevor er das Eisen an den Huf nagelte. Bei jedem Schlag zuckte Wolfgang zusammen, weil er glaubte, die Nägel im Huf müssten Fritz große Schmerzen bereiten. Doch das Pferd ließ alles ohne besondere Regungen über sich ergehen.

Als alle Hufe neu beschlagen waren, führte der Großvater das Pferd in einen Seitenweg und sagte, er müsse noch ins Dorf, um einiges zu erledigen, Wolfgang solle Fritz nach Hause bringen. Wolfgang erschrak, traute sich aber nicht »Nein« zu sagen. Der Großvater machte eine Schlaufe ans Ende des Strickes und gab ihn Wolfgang. Der schob seine Hand durch die Schlaufe, damit er den Strick sicherer halten konnte und sagte leise »Hü!«. Fritz setzte sich in Bewegung, Wolfgang ging neben ihm her und murmelte beschwörend: »Braver Fritz, schön langsam Fritz, bist ein guter Fritz.«

Es dauerte nicht lange, da wurde Fritz schneller. Sei es, dass ihn die neuen Hufeisen drückten, sei es, dass er den Jungen neben sich nicht ernst nahm, jedenfalls wechselte er in einen leichten Trab. Wolfgang lief mit, rief »Brrrrr!« und zog am Strick. Das schien Fritz zu stören, er wieherte und warf den Kopf hoch, die Schlaufe um Wolfgangs Handgelenk zog sich ruckartig zu, er schrie auf, versuchte sie mit der linken Hand zu öffnen, was ihm nicht gelang, weil Fritz immer schneller und der Strick immer enger wurde. »Brrrrr! Bleib stehen! Halt! Hilfe!«, schrie Wolfgang, doch Fritz erhöhte das Tempo und Wolfgang hatte bald keinen Atem mehr zum Schreien, rannte wie noch nie im Leben und war trotzdem zu langsam. Seine Beine versagten den Dienst, schleiften auf dem Boden, er wurde hochgerissen, dass er ein Stück weit flog, bis er wieder hart aufschlug. So ging es bis nach Hause, wo Fritz schnaubend vor der Stalltür stehen blieb. Wolfgang hing am Strick und war mehr tot als lebendig.

II

Sein zerschundener Körper bereitete Wolfgang in den ersten Wochen höllische Schmerzen. Als kleinen Ausgleich für sein Leiden betrachtete er es, dass er während dieser Zeit nicht mithelfen und nicht in die Schule musste. Alle bedauerten ihn, viele brachten ihm kleine Geschenke und er genoss die ungewohnte Beachtung.

Damit er mehr Platz und Ruhe hatte und nachts seine Schwestern nicht störte, wenn er vor Schmerzen wimmerte und weinte, bereitete ihm seine Mutter auf dem Sofa in der Stube ein Lager. Darauf verbrachte er viele Tage und Nächte, nur unterbrochen von den schmerzhaften Gängen zu den Mahlzeiten und zum Abort.

Ohne die täglichen Pflichten entwickelte Wolfgang einen neuen Rhythmus und lebte langsamer, nicht nur, weil sein geschundener Körper ihn dazu zwang. Am Vormittag, wenn der Vater und die Schwestern aus dem Haus waren und die Mutter ihren Arbeiten nachging, konnte er stundenlang vor sich hin träumen und dabei neue, schönere Welten erschaffen. Am Nachmittag machte er die Schulaufgaben, die Rudi ihm auf dem Heimweg immer vorbeibrachte. Und weil Wolfgang Zeit hatte, weil ihn niemand drängte, keine Arbeiten und keine Kameraden riefen, konnte er die meisten Aufgaben allein lösen. Wenn er damit fertig war, hatte er wieder seine Ruhe. Nur hin und wieder schaute die Mutter oder eine seiner Schwestern nach ihm und fragten, ob er etwas brauche, was er meistens verneinte.

Weil seine Mutter dachte, die Zeit müsse ihm lang werden, schickte sie Brigitte in die kleine Leihbücherei, um Lesestoff für Wolfgang zu holen. Aber er wollte nicht lesen, Bücher erinnerten ihn nur an die Schule. Trotzdem blätterte er in den beiden Schmökern, die seine Schwester für ihn ausgeliehen hatte, und las die ersten Sätze von *Winnetou Band 1*:

Lieber Leser, weißt du, was das Wort Greenhorn bedeutet? Green heißt grün, und unter horn ist ein Fühlhorn zu verstehen. Ein Greenhorn ist demnach ein Mensch, der noch grün, also neu und unerfahren im Land ist und seine Fühlhörner behutsam ausstrecken muß, wenn er sich nicht der Gefahr aussetzen will, ausgelacht zu werden.

Ein Greenhorn ist ein Mensch, der nicht von seinem Stuhl aufsteht, wenn eine Lady sich hinsetzen will; der den Herrn des Hauses grüßt, bevor er der Mistreß und Miß seine Verbeugung gemacht hat; der beim Laden des Gewehrs die Patrone verkehrt in den Lauf schiebt oder erst den Pfropfen, dann die Kugel und zuletzt das Pulver in den Vorderlader stößt. Ein Greenhorn spricht entweder gar kein oder ein sehr reines und geziertes Englisch. Ihm ist das Yankee-Englisch oder gar das Hinterwäldler-Kauderwelsch ein Greuel.

Wolfgang schaute auf, überlegte, las die Stelle noch einmal, blätterte nach hinten, sah, dass das Buch 430 Seiten hatte, klappte es zu und legte es weg.

Das zweite Buch war noch dicker. Es enthielt Geschichten, Märchen und Sagen. Wolfgang unternahm noch einen Versuch und las:

Die Geschichte vom dummen Frieder

Es war einmal ein Büblein, das saß auf einem Mäuerchen, ganz nahe bei dem großen Spielplatz, wo die Kinder des Dorfes Ringelreihen spielten und »Fuchs, du hast die Gans gestohlen«. Es sah immerfort zu den lustigen Kameraden hinüber, denn es hätte gar zu gern mitgetan. Aber das durfte es nicht; denn die andern Kinder sagten es ihm alle Tage, und seine eigenen Brüder sagten es auch, dass er zu dumm dazu sei.

Nein, auch das wollte er nicht lesen. Er wollte überhaupt nicht lesen, weder die Geschichte vom dummen Frieder noch die von einem Greenhorn, was immer das sein mochte, noch von sonst einem. Er brauchte keine erfundenen Geschichten, er erfand sich seine Geschichten lieber selbst. Anlass dazu konnte ein Geräusch, ein Wort oder ein Bild sein. Mit einer Schattenfigur an der Decke flog Wolfgang in ein fernes Land. Dort schossen Soldaten mit Gewehren und Pistolen auf ihn, doch die Kugeln konnten ihm nichts anhaben. Er landete vor dem Schloss, wo der König, der Eugen Windbacher auffallend ähnlich sah, befahl: »Wachen, packt den Eindringling und werft ihn in den Kerker!« Als die Soldaten Wolfgang gefangen nehmen wollten, prallten sie gegen eine unsichtbare Wand, die ihn umgab und schützte. Die Soldaten wichen verunsichert und verängstigt zurück. Wolfgang forderte den König zu einem Zweikampf heraus, besiegte ihn und setzte sich selbst die Krone auf. Der abgesetzte König fiel vor Wolfgang auf die Knie und bettelte um Gnade. Doch der neue König kannte keine Gnade und ließ ihn in den tiefsten Kerker sperren. Dann befahl er, alle Schulen im Land zu schließen und die Kinder nicht mehr arbeiten, sondern den ganzen Tag spielen zu lassen.

Solche und auch ganz andere Geschichten dachte sich Wolfgang auf seinem Lager in der Stube aus.

Einmal wachte er in der Nacht auf und hörte Geräusche, die er zuvor noch nie gehört hatte. Er wusste nicht, ob er davon oder von den Schmerzen aufgewacht war, hob den Kopf vom Lager und lauschte. Die Geräusche kamen aus der Kammer nebenan und Wolfgang konnte sie nicht deuten. Mal meinte er, Flüstern und Kichern zu hören, mal glaubte er, dort finde ein Kampf statt, bei dem seine Mutter sich gegen einen Angriff wehrte. Was sonst sollte ihr Jammern, Seufzen und Stöhnen, ihr »Nein, nicht, nicht!« bedeuten? Aber warum half der Vater ihr nicht? Der musste die Mutter doch hören, so fest konnte er doch nicht schlafen. Oder war er gar nicht im Bett? Vielleicht war er noch im Wirtshaus oder – Wolfgang stockte der Atem – oder der Angreifer hatte ihn umgebracht und wollte nun auch die Mutter töten. Voll Angst schrie Wolfgang um Hilfe. Wenig später erschien ein Mann in der Tür und schaltete das Licht in der Stube an. »Was ist los?«

»Papa?«, fragte Wolfgang ungläubig.

»Warum schreist du denn um Hilfe?«

»Wahrscheinlich hat er schlecht geträumt«, meinte die Mutter, die im Nachthemd aus der Kammer kam. Sie ging zu Wolfgang, strich ihm übers Haar und sagte: »Es ist nichts passiert, du hast nur geträumt. Schlaf jetzt wieder.«

»Aber ... aber ... du hast ...«, stammelte Wolfgang völlig verwirrt.

»Du hast geträumt«, wiederholte die Mutter. »Aber du siehst ja, es ist alles in Ordnung.«

Alles in Ordnung? Nichts war in Ordnung. Wie schon so oft blieb Wolfgang allein mit seinen Fragen. Er hatte nicht geträumt, da war er ganz sicher, er hatte seine Mutter jammern hören. Aber wo kam der Vater plötzlich her und warum hat er der Mutter nicht geholfen? Oder hat er ihr selbst etwas getan? Nein, wenn die beiden stritten, hörte es sich anders an, dann war der Vater viel lauter als die Mutter. Gestritten hatten sie sich nicht, aber was dann? Was war dort in der Kammer vor sich gegangen? So lange Wolfgang auch grübelte, er fand keine vernünftige Antwort.

Ein paar Tage später, am frühen Sonntag Morgen, lag Wolfgang wach und flog auf seinem Schattendrachen zum Mond. Dort begrüßte sie der Mann im Mond, der in Wirklichkeit ein Kind war. Weil es seit tausend Jahren allein auf dem Mond lebte, freute es sich sehr über den Besuch. Es zeigte Wolfgang und dem Drachen zuerst den Mond und dann sein Häuschen. Dort spielten sie im Garten Fußball. Dabei hörte Wolfgang ein Tuscheln und Murmeln. Er wunderte sich, weil das Kind gesagt hatte, es lebe allein auf dem Mond, was es auf Wolfgangs Nachfrage noch einmal bestätigte. Ein Kichern holte Wolfgang auf die Erde zurück. Er drehte den Kopf zur Kammertür und lauschte, glaubte die Stimme seines Vaters zu hören, konnte sich allerdings nicht vorstellen, dass dieses leise, zarte Flüstern aus dessen Mund kam. Es dauerte nicht lange, bis die Stimmen und Geräusche lauter wurden, bis die Mutter wieder jammerte und stöhnte. Wolfgang spürte eine stechende Wärme vom Bauch bis in den Kopf. Diesmal wollte er wissen, was in der Kammer vorging und war bereit, seiner Mutter trotz der Schmerzen beizustehen. Vorsichtig erhob er sich, schlich auf Zehenspitzen durchs Zimmer, drückte die Klinke ganz langsam und öffnete die Tür einen Spalt weit. Was er dann sah, nahm ihm den Atem. Ein nackter Hintern hob und senkte sich über einem nackten Körper, von dem nicht viel mehr als die gespreizten Beine zu sehen waren. Wolfgang war wie betäubt und bevor er sich wieder bewegen konnte, entdeckte ihn seine Mutter und rief entsetzt »Wolfgang!«. Eugen Windbachers Kopf fuhr herum, rief »Verschwinde! Mach die Tür zu!« und beide griffen gleichzeitig nach der Bettdecke, um sich zu bedecken.

Wolfgang zog die Tür zu, war jedoch unfähig, sich von der Stelle zu rühren. Sekunden später wurde die Tür aufgerissen und Wolfgang erhielt von seinem Vater ein paar Ohrfeigen, dass er durch die Stube taumelte. »Wenn du das noch einmal machst, schlag ich dich tot, du Saukerl!« Dann verschwand er wieder in der Kammer.

Wolfgang warf sich auf sein Lager und heulte. Mehr als die Schmerzen machte ihm zu schaffen, was er gesehen hatte. Er begriff das alles nicht, begriff auch nicht, warum sein Vater ihn einen Saukerl nannte und sogar drohte, ihn totzuschlagen. Was hatte er denn so Schlimmes getan?

12

Wolfgang hätte gern mit jemandem über die rätselhaften Vorgänge in der Elternkammer geredet, wusste jedoch nicht, mit wem. Als er wieder in die Schule ging, machte er bei seinen Kameraden ein paar vage Andeutungen, doch die reagierten nicht darauf. Und deutlicher wollte er nicht werden, weil sich irgendetwas in ihm dagegen sträubte. Er wurde den Gedanken nicht los, dass in der Elternkammer etwas Verbotenes geschehen war, über das man nicht reden durfte. Also schwieg er.

In der Schule saß Wolfgang immer noch neben Adolf Burger. Herr Inger kümmerte sich nicht um die beiden, was Wolfgang nur recht war, zumal der Lehrer die anderen oft schalt und dabei auch mit dem Zeigestock zuschlug. Die Mädchen bekamen ein oder zwei Tatzen auf die Innenfläche ihrer Finger, die Buben mussten sich über die vordere Bank beugen, damit die Hosen spannten, und bekamen die Schläge auf den Hintern.

Während einer Naturkundestunde sprach Herr Inger über die heimischen Baumarten und hatte dazu ein Schaubild an den Kartenständer gehängt. Die meisten Kinder interessierten die Unterschiede zwischen Eiche, Buche, Linde, Tanne, Fichte, Kiefer und Lärche nicht. Bernhard flüsterte mit seinem Nebensitzer Karl-Heinz, der nur mit Mühe das Lachen unterdrücken konnte.

»Was gibt es da zu tuscheln und zu grinsen?« Herr Inger stieß den Zeigestock in Richtung Karl-Heinz. »Komm du mal nach vorne!«

»Ich ... ich ...«

»Du sollst nach vorne kommen!«

Karl-Heinz stand auf, schlich mit eingezogenem Genick durch die Bankreihen und ahnte nichts Gutes. Herr Inger zeigte nacheinander auf die Bäume, Karl-Heinz sollte sie benennen, und der Lehrer kündigte schon im Voraus für jede falsche Antwort einen Schlag auf den Hintern an. Mehr an die Schläge als an die Bäume denkend, konnte Karl-Heinz nicht einmal eine Eiche von einer Tanne unterscheiden und tippte nur die Linde richtig.

»Dir werde ich helfen, zu schwatzen und zu lachen, während ich etwas erkläre!«, rief Herr Inger, packte Karl-Heinz und drückte seinen Oberkörper auf die vorderste Bank, in der sich Jutta und Adelheid so weit wie möglich zurücklehnten.

Der Lehrer zählte die Schläge mit und schlug jedes Mal fester, hörte nach dem sechsten Schlag nicht auf, sondern schlug weiter, geriet außer sich, schlug, schrie, spuckte, schwitzte, während Karl-Heinz vor Schmerzen brüllte. Die anderen Kinder starrten entsetzt nach vorn und zuckten bei jedem Schlag zusammen. Keines bemerkte, dass die Tür geöffnet wurde und Rektor Huber hereinkam. Der sah mit einem Blick, was hier vor sich ging, eilte zu seinem Kollegen, griff ihm in den Arm, sagte zweimal »Friedrich!« und wand ihm den Zeigestock aus der Hand. Herr Inger schaute ihn mit Stieraugen an. Heftig atmend drehte er den Kopf und sah den gepeinigten Karl-Heinz über der Bank hängen.

»Warte bitte im Lehrerzimmer auf mich«, sagte der Rektor zu Herrn Inger, der wie in Trance zur Tür trottete.

Dann fasste der Rektor Karl-Heinz vorsichtig an der Schulter. »Steh auf.«

Mühsam, mit verheultem, schmerzverzerrtem Gesicht richtete sich Karl-Heinz auf. Der Rektor sah ihn an, schien nachzudenken, forderte die Klasse auf, sich ruhig zu verhalten und ging mit Karl-Heinz hinaus.

Langsam löste sich die Erstarrung bei den Kindern und sie erzählten einander, was passiert war, obwohl alle es mit eigenen Augen gesehen hatten, mutmaßten, was der Rektor mit Karl-Heinz und ihrem Lehrer wohl tun werde. Beide kamen an diesem Vormittag nicht mehr in die Klasse, ebenso wenig am nächsten. Karl-Heinz könne nicht sitzen, Herr Inger sei krank, hieß es. Die Kinder waren froh und wünschten ihm eine lange Krankheit, was für eine es auch immer sein mochte. Der Wunsch schien in Erfüllung zu gehen, denn Herr Inger kam nicht mehr in die Klasse zurück. Monatelang unterrichteten seine Kolleginnen und Kollegen die Hauptfächer, und viele Stunden fielen einfach aus. Die Kinder freuten sich über beides, auch wenn manche Lehrerin und mancher Lehrer kaum weniger streng war als Herr Inger.

Für Wolfgang wurde vor allem der Deutschunterricht bei Fräulein Thiedemann zur Qual. Sie stammte wie Fräulein Weckler aus Norddeutschland und hatte die Angewohnheit, alle Pf-Anlaute als »f« zu sprechen und alle ig-Auslaute als »isch«. Aus Pflaumen wurden bei ihr Flaumen, aus zwanzig Pfennig zwanzisch Fennisch. Und nicht nur Wolfgang schrieb die Worte so, wie Fräulein Thiedemann sie aussprach, was die Fehlerzahl bei Diktaten beträchtlich erhöhte und damit auch die Strafen, die manche Kinder zu Hause erwarteten. Diktate gehörten für Wolfgang ohnehin zum Schlimmsten in der Schule, weil die Lehrer dabei das Tempo vorgaben, ein Tempo, dem er nie lange folgen konnte. Fräulein Thiedemann las zu Beginn den ganzen Text vor, doch Wolfgang konnte aus Angst vor den vielen Wörtern gar nicht richtig zuhören. In seinem Kopf blieben nur die hängen, von denen er wusste, dass er sie würde nicht richtig schreiben können. Dann diktierte sie Satz für Satz, und es durfte kein Wort mehr gesprochen werden. Beim Schreiben bereitete ihm selbst so ein kleines Wort wie »viel« großes Kopfzerbrechen. Sollte er es mit f oder v, mit e oder ohne oder vielleicht sogar mit e und h schreiben? Da galt es lange zu überlegen. Zumindest glaubte Wolfgang, dass er das kleine Wort klein schreiben musste, aber völlig sicher war er sich auch in dieser Frage nicht. Auf dem Löschblatt probierte er alle möglichen Schreibweisen aus, und lange, bevor er sich für eine entschieden hatte, war Fräulein Thiedemann schon beim nächsten Satz. Die ersten Sätze konnte sich Wolfgang noch einigermaßen merken, ließ da und dort eine Lücke, um das fehlende Wort später nachzutragen, schon fürchtend, dass er dazu wohl keine Gelegenheit haben würde. Bald wurden die Lücken größer, es fehlten halbe, ja sogar ganze Sätze. Irgendwann tropfte die erste Träne aufs Heft und Wolfgang spürte, wie alles in ihm zu fließen begann; er konnte weder den Füller noch das Wasser halten. Außer seinem Freund Peter, neben dem er wieder saß, seit Herr Inger weg war, bemerkte beim ersten Mal niemand etwas davon. Und weil der nicht wusste, was er tun sollte, tat er so, als habe er nichts bemerkt.

Fräulein Thiedemann hatte noch nie ein Diktatheft wie das von Wolfgang gesehen und achtete deshalb beim zweiten Diktat besonders auf ihn. Als ihm der Füller aus der Hand glitt, ging sie nach hinten und fragte, ob ihm nicht gut sei. Er schrumpfte noch ein Stück, sie wiederholte ihre Frage, erhielt wieder keine Antwort, bekam einen Geruch in die Nase, der nicht ins Klassenzimmer gehörte, schaute nach unten und sah die dunkel gefärbte Hose, schimpfte und schickte ihn hinaus. Ihre grelle Stimme machte Wolfgang wieder lebendig, doch er war noch unfähig, sich zu bewegen. Da packte ihn die Lehrerin, zerrte ihn hoch und stieß ihn zu Tür. Wolfgang taumelte, fing sich, lief hinaus, schloss sich auf der Toilette ein und heulte. Von dem Gestankgemisch aus Urin, Putz- und Desinfektionsmitteln wurde ihm vollends übel und er musste sich übergeben. Nach dem quälenden Würgen setzte er sich auf die Kloschüssel, riss Papier ab und tupfte an seiner feuchten Hose herum, ohne sichtbaren Erfolg. Am liebsten wäre Wolfgang für den Rest des Vormittags in der Toilette geblieben, doch der ekelhafte Gestank trieb ihn hinaus. Vor der Tür blieb er unschlüssig stehen, schwankend, ob er zurück ins Klassenzimmer oder nach Hause gehen sollte, wo ihn seine Mutter mit vielen Fragen empfangen würde. Nein, dann lieber die Blicke und das Getuschel der anderen aushalten.

Als er das Klassenzimmer betrat, war es sehr still. Die Kinder lasen ihre Diktate noch einmal durch und Fräulein Thiedemann passte auf, dass niemand abschrieb. Fast alle schauten hoch, bis Wolfgang an seinem Platz saß, warteten, ob die Lehrerin etwas sagen oder tun würde, was nicht der Fall war, und widmeten sich wieder ihren Diktaten. Nur Peter schielte kurz zu Wolfgang hinüber, der schnell auf sein Heft blickte, um ihm nicht in die Augen sehen zu müssen.

In der nächsten Deutschstunde hörten die Kinder den Spruch zum ersten Mal, den alle Schüler von Fräulein Thiedemann früher oder später auswendig kannten. Sie hatte *Der Löwe und die Maus* vorgelesen und wollte mit den Kindern das Wesen einer Fabel erarbeiten. Wolfgang hatte schon beim Vorlesen nicht zugehört und gedankenverloren mit dem Deckel des Tintenfässchens gespielt. Für ihn völlig überraschend stand die Lehrerin neben ihm, hieß ihn aufstehen, legte die rechte Hand an seine linke Backe und begann, den Spruch aufzusagen:

> *Hier hängt die Backe, gefüllt mit Saft,*
> *darauf die Hand, gefüllt mit Kraft.*
> *Die Hand, in Folge der Erregung,*
> *verwandelt sich in Schwungbewegung.*

Am Ende des Vierzeilers bekam Wolfgang eine schwungvolle Backpfeife. Von diesem Tag an verstrich keine Woche, in der Wolfgang nicht ein- oder zweimal den gefürchteten Spruch hörte und Fräulein Thiedemanns Hand auf seiner linken Backe spürte. Die korpulente Lehrerin mit ihren nach vorn gewölbten Lippen und der feuchten Aussprache schien den schmächtigen Wolfgang als ihr persönliches Opfer auserwählt zu haben. Einmal beklagte er sich zu Hause darüber, bekam jedoch keine Unterstützung, sondern nur zu hören, dass er die Strafen wohl verdient habe.

Wolfgang wünschte Fräulein Thiedemann zum Teufel und Herrn Inger zurück, der ihn zwar nicht gemocht, aber wenigstens in Ruhe gelassen hatte.

13

Wolfgang stellte sich oft vor, wie es wäre, wenn er sterben würde. Er sah sich im Sarg liegen, die Leute an seinem Grab stehen und weinen. Am meisten weinte sein Vater, der sich große Vorwürfe machte, dass er so streng mit ihm gewesen war. Genau wie er wünschten sich die anderen, Wolfgang wäre noch am Leben, dann würden sie ihn viel liebevoller behandeln.

Jetzt ist es zu spät!, rief Wolfgang aus seinem Grab. Ihr seid schuld, dass ich tot bin! Er gönnte ihnen die Trauer und den Schmerz. Nur seine Mutter tat ihm leid. Wenn er sie schluchzen hörte, wurde der Druck in seiner Brust immer stärker, bis er zu sich kam, um weiterzuleben. Und je älter Wolfgang wurde, desto mehr Aufgaben wuchsen ihm zu. Mit neun Jahren nahm ihn der Großvater an den Nachmittagen im Herbst oft mit zum Pflügen. Wolfgang wollte nicht und heulte vor Wut, weil er auf dem Acker herumlaufen sollte, während seine Freunde auf dem Sportplatz oder im Wald spielen konnten. Doch alles Heulen und Zetern half nichts, er musste mit, musste den Fritz führen und dafür sorgen, dass die Pferde immer geradeaus gingen, damit der Großvater mit seinem Einscharpflug gerade Furchen pflügen konnte, was bei dem steinigen Boden nicht einfach war. Anfangs traute sich Wolfgang kaum, am Zügel zu ziehen und Fritz in der Spur zu halten. Er hatte Angst vor dessen Zähnen und Hufen.

»Hüst!« oder »Hott!« rief der Großvater dann und verlieh seinen Kommandos mit der Peitsche Nachdruck. Manchmal züngelte sie auch auf Wolfgangs Rücken und ließ ihn zusammenzucken. Wolfgang fragte sich, ob die Peitsche ihn aus Versehen oder absichtlich getroffen hatte, wobei Großvaters geschickter Umgang mit ihr für Letzteres sprach.

Am ersten Tag war Wolfgang voll konzentriert bei der Sache, achtete auf den Boden, um ja nicht zu stolpern, und tickte auch mal ganz vorsichtig am Zügel, um Fritz zu signalisieren, dass er aufpasste. Doch das war kaum nötig, denn Fritz ging stur geradeaus und schaute dabei weder nach links noch nach rechts. Am zweiten Tag ließ Wolfgangs Konzentration schon deutlich nach und am dritten dauerte es nicht lange, bis alle ihren Rhythmus gefunden hatten und Fuß vor Fuß setzend Furche um Furche in den Acker zogen.

Ich werde hier doch gar nicht gebraucht, dachte Wolfgang, Fritz und Fanni würden auch ohne mich geradeaus gehen, und falls nötig, könnte Opa sie mit Zügel und Peitsche allein dazu bringen. Aber bald konnte er nicht mehr denken. So wie seine Beine mechanisch vorwärts schritten und nicht mehr zu ihm zu gehören schienen, so lösten sich auch seine Gedanken von ihm. Das Schnaufen der Pferde und ihre gleichmäßigen Tritte, das Kratzen der Pflugschar an den Steinen und die über Erdkrumen und Steine holpernden Eisenräder des Pfluges wurden zu einem Klanggemisch, das Wolfgang in eine seltsame Stimmung versetzte. Er spürte seinen Körper nicht mehr, fühlte sich leicht, wohlig leicht und empfand die Wende am Ende des Ackers als störende Unterbrechung. Richtig ärgerlich wurde er, wenn der Großvater die Pferde anhielt, weil er trinken wollte oder pinkeln musste. Dann kam Wolfgang ganz zu sich, spürte seine müden Beine, nahm die einzelnen Geräusche und Gerüche wahr, die in seinem Kopf wieder Gedanken erzeugten. Meistens schaffte er es anschließend nicht mehr, den richtigen Rhythmus zu finden, stolperte oft und musste sich bis zum Ende der Arbeit über den Acker quälen.

Auf der Heimfahrt über die holprigen Feldwege wurde Wolfgang von dem eisenbereiften Leiterwagen in einen Dämmerzustand gerüttelt, aus dem er erst durch das Anhalten vor dem Stall auftauchte. Am liebsten hätte er sich irgendwo hingelegt, um weiterzudösen, aber nach einer kurzen Pause, in der er ein Marmeladebrot aß und zwei Tassen Milch trank, musste er bei der täglichen Stallarbeit mithelfen.

Einmal führte der Großvater vor dem Füttern eine Kuh aus dem Stall und über den Hof zur Straße. Wolfgang wunderte sich und fragte Tante Luise, wohin der Großvater mit der Kuh gehe. Sie wurde verlegen, druckste herum und sagte schließlich: »Zum Schmied.«

Zum Schmied? Mit einer Kuh? Wozu? Die brauchte doch keine Hufeisen. Vielleicht war sie krank, aber dann müsste sie nicht zum Schmied, dann käme doch der Tierarzt. Entweder wusste Tante Luise selbst nicht, wohin der Großvater mit der Kuh ging oder sie wusste es, wollte es aber nicht sagen und hatte nur »zum Schmied« gesagt, um Ruhe zu haben. Wolfgang hatte schon oft erlebt, dass Erwachsene auf Fragen falsche Antworten gaben, um Ruhe zu haben. Er ließ Tante Luise ihre Ruhe und folgte heimlich dem Großvater. Der führte die Kuh an der Schmiede vorbei, und Wolfgang nickte, als wolle er damit sagen: Hab ich's mir doch gedacht! Er blieb im Schutz von Gärten, Zäunen, Misten, Bäumen und abgestellten Leiterwagen, bis der Großvater mit der Kuh in einem alten Bauernhaus verschwand. Wolfgang zögerte, denn er wusste, dass dort im Stall zwei Bullen standen, von denen es hieß, sie würden die Kühe »decken«. Er hatte seine Mutter mal gefragt, was das bedeute, und sie hatte geantwortet: »Das verstehst du noch nicht.«

Vorsichtig näherte sich Wolfgang dem Haus, und mit jedem Schritt schlug sein Herz stärker. An der Hausecke blieb er stehen und schaute sich um wie ein Dieb. Er wollte weglaufen und wollte gleichzeitig wissen, was in dem Stall geschah. Die zweiflüglige Stalltür war geschlossen, aber durch die Fuge zwischen den beiden Flügeln konnte Wolfgang einiges sehen, und was er sah, ließ ihn einen Moment zurückweichen. Ein riesiger Bulle mit einem mächtigen Schädel kam den Gang entlang. Er hatte einen Ring in der Nase, an dem ein dicker Strick befestigt war, den ein Mann in beiden Händen hielt. Plötzlich hörte Wolfgang die Stimme seines Großvaters: »Ruhig, Gretel, ganz ruhig, dir passiert nichts, sei ganz ruhig.« Er sang mehr, als er sprach, und so leise, fast schon zärtlich, wie Wolfgang ihn noch nie gehört hatte. Die hintere Hälfte der Kuh, die er sehen konnte, musste zu Gretel gehören, neben deren Kopf der Großvater vermutlich stand.

»Brrrr!«, machte der Mann und drückte den Schädel des Bullen in Richtung Gretel.

Der Bulle schnaubte und roch an Gretels Hinterteil, was ihm der Mann erleichterte, indem er Gretels Schwanz hochhob und zur Seite bog. Mit einem kurzen Brüller stieg der Bulle vorne hoch …

»Du Sauhund!«, hörte Wolfgang hinter sich und erhielt gleichzeitig einen Schlag, dass er fast die Nase an der Stalltür brach und der stechende Schmerz ihm sofort Tränen in die Augen trieb. Eine Hand packte ihn im Genick, wie ihn seit Fräulein Wecklers Zeiten keine mehr gepackt hatte, und wie damals hatte er das Gefühl, ersticken zu müssen.

»Schämst du dich nicht?«, fragte die Stimme, die zu der Hand gehörte. »Wenn ich das deinem Vater erzähle, schlägt er dich grün und blau!«

Wolfgang kannte die Stimme, konnte sie aber in seinem jämmerlichen Zustand nicht zuordnen.

Die Hand drehte ihn, so dass er die Frau, nach oben schielend, durch den Tränenschleier erkennen konnte. Es war die

Witwe König, die drei Häuser von den Windbachers entfernt wohnte. Sie lockerte den Griff, schaute Wolfgang mit ihren beißenden Augen an und schüttelte den Kopf. »Verschwinde hier und mach das nie wieder!«

Wolfgang tappte unsicher los, wischte sich mit dem Ärmel übers Gesicht, stieß dabei an seine Nase, die teuflisch schmerzte, heulte stärker, begann zu laufen, ohne genau zu sehen wohin, wollte nur weg von der Witwe König und dem Bullenstall.

Irgendwann stand er vor dem Haus des Großvaters, ging langsam zum Stall und schaute hinein. Seine Mutter sah ihn und wollte wissen, wo er gewesen sei. Bei Peter, log Wolfgang, er habe ihn etwas wegen der Hausaufgaben fragen müssen.

Sie entdeckte die Schramme mit dem verkrusteten Blut auf seiner Nase und fragte, ob er sich geprügelt habe.

Er sei bei Peter gestolpert und gegen eine Tür gefallen, log Wolfgang weiter.

Das komme davon, wenn man mit den Gedanken immer woanders sei, sagte sie, molk die Kuh weiter und schickte Wolfgang an die Arbeit.

Der Großvater kam mit einem Korb voll Gehäckseltem aus der Scheune, und Gretel stand an ihrem Platz, als wäre nichts geschehen. Wolfgang schaute sie genau an, konnte jedoch nichts Auffälliges entdecken.

Sauhund hatte ihn die Witwe König geschimpft, Saukerl der Vater. Die Worte klangen ähnlich, und hinter den beiden Türen musste sich etwas Ähnliches abgespielt haben, etwas, das Kinder nicht sehen durften, von dem sie nichts wissen sollten. Aber warum sagten die Erwachsenen das nicht anständig, warum logen und schimpften sie? Was war so schlimm an dem, was hinter den Türen geschah?

14

WOLFGANG WAR MAL wieder so müde, dass ihm bei der Stallarbeit die Augen zufielen; nur die Angst vor den Ratten hinderte ihn daran, sich in eine Ecke zu legen und zu schlafen. Seine Mutter bemerkte, wie müde er war, und sagte, er solle nach Hause und dort gleich ins Bett gehen. Wolfgang wollte sich lieber oben in der Stube aufs Sofa legen, doch das lehnte seine Mutter ab. »Sonst bekomme ich dich nachher nicht mehr wach und kann dich heimtragen.«

Wolfgang war zu müde, um noch viel zu reden, und machte sich auf den Weg. Draußen warfen die Straßenlaternen nur matte Lichtkegel in die neblige Dunkelheit. Zwischen den Laternen griff die Nacht mit ihren langen Fingern nach Wolfgang, der, ängstlich nach allen Richtungen schielend, am Rand der leicht gewölbten Straße in der »Kandel« ging. Wie immer, wenn er allein war, wechselte er die Straßenseite, sobald er sich dem Haus der Köchle-Mathilde näherte. Obwohl die alte Frau allein lebte, hatte man manchmal den Eindruck, der Teufel persönlich sei bei ihr. Dann hörte man sie schreien, jammern, schimpfen und mit Gegenständen werfen, dass es nur so krachte und schepperte.

Wolfgang hatte seine Eltern auf dem Heimweg einmal gefragt, warum die Mathilde so schreie.

»Das verstehst du noch nicht«, hatte die Mutter geantwortet.

»So etwas hätt's beim Adolf nicht gegeben«, hatte der Vater gebrummt.

Den ersten Satz hörte Wolfgang jeden Tag, den zweiten hatte er schon oft gehört und zwar in ganz unterschiedlichen

Situationen und nicht nur von seinem Vater. Wenn im Radio »Negermusik« gespielt wurde, wenn es um Hermine und »solches Ziefer« ging, wenn eine verheiratete Frau ein Verhältnis hatte, wenn die Zeitung von Mord und Totschlag berichtete, wenn die Politiker der verschiedenen Parteien miteinander stritten, sagte irgendwann jemand: »So etwas hätt's beim Adolf nicht gegeben.«

Vom »Adolf« und von früher wurde auch oft geredet, wenn sich die Familie nach der Arbeit in Großvaters Stube versammelte. Dort stand im vorderen Teil der Tisch, an dessen Stirnseite der Großvater seinen Platz hatte. Ihm gegenüber saß sein ältester Schwiegersohn Ludwig Schäfer, hinter dem Tisch Eugen Windbacher als zweitältester und mit dem Rücken zur Tür Gerhard Sawatzki, der jüngste. Hinter Eugen Windbachers Stuhl stand eine Holzbank an der Wand, auf der Heinz und Wolfgang saßen.

Die Frauen und Mädchen hatten ihren Platz im hinteren Teil der Stube, wo ein altes Sofa, eine Nähmaschine und zwei Stühle standen. Die Frauen stopften Strümpfe, flickten Kleider oder strickten, putzten Gemüse und schälten Kartoffeln. Manchmal redeten sie leise miteinander, manchmal hörten sie den Gesprächen der Männer zu, ohne sich einzumischen. Die Mädchen saßen hinten bei ihren Müttern und halfen ihnen, während die Buben den Gesprächen und Geschichten der Männer lauschten.

Der Großvater erzählte oft von der guten alten Zeit, wo der Bauer noch etwas gegolten und sein Auskommen gehabt habe. Das fanden die Buben langweilig. Viel spannender waren Geschichten vom Krieg, die Eugen Windbacher, vor allem jedoch Ludwig Schäfer immer noch so leidenschaftlich erzählten, als wäre das alles nicht Jahre, sondern erst Wochen her. Da war vom Iwan und vom Franzmann die Rede, vom Itaker, der schneller rückwärts als vorwärts laufen konnte, vom Tommy, der sich allein nicht von seiner Insel traute und vom Ami, der sich überall einmischt, auch wenn ihn die Sache gar nichts angeht.

Für die Buben hörte sich das so an, als sei von einem großen Cowboy-und-Indianer-Spiel die Rede. Für sie waren Iwan, Franzmann, Itaker und Tommy Namen von Männern, gegen die ihre Väter gekämpft hatten, so wie sie manchmal gegen Dieter, Klaus, Walter und Reinhard aus der Siedlung kämpften. Und wie bei den Buben gab es auch bei den Männern gute Kameraden, Feiglinge und Verräter.

Einmal fragte Heinz seinen Vater, nachdem er ihm atemlos gelauscht hatte: »Hast du den Iwan erschossen?«

Da wurde es still in der Stube. Die Frauen und Mädchen hielten in ihren Bewegungen inne und hoben die Köpfe.

»Ja ... also ... weißt du ...«, begann Ludwig Schäfer, »im Krieg heißt es manchmal: er oder ich.« Mehr sagte er nicht, was für seine Verhältnisse erstaunlich wenig war.

Heinz schaute ihn noch ein paar Sekunden erwartungsvoll an, wandte sich dann ab und tippte seinem Onkel Eugen auf den Rücken: »Und du?«

Eugen Windbacher schien die Frage erwartet zu haben und antwortete sofort: »Ich war bei den Pionieren; wir haben zerstörte Brücken repariert und neue gebaut, damit unsere Kameraden weiterkamen.«

»Hast du nicht geschossen?«

»Nein.«

Ein andermal unterbrach Heinz seinen von tapferen deutschen Soldaten und feigen Feinden erzählenden Vater mit der Frage: »Gell Papa, ihr habt gewonnen?«

Wieder wurde es still in der Stube. Gerhard Sawatzki, der im Krieg noch zu jung gewesen war, um Soldat werden zu müssen und den die ewigen Heldengeschichten seines Schwagers nervten, konnte sich ein Grinsen nicht verkneifen.

»Äh ... ja ... das war so, am Anfang haben wir alle geschlagen und wir hätten den Krieg auch gewonnen, wenn der Ami nicht gewesen wäre.«

»Der Ami hat uns noch nie etwas Gescheites gebracht«, mischte sich jetzt der Großvater ein und gab dem Gespräch eine andere Richtung. »Wenn ich nur an den Kaugummi denke.« Er schüttelte den Kopf. »Gestern habe ich vor dem Kino ein paar so Halbstarke herumlümmeln sehen, die haben ununterbrochen gekaut wie die Kühe.«

»Und Musik hören die, dass es eine Schande ist«, sagte Eugen Windbacher. »Im Radio bringen sie jetzt immer öfter so Ami-Geheul von Kerlen wie diesem Elvis Pressli oder wie der heißt. So etwas hätt's beim Adolf nicht gegeben.«

Für den Großvater und seine beiden ältesten Schwiegersöhne waren nicht nur Kaugummi, Halbstarke und Negermusik nichts Gescheites; sie meinten damit auch die Demokratie, die Deutschland von den Amis nach dem Krieg aufgezwungen worden sei. Sie waren der Meinung, so wie in der Familie müsse auch im Staat einer das Sagen haben. Alles andere führe nur zu einem Durcheinander und schließlich ins Chaos.

Für Wolfgang war klar, dass der Adolf – manchmal nannten die Männer ihn auch Führer – für Ordnung im Land gesorgt hatte. Da musste man die Haustür nicht abschließen, da konnten Frauen und Kinder abends noch allein auf die Straße, ohne Angst haben zu müssen. Dass im Dritten Reich viele Menschen große Angst hatten, auf der Straße oder zu Hause abgeholt zu werden und in einem Lager zu verschwinden, wusste Wolfgang nicht. Und dass in Winterlingen die jüdische Frau des Doktors, vier Kommunisten und sechs Sozialdemokraten abgeholt worden waren, hatte er nie gehört. Darüber wurde nicht geredet.

Allein auf dem Weg nach Hause wäre Wolfgang froh gewesen, wenn der Adolf dafür gesorgt hätte, dass die Köchle-Mathilde nicht mehr schrie und tobte. Aber den Adolf gab es nicht mehr, und so musste sich Wolfgang die Ohren zuhalten, bis er an dem Hexenhaus vorüber war.

15

Wolfgangs Welt war Winterlingen, aus dem er lange Jahre nur selten hinauskam und auch dann nur in die umliegenden Dörfer und Städtchen. Drei-, viermal im Jahr stand ein Besuch beim Götte auf dem Programm. Wenn der FC Winterlingen auswärts spielte, der Vater aus seinem Mittagsschlaf erwachte und schönes Wetter war, machte sich die ganze Familie zu Fuß auf den Weg ins benachbarte Straßberg. Zuerst ging es ein Stück durchs Dorf, dann über Felder in Richtung Mühletal. Dort mündete der Weg in einen Buchenwald, der die Wanderer und Spaziergänger kühl empfing. Trat man nach etwa fünfhundert Metern aus dem Buchenwald ins Helle, blickte man ins Schmeiental, wo zur Rechten Straßberg lag. Am Ortseingang stand hinter Bäumen und Sträuchern ein Haus, das die Kirche nur durch ein Türmchen verriet. Einmal fragte Wolfgang, ob das die katholische Kirche sei. Seine Mutter schüttelte den Kopf und sagte, es sei die evangelische.

»Und warum ist die so klein?«

»Weil die Straßberger katholisch sind«, antwortete der Vater. »Die verstecken die evangelische Kirche, und am liebsten wäre ihnen, es gäbe gar keine. Die denken nämlich, nur sie seien richtige Christen.«

Das mit den Christen, mit evangelischen und katholischen, hatte Wolfgang noch nie begriffen. Er musste in die große, die evangelische, die richtige Winterlinger Kirche mitten im Ort, wie die meisten Winterlinger; für den Rest gab es die kleine Kirche am Ortsrand. Warum es in Straßberg genau umgekehrt war, blieb ihm wie so vieles ein Rätsel.

Nach einer knappen Stunde standen sie vor dem Haus von Vaters Bruder Hermann, seiner Frau Brunhilde und ihren Kindern Angelika und Hartmut, sie ein Jahr älter, er ein Jahr jünger als Wolfgang. Man setzte sich in die gute Stube, wo schon ein Hefezopf und Tassen auf dem Tisch standen. Die Erwachsenen redeten, die Kinder langweilten sich und wollten hinaus in den Garten.

»Aber aufpassen, dass ihr euch nicht schmutzig macht!«, sagte die Mutter.

»Und nichts kaputt machen!«, fügte Tante Brunhilde hinzu.

Sie spielten mit Hartmuts Gummiball. Zuerst warfen sie ihn sich abwechselnd zu und wer ihn fallen ließ, musste ausscheiden. Übrig blieben immer Sieglinde oder Brigitte, weshalb die anderen bald die Lust verloren. Genauso verlief das nächste Spiel, bei dem es galt, den Ball gegen die Hauswand zu werfen und vor dem Auffangen in die Hände zu klatschen.

Die Buben wollten lieber kicken, weil sie sich da größere Chancen gegen die Mädchen ausrechneten. Dabei stürzte Wolfgang, sah den grünen Fleck auf seiner hellbraunen Sonntagshose und fing an zu weinen.

»Dich möcht ich jetzt nicht sein«, sagte Brigitte und machte Wolfgangs Angst damit noch größer. Er nahm sein Taschentuch, spuckte drauf und versuchte, den Fleck wegzuputzen, machte ihn aber noch größer.

Als sie ins Haus gerufen wurden, wäre er am liebsten davongelaufen und hätte sich versteckt. Doch er trottete hinter seinen Schwestern her. Drinnen sah die Mutter sein verheultes Gesicht und fragte, was passiert sei.

»Er ist gefallen«, antwortete Hartmut und zeigte auf den Fleck.

»Ach, Wolfgang«, seufzte die Mutter. »Dass du auch nie aufpassen kannst.«

»Die Hose kann man doch wieder waschen«, sagte der Götte. »Ein Loch im Kopf wäre schlimmer.« Damit hatte er die Situation entschärft, und Wolfgang war ihm sehr dankbar.

Tante Brunhilde schenkte den Erwachsenen Kaffee ein und schnitt den Hefezopf zur Hälfte auf. Die Kinder wurden in die Küche geschickt, wo jedes ein Stück Zopf und eine Tasse Milch bekam.

Nach Kaffee, Milch und Hefezopf spielten die Kinder in der Küche noch *Mensch ärgere dich nicht*, *Mikado* und *Domino*, während ihre Eltern in der guten Stube sitzen blieben.

Um halb fünf sprach Eugen Windbacher die erlösenden Worte: »Ja also, wir müssen dann wieder.«

Die Kinder wurden gerufen, man verabschiedete sich und machte sich auf den Rückweg, der viel länger schien als der Hinweg, vor allem für Wolfgangs kurze Beine. Um das mühsame Gehen für ihn etwas reizvoller zu gestalten, forderte ihn der Vater zwischen den Dörfern zu kurzen Wettläufen auf. »Wer zuerst bei dem Masten ist! Wer zuerst am Waldrand ist! Wer zuerst bei der kleinen Tanne ist! Wer zuerst an der Weggabelung ist!« Dann liefen sie los, der Vater blieb dicht hinter Wolfgang, schnaufte und keuchte, als würde er alles geben, spornte seinen Sohn dadurch an, der wirklich alles gab und dennoch nicht verhindern konnte, dass ihn sein Vater kurz vor den Zielen überholte. Wenn Wolfgang nach mehreren Niederlagen nicht mehr wettlaufen wollte und Mutters Hand nahm, nannte ihn der Vater verächtlich »Mamakendle«.

Nicht nur wegen des Wettlaufs war Wolfgang jedes Mal froh, wenn sie wieder zu Hause waren. Dagegen freute er sich auf die Besuche bei der Familie von Vaters Schwester Erna im zehn Kilometer entfernten Ebingen. Dorthin fuhr man jedes Jahr am Sonntag vor Weihnachten mit dem Omnibus. Eugen Windbacher war den drei Töchtern seiner Schwester und ihres

Mannes Hans Götte und überbrachte vorab die spärlichen Weihnachtsgeschenke, ohne dass die Kinder etwas davon merkten, denn die sollten ja glauben, das Christkind bringe am Heiligen Abend die Geschenke.

Schon wegen der Busfahrt freute sich Wolfgang auf den Besuch in Ebingen. Wenn er weit vorne saß, konnte er sehen, wie der Fahrer schaltete und das große Lenkrad drehte. Wolfgang machte die Bewegungen des Fahrers mit kleinen Verzögerungen nach und stellte sich vor, er würde den Bus lenken. Dass die Fahrt nur eine Viertelstunde dauerte, fand er schade. Er wäre am liebsten gar nicht mehr ausgestiegen und träumte davon, später einmal Busfahrer zu werden.

Der Weg vom Bahnhof bis zur neuen Wohnung von Tante Erna und Onkel Hans führte durch die Ebinger Innenstadt und dauerte ungefähr so lange wie die Busfahrt. Die Schaufenster waren weihnachtlich dekoriert und vor den Spielwarengeschäften wären die Kinder gern stehen geblieben, weil es so viele schöne Dinge zu sehen gab. Doch der Vater, der Wolfgang an der Hand hielt, ging zügig weiter und die Mutter folgte mit Sieglinde und Brigitte. Im Vorbeigehen ließ Wolfgang keinen Blick von der Eisenbahnanlage, wo eine grüne Märklin-Lokomotive, an der drei Wagen hingen, in einem Tunnel verschwand und wenig später weiter vorne wieder erschien. Der Bahnhof und die Häuschen waren beleuchtet und gaukelten zwischen den baumbestückten Hügeln Leben vor.

Wolfgang hatte zu Hause nur eine Lokomotive mit zwei Wagen aus Holz, die sein Vater gebastelt hatte. Die schob er in der Stube auf dem Boden herum, ließ sie mit »Tschutschutschutschutschu« unter Tisch und Stühle fahren, belud und entlud die Wagen am imaginären Bahnhof, wo schon ein ebenfalls vom Vater gebasteltes Pferdefuhrwerk wartete. Das alles kam ihm nun, nachdem er die Märklin-Eisenbahn im

Vorbeigehen hatte fahren sehen, so vor, als müsse er sich dafür schämen. Ihm war klar, dass er sich so eine Eisenbahnanlage nicht einmal wünschen durfte. Wer durfte sich so etwas überhaupt wünschen? Wessen Eltern hatten so viel Geld, dass sie ihren Kindern nicht nur eine Eisenbahn, sondern eine ganze Anlage kaufen konnten? Wolfgang wusste, dass seine Eltern nicht viel Geld hatten, und bisher hatte ihn das nicht beschäftigt oder gar belastet. Doch nun machte er sich zum ersten Mal in seinem Leben darüber Gedanken. Da gab es also Eltern, die ihren Kindern zu Weihnachten so märchenhafte Geschenke machen konnten, während er von seinem Vater selbstgebastelte Sachen bekam. Warum war das so? Das war doch nicht gerecht.

»Da wären wir«, sagte der Vater und riss Wolfgang damit aus seinen Gedanken. Der schaute an dem Haus hinauf und murmelte: »Onkel Hans und Tante Erna haben aber ein großes Haus.«

»Das gehört doch nicht ihnen, du dummer Kerl, die haben da drin nur eine Wohnung gemietet.«

Woher hätte Wolfgang das wissen sollen?

An der Haustür waren sechs Namensschilder mit Klingelknöpfen angebracht. Der Vater drückte auf einen, kurz danach wurde oben ein Fenster geöffnet, Tante Erna schaute heraus und rief: »Ich komme!«

Sie kam, begrüßte alle mit Handschlag, nahm Wolfgang auf den Arm und drückte ihm einen Kuss auf die Backe, was ihn verlegen machte, weil er das nicht gewohnt war. Sie ging voraus nach oben in den dritten Stock und verschwand mit ihrer Schwägerin sofort in der Küche, um die Geschenke zu verstecken. Dann folgten sie den anderen ins Wohnzimmer, wo sich die Erwachsenen das Neueste erzählten. Wie beim Götte in Straßberg langweilten sich die Kinder bald. Onkel Hans schickte sie ins Kinderzimmer, das so eng war, dass die sechs Kinder nicht viel mehr tun konnten, als sich auf die Betten zu setzen. Waren Wolfgang oft die zwei Schwestern schon zu viel, so saß er nun zwischen zwei Schwestern und drei Bäsle. Er überlegte, ob er nicht lieber wieder zu den Erwachsenen gehen sollte, traute sich nicht, blieb zwischen seinen Schwestern sitzen und schaute seine Bäsle an. Renate war zwei Jahre jünger als er, Elsbeth und Christel zwei und drei Jahre älter.

»Was guckst du denn so?«, fragte Christel. »Hast du noch nie Mädchen gesehen?«

Wolfgang senkte verlegen den Blick.

»Was tun wir jetzt?«, fragte Sieglinde.

»Wir gehen in die Küche, dann können die Kleinen hier spielen«, antwortete Christel.

Wen sie mit »die Kleinen« meinte, war allen klar.

Die vier großen Mädchen verließen das Zimmer.

»Gut, dass die weg sind«, flüsterte Renate. »Mit denen kann man gar nicht schön spielen.«

Eigentlich hatte Wolfgang nicht die Absicht, mit Renate zu spielen. Doch als sie ihn ganz selbstverständlich an der Hand nahm und sagte: »Du bist der Vater, ich bin die Mutter und Susi ist unser Kind«, da wehrte er sich nicht.

Zwischendurch musste er zur Toilette und Renate zeigte ihm den Weg. Als er im Bad stand, blieb ihm vor Staunen der Mund offen. Die Wände waren hellblau gekachelt, eine große emailleweiße Wanne lud zum Baden ein und silberne Armaturen versprachen Wasser in jeder gewünschten Menge und Wärme. Zwischen diesem hellen, freundlichen Bad und der düsteren, muffigen Waschküche zu Hause, wo aus sämtlichen Ecken grauer Schimmel wuchs und der ehemals weiße Anstrich nur noch zu ahnen war, lagen Welten. Dort ließ die Mutter am späten Samstag Nachmittag kaltes Wasser in den Waschkessel laufen und entfachte mit Papier und Holz ein Feuer unter dem riesigen Topf, um das Wasser zu erwärmen. Dann stellte sie die graue Zinkwanne, die während der Woche in einer Ecke lehnte, so in den Raum, dass sich der Wannenabfluss über dem kleinen Gully befand. Das andere Ende der Wanne bugsierte sie so dicht an den Waschkessel, bis der schwenkbare Hahn über den Wannenrand reichte. War das Wasser heiß genug, wurde es eingelassen. Gleichzeitig ließ die Mutter kaltes Wasser in einen Eimer und schüttete es in die Wanne, bis sie die Temperatur angemessen fand. Im ersten Wasser badeten nacheinander die drei Kinder, wobei Wolfgang, den die Mutter vom Haar bis zu den Zehen mit Kernseife eigenhändig wusch, stets den Anfang machte. Hatten auch die Mädchen gebadet, ließ die Mutter das Wasser ab und füllte die Wanne neu für ihren Mann und sich.

Obwohl Wolfgang zu Hause nicht gern badete, verspürte er hier große Lust, in die einladend weiße Wanne zu steigen. Er tat es natürlich nicht, drehte stattdessen an den rädchenartigen Griffen links und rechts vom Hahn über dem Waschbecken, um zu überprüfen, ob wirklich warmes Wasser kam. Dann hob er den aus hellbraunem Holz bestehenden Klodeckel hoch, pinkelte und drückte die Spülung. Bisher hatte er Spülklosetts nur im Kindergarten und in der Schule gesehen. Dass es sie auch in Wohnhäusern gab, wusste er nicht. Zu Hause und beim Großvater, bei der Gotte und beim Götte verließ er den Abort immer so schnell wie möglich, hier setzte er sich aufs Klo und konnte sich an dem schönen Bad nicht sattsehen. Und es sah nicht nur schön aus, es roch auch gut; kein bisschen nach Abort und auch nicht nach Bauernhof. Hier gab es bestimmt auch keine Mäuse und schon gar keine Ratten. In so einem Haus wollte Wolfgang auch gern wohnen.

So ein Haus hatte Traugott Stierle, ein Kriegskamerad von Eugen Windbacher, nicht. Sein Bauernhof lag in Jettenburg, einem kleinen Dorf unweit von Tübingen. Besuchte Familie Windbacher Familie Stierle, was alle zwei, drei Jahre der Fall war, fuhr sie mit dem Bus nach Ebingen und von dort mit dem Zug nach Tübingen. Nur wegen der Fahrt freute sich Wolfgang auf den Besuch in Jettenburg. In einer richtigen Eisenbahn zu sitzen und draußen Häuser, Bäume, Masten vorbeifliegen zu sehen, fand er noch großartiger als eine Märklin-Eisenbahn fahren zu lassen.

Im Tübinger Bahnhof wurden sie von Traugott Stierle erwartet, der sie zu seinem Goggomobil führte. Die Mutter, Sieglinde und Brigitte zwängten sich auf die Rückbank, was einige akrobatische Fähigkeiten verlangte; der Vater setzte sich auf den Beifahrersitz und hatte Mühe, seine langen Beine unterzubringen. Dann hob er Wolfgang auf den Schoß, wobei der den Kopf an den Türrahmen schlug, dass ihm die Tränen kamen.

Traugott Stierle startete den Motor, legte den ersten Gang ein und das Goggomobil zockelte los. »Besser schlecht gefahren als gut gelaufen«, sagte er.

Die Zustimmung zu dem Spruch hielt sich angesichts der gequetschten Körper in Grenzen. Und Wolfgang wäre es ohnehin am liebsten gewesen, die Fahrt wäre in umgekehrter Richtung verlaufen. Auf den Sonntag in Jettenburg hätte er gern verzichtet.

Zu einem Höhepunkt in Wolfgangs Leben wurde sein erster Besuch auf dem Cannstatter Wasen, wo alljährlich das Volksfest, verbunden mit einer landwirtschaftlichen Sonderschau, stattfand. So viele Traktoren, Wagen, Pflüge, Eggen und andere Geräte, so große Bierzelte und vor allem so viele Menschen hatte er noch nie gesehen. Manchmal hatte er das Gefühl, in der Menge zu ertrinken, und als er an dem gewaltigen Riesenrad hochschaute, wurde ihm schwindlig. Er konnte sich gerade noch an seiner Mutter festhalten, um nicht zu fallen. Sieglinde und Brigitte wollten mit dem Riesenrad fahren, doch der Vater ging einfach weiter.

»Das ist zu teuer«, flüsterte die Mutter.

Vor einer Schiffschaukel holte der Vater den Geldbeutel aus der Gesäßtasche, suchte vierzig Pfennig heraus und gab sie Sieglinde. »Da könnt ihr schaukeln.«

Also mussten die beiden schaukeln, ob sie wollten oder nicht.

Bei der Autobahn blieb Wolfgang stehen und schaute zu, wie die kleinen Boxautos im Kreis fuhren, obwohl gar keine Räder zu sehen waren. Manche rummsten so heftig gegeneinander, dass die Fahrer kräftig geschüttelt wurden. Wolfgang wäre gern mit so einem Auto gefahren, hatte jedoch Angst, dass er angerummst werden könnte. Eugen Windbacher schien die Gedanken seines Sohnes zu ahnen, ging zum Kartenhäuschen und bezahlte eine Fahrt für sich und Wolfgang. Beim nächsten Stopp nahm er ihn an der Hand und ging mit schnellen Schritten zu einem freien Auto. Sie setzten sich hinein, wobei Eugen Windbacher nicht mehr Platz hatte als im Goggomobil seines Kriegskameraden. Mit einem »Trööööt!« setzten sich die Autos wie von Geisterhand gezogen in Bewegung. Wolfgang hatte die Hände am Lenkrad, war noch unsicher, fuhr Schlangenlinien und streifte ein entgegenkommendes Auto.

»Du musst aufpassen!«

Wolfgang gab sich Mühe, doch inmitten der wuselnden Autos verlor er den Überblick und die Kontrolle. Sein Vater griff ihm ins Lenkrad und steuerte das Auto aus dem Gewusel an den Rand der Fahrbahn. Dann sollte Wolfgang wieder lenken, aber der wollte nicht mehr.

»Also pass auf, wie man das macht!«, sagte Eugen Windbacher und lenkte das Auto so geschickt über die Bahn, dass es bis zum viel zu schnellen Ende der Fahrt nur noch einmal leicht rummste.

»Hast du gesehen?«, fragte er, als sie weitergingen. »Da darf man keine Angst haben.«

Wolfgang nickte.

Vor einer Losbude, die mindestens dreimal so groß war wie die auf dem Winterlinger Rummelplatz, blieben die Kinder stehen und bekamen angesichts der herrlichen Preise leuchtende Augen. »Ein Los zwanzig Pfennig, drei Lose nur fünfzig Pfennig!«, verkündete ein marktschreierischer Verkäufer.

»›Nur‹ ist gut«, brummte Eugen Windbacher, zückte dennoch den Geldbeutel, gab dem Losverkäufer die fünfzig Pfennig, und die Kinder durften je ein Los aus dem Eimerchen fischen.

»Aber dann ist Schluss!«

Gespannt öffneten die Kinder ihre Papierröllchen.

»Niete«, las Sieglinde enttäuscht.

Auch bei Brigitte kam das Wort NIETE zum Vorschein. Bei Wolfgang dauerte es wieder einmal länger, die Augen seiner Familie waren nun auf ihn gerichtet. Er entrollte das Röllchen extra langsam, als wolle er so das Erscheinen des gefürchteten Wortes NIETE hinauszögern, doch schon die ersten schwarzen Stellen auf dem roten Papier verrieten, dass keine NIETE, sondern eine zweistellige Zahl zum Vorschein kommen würde. Schnell streifte Wolfgang das Röllchen vollends auf und sagte erleichtert: »Ich hab keine Niete!«

Auf seinem Los stand die Zahl 15. Er wusste, dass er etwas gewonnen hatte, wusste aber nicht, was er jetzt mit dem Los tun sollte und wollte es seiner Mutter geben. Sie sagte lächelnd: »Du musst deinen Gewinn selbst abholen, dort oben!« Dabei zeigte sie auf einen Mann, der in einem schäbigen Frack und mit Zylinder auf dem Kopf vor den herrlichen Preisen stand. Wolfgang zögerte, ging dann doch die vier Stufen hoch, blieb auf der obersten stehen und streckte dem Zylindermann sein

Los entgegen. Kaum hatte der die Zahl 15 gelesen, ließ er die Glocke, die an einem Galgen hing, so laut bimmeln, dass es Wolfgang in den Ohren dröhnte.

»Schon wieder ein Hauptgewinn!«, rief er dazu nach unten, um die Leute anzulocken. Er nahm Wolfgang an der Hand, zog ihn zur Mitte der Bühne, wo der Glockengalgen stand, und fragte so laut, dass es die Umstehenden hören konnten: »Wie heißt du denn?«

»Wolfgang.«

»Und wie viele Lose hast du gekauft, Wolfgang?«

»Äh ... ich ... äh ... mein Papa hat mir eins gekauft.«

»Ein Los und du hast gleich einen Hauptgewinn gezogen!«, sagte der Zylindermann laut. »Dann bist du ja ein richtiger Glückspilz!«

Wolfgang nickte.

»Sie sehen, sehr verehrte Damen und Herren«, rief der Zylindermann jetzt wieder nach unten, »bei uns können Sie schon mit einem Los einen Hauptgewinn ziehen! Worauf warten Sie noch, greifen Sie zu!« Etwas leiser sagte er: »Jetzt wollen wir mal sehen, was du gewonnen hast.« Er ließ Wolfgang stehen und holte einen riesigen Teddybär mit dottergelbem Fell aus dem Regal. Dann ließ er die Glocke noch einmal bimmeln und überreichte Wolfgang den Teddybär, der fast so groß war wie er selbst.

»Gefällt er dir?«

Wolfgang war sprachlos.

Der Zylindermann strich ihm über den Kopf, führte ihn zu der kleinen Treppe und rief: »Applaus für den Glückspilz Wolfgang, unseren jüngsten Hauptgewinner heute!«

Einige Leute klatschten, als Wolfgang die vier Stufen hinunter stieg. Es war das erste Mal, dass er so im Mittelpunkt stand. Stolz und Verlegenheit mischten sich zu einem Gefühl, das er bisher nicht kannte. Der Zylindermann hatte ihn einen Glückspilz genannt, und den Beweis dafür, dass er einer war, hielt er in den Armen. Wolfgang ließ den Teddybär nicht mehr los, obwohl er manchmal kaum sah, wohin er trat.

Auf dem Weg durch das Festgelände und zum Parkplatz begegneten ihm immer wieder neidische Blicke. Ein Junge zog seine Mutter am Arm und sagte: »Mama, ich will auch so einen großen Bär.«

Unwillkürlich hielt Wolfgang seinen fester.

Erst im Bus ließ er ihn los und setzte ihn auf den freien Platz neben sich. Auf der Rückfahrt wurde es schon dunkel. Als sie sich in Stuttgart dem Charlottenplatz näherten, sah Wolfgang zum ersten Mal ein Hochhaus voller Leuchtreklame: *BOSCH, GRUNDIG, AEG, Stuttgarter Hofbräu* konnte er lesen, und über allem leuchtete der Mercedes-Stern.

Im Vorbeifahren drückte Wolfgang die Nase an der Fensterscheibe platt, um möglichst viel von diesem bunten Bild aufzusaugen. Bis der Bus oben in Degerloch war, wich Wolfgang nur Millimeter von der Scheibe. Die unendlich scheinenden Lichter Stuttgarts machten ihn fassungslos.

16

Weil Wolfgang der Kleinste war, musste er immer als Erster ins Bett. Das gefiel ihm zwar nicht, war aber nicht zu ändern. Schlimm wurde es erst, nachdem Eugen Windbacher den Raum unterm Dach zu einem Zimmer für die Kinder ausgebaut hatte, in dem das alte Ehebett und ein Schrank aufgestellt wurden. Dadurch hatte die Familie unten neben der Küche Platz gewonnen und ein Stüble eingerichtet, damit sich das Leben nicht weiterhin in der guten Stube abspielen musste, die geschont werden sollte.

Nach einer Katzenwäsche am Kaltwasserhahn in der Küche stampfte Wolfgang jeden Abend die Treppe hoch. Das Stampfen sollte die Angst und die Mäuse vertreiben, vor denen sich Wolfgang kaum weniger ekelte als vor Ratten. Wenn seine Mutter zu Hause war, ging sie mit ihm nach oben. Dann war die Angst nicht so groß. Lag Wolfgang im Bett, setzte sich die Mutter zu ihm; er faltete die Hände und leierte seine zwei Gebete herunter:

Engele komm, mach mi fromm,
dass i zu dir en Hemmel nei komm.
Ich bin klein, mein Herz ist rein,
soll niemand drin wohnen als Jesu allein.

Das war der einzige Satz, den Wolfgang regelmäßig hochdeutsch sprach.

»Gib acht, dass dein Herz rein bleibt«, sagte die Mutter von Zeit zu Zeit. »Nur wer ein reines Herz hat, kommt in den Himmel. Und denk dran, der liebe Gott sieht alles!«

Dieser Satz war für Wolfgang noch schlimmer als die Sätze »Das verstehst du nicht. Dafür bist du noch zu klein.«

Der liebe Gott hatte also gesehen, wie er Sieglindes Rechenheft versteckte, damit sie in der Schule ausgeschimpft wurde, wie er Barbaras Ball absichtlich auf die Straße kickte, damit ein Auto drüberfuhr. In der Kinderkirche hatte Wolfgang gehört, dass der liebe Gott nicht nur sieht, was man tut, sondern auch weiß, was man denkt. Er wusste also, dass Wolfgang schon daran gedacht hatte, die Pistole aus der Höhle zu holen und seinen Vater zu erschießen. Wer so etwas denkt, dessen Herz ist nicht rein, der kommt nicht in den Himmel, der kommt in die Hölle, wo der Teufel wohnt. Manchmal war Wolfgang verzweifelt, denn er wollte nicht zum Teufel in die Hölle, er wollte in den Himmel kommen. Seine einzige Hoffnung war, dass er die bösen Gedanken und Taten wieder gutmachen konnte, indem er besonders brav war.

Nachdem Wolfgang gebetet hatte, strich die Mutter ihm über den Kopf, wünschte ihm eine gute Nacht und löschte das Licht.

Wolfgang kroch tiefer unter die dicke Federdecke, wo er sich ein wenig sicherer fühlte. Ganz sicher fühlte er sich nie, weil es in den Wänden und in der Decke hier oben viel mehr raschelte und kratzte als unten. Manchmal hörte sich das so an, als sei nur noch die Tapete zwischen ihm und den kleinen Nagern. Jeden Abend hatte er Angst, eine Maus oder gar eine Ratte werde den Durchbruch schaffen, aufs Bett springen und an seinem Gesicht knabbern wie die Ratten an den Soldaten in Russland.

Das Zimmer konnte nicht beheizt werden. Im Winter blühten Eisblumen an den Fenstern, an besonders kalten Tagen bildeten sich an den Außenwänden Eiskristalle. Dann durften die Mädchen heißes Wasser in die Wärmflaschen füllen, um die Betten ein wenig anzuwärmen. Wolfgang holte eine davon in die Mitte und drückte seine kalten Füße gegen das warme Blech. Meistens schlief er schon, wenn seine Schwestern kamen. Im Winter beeilten sie sich genau wie er, ins Bett zu kommen. Im Sommer war das anders. Da war es im Zimmer oft so warm, dass man kaum schlafen konnte. Einmal wurde Wolfgang durch Kichern aus seinem dösigen Dämmerzustand geholt. Er blinzelte und sah seine Schwestern nackt am Fußende der Betten stehen. Sie verglichen ihre Brüste und maßen mit den Fingern ab, welche die größeren hatte. Dann überprüften sie, bei welcher mehr Haare zwischen den Beinen wuchsen. Während Wolfgang seine Schwestern heimlich beobachtete, spürte er Leben in seiner Schlafanzughose.

»Glotz nicht so!«

Sofort drückte Wolfgang die Augen zu und tat, als ob er schliefe. Mit gespitzten Ohren hörte er Sieglinde und Brigitte tuscheln und ihre Nachthemden überziehen. Dann wurde es still, so still, dass Wolfgang nicht mehr lokalisieren konnte, wo seine Schwestern sich befanden – bis sie auf das Bett sprangen und ihn von links und rechts packten.

»Wie oft hast du uns schon heimlich beim Ausziehen zugeschaut?«, fragte Sieglinde. Es klang allerdings nicht wütend oder drohend wie sonst oft, sondern eher triumphierend und neckisch.

»Lasst mich los!« Wolfgang versuchte, sich aus den Griffen zu befreien, hatte jedoch keine Chance.

»Uns nackt zu sehen, das gefällt dir, was?«, sagte Brigitte.

»Gar nicht!«

»Gar nicht, da lachen ja die Hühner!« Brigitte gab Sieglinde ein Zeichen. Blitzschnell wechselten sie die Griffe, Brigitte hielt Wolfgang an den Armen fest, Sieglinde an den Beinen. Mit einem Ruck zog sie die Schlafanzughose nach unten.

»Und wie es dir gefällt«, sagte Sieglinde grinsend.

»Hilfe!«, rief Wolfgang.

Brigitte ließ einen Arm los und hielt ihm den Mund zu. »Sei bloß still, sonst sagen wir dem Papa, dass du uns heimlich beobachtest, wenn wir uns ausziehen. Dann schlägt er dich windelweich.«

»Dein Schwänzchen hat dich verraten«, sagte Sieglinde. »Du hast uns nackt gesehen und es hat dir gefallen.«

Wolfgang wehrte sich nicht mehr und sagte nichts mehr, er drehte den Kopf zur Seite und weinte.

Ein andermal wachte Wolfgang auf, weil er Stimmen und Geräusche hörte. Das Licht brannte, er hielt eine Hand schützend vor die Augen und nuschelte: »Was ist denn los?«

Es kam kein »Sei still! Verstehst du nicht! Halt die Klappe! Lass uns in Ruhe! Geht dich nichts an!« Das machte ihn schneller wach als sonst. Langsam nahm er die Hand von den Augen, sah seine Schwestern eng aneinandergedrückt in Sieglindes Bett kauern, sah Sieglindes verheultes Gesicht und fragte: »Was hat sie denn?«

Wieder erhielt er keine Antwort, suchte an Sieglindes Körper nach einer Erklärung, entdeckte das Blut an ihren Schenkeln und auf dem Laken, hielt den Atem an, schluckte und überlegte: Warum blutet Sieglinde? Hat sie sich verletzt? Wie kann man sich im Bett verletzen? Oder hat ihr jemand etwas getan? Aber wer? Und warum hat sie dann nicht um Hilfe gerufen? Vielleicht hat sie eine schlimme Krankheit, vielleicht Krebs wie Oma. Dieser Gedanke erschreckte Wolfgang. Obwohl er sie schon oft zum Teufel gewünscht hatte, wenn sie biestig und gemein zu ihm war, tat sie ihm jetzt leid. Er rutschte dichter zu ihr, legte die Hand auf ihren Arm und murmelte: »Du sollst nicht sterben.«

»Sie stirbt doch nicht«, sagte Brigitte.

»Warum blutet sie dann?«

»Das verstehst du nicht.«

Da war er wieder, dieser Satz, der Wolfgang klein machte. Er nahm die Hand von Sieglindes Arm und rutschte weg.

»Du musst Mama holen«, sagte Sieglinde zu ihrer Schwester. »Aber sei leise, Papa darf nichts merken.«

Auf Zehenspitzen schlich Brigitte aus dem Zimmer. Sieglinde ließ sich rückwärts fallen und starrte an die Decke. Dabei liefen Tränen aus den Augenwinkeln und sickerten in die Haare. Wolfgang hätte gern etwas gesagt, wusste aber nicht was.

Es dauerte nicht lange, bis die Mutter kam. Als sie das Blut sah, schlug sie die Hände vors Gesicht. »Jetzt schon«, seufzte sie. »Das darf der Papa nicht wissen.« Dann fiel ihr Blick auf Wolfgang. »Das ist nichts für dich. Leg dich in Brigittes Bett und guck weg!«

Er rutschte über die Mitte, drehte sich um und schaute zum Schrank.

»Ich hole schnell Wasser und eine Binde«, sagte die Mutter. Als sie zurück war, hörte Wolfgang Waschgeräusche und Mutters leise Stimme: »Das ist nichts Schlimmes, du bist auch nicht krank. Du wirst von nun an jeden Monat ein paar Tage bluten. Das kommt bei allen Mädchen irgendwann.«

»Und wann kommt es bei mir?«, fragte Brigitte.

»Das weiß man vorher nicht, bei den einen beginnt es früher, bei anderen später.«

»Warum ...«

»Darüber reden wir morgen«, sagte die Mutter. Sie wechselte noch das Laken, brachte Sieglinde ein frisches Nachthemd, schickte Brigitte ins Bett und löschte das Licht.

Kaum war die Mutter draußen, stand Brigitte wieder auf und legte sich zu ihrer Schwester. Dann flüsterten die beiden ununterbrochen.

Wolfgang war mit seinen Gefühlen, Fragen und Gedanken allein. Warum bluten Mädchen jeden Monat ein paar Tage?

Man blutete doch nur, wenn man sich verletzte. Woher wusste die Mutter, dass sich die Mädchen jeden Monat verletzen würden? Und warum hatte sie gesagt, es sei nicht schlimm und Sieglinde sei nicht krank, wo doch unten rum alles voll Blut war? Wenn er sich bei einem Sturz die Knie aufschlug, sagte Mutter auch jedesmal, es sei nicht schlimm, das heile wieder. Wenn er den Schorf wegkratzte, blutete es zwar erneut, aber nach ein paar Wochen war alles verheilt und es blutete nie mehr, höchstens, wenn er wieder stürzte. Ob sich Sieglinde auch gekratzt hatte – da unten? Je länger Wolfgang darüber nachdachte, desto mehr glaubte er, dass es mit »da unten« zu tun hatte.

Hatte er als kleiner Junge mit seinem Glied gespielt, hatte er eins auf die Finger bekommen. Später hatte es geheißen: Was machst du denn da unten? Nimm die Hand weg da unten!

Da unten, das war pfui und unanständig. Sieglinde blutete bestimmt da unten, deswegen hatte die Mutter auch gesagt, er solle weggucken, das sei nichts für ihn. Warum der Vater nicht wissen durfte, dass Sieglinde da unten blutete, das war eine der vielen Fragen, auf die Wolfgang keine vernünftige Antwort fand. Der Vater war doch nicht mehr zu klein dafür, der war doch so groß, dass er für nichts zu klein sein konnte – oder vielleicht doch? Vielleicht gab es auch Sachen, die nichts für ihn waren, von denen er nichts verstand. Eigentlich konnte Wolfgang sich das nicht vorstellen, denn bisher hatte er immer geglaubt, sein Vater wisse und könne alles – fast wie der liebe Gott. Und nun?

17

Wenige Tage später sagte Hilde Windbacher zu ihrem Sohn: »Ab heute schläfst du nicht mehr bei Sieglinde und Brigitte.«

Er schaute sie mit großen Augen an. »Warum nicht?«

»Es ist besser, wenn die Mädchen für sich sind und du ein eigenes Bett hast.«

Wolfgang hoffte schon, er würde nicht nur ein eigenes Bett, sondern ein eigenes Zimmer bekommen, doch diese Hoffnung trog.

»Wenn Papa von der Arbeit kommt, holt er bei seiner Tante Aline ein Bett; das stellen wir im Stüble auf.«

»Aber ... aber ... da ... da ist doch gar kein Platz«, stammelte Wolfgang.

Hilde Windbacher erklärte ihm, der Vater hätte das Stüble ausgemessen; man müsse die Eckbank so weit von der Wand wegschieben, dass das Bett dahinter Platz habe. Dann sei zwar alles ein bisschen enger, aber es werde schon reichen. Hauptsache, er habe ein eigenes Bett.

Das kam alles so plötzlich, dass Wolfgang noch nicht sagen konnte, was er davon hielt. Er wusste zwar, dass seine Eltern ihren Plan nicht mehr ändern würden, selbst wenn er dagegen wäre; dennoch musste er in Ruhe darüber nachdenken. Dazu ging er ins Stüble und schaute sich alles, was er schon tausendmal gesehen hatte, genau an. Die Tür öffnete sich nach rechts innen, und als Erstes sah man seitlich vom einzigen Fenster Mutters Nähmaschine. An der angrenzenden Wand stand auf einem vom Vater gezimmerten Gestell das einäugige Radio neben der Schmalseite der neuen Eckbank. An der Breitseite des Tisches hatte der Vater seinen Platz. Ihm gegenüber saßen die Mädchen, links von ihm Wolfgang. Mutters Platz war nahe der Tür zur Küche. Eine zweite Tür führte zur Elternkammer. In der Ecke zwischen den beiden Türen sorgte ein kleiner Kohleofen für die nötige Wärme. An der Wand darüber hatte der Vater eine Vorrichtung angebracht, an der die kleine Wäsche zum Trocknen aufgehängt werden konnte. Auf dem Stuhl neben dem Ofen lagen meistens irgendwelche Kleidungsstücke. Die Tapete hatte einen gelblichen Grundton mit einem etwas dunkleren Rautenmuster. Über dem Tisch hing eine Schirmlampe mit einer Birne.

Ein eigenes Bett fand Wolfgang auf jeden Fall gut, und gut war natürlich, dass er nicht mehr jeden Abend die Treppe hoch musste. Hier unten raschelte und kratzte es auch längst nicht so viel in den Wänden und dank des Ofens war es im Winter nie so kalt wie unterm Dach. Vielleicht durfte er abends sogar länger aufbleiben, wenn seine Eltern noch am Tisch saßen; jedenfalls würde er hören, was sie redeten und taten. Er war allerdings nicht sicher, ob das immer gut war; vieles von dem, was seine Eltern beredeten, wollte er gar nicht hören, denn oft ging es um Geldsorgen und andere Probleme. Und dass er nun auch im Bett im Blickfeld seiner Eltern war, gefiel ihm überhaupt nicht. Dennoch schien ihm der Wechsel vom Dachzimmer ins Stüble mehr positive als negative Seiten zu haben. Und so half er später nach Kräften mit, die Möbel zusammenzurücken und sein neues Bett, das ein altes war, hinter der Eckbank aufzustellen.

An diesem Tag gingen Wolfgang und der Vater nicht zum Großvater und die Mutter kam früher zurück als sonst. Es schien, als freuten sich alle über die Lösung eines Problems. Die ganze Familie saß wieder einmal um den Tisch herum und spielte *Mensch ärgere dich nicht*. Weil es dabei weniger auf Intelligenz und taktisches Geschick als auf Glück ankam, hatten alle ähnliche

Gewinnchancen. Dem Vater fiel es schwer, das zu akzeptieren; er versuchte immer wieder, das Glück und die anderen zu überlisten. Die Mädchen hatten vor allem ein Ziel: möglichst viele gegnerische Kegel vom Spielfeld zu werfen. Wolfgang kümmerte sich nicht um die Absichten der anderen, er überlegte auch nicht, mit welchem Kegel er jeweils ziehen sollte; das zu entscheiden, hätte viel zu lange gedauert. Er zog mit seinem vordersten Kegel unbeirrt in Richtung Ziel, bis der weggeschnippt wurde oder drin war. Obwohl der Vater diese Taktik für anfängerhaft falsch hielt, gewann Wolfgang zwei von drei Spielen und freute sich königlich. Die Mutter freute sich mit ihm, denn sie spielte nicht um zu gewinnen, für sie war wichtiger, dass sie miteinander spielten. Der Vater dagegen ärgerte sich immer ein wenig, wenn er verlor.

»So, jetzt ist es aber höchste Zeit zum Schlafen«, sagte die Mutter und schickte die Mädchen in ihr Zimmer.

Wolfgang zog sich aus, legte die Kleider auf den Stuhl neben dem Ofen, schlüpfte in seinen Schlafanzug, stieg auf die Eckbank und von dort ins Bett. Die Mutter stellte sich ans Fußende und betete mit ihm. Dann schaute sie ihn erwartungsvoll an. »Na, wie ist es im eigenen Bett?«

»Schön«, antwortete er strahlend.

»Dann schlaf gut«, sagte sie und setzte sich zu ihrem Mann an den Tisch.

Eugen Windbacher griff nach der Zeitung, die immer neben dem Radio lag, schlug sie auf und versenkte sich ins Weltgeschehen. Hilde Windbacher holte die angefangenen Socken und strickte schweigend daran weiter.

Wolfgang sah die Rückseite der Eckbank. An das unbearbeitete Sperrholz wollte er Bilder von Sportlern kleben, und in der Ecke würde er ein Brett anbringen, auf das er ein paar Sachen stellen konnte. Was, das würde er in den nächsten Tagen entscheiden. Jetzt war er dafür zu müde.

18

Eugen Windbachers Kriegs- und Nachkriegskamerad Wilhelm Altmeyer wohnte auf der anderen Seite des Freibades und hatte von seinen Eltern ein »Fabrikle« geerbt. Die Fähigkeiten des Kleinfabrikanten reichten allerdings nicht viel weiter, als die vier Rundwirkmaschinen zu bedienen und mit ihnen den Stoff herzustellen, den seine Frau Elsa für ihre drei Näherinnen zu Unterwäsche zuschnitt. Wenn es im Hause Altmeyer, in dem sich die Produktionsräume im Erdgeschoss, die Wohnung im ersten Stock befand, etwas zu reparieren oder umzubauen gab, bat der auch handwerklich unbegabte Wilhelm Altmeyer seinen alten Kameraden um Rat und Hilfe. Dafür wurden Windbachers im Gegenzug mit Unterwäsche eingedeckt, so dass Sieglinde und Brigitte unten drunter meistens in aktuellen Schnitten und modischem Design gekleidet waren, was sonst nicht möglich gewesen wäre. Ihre Mutter hielt manche dieser Schlüpfer zwar für sehr gewagt und hatte moralische Bedenken, aber wegschmeißen kam bei der knappen Haushaltslage trotzdem nicht in Frage. Wolfgang war es egal, wie die Unterwäsche, die er trug, aussah, Hauptsache, sie biss und kratzte nicht. Hilde Windbacher lehnte die flott geschnittenen Schlüpfer für sich selbst ab; sie trug seit ihrer Mädchenzeit die gleiche Art Unterhosen, die böse Zungen »Liebestöter« nannten. Und Eugen Windbachers Credo, die Unterwäsche betreffend, lautete seit dem Russlandfeldzug: Was gegen die Kälte gut ist, ist auch gegen die Wärme gut. Also trug er konsequenterweise das ganze Jahr lange Unterhosen. Die hatten Altmeyers nicht im Programm, was der Männerfreundschaft jedoch keinen Abbruch tat.

Obwohl Wilhelm Altmeyer kein Unternehmer und seine Frau keine Unternehmerin war, warf ihr »Fabrikle« zu Wirtschaftswunderzeiten genug ab, um sich einigen Wohlstand leisten zu können: Vor dem Haus, zu dem noch keine Garage gehörte, stand ein Opel Rekord, im Wohnzimmer dudelte eine Musiktruhe, in der Küche brummte ein Kühlschrank, im Flur klingelte ein Telefon, in der Waschküche rummelte eine Waschmaschine. Im Frühjahr 1958 kam als neueste Errungenschaft ein Fernseher dazu. Und weil Eugen Windbacher praktisch zur Familie gehörte, durfte er – passend zum Programm auch mit Teilen seiner Familie – zum Fernsehen kommen.

Altmeyers Tochter Barbara war ein gutes Jahr älter als Wolfgang und ein unerzogenes Biest, weshalb niemand gern mit ihr spielte. Sie wurde Herrin über das Nachmittagsprogramm und nützte ihre Macht von Anfang an aus. In der Schule oder auf der Gasse fragte sie Wolfgang oft, ob er zu ihr zum Spielen komme. Er wusste, dass er »Ja« sagen musste, wenn er die nächste Folge von »Lassie«, »Fury«, der »Kinder von Bullerbü« oder seine Lieblingssendung »Sport-Spiel-Spannung« sehen wollte. Manchmal konnte er sein »Ja« nicht einhalten, weil er eine Arbeit zu erledigen hatte; wenn er konnte, ging er erst nach vier zu ihr, damit es nicht mehr so lange dauerte, bis um fünf das Programm begann. Dann musste er mit ihr spielen, was sie wollte und sie gewinnen lassen, andernfalls schickte sie ihn um fünf wieder weg. Manchmal nahm sie ihn mit in ihr Zimmer, holte ihr Arztköfferchen und spielte Frau Doktor. Dabei begnügte sie sich nicht, ihm in den Mund zu schauen, seinen Puls zu messen und durch Handauflegen zu fühlen, ob er Fieber hatte. Sie wollte die Temperatur mit ihrem Spielthermometer in seinem Hintern messen wie eine richtige Ärztin. Anfangs hatte Wolfgang das abgelehnt, aber sie hatte es immer wieder verlangt, bis Wolfgang, an seine Lieblingssendung denkend, die Hose aufknöpfte und sich bäuchlings auf Barbaras Bett legte. Sie drückte seine Beine auseinander, betrachtete seinen Hintern, betatschte ihn, roch daran, führte das Thermometer ein und zog es wenig später wieder heraus. Dann musste er den Doktor spielen, sie wurde zur Patientin, zog ihr Höschen aus, schlug den Rock hoch und legte sich zum Fiebermessen aufs Bett. Bei Barbara das Fieber zu messen war Wolfgang lieber als von ihr gemessen zu werden. Und als sie zum ersten Mal verlangte, er solle das Fieber in ihrer Scheide messen, fand er das aufregend. Er hatte seine Schwestern zwar hin und wieder nackt, aber den Unterschied zwischen Mädchen und Jungen noch nie so nah gesehen. Wolfgang fuhr mit dem Zeigefinger ganz sacht über die Spalte in der leichten Wölbung, drückte sie vorsichtig auseinander, staunte über das rosafarbene Fleisch, schob das Thermometer langsam hinein und fühlte, wie sich sein Glied regte. Barbara lag ungewöhnlich still, bis Wolfgang das Thermometer wieder heraus zog.

»Jetzt will ich bei dir vorne Fieber messen«, sagte sie.

»Das ... das geht doch gar nicht.«

»Klar geht das, zieh die Hose runter!«

Wolfgang wollte zuerst nicht, weil er spürte, dass sein Glied steif war und er sich deswegen schämte.

»Wenn du mich nicht messen lässt, darfst du nie mehr zum Fernsehen kommen!«

Die immer wieder gehörte Drohung ärgerte ihn zwar, aber er dachte: Warum eigentlich nicht? Vorhin hatte es angenehm im Bauch geprickelt, vielleicht würde es noch einmal so prickeln, wenn sie vorne bei ihm Fieber maß, wie immer sie das auch anstellen wollte.

Er streifte Hose und Unterhose bis zu den Knien hinunter.

Barbara stutzte, als sie das nach oben ragende Glied sah. »Das sieht ja lustig aus!«, kicherte sie.

»Das sieht überhaupt nicht lustig aus, du blöde Kuh!«, rief er.

Sie griff nach dem Glied und bohrte ihre Fingernägel in das empfindliche Fleisch.

»Au! Bist du verrückt!« Er zog die Hosen hoch.

»Bleib hier, sonst ...«

»Mit dir will ich nicht mehr fernsehen, du blöde Sau!«, schrie er im Hinauslaufen.

Wochenlang ging er Barbara aus dem Weg und verzichtete lieber aufs Fernsehen als ihr zu Diensten zu sein. Nur im Schutz seines Vaters betrat er das Haus, um mit den beiden Männern Fußballübertragungen zu sehen. Dann streckte Barbara ihm die Zunge raus, trat oder schlug ihn im Vorbeigehen.

Zum ersten Fernsehhöhepunkt wurde für die Fußballanhänger im Sommer 1958 die Weltmeisterschaft in Schweden. Wenn die deutsche Mannschaft spielte, saßen nicht nur der Hausherr, Eugen Windbacher und Wolfgang vor dem Apparat, dann war das ganze Wohnzimmer voll. Neben seinen Kameraden Peter und Rudi, die er eingeschmuggelt hatte, dicht vor dem Fernseher auf dem Boden sitzend, sah Wolfgang seine großen Vorbilder Fritz Walter, Helmut Rahn und Hans Schäfer zum ersten Mal in der Nationalmannschaft spielen, musste miterleben, wie Fritz Walter im Halbfinale gegen Schweden nach einem groben Foul vom Platz getragen wurde und der hinterlistige Schwede Hamrin den sonst so fairen Erich Juskowiak zu einem Foul provozierte, das der ungarische Schiedsrichter Zsolt mit einem ungerechten Platzverweis bestrafte, weil sich die Ungarn für die 2:3-Niederlage im Endspiel von Bern auf diese fiese Weise revanchieren wollten – so jedenfalls kommentierten es die Männer lautstark. Die 1:3-Niederlage war nicht nur für sie ein schwedisch-ungarisches Komplott, deswegen freuten sich alle, dass die Schweden im Endspiel von den Brasilianern vorgeführt wurden. Dabei sorgte die »schwarze Perle« Pelé für besonders viel Aufsehen. Was der erst 17-jährige mit dem runden Leder und den Gegenspielern machte, hatte die Fußballwelt bis dahin noch nicht gesehen. Zweimal nahm er den Ball in der Luft an, schien für einige Augenblicke die Schwerkraft zu überwinden und in der Luft zu stehen, wechselte den Fuß und jagte das Leder unhaltbar ins Tor.

So wie die Brasilianer, vor allem jedoch wie Pelé, wollten Wolfgang und seine Kameraden später auch spielen.

Nach der Weltmeisterschaft streckte Barbara wieder ihre Fühler nach Wolfgang aus, um ihn erneut in ihr Fernsehnetz zu locken, doch ihre Angebote und ihre Drohungen wirkten nicht mehr. Wolfgang sagte sich, er müsse schon tun, was der Vater, die Mutter, der Großvater, die Lehrer und einige andere Erwachsene wollten, er wolle nicht auch noch einem Mädchen gehorchen müssen; das wäre ein zu hoher Preis, auch wenn er sehr gern fernschaute.

Dazu gab es mit der Zeit auch in anderen Häusern Gelegenheiten, so dass er ohnehin nicht mehr auf Barbara angewiesen war.

Im Februar 1959 lud Wilhelm Altmeyer seinen Kameraden an einem Sonntagnachmittag mit Kind und Kegel zum Fernsehen ein. Auf dem Tisch standen Erdnüsse und Salzletten, auf dem Programm stand »So weit die Füße tragen«. Die Frauen und die Jungen sollten mal sehen, wozu ein deutscher Soldat fähig war. Sechs Folgen lang begleiteten die Familien Altmeyer und Windbacher den zu 25 Jahren Zwangsarbeit verurteilten Kriegsgefangenen Clemens Forell auf seiner abenteuerlichen Flucht aus einem sibirischen Straflager. Wilhelm Altmeyer störte die anderen immer wieder mit Kommentaren, als wäre er bei dieser dreijährigen Odyssee dabei gewesen. »In Russland kannst du wochenlang laufen, ohne eine Menschenseele zu treffen. Aber Wölfe und Bären gibt es da wie bei uns Hunde und Katzen«, erklärte er. »Da ist es so kalt, dass die Pisse friert und im Schnee stehen bleibt.«

»Wilhelm, die Kinder!«, wies ihn nach solchen Äußerungen seine Frau zurecht.

Dann war er eine Weile still und schaute zu, wie Forell durch die endlose Schneewüste stapfte.

»Wenn der Winter anno 42 nicht so früh gekommen wäre, hätten wir den Krieg gewonnen«, behauptete er. »Weißt du noch, Euges, wie wir in Russland Pferdefleisch gefressen haben, um nicht zu verhungern?«

Eugen Windbacher nickte nur.

»Dass die Russen anständige deutsche Landser nach Sibirien verschleppt haben, war ein Verbrechen«, empörte sich Wilhelm Altmeyer. Und wenig später störte er die anderen mit der Bemerkung: »Seit die Russen Kommunisten sind, haben sie nichts mehr zu fressen. Aber der Forell zeigt es diesen dämlichen Russen.«

»Das ist doch nur ein Film«, entgegnete seine Frau. »Dass ein Mann das schafft und überlebt, ist unmöglich.«

Damit hatte sie ihren Mann an einer empfindlichen Stelle getroffen. »Das ist ein Tatsachenbericht, den Forell hat's wirklich gegeben! Du hast doch keine Ahnung, wozu deutsche Soldaten fähig waren ...«

»Deutsche Soldaten vielleicht schon«, sagte sie spitz.

Er bemerkte die Spitze nicht und zeterte weiter: »Wir haben damals ein Land nach dem andern weggeputzt, und wenn dieser verdammte russische Winter nicht so früh gekommen wäre, hätten wir den Iwan in zwei Wochen auch gehabt. Dann hätte sich der Ami nicht mehr rübergetraut. Stimmt's, Euges?«

»Klar.«

»Meinetwegen«, sagte Elsa Altmeyer, »aber wir möchten jetzt gern in Ruhe weiter zuschauen.«

Der Wilhelm ist einer wie Onkel Ludwig, dachte Wolfgang. Redet jetzt groß daher, was sie für tolle Kerle gewesen sind. Wenn sie alle Kerle wie Forell gewesen wären, müssten sie nicht dauernd falsche Geschichten erzählen, dann hätten sie den Krieg nämlich gewonnen, davon war Wolfgang überzeugt.

Er saß sechs Folgen lang wie gebannt vor dem Bildschirm, war fasziniert von dem Mut und mehr noch von dem Willen Forells, diese eigentlich aussichtslose Flucht zu wagen und durchzustehen. Er fror, hungerte, litt, kämpfte mit ihm, war misstrauisch, wütend, enttäuscht, traurig und müde, zum Sterben müde, und freute sich unbändig, als Forell in einem Teheraner Gefängnis im Fotoalbum seines Onkels die Menschen auf den Bildern identifizierte und damit zu einem freien Mann wurde, der endlich nach Hause konnte.

19

DER SOMMER WURDE zum Feind des Fernsehens. Wenn keine Arbeit rief, spielte Wolfgang lieber Fußball, als in einer Stube zu hocken, oder kämpfte mit seinen Kameraden gegen feindliche Banden oder ging mit ihnen ins Freibad. Das Winterlinger Naturfreibad war für die Gemeinde unnötig groß. Seine Ursprünge reichten zurück in die Zeit, als die Wasserversorgung »droba auf dr raua Alb« noch ein großes Problem darstellte. Damals sammelte man Wasser in Mulden und Hülben. Eine dieser Hülben, deren Grund eine Lehmschicht bildete, die das rasche Versickern des Wassers verhinderte, wurde in den dreißiger Jahren vom Reichsarbeitsdienst zu einem Freibad ausgebaut. Weil es genug Männer gab, die genug Zeit hatten, gruben sie so lange, bis das Freibad hundert Meter im Quadrat maß. Umgrenzt wurde es von einer mächtigen Thujamauer. An der Westseite standen lange Holzbaracken. Im ersten Teil hatte der Bademeister zwei Räume, daran schlossen sich acht Wechselkabinen an, dann folgten zwei nach Geschlechtern getrennte Sammelkabinen. Auf halber Strecke zur Liegewiese stand ein Kiosk.

Bademeister war Kurt Lehmann, der im Krieg beide Beine verloren hatte und sich nun auf zwei Holzprothesen durchs Leben und durchs Freibad bewegte. Die Sommerstelle hatte er von der Gemeinde bekommen, damit er seine spärliche Kriegsversehrtenrente ein wenig aufbessern konnte.

Im Freibad, das vom Haus der Familie Windbacher nur durch eine Straße und die Thujamauer getrennt war, verbrachte Wolfgang einen Teil seiner Kindheit.

Schon früh war er mit dabei gewesen, wenn größere Jungen auf Krötenjagd gingen. Dazu sammelten sie Steine und warteten am Rand oder auf dem Steg, bis eine der zahlreichen Kröten an Land wollte. Dann warf Herbert, der unumschränkte Anführer, als Erster und die anderen rangmäßig nach ihm, was zur Folge hatte, dass Wolfgang meistens nicht mehr werfen musste, weil die Kröte schon getroffen oder abgetaucht war. Manchmal rief Herbert »Jetzt!« und löste damit einen Steinhagel aus, dem die Kröten nur selten unverletzt entkommen konnten.

Einmal brachten Heinz und Walter Harpunen mit. Sie hatten abgebrochene Messer ans vordere Ende von Stöcken gebunden und am hinteren eine Schnur festgemacht. Herbert ließ sich beide Harpunen geben, betrachtete sie eingehend, entschied sich für die längere von Heinz und legte sich mit Walter auf die Lauer. Abwechselnd versuchten die größten Jungen, eine Kröte zu harpunieren, was erst nach vielen Fehlversuchen gelang. Walter zog seine Harpune aus dem Wasser und rief begeistert: »Volltreffer!« Er schaute die aufgespießte Kröte an.

»Lebt sie noch?«, fragte Dieter.

Walter schüttelte den Kopf. »Ich hab sie genau in den Rücken getroffen, die ist mausetot. Willst du mal fühlen?« Im gleichen Augenblick drehte er sich um und drückte Dieter die Kröte ins Gesicht. Der wich angeekelt zurück und stürzte ins Wasser. Alle lachten, auch Wolfgang, obwohl ihm nicht zum Lachen war.

Ein andermal sahen sie eine dicke Kröte unter einer Bank hocken. Herbert nahm einen Stock und schob sie hervor. Die Kröte machte einen Satz und noch einen, konnte den Jungen jedoch nicht entkommen. Herbert drückte ihr den Stock gegen den Rücken, dass sie nicht mehr springen konnte.

»Guck mal, wie fett die ist«, sagte Klaus.

»Hol mal deine Luftpumpe, dann machen wir sie noch fetter«, sagte Herbert.

Klaus lief los.

»Und bring ein Ventil mit!«

»Ein Ventil? Ich hab kein Ventil.«

»Du hast sogar zwei – in deinen Reifen!«

»Aber ... dann ... dann muss ich ja die Luft rauslassen«, entgegnete Klaus.

»Du bist ein richtiger Schnelldenker.«

»Aber ich ...«

»Nun mach schon, sonst kriegst du gleich Froschschenkel zu fressen!«, rief Herbert.

Klaus lief los, kletterte über das Eingangstor und kam wenig später mit Luftpumpe und Ventil zurück. Herbert nahm das Ventil, suchte eine Öffnung am Hinterteil der Kröte, fand sie und schaffte es mit einiger Mühe, es hineinzustecken.

»Halt das Biest fest«, sagte er zu Klaus, »dann pumpe ich sie auf.«

Klaus wagte nicht zu widersprechen, obwohl er sich vor der Kröte ekelte. Mit spitzen Fingern drückte er sie gegen die Bank, auf die Herbert sie gesetzt hatte. Der begann zu pumpen, was bei dem wackelnden Ventil nicht einfach war. Doch langsam wölbte sich der Bauch der Kröte, die erbärmliche Laute von sich gab. Herbert ließ sich von Heinz ablösen und der von Walter. Als die Kröte schon so prall wie ein kleiner Ball war und nicht mehr festgehalten werden musste, weil ihre kurzen Beine seitlich in die Luft ragten, übergab Walter die Pumpe an Wolfgang. Der fühlte sich schon elend vom Zusehen. Weil er so zaghaft begann, wurde der Krötenball wieder kleiner.

»He, du musst richtig pumpen, nicht wie ein Baby!«, rief Herbert. »Los, streng dich an, sonst pumpen wir dich auf!«

Wolfgang pumpte so schnell er konnte, um es hinter sich zu bringen, schaute weg, sah die anderen in Deckung gehen, hörte ein schnalzendes Geräusch und spürte gleichzeitig feuchte Spritzer an Händen, Armen und im Gesicht. Er schüttelte sich, sah die Krötenfetzen auf der Bank, an der Thujahecke und an sich kleben und musste kotzen wie noch nie in seinem Leben.

An den folgenden Abenden hörte Wolfgang das Quaken der Kröten deutlicher als bisher, und einige Male bevölkerten quakende Wesen seine Träume, aus denen er irgendwann nassgeschwitzt und mit klopfendem Herzen erwachte.

Das Freibad wurde an Pfingsten für den Badebetrieb geöffnet und Mitte September wieder geschlossen. An warmen Tagen tummelten sich mehrere hundert Menschen, die zum Teil aus den Nachbargemeinden kamen, im Wasser und auf der Liegewiese. Für Kinder und Jugendliche war es der wichtigste Treffpunkt im Sommer. Während die Jüngeren sich im Wasser aufhielten, bis sie blaue Lippen hatten und bibberten, vertieften die Älteren auf der Wiese ihre Erfahrungen mit dem anderen Geschlecht.

Mit zehn Jahren war Wolfgang das Schwimmen wichtiger als das andere Geschlecht. Doch während seine Kameraden auf dem Holzkreuz, das im Wasser schwamm, und auf dem glatt geschälten Baumstamm Piraten spielten, die gegeneinander kämpften, stand Wolfgang noch im Nichtschwimmerteil und versuchte sich im Schwimmen. Dazu entfernte er sich etwa zwei Meter von dem Zaun, der den Kleinkinderbereich vom tieferen Wasser abtrennte, legte die Arme ausgestreckt vor dem Kopf aufs Wasser, stieß sich vom Boden ab, machte zwei, drei hastige Züge, wobei der rechte Fuß automatisch wieder nach unten ging und mitschob. So weit war er schon ein Jahr zuvor gewesen, genau wie die meisten aus seiner Klasse. Aber einige von denen hatten im Winter im Ebinger Hallenbad das Schwimmen gelernt, andere hatten Väter, die mit ihnen ins Freibad gingen und ihnen die Angst vor dem Ertrinken nahmen. Wolfgang war noch nie in einem Hallenbad und sein Vater noch nie mit ihm im Freibad gewesen. Eugen Windbacher stand zwar oft am Eingang und redete mit dem Bademeister oder mit anderen Männern, die »beim Kurtle« ein Bier tranken, aber Wolfgang hatte ihn noch nie im Wasser gesehen, selbst an den heißesten Tagen nicht. Er fragte sich, ob sein Vater überhaupt schwimmen konnte. Wenn man ihn reden hörte, gab es daran keinen Zweifel. Doch inzwischen zweifelte Wolfgang daran. Warum sonst zeigte der Vater ihm nicht, wie man schwamm, sondern machte sich nur lustig darüber, dass er es immer noch nicht konnte?

Wenn er schon einen Vater haben musste, warum konnte es dann nicht einer wie Herr Schaber sein? Diesen jungen Lehrer, der die Klasse einige Monate nach dem Vorfall mit Herrn Inger übernommen hatte, vergötterte Wolfgang geradezu, weil der anders war als alle anderen Lehrer und anders als sein Vater.

Eines Morgens ging er mit der Klasse ins Freibad. Dort versammelte er die Nichtschwimmer beim Sprungbrett, wo das Wasser am tiefsten war, um sich und sagte: »Wer sich traut, vom Sprungbrett zu springen, bekommt von mir zehn Pfennig. Ich gehe jetzt ins Wasser und passe auf, dass keinem von euch etwas passiert.«

Die Kinder schauten ihren Lehrer mit großen Augen an. Sie wollten ihn umstimmen und bei den Startblöcken springen, wo das Wasser längst nicht so tief war.

Herr Schaber schüttelte den Kopf und schwamm unter das Sprungbrett. »Mein Angebot gilt nur hier. Also los, wer will die oder der Erste sein?«

Die Kinder, die schon schwimmen konnten, standen auf dem Steg und feuerten die Zögernden an.

Als Erster löste sich Wilfried aus dem Nichtschwimmerpulk und stieg, von Beifall begleitet, die drei Stufen hoch, ging langsam nach vorn, schaute die eineinhalb Meter nach unten – schaute ein paar Sekunden zu lange, hatte den richtigen Moment verpasst, drehte sich um, schlurfte mit hängendem Kopf zurück und hörte dabei die enttäuschten Kommentare.

Wilfrieds Abgang machte es den anderen Nichtschwimmern noch schwerer. Wolfgang spürte sein Herz schlagen, spürte den dumpfen Druck von der Brust bis in den Hals. Er schluckte und schluckte, atmete tief, hörte Herrn Schaber und die Schwimmer rufen, hörte seinen Namen zwischen den Rufen, sah Herrn Schaber winken, wollte ihn nicht enttäuschen, hatte Vertrauen zu ihm, wollte die zehn Pfennig, wollte kein Feigling sein, hörte schon den Beifall der anderen und bewegte sich. Mit schnellen Schritten ging er bis an den Rand des Sprungbretts, vergewisserte sich mit einem Blick, dass Herr Schaber noch da war, kniff die Augen zu und sprang. Über ihm schlug das Wasser zusammen, es zischte und sprudelte, Wolfgang fuchtelte mit den Armen und strampelte mit den Beinen, tauchte auf, schnappte nach Luft, schluckte Wasser, prustete und griff nach Herrn Schaber. Doch der entzog sich und rief Wolfgang zu: »Nicht so wild! Du gehst nicht unter! Schwimm zu mir!«

Wolfgang strampelte mit allen Vieren wie ein Hund und hielt den Kopf mühsam über Wasser.

»Prima!«, lobte ihn Herr Schaber. »Jetzt machst du mit den Armen Schwimmbewegungen, wie du es schon oft gemacht hast. Und mit den Beinen strampelst du weiter.«

Wolfgang versuchte es, war noch zu hektisch, schluckte Wasser und hustete, spürte, wie seine Arme und Beine müde wurden, immer müder, wollte nicht mehr – da fiel ihm plötzlich Clemens Forell ein. Der war auch müde gewesen, zum Sterben müde, aber er hatte nicht aufgegeben und hatte es geschafft. Ich gebe auch nicht auf, ich gebe nicht auf, ich schaffe es!, rief er sich in Gedanken zu. Schluckend, keuchend, spuckend, mit

Armen und Beinen wie Blei, strampelte er die zwanzig Meter bis zum Ende des Steges, Herrn Schaber immer dicht vor sich. Der lobte ihn und freute sich. Wolfgang hielt sich an einem Tritt fest, war noch zu ausgepumpt, um sich freuen zu können und musste erst mal zu Atem kommen. Dann stieg er mit zittrigen Beinen hoch und wurde von seinen Mitschülern beglückwünscht, was ihm guttat.

Warum kann ich nicht einen anderen Vater haben, einen wie Herrn Schaber?, fragte er sich. Dann wäre ich auch ein anderer.

Wolfgang war auch oft allein im Freibad. Wenn die Badesaison durch Regen oder kühle Tage unterbrochen wurde, was auf der Albhochfläche häufig vorkam, suchte er alle Wege und die Liegewiese nach Münzen ab. In den Sammelkabinen hob er die Lattenroste und wühlte im darunterliegenden Sand. Meistens war seine Suche vergebens, nur hin und wieder fand er ein paar Pfennige. Einmal lag unter einem Lattenrost eine Armbanduhr. Wolfgang band sie sich um. Er hätte sie gern behalten, wusste aber, dass er das nicht konnte, sonst würde es sofort heißen, er habe sie gestohlen. Also gab er sie beim Bademeister ab und hoffte auf einen Finderlohn, den er allerdings nie bekam.

Wenn es nichts mehr zu finden gab, kletterte Wolfgang auf die Baracken und legte sich auf das leicht schräge, mit Teerpappe überzogene Dach. Hinter den Baracken standen mächtige Fichten, die ihn vor unerwünschten Blicken schützten; von vorne war er wegen der Dachschräge nicht zu sehen. Hier konnte Wolfgang in die Fichten schauend träumen, er sei ein Fußballstar wie Fritz Walter oder er sei Tarzan, der an Lianen durch den Urwald fliegt, oder Sigurd, der in den Heftchen, die die Lehrer als Schmutz und Schund bezeichneten, für Gerechtigkeit kämpfte.

20

An den schönsten Sommertagen durfte Wolfgang nicht ins Freibad, da wurde er bei der Heu- und Getreideernte gebraucht, vor allem, seit seine Schwestern nach der Schulzeit als Näherinnen in einer Fabrik arbeiteten und als Helferinnen nur noch nach Feierabend und am Wochenende zur Verfügung standen, ebenso wie die Männer der Familie – mit Ausnahme des Großvaters. Wenn keine Schulferien waren, wurde Wolfgang dafür sogar vom Unterricht befreit, genau wie andere Bauernkinder.

Schon am frühen Morgen musste er mit dem Großvater zum Mähen. Der hatte Wolfgang mal erzählt, dass er das nach dem Krieg noch mit der Sense von Hand gemacht habe. Das konnte Wolfgang kaum glauben. Er hatte im Garten schon versucht, mit der Sense zu mähen, und dabei das Gras mehr abgerissen als abgemäht. Für zwei Quadratmeter Hasenfutter hatte er eine halbe Stunde gebraucht. Wenn der Großvater wirklich alle Wiesen mit der Sense gemäht hatte, musste das ja ewig gedauert haben. Selbst mit der von den Pferden gezogenen Mähmaschine dauerte es Stunden, bis eine der großen Wiesen abgemäht war. Wolfgangs Aufgabe bestand darin, hinter dem Mähbalken zu gehen und das Gras mit einem Rechen daran zu hindern, in alle Richtungen zu fallen und dadurch vielleicht sogar das Messer zu blockieren. Er musste das abgemähte Gras gleichmäßig nach hinten ziehen, damit es schöne Mahden gab.

Nach dem Mittagessen fuhren seine Mutter, Tante Luise und Wolfgang mit den Fahrrädern hinaus und wendeten die Mahden mit Heugabeln, damit das Gras von beiden Seiten gedörrt wurde. Am späten Nachmittag musste das inzwischen gedörrte Gras mit Rechen zusammengezogen und zu Haufen geballt werden, die man in Winterlingen Schochen nannte. Dazu wurden Wolfgangs Schwestern nach Feierabend auf die Wiesen geschickt, während die Frauen zurückradelten, um im Stall und im Haus weiterzuarbeiten.

Am nächsten Morgen mussten die Schochen wieder mühsam auseinandergezerrt und das junge Heu gleichmäßig auf der Wiese zerstreut werden, damit es gut trocknen konnte. Am Nachmittag fuhr der Großvater mit dem Pferdefuhrwerk los. Auf dem Wagen saßen Wolfgang, seine Mutter und Tante Luise. Oft sah Wolfgang andere Kinder mit ihren Badesachen in Richtung Freibad gehen oder fahren. Dann hätte er vor Wut heulen können.

Auf der Wiese musste das zerstreute Heu erneut zu Wülsten zusammengezogen werden, damit der Großvater und Tante Luise es mit den Gabeln aufspießen und auf den Wagen wuchten konnten, wo Hilde Windbacher es in Empfang nahm und richtig platzierte. Das brachte ihr immer zerkratzte Beine ein. Wolfgang musste mit einem Rechen hinterhergehen und dafür sorgen, dass möglichst kein Halm liegen blieb. Machte er das nicht sorgfältig genug, wurde er vom Großvater angeschnauzt. Das kam öfter vor, weil Wolfgang auf den Wiesen die Augen nicht nur bei der Arbeit, sondern auch bei den unzähligen Mäusegängen, in denen jederzeit eine Maus angewuselt kommen konnte, haben musste.

War der Wagen voll – manchmal hatten sie auch zwei dabei –, fuhren sie nach Hause. In dem frisch duftenden Heu zu liegen und nur den Himmel über sich zu sehen, das fand Wolfgang herrlich. Diese Fahrten endeten für ihn viel zu schnell vor der Scheune. Dort standen die Wagen, bis Eugen Windbacher, Gerhard Sawatzki und Wolfgangs Schwestern von der Arbeit kamen. Dann wurde ein Wagen in die Scheune geschoben. Die beiden Männer, Wolfgang und Brigitte kletterten hinauf und vom Wagen weiter die Leiter hoch durch eine Öffnung bis auf den Scheunenboden. Eugen Windbacher nahm die Greifzange und ließ sie am Seil über eine Rolle, die am Firstbalken hing, hinunter. Unten stand Sieglinde auf dem Heuwagen und schlug die Zähne der Zange ins Heu. Dann zog ihr Vater die volle Zange hoch, Gerhard Sawatzki griff nach ihr und öffnete sie über dem Boden. Während Eugen Windbacher die Zange wieder nach unten ließ und erneut hochzog, trug sein Schwager das Heu mit einer Gabel in die hinterste Ecke, wo Brigitte und Wolfgang drauf herumtreten mussten, damit möglichst viel untergebracht werden konnte. Es dauerte nicht lange, bis der Staub in Augen, Nasen, Mündern und auf der verschwitzten Haut klebte. Alles juckte und biss, das Niesen brachte keine Erleichterung. Es war kaum auszuhalten, aber sie mussten es aushalten, bis die letzte Zange voll Heu eingetreten war.

Nach so einem Arbeitstag sagte Wolfgang zu seiner Mutter, er wolle nie Bauer werden. Der Großvater hörte es und grummelte, der heutigen Jugend sei alles zu viel, sie sei nichts mehr gewohnt und verweichlicht. Da dachte Wolfgang wieder an die Pistole in der Höhle. Er würde sie heraufholen, einmal würde er sie holen, da war er ganz sicher.

Der Großvater war Bauer mit Leib und Seele, ein freier Bauer, wie er immer wieder betonte. Er erzählte gern von früher, von der guten alten Zeit und tat sich schwer mit allem Neuen. »So hat das mein Vater schon gemacht und so mache ich es, egal was die anderen sagen und tun.« Neben dem knappen Geld war dieses Lebensmotto der Hauptgrund dafür, dass er keine »so neumodischen Maschinen« wollte, die nur Krach und Gestank machten. Wenn er, vorne auf dem Wagen sitzend, das Leitseil in der Hand und die Peitsche neben sich, seine

Pferde durchs Dorf hinaus aufs Feld lenkte, war er glücklich. Ein anderes Leben konnte er sich nicht vorstellen.

Weil auf seinem Bauernhof die Arbeit von Hand gemacht wurde, zog sich die Heuernte über Wochen hin, und wenig später folgte schon die Getreideernte, die ähnlich ablief, nur dass das Getreide am Ende noch gedroschen werden musste. Dazu fuhr man die voll beladenen Wagen zum »Sternen«, wo zwei Dreschmaschinen standen. An schönen Tagen herrschte dort großer Andrang. Manchmal musste man eine Stunde oder noch länger warten, bis man an der Reihe war, und oft kam es zu Streitereien wegen der Reihenfolge. Der Großvater nahm die Warterei gelassen, ging mit seinen Schwiegersöhnen und Wolfgang in die Gaststube, bestellte für jeden eine Flasche Bier und für Wolfgang ein *Brassi*. Dieses Getränk, das es nur zu besonderen Anlässen gab, entschädigte ihn ein wenig für die vielen Entbehrungen. Die Orangenlimonade schmeckte viel köstlicher als die mit Wasser verdünnten selbstgemachten Säfte, die er sonst zu trinken bekam. Um den Inhalt des kleinen braunen Fläschchens möglichst lange zu genießen, trank er nicht, sondern genehmigte sich nur Schlückchen, die er eine Weile im Mund behielt, bevor er sie hinunterschluckte.

»Hast du keinen Durst?«, fragte der Großvater.

»Doch«, sagte Wolfgang und trank zum Beweis zwei große Schlucke hintereinander, weil er Angst hatte, der Großvater würde ihm sonst beim nächsten Mal kein *Brassi* kaufen. Aber er bedauerte, dass er deswegen fast ein Viertel des Inhalts verschwendet hatte.

Wenn sie ihr Getreide gedroschen hatten, wartete auf die Männer noch eine Knochenarbeit: Zu Hause mussten sie die zentnerschweren Säcke schultern und die engen Treppen bis auf den obersten Speicher tragen. Für Eugen Windbacher war das eine besondere Qual, weil er seit der Kriegsgefangenschaft einen lädierten Rücken hatte. Doch alles Ächzen und Stöhnen half nichts, das Korn musste nach oben. Das gequälte Gesicht seines Vaters rief bei Wolfgang kein Mitleid hervor. Warum sagte er dem Großvater nicht, dass die Säcke für ihn zu schwer waren? Wolfgang schwor, sich niemals so schwere Säcke auf den Rücken laden zu lassen und sie auf den obersten Speicher zu tragen. Wenn er einmal stark genug dafür sein würde, würde er auch stark genug sein, nein zu sagen.

21

Nach der vierten Klasse wechselten drei Buben – die Söhne des Apothekers, des Fabrikanten Beck und des Lehrerehepaars Bergmüller – auf die Ober-, zwei Mädchen – die Töchter des Arztes und des Möbelhauses Falter – auf die Mittelschule nach Ebingen. Die restlichen 49 Kinder gingen weiter in Winterlingen zur Volksschule. Wolfgangs Leistungen reichten für den Besuch einer höheren Schule nicht aus, und selbst wenn sie ausgereicht hätten, wäre ein Wechsel nach Ebingen schon wegen der damit verbundenen Kosten nicht in Frage gekommen. Abgesehen davon waren seine Eltern der Meinung, auf den höheren Schulen würden die Kinder jede Menge unnützes Zeug lernen und sich bald für klüger halten als die Erwachsenen. Nein, das wollten sie nicht. Wolfgang sollte möglichst schnell Geld verdienen, genau wie seine Schwestern, und dafür genügte, was er in der Volksschule lernte.

Wenige Wochen nach Beginn des neuen Schuljahres brachte Herr Schaber ein Instrument in den Musikunterricht mit und spielte den Kindern ein paar Lieder vor. Dazu blies er in ein Mundstück und drückte mit den Fingern der rechten Hand verschiedene Tasten. Der Klang ähnelte dem eines Akkordeons.

»Das ist eine Melodica«, sagte er. »Ich möchte euch gern das Spielen mit diesem Instrument beibringen. Fragt bitte eure Eltern, ob sie euch so eine Melodica kaufen. Sie kostet zwanzig Mark.«

Als Wolfgang seine Mutter fragte, lachte sie, doch es war ein scharfes Lachen, eines, dem man schon anhörte, dass ihm gleich böse Worte folgen würden. »Neue Schulhefte, neue Farben, einen Füller und jetzt auch noch eine Melodica! Glaubt dein Lehrer, wir hätten einen Geldscheißer!«

Wenn ihre Stimme so schrill wurde und die Adern an ihrem kropfigen Hals zu bläulichen Wülsten anschwollen, die gleich zu platzen drohten, fand Wolfgang seine Mutter widerlich und musste wegsehen.

»Und sowieso ist das nur so ein moderner Firlefanz! Wozu brauchen Buben ein Musikinstrument? Er soll euch lieber beibringen, was ihr später im Leben braucht, um Geld zu verdienen! Nein, schlag dir das aus dem Kopf; eine Melodica kriegst du nicht.«

Dass sie so schlecht über seinen Lehrer sprach, machte Wolfgang wütend. »Herr Schaber ist der beste Lehrer auf der ganzen Welt!«, rief er. »Dass du's nur weißt!«

»Sei nicht so frech!«

Wolfgang hätte seiner Mutter am liebsten gesagt, wie gemein er sie fand und dass sie keine Ahnung von Herrn Schaber hatte. Der hat mir die Angst vor dem Wasser genommen und mir geholfen, schwimmen zu lernen; bei ihm habe ich weniger Angst vor Diktaten und mache weniger Fehler; er erklärt mir die Rechenaufgaben so gut, dass ich sie lösen kann; er spielt mit uns Ball über die Schnur und Fußball; seit er unser Lehrer ist, freue ich mich auf die Schule; ihn hätte ich gern als Vater. Das alles sagte Wolfgang in Gedanken seiner Mutter. In Wirklichkeit sagte er gar nichts mehr und lief hinaus in den Garten.

Ein paar Tage später gab ihm Reinhold Fecker in der Pause ein zusammengefaltetes Blatt Papier, auf dem »Für Wolfgang« stand.

»Was ist das?«, fragte er.

»Lies.«

Wolfgang faltete das Blatt auseinander und las:

Einladung

*zu meiner Geburtstagsfeier
am Mittwoch, den 3. Mai
von 14:30 Uhr bis 17:00 Uhr.
Ich würde mich freuen, wenn du kommst!*

Reinhold

Wolfgang hatte noch nie eine Einladung bekommen, er war überhaupt noch nie zu einem Geburtstag eingeladen worden und er hatte auch noch nie jemand eingeladen. Geburtstage wurden bei Windbachers nicht gefeiert. Wer Geburtstag hatte, bekam zum Frühstück ein weichgekochtes Ei und durfte sich zum Mittagessen sein Leibgericht wünschen, das war's. Er hatte schon gesehen und gehört, dass manche Mädchen einander zum Geburtstag einluden, aber Jungen machten das nicht.

Und nun hatte Reinhold Fecker ihm eine Einladung in die Hand gedrückt. Der wohnte auf dem Fachberg und gehörte zu den Polacken, wie Eugen Windbacher die Vertriebenen und Flüchtlinge abschätzig nannte. Wolfgang wusste nicht, was Polacken sind; wenn sein Vater von ihnen sprach, hörte es sich stets so an, als handle es sich um faules Gesindel. »Wenn man die hört, hatten sie vor dem Krieg alle große Rittergüter«, sagte er manchmal. »Dass ich nicht lache! Die haben vielleicht als Knechte und Mägde auf Rittergütern gearbeitet. Aber bei uns haben sie Häuser und Geld als Entschädigung für ihre angeblichen Verluste bekommen und leben hier auf unsere Kosten wie die Maden im Speck, während anständige Deutsche sich ihr Häuschen vom Mund absparen müssen!«

Wenn sein Vater sich in Rage redete, verstand Wolfgang nur so viel, dass man sich vor denen vom Fachberg in Acht nehmen müsse. Und nun hatte ihn einer zum Geburtstag eingeladen. Vielleicht war es bei ihnen üblich, dass man Geburtstage feiert, nicht nur die Mädchen, auch die Buben. Aber warum hat Reini ausgerechnet mich eingeladen?, fragte sich Wolfgang. Sie waren zwar Klassenkameraden, mehr jedoch nicht.

»Kommst du?«

Wolfgang zog die Schultern hoch. »Ich muss erst meine Mama fragen.«

Das tat er, und sie reagierte ähnlich wie bei der Frage nach einer Melodica. »Geburtstagsfeier, wie bei den besseren Leuten, nein, damit fangen wir gar nicht erst an. Sonst kann ich für fremde Kinder Geschenke besorgen und dann erwarten sie, dass du an deinem Geburtstag auch eine Feier machst und sie einlädst. Das kostet alles Geld und macht Arbeit. Die auf dem Fachberg können sich das anscheinend leisten, was eine Sauerei ist, wir haben andere Sorgen. Schlag dir das ein für allemal aus dem Kopf.«

Am nächsten Tag ging Wolfgang Reinhold Fecker in der Schule aus dem Weg und tat so, als ob er ihn nicht sehen würde. Doch in der großen Pause konnte er ihm nicht mehr ausweichen.

»Du darfst nicht, was?«, sagte Reinhold. »Deine Eltern wollen nicht, dass du zu meinem Geburtstag kommst, weil ich auf dem Fachberg wohne. Stimmt's?«

»Ich ... nein ... du ... «, stotterte Wolfgang und brachte nicht heraus, was er sich als Ausrede zurechtgelegt hatte, dass er mit seinem Großvater aufs Feld müsse und deswegen nicht kommen könne.

»Schade, ich hätte mich gefreut«, sagte Reinhold, drehte sich um und ließ Wolfgang stehen.

Ich auch!, wollte der ihm noch hinterher rufen, doch die zwei Worte kamen nicht über seine Lippen.

22

Eugen Windbachers Rückenschmerzen wurden immer schlimmer. Er war ständig gereizt und schnauzte vor allem seine Kinder wegen jeder Kleinigkeit an. Aber auch Erwachsene waren vor seinen Launen nicht sicher.

Als es eines Tages während des Mittagessens an der Haustür klopfte, schaute Hilde Windbacher aus dem Fenster. »Es ist ein Hausierer.«

»Wir kaufen nichts«, brummte Eugen Windbacher.

Es klopfte erneut, nur heftiger. »Aufmachen! Ich weiß, dass ihr da seid!«

Wolfgang zog das Genick ein, seine Schwestern legten die Löffel in die Teller und schauten vom Vater zur Mutter, die hinausgehen wollte.

»Bleib hier!« Eugen Windbacher stand auf, was er normalerweise während des Essens nicht tat, ging mit schnellen Schritten zur Haustür, riss sie auf und sagte laut: »Wir kaufen nichts!«

Der Hausierer wich nicht zurück. Er klopfte mit dem Krückstock gegen sein Holzbein. »Das hab ich in Stalingrad gelassen und jetzt ...«

»Ich hab ein kaputtes Kreuz aus dem Krieg mitgebracht, mir gibt auch keiner was!«, fiel ihm Eugen Windbacher ins Wort. »Und jetzt verschwinde aus meinem Garten, sonst werfe ich dich mitsamt deinem Bauchladen hinaus!« Um seinen Worten Nachdruck zu verleihen, schubste er den Hausierer weg, dass der Mühe hatte, auf den Beinen zu bleiben. Er schimpfte wie ein Rohrspatz, wünschte Eugen Windbacher die Pest an den Hals, verzog sich aber doch.

Ein andermal kam der neue Dorfpolizist Steinhauer, weil ihm am Abend zuvor aufgefallen war, dass das Rücklicht an Eugen Windbachers Fahrrad nicht leuchtete. Ein Wort gab das andere, und schließlich sagte der Polizist, solange das Fahrrad nicht den Vorschriften entspreche, dürfe nicht mehr damit gefahren werden.

»Spiel dich doch nicht so auf, du halbe Portion, du!«, legte Eugen Windbacher los. »Du bist doch nur Polizist geworden, damit du die Leute schikanieren kannst. Aber nicht mit mir, merk dir das! Nicht mit mir! Du hast noch nicht mal hingerochen, wo ich schon hingeschissen habe!«

»Das wird Folgen haben«, sagte der Dorfpolizist nur und zog ab.

Wolfgang fand seinen Vater großartig. Seine Mutter sah die Sache anders und redete mit Engelszungen auf ihren Mann ein, er solle zum Steinhauer gehen und sich entschuldigen, sonst koste das mindestens einen Monatslohn, und das könne man sich nicht leisten.

Vor diesem dahergelaufenen Arschloch werde er nicht kriechen, und wenn er nichts mehr zu fressen kriege, schrie er und imponierte Wolfgang immer mehr.

Am nächsten Tag ging Eugen Windbacher aufs Polizeirevier und entschuldigte sich, was Wolfgang nicht verstehen konnte und was seinen Vater für ihn zu einem schlimmeren Maulhelden als Onkel Ludwig und Wilhelm Altmeyer machte.

Eugen Windbachers Schmerzen und er selbst wurden unerträglich. Seine Mitmenschen gingen ihm aus dem Weg, soweit das möglich war.

An einem Samstag Nachmittag reparierten er und sein Schwager Gerhard Sawatzki die Mähmaschine. Eugen Windbacher bückte sich, um den Mähbalken hochzuheben, stieß einen dumpfen Schrei aus, kippte rückwärts zu Boden und stöhnte.

»Was ist?«, fragte sein Schwager.
»Das Kreuz.«
»Kannst du aufstehen?«
Eugen Windbacher hob den Kopf und schrie auf.
»Bleib liegen, ich hol den Doktor.« Er lief zu der Zimmerei, die nur drei Häuser weiter war und Telefon hatte. Dort rief er Doktor Schweimer an, der für seine Patienten auch am Samstag Nachmittag Zeit hatte.

Er kam, untersuchte Eugen Windbacher, vermutete einen Bandscheibenvorfall, bestellte einen Krankenwagen und ließ den Patienten ins Krankenhaus nach Ebingen bringen. Dort lag Eugen Windbacher zwei Wochen, ohne dass sich sein Zustand wesentlich besserte, obwohl die Ruhe und Pflege ihm natürlich guttaten. Eine Operation schien den Ärzten sehr riskant und Eugen Windbacher lehnte sie ab, weil er Angst hatte, dabei könnten Nerven im Rückenmark geschädigt und er »zum Krüppel werden«, wie er es nannte. Also wurde er für vier Wochen zur Kur nach Bad Waldsee geschickt.

Wolfgang und seine Schwestern genossen diese Wochen, und auch ihre Mutter atmete freier, obwohl sie noch mehr Arbeit hatte und neue Sorgen auf sich zukommen sah. Das Krankengeld würde nicht zum Leben reichen und schon gar nicht, um die Raten für das Bauspardarlehen zu bezahlen. Zum Glück brachten die Mädchen als Näherinnen inzwischen einen kleinen Lohn nach Hause, sonst hätte Hilde Windbacher nicht gewusst, wie sie über die Runden kommen sollten. Sie ermahnte die Kinder noch mehr als bisher zur Sparsamkeit. Wolfgang sollte auf seine Kleidung aufpassen und mit dem einzigen Paar Straßenschuhe, das er besaß, nicht Fußball spielen, damit es nicht unnötig strapaziert und abgenutzt würde. Einmal vergaß er die Ermahnung, als die Schule eine Stunde früher aus war und die Jungen auf der Wiese neben dem Schulhaus bis zum Mittagessen kickten. Zu Hause sah seine Mutter die lädierten Schuhe, die Wolfgang noch notdürftig gesäubert hatte, setzte sich, vergrub den Kopf in den Händen, seufzte »Warum musst du es mir noch schwerer machen, als es schon ist?«, und weinte. Seine Mutter weinen zu sehen und das auch noch seinetwegen, war für Wolfgang viel schlimmer und tat mehr weh, als vom Vater ausgeschimpft oder geschlagen zu werden. Deswegen gab er sich Mühe, ihr keinen Kummer zu machen, mehr Mühe jedenfalls als seine Schwestern, die die vaterlose Zeit ausnützten, um abends mal eine halbe Stunde länger »auf der Gasse« zu bleiben, wo sie sich mit Jungs trafen. Und als der Musikverein Winterlingen anlässlich seines fünfzigjährigen Bestehens ein Fest veranstaltete, schlichen Sieglinde und Brigitte am späten Samstagabend heimlich aus dem Haus. Die Mutter und Wolfgang, der während Vaters Abwesenheit in dessen Bett schlafen durfte, schliefen schon, aber er wurde von einem knarrenden Geräusch wach, lauschte, vermutete Einbrecher, die sich jetzt, wo der Vater nicht da war, ins Haus wagten, und weckte die Mutter. Sie wollte ihm die Angst ausreden, schaffte es nicht, musste aufstehen und nachsehen und fand die Betten ihrer Töchter leer.

Kurz vor halb eins hörte Hilde Windbacher die Haustür, stand leise auf und stellte die Mädchen in ihrem Zimmer zur Rede. Sie verteidigten sich damit, dass sie keine Kinder mehr seien. Es seien noch andere in ihrem Alter auf dem Fest gewesen und einige seien jetzt noch dort.

»Andere gehen uns nichts an«, entgegnete die Mutter. »Jetzt könnt ihr nur noch beten, dass euer Vater nichts davon erfährt. Sonst gnade euch Gott!«

Er erfuhr davon. Kaum war er aus Bad Waldsee zurück, erzählte ihm ein Bekannter beim Heimspiel des FC Winterlingen von dem Fest des Musikvereins. »Schade, dass du nicht hier warst; so ein Fest gibt es in Winterlingen nur alle Jubeljahre. Deinen Töchtern hat es auch gefallen, die waren am Samstag bis spät in die Nacht auf dem Festplatz. Ich versteh das gut, man ist schließlich nur einmal jung.«

Eugen Windbacher sagte nichts und tat so, als gehöre seine ganze Aufmerksamkeit dem Fußballspiel. Auf dem Heimweg ging Wolfgang neben ihm. Normalerweise redeten sie dabei über das Spiel, doch diesmal sagte der Vater keinen Ton. Zu Hause fuhr er seine Frau an, ob sie den Mädchen erlaubt habe, bis in die Nacht herumzustreunen. Sie verneinte und versuchte ihn zu beruhigen, aber er wollte sich nicht beruhigen. Kaum sei er mal ein paar Wochen aus dem Haus, herrschten Zustände wie in Sodom und Gomorrha. Hilde Windbacher hätte ihm gern einiges gesagt, tat es jedoch nicht, um ihn nicht noch mehr zu reizen. Doch das gewaltige Donnerwetter konnte sie nicht verhindern. Sieglinde und Brigitte betraten gut gelaunt die Wohnstube, da tobte es schon über sie nieder. Bevor die beiden richtig begriffen, worum es ging, hatte ihr Vater sie schon zu halben Huren gemacht. »Eins kann ich euch sagen«, schrie er zum Schluss mit kippender Stimme, »wenn eine mit einem Kind kommt, schlage ich sie tot!«

Die Mädchen standen heulend und zitternd in der noch offenen Tür. Ihre Mutter gab ihnen durch Zeichen zu verstehen, dass sie sich jetzt verziehen sollten. Wolfgang saß weinend am Tisch und hielt sich die Ohren zu. Auch wenn er seinen Schwestern sonst manchmal gegönnt hatte, dass der Vater mit ihnen schimpfte, diesmal wurde es ihm nicht nur zu laut, sondern auch zu viel. Vor allem das Letzte verstand er nicht. Was meinte der Vater mit einem Kind? Wieso sollte eine seiner Schwestern mit einem Kind kommen? Mit was für einem Kind denn? Und warum wollte er sie dann totschlagen? Wolfgang grübelte lange an diesen Fragen herum, fand jedoch keine vernünftige Antwort, traute sich aber nicht, jemanden zu fragen, und kam sich wieder einmal klein und dumm vor.

23

Eugen Windbachers Rücken schmerzte auch nach der Kur in Bad Waldsee so sehr, dass er nicht arbeiten konnte. Missmutig verbrachte er die Tage, wusste wenig mit sich anzufangen, denn das Nichtstun hatte er nicht gelernt. Zudem kam von Zeit zu Zeit ein Kontrolleur der Krankenkasse, um zu überprüfen, ob er nicht heimlich arbeitete. Dann hätte man ihm das Krankengeld streichen können. Eugen Windbacher fühlte sich bespitzelt. Für ihn war es schon schlimm genug, dass er das Krankengeld vierzehntägig bei der Krankenkasse abholen musste und sich jedes Mal wie ein Bittsteller vorkam. Kurt Müller zählte ihm die wenigen Scheine und Münzen so schwer auf den Tresen, als kämen sie aus seiner eigenen Tasche. Und nun wurde er auch noch wie ein Drückeberger behandelt.

»Was glauben Sie, wie gern ich arbeiten würde, wenn ich könnte«, sagte er zu dem Kontrolleur.

»Was glauben Sie, was ich alles erlebe«, gab der zurück. »Da lassen sich Männer krankschreiben und bauen das Dachgeschoss aus, arbeiten jeden Tag zehn, zwölf Stunden auf dem Neubau des Sohnes oder treiben einen Bauernhof um.«

»Ich habe mich nicht krankschreiben lassen, ich bin krank!«

»Dann ist es ja gut.«

»Das ist überhaupt nicht gut, Sie …« Eugen Windbacher konnte sich gerade noch beherrschen.

Neben dem Kontrolleur und Kurt Müller, die ihm das Gefühl vermittelten, ein Faulenzer und Schmarotzer zu sein, gab es auch noch den Vertrauensarzt, bei dem er monatlich zur Untersuchung erscheinen musste. Auch der ließ Eugen Windbacher deutlich spüren, dass ihm seine Krankheit zu lange dauerte und schrieb ihn nach vier Monaten gesund. Weil er bei seiner Arbeit schwere Kisten tragen musste, saß Eugen Windbacher nach zwei Tagen wieder im Wartezimmer von Doktor Schweimer. Der schrieb ihn erneut krank, riet ihm zu einer Operation, weil er sonst die Schmerzen vermutlich nicht mehr loswerde. Eugen Windbacher lehnte ab.

»Tja, dann sehe ich nur noch eine Möglichkeit: Sie müssen Rente beantragen.« Doktor Schweimer fügte allerdings gleich hinzu, dass die Aussichten bei einem Mann von zweiundvierzig Jahren gering seien. Er sollte mit seiner Vermutung Recht behalten; der Antrag wurde abgelehnt. Eugen Windbacher wusste, was das bedeutete: Er würde jetzt noch drei Wochen Krankengeld bekommen und dann nichts mehr.

Genau sechs Monate nach Beginn der Krankheit stellte die Krankenkasse die Zahlungen ein; Eugen Windbacher fiel durch das noch sehr weitmaschige soziale Netz. Nur seine Familie fing ihn auf. Hilde Windbacher nähte neben der Arbeit auf dem Bauernhof fleißiger denn je Militärhemden für die junge Bundeswehr. Dennoch hätte ihr Verdienst für den Lebensunterhalt nicht ausgereicht und sie hätten das Haus nicht halten können; das war nur dank der Löhne von Sieglinde und Brigitte möglich. Genau das machte Eugen Windbacher zu schaffen. Von seiner Frau und – schlimmer noch – von seinen Töchtern abhängig zu sein, stand in krassem Widerspruch zu seiner Vorstellung von der Rolle des Mannes als Oberhaupt und Ernährer der Familie, die er noch im Dritten Reich gelernt hatte.

Er ging nicht mehr ins Wirtshaus und trank auch zu Hause selten Bier, rauchte keine *Reval* mehr, sondern drehte sich seine Zigaretten selber, damit man ihm nicht vorwerfen konnte, er gebe unnötig Geld aus, Geld, das er nicht verdient habe.

Eines Mittags gab es beim Essen Gerangel zwischen den Mädchen um ein Stückchen Fleisch.

»Ich hab mehr Hunger als du!«, behauptete Brigitte.

»Woher willst du das wissen?«

»Weil ... weil ...«

»Ich hab auch noch Hunger«, sagte Wolfgang.

»Dann müsst ihr es teilen, es ist nicht mehr da«, sagte die Mutter.

»Schluss! Aus!« Eugen Windbacher warf seine Gabel weg. »Ich hör mir das nicht mehr an, ich mach das nicht länger mit, ich häng mich auf!« Er stand auf und wollte aus dem Zimmer. Seine Frau packte ihn am Arm und zog ihn zurück. »Papa, bleib hier«, flehte sie ihn an.

»Wozu? Was soll ich denn noch? Ich bin doch nur noch ein unnützer Fresser.« Er machte sich los und wandte sich wieder zur Tür. Da kamen seine drei Kinder weinend hinter dem Tisch hervor und klammerten sich an ihn.

»Wir haben doch unser Auskommen«, redete Hilde Windbacher auf ihn ein. »Du hast immer für uns gearbeitet, jetzt arbeiten wir eben für dich, bis du wieder arbeiten kannst. Dafür sind wir eine Familie. Und wenn du wieder gesund bist, wird alles wieder besser.« Sie schob ihn sanft zurück, wobei er fast über seine Kinder stolperte, und drückte ihn sacht auf den Stuhl. Er sackte in sich zusammen und schüttelte immer wieder den Kopf.

Seit dieser Drohung lebte Wolfgang in der Angst, sein Vater könnte sie wahr machen. Er hatte ihm zwar schon öfter den Tod gewünscht und ihn in Gedanken schon ein paarmal mit der Pistole aus der Höhle erschossen, aber jetzt wollte sein Vater sich aufhängen, und das war etwas ganz anderes. Der Großvater hatte mal erzählt, wie er eines frühen Morgens mit seinem Pferdefuhrwerk durchs Mühletal nach Straßberg fuhr, um für die Firma August Beck vom Bahnhof Waren abzuholen. Etwas abseits vom Weg sah er zwischen den Bäumen einen Mann, glaubte, es sei ein Jäger und grüßte ihn. Auf dem Rückweg entdeckte er den Mann wieder, rief ihn an, erhielt jedoch keine Antwort. Weil ihm die Sache nun komisch vorkam, stoppte er die Pferde und näherte sich dem Mann. Dabei sah er, dass der sich an einem Ast erhängt hatte. »Die Zunge hing ihm weit aus dem Maul, die Augen stierten und der Kopf war ganz blau«, hatte der Großvater erzählt. So sah Wolfgang seinen Vater in Gedanken irgendwo hängen. In den ersten Tagen nach der Drohung blieb er in der geöffneten Haustür stehen, wenn er nach Hause kam und rief nach seiner Mutter oder seinen Schwestern. Erhielt er Antwort, ging er erleichtert hinein; erhielt er keine, schlich er zum Schuppen hinter dem Haus, wo Eugen Windbacher sich eine kleine Werkstatt eingerichtet hatte, in der er Blumenständer herstellte. Hörte Wolfgang Arbeitsgeräusche, wusste er, dass sein Vater noch lebte und verzog sich leise.

Weil Eugen Windbacher die Drohung wiederholte, ließ die Angst Wolfgang nicht los. Wenn er nicht sicher wusste, wo sein Vater war, öffnete er Türen nur noch mit geschlossenen Augen und linste dann unter vorgehaltener Hand in die Räume, um nichts genau zu sehen, falls der Vater irgendwo hing. Und auf den Dachboden traute er sich lange Zeit überhaupt nicht mehr.

In der Schule ließen Wolfgangs Leistungen wieder nach. Da bat ihn Herr Schaber eines Tages nach der letzten Stunde, noch kurz zu bleiben. »Mir scheint, dich bedrückt etwas«, begann er.

Wolfgang senkte den Kopf.

»In letzter Zeit ist mir aufgefallen, dass du häufig nicht bei der Sache bist. Und beim Fußballspiel vorhin bist du wie ein

Schlafwandler über den Platz gestolpert. Möchtest du mir nicht sagen, was dich bedrückt?«

Doch, das hätte Wolfgang gern getan, und er hätte seinem Lehrer am liebsten noch viel mehr gesagt. Aber konnte er ihm sagen, dass sein Vater gedroht hatte, er werde sich aufhängen? Das wäre ihm wie Verrat vorgekommen. Und dass er sich ihn, Herrn Schaber, insgeheim als Vater wünschte, konnte er doch auch nicht sagen. Also schwieg er.

»Ich kann mir denken, dass es bei euch daheim nicht einfach ist«, sagte er. »Dein Vater möchte arbeiten und Geld verdienen, aber er kann nicht. Das macht ihn unzufrieden und wütend. Vermutlich ärgern ihn manchmal die Fliegen an der Wand – aber noch mehr ärgert ihn, wenn du etwas nicht kannst oder falsch machst. Hab ich Recht?«

Wolfgang nickte.

»Ich verstehe deinen Vater zwar«, sagte Herr Schaber, »denn untätig herumsitzen zu müssen, ist für einen Mann wie ihn schlimm. Aber es ist trotzdem nicht richtig, wenn er seine Unzufriedenheit und seine Wut an dir auslässt. Soll ich mal mit ihm reden?«

»Nein!« Das wollte Wolfgang auf gar keinen Fall. Denn dann würde sein Vater annehmen, er habe mit Herrn Schaber über ihn geredet. Und das wäre in seinen Augen Hochverrat gewesen. Was in unseren vier Wänden geschieht, geht draußen niemand etwas an, lautete ein eiserner Grundsatz im Hause Windbacher.

»Es hätte wahrscheinlich auch nicht viel Sinn«, murmelte Herr Schaber. »Aber denk dran, Wolfgang, wenn du mir etwas sagen möchtest, kannst du jederzeit zu mir kommen.«

Wolfgang nickte, damit sein Lehrer zufrieden war und ihn gehen ließ.

Wenn Wolfgang nach dem Mittagessen im Stüble über den Schulaufgaben saß, war sein Vater jetzt meistens dabei. Zuerst las er noch in der Zeitung, warf nur zwischendurch Blicke auf Wolfgangs Heft und signalisierte durch sein geräuschvolles Atmen, dass die Sache zu langsam voranging. Dann legte er die Zeitung weg und rückte näher an Wolfgang ran.

»Kannst du's wieder nicht?«

Wolfgang zog den Kopf ein.

»Zeig mal die Aufgabe!«

Wolfgang schob ihm das Rechenbuch hin und wusste schon, was gleich folgen würde.

»Was, die kannst du nicht? Das kann ja wohl nicht wahr sein! Die ist doch weiß Gott nicht schwierig!«

Nie war eine Aufgabe schwierig, gar nie. Für Eugen Windbacher gab es das nicht. Wenn Wolfgang sie nicht lösen konnte, lag es nicht an der Aufgabe, sondern an ihm.

»Also hör zu, ich erklär's dir«, sagte er. Da er ein guter Rechner und ein schlechter Pädagoge war, gingen seine Erklärungen für Wolfgang viel zu schnell. Und selbst wenn er sie verstanden hatte, konnte er unter den ungeduldigen Blicken seines Vaters nicht rechnen. Die Tränen in den Augen ließen Zahlen und Worte undeutlich werden und verschwimmen. Manchmal tropfte eine ins Heft, löste die Tinte auf und bildete einen kleinen blauen See.

»Und dann auch noch heulen!«, sagte Eugen Windbacher verächtlich. »Was bist du nur für ein Junge?« Er stand auf und ging hinaus.

24

WOLFGANG ZOG SICH immer mehr zurück. Da er kein eigenes Zimmer hatte, nutzte er jede Möglichkeit, von zu Hause zu verschwinden. Meistens ging er ins Freibad oder auf den Sportplatz, wo er manchmal nur im Gras lag und vor sich hin träumte.

Eines Nachmittags setzte sich Heiner Abele neben ihn und fragte: »Hast du keine Lust zum Fußballspielen?«

Wolfgang schüttelte den Kopf.

»Im Gras liegen und träumen ist auch schön.«

Wolfgang schaute ihn von der Seite an. Der Mann mit den ergrauenden Haaren wohnte im gleichen Haus wie Peter und war in letzter Zeit öfter auf dem Sportplatz. Als alter Fußballer schaue er ihnen gern zu, sagte er und gab den Jungen auch den einen oder anderen Tipp.

»Möchtest du ein Bonbon?«

Wolfgang zögerte kurz, setzte sich in den Schneidersitz, nahm das angebotene Bonbon, wickelte es aus dem Papier und steckte es in den Mund.

Heiner Abele rückte näher. »Ich hab dich schon oft beobachtet. Du träumst gern, nicht wahr?«

»Hm«, machte Wolfgang nur.

»Ich mag solche Jungen wie dich.« Er rutschte noch dichter an Wolfgang heran. »Die bist kein so wilder Kerl wie die andern.« Mit diesen Worten legte er seine Hand auf Wolfgangs Schenkel. Wolfgang sah darin eine freundschaftliche Geste und fühlte so etwas wie Stolz, dass der erwachsene Mann gerade zu ihm so nett war. Heiner Abele ließ seine Hand nicht auf dem

Schenkel liegen, er schob sie langsam unter Wolfgangs Sporthose. Der zog reflexartig den Bauch ein und hielt den Atem an. Zu mehr Reaktionen war er nicht fähig. Heiner Abele fingerte sich in den Schlitz der Unterhose, griff nach dem schrumpeligen Glied, zog es heraus und rieb es mit geübten Bewegungen steif. Wolfgang sah seine Kameraden auf dem Spielfeld herumrennen, als wäre nichts geschehen. Er wollte zu ihnen laufen, war jedoch unfähig sich zu bewegen.

»Das tut gut, was?«, sagte der Mann. »Willst du meinen auch mal halten?«

Wolfgang starrte mit offenem Mund, konnte weder nicken noch den Kopf schütteln. Da öffnete Heiner Abele seinen Hosenlatz, griff nach Wolfgangs Hand und führte sie hinein, wo sein steifer Schwanz, zuckte, als er die Jungenhand spürte.

»Jetzt musst du ihn reiben wie ich deinen«, flüsterte er und führte Wolfgangs Hand unter der seinen. Dann nahm er die Hand weg und Wolfgang hielt inne.

»Weiter, mach weiter!«

Wolfgang hörte die Worte, spürte den fremden, ihm riesig erscheinenden Männerschwanz in seiner Hand, während die anderen Jungen keine fünfzig Meter entfernt Fußball spielten, und fand das alles unwirklich, vollkommen unwirklich. Das konnte es nicht geben, es konnte nicht sein, dass er hier unter einem Baum saß und Heiner Abele sein Glied bis zum Kitzeln gerieben hatte; es konnte nicht sein, dass er nun dessen dicken Schwanz in der Hand hielt. Das konnte nur ein Traum sein.

»Mach weiter, hörst du nicht!«

Wie in Trance bewegte Wolfgang sein Hand wieder hin und her.

»Ja, gut so, gut machst du das. Du bist ein guter Wichser«, murmelte der Mann.

Wolfgang rieb und rieb, bis er plötzlich etwas Nasses am Zeigefinger spürte. Abrupt zog er die Hand weg, sah die milchige Flüssigkeit, sprang auf und rannte davon.

»He, warte!«, rief Heiner Abele, rappelte sich hoch und lief mit Samenflecken auf der Hose und offenem Latz hinter Wolfgang her. Der rannte um sein Leben und rettete sich hinter die Haustür, wo er sich keuchend an die Wand lehnte. Als er wieder bei Atem war, legte er ein Ohr an die Tür und lauschte, hörte nichts, lief die Treppe hinauf in die Stube und spähte hinunter auf die Straße, wo er den Mann entdeckte, der langsam am Haus vorüberging. Während Wolfgang hinter der Gardine stand, kamen ihm die Tränen. Er legte sich bäuchlings aufs Sofa und weinte ins Kissen.

Warum hatte Heiner Abele das getan und warum gerade mit ihm? Vielleicht hatte er es mit anderen Jungen auch schon getan, vielleicht taten auch andere erwachsene Männer das mit Jungen und es war gar nichts Schlimmes. Er hatte es ja nicht heimlich gemacht, hatte sich nicht irgendwo mit ihm versteckt, sondern sich auf dem Sportplatz neben ihn gesetzt und ihm in die Hose gegriffen, als sei das nichts Besonderes. Wieder einmal wusste Wolfgang sich keinen Rat, hätte gern mit jemandem geredet, aber mit wem?

Während er noch grübelnd auf dem Sofa lag, hörte er Schritte die Treppe heraufkommen – Männerschritte. Sein Herz schlug schneller, er hob den Kopf und horchte mit angehaltenem Atem. Gleich würde Heiner Abele die Tür öffnen und … Ein Husten zerriss Wolfgangs Gedanken, ein Husten, das zu Eugen Windbacher gehörte. Wolfgang war erleichtert und fürchtete gleichzeitig, sein Vater könnte hereinkommen und wissen wollen, warum er hier mit verheultem Gesicht liege. Doch die Tür blieb zu, sein Vater ging weiter die Treppe hoch auf den Dachboden. Auf den Dachboden! Wolfgang stand schnell auf, öffnete die Tür erst einen Spalt weit, dann ganz und lief durch die Küche ins Stüble, wo er seine Mutter zu finden hoffte. Dort war sie nicht und auch nicht in der Schlafkammer. Er hetzte weiter, stürzte beinahe die Treppe hinunter, fand seine Mutter auch in der Waschküche und im Garten nicht, rannte auf die Straße und zum Haus des Großvaters, wo ein freudig bellender Hasso an ihm hochsprang, dass er rückwärts auf den Hintern plumpste.

»Geh weg!«, schrie Wolfgang.

Aber Hasso wollte spielen und war sofort über Wolfgang. Dem gelang es nur mit Mühe, sich von dem jungen Schäferhund zu befreien und ins Haus zu kommen, wo er nach seiner Mutter rief.

»Die ist nicht hier«, sagte Tante Luise. »Du heulst ja, was ist denn passiert?«

»Wo ist Mama?«

»Keine Ahnung«, antwortete Tante Luise. »Wenn sie nicht daheim ist, wird sie zum Einkaufen im Ort sein.«

Wolfgang drehte sich um und lief hinaus, wo Hasso schon auf ihn wartete, doch diesmal wich Wolfgang geschickt aus, und nach einigen Metern riss die Kette den Hund zurück.

»Wolfgang!«, rief Tante Luise.

Wolfgang lief weiter, lief durchs Dorf und suchte seine Mutter. Vor der Bäckerei entdeckte er ihr Fahrrad, stürzte hinein, klammerte sich an sie und begann hemmungslos zu schluchzen.

»Wolfgang, was ist denn?«, fragte sie, und man sah ihr an, dass ihr die Situation peinlich war.

Wolfgang konnte noch nicht reden, stammelte nur »Papa ... Papa«.

»Was ist mit Papa? Ist ihm etwas passiert?«

Wolfgang zog am Rock seiner Mutter. »Komm!«

»Nun red' doch endlich!«

»Komm!«, flehte Wolfgang, nahm die Hand seiner Mutter und zog mit ganzer Kraft.

»Leg's beiseite«, bat Hilde Windbacher die Verkäuferin. »Ich komm nachher wieder.«

»Ist recht«, sagte sie. »Das muss schon was Wichtiges sein, wenn der Bub so außer sich ist.«

Draußen schniefte Wolfgang: »Papa ist ... auf ... dem Dachboden.«

»Und?« Hilde Windbacher verstand nicht. »Ist ihm etwas passiert?«, fragte sie wieder.

»Er ... er hat doch gesagt ... er ...«

»Was denn? Was hat er gesagt? Red' endlich!«

»Er hat gesagt ... er hängt sich auf.«

»Er ... ach so, jetzt verstehe ich!« Sie drückte Wolfgang an sich. »Das tut er nicht, glaub mir. Das sagt er nur, wenn er besonders enttäuscht ist«, versuchte sie ihn zu beruhigen.

Doch Wolfgang spürte, dass sie von ihren Worten selbst nicht überzeugt war.

»Warte hier, ich hole nur schnell die Sachen, dann fahren wir heim.«

Als sie wieder herauskam, setzte sie Wolfgang auf den Gepäckträger und radelte nach Hause. Dort gingen sie Hand in Hand die Treppe hinauf, sahen, dass die Tür zum Dachboden offen stand, blieben stehen und lauschten. Wolfgang drückte die Hand seiner Mutter fester und sie erwiderte den Druck.

»Papa!«, rief sie. »Bist du da?«

»Wo soll ich denn sonst sein?«, kam als Antwort.

»Na, siehst du«, sagte Hilde Windbacher leise zu ihrem Sohn und war genauso erleichtert wie er. »Du musst dir nicht so viele Gedanken machen.«

Das war leicht gesagt.

25

In den nächsten Tagen verkroch Wolfgang sich und ging nur aus dem Haus, wenn es sein musste. Er ließ sich immer Ausreden einfallen, wenn seine Kameraden ihn in der Schule baten, am Nachmittag auf den Sportplatz zu kommen. Doch eine Begegnung mit Heiner Abele konnte er höchstens hinauszögern, aber nicht verhindern. Und so stand der auf dem Heimweg von der Schule auch plötzlich vor ihm, und Wolfgang begann zu glühen.

»Grüß dich«, sagte er. »Ich hab dich in den letzten Tagen nicht gesehen. Warst du krank?«

Wolfgang schüttelte den Kopf.

»Du brauchst keine Angst vor mir zu haben. Ich hab dir doch gesagt, dass ich dich mag.« Er wollte Wolfgang übers Haar streichen, doch der duckte sich weg.

»Hast du jemandem etwas erzählt?«

Wieder schüttelte Wolfgang den Kopf.

»Prima, das soll nämlich unser Geheimnis bleiben.« Heiner Abele griff in die Hosentasche und holte ein Fünfmarkstück heraus. »Das schenk ich dir, wenn du heute Nachmittag zu der Scheune hinterm Sportplatz kommst. Ich warte um drei auf dich.« Dann ging er weiter.

Wolfgang stand wie benommen da und brauchte ein Weile, bis er wieder denken konnte. Fünf Mark war viel Geld, sehr viel. Damit könnte er sich eine Menge Kaugummikugeln, Bonbons, Brausepulver und Mohrenköpfe kaufen. Er erinnerte sich an den köstlichen Geschmack im Mund, als er für die zehn Pfennig von Herrn Schaber einen Mohrenkopf gekauft hatte.

Aber er erinnerte sich auch an Heiner Abeles Hand in seiner Hose und an die milchige Flüssigkeit auf seinen Fingern. Nein, das wollte er nicht mehr, auch nicht für alle Mohrenköpfe der Welt.

Heiner Abele sprach Wolfgang in den folgenden Tagen mehrfach an, wollte ihm Bonbons, Schokolade und Geld schenken, bat ihn zu Treffpunkten, aber Wolfgang schüttelte bei allen Angeboten den Kopf.

Der Mann sah ein, dass er diesen Jungen nicht gewinnen konnte, nahm ihm das Versprechen ab, niemandem von ihrer Begegnung auf dem Sportplatz zu erzählen, andernfalls werde er sehr ungemütlich.

Wolfgang hätte auch ohne die Drohung nichts erzählt. Er schämte sich, weil er inzwischen ahnte, dass Heiner Abele und er etwas Verbotenes getan hatten. Und manchmal dachte er, man müsse ihm das ansehen. Wenn ihn seine Mutter musterte, wartete er nur darauf, dass sie sagte: Wolfgang, das hätte ich nicht von dir gedacht. Geh mir aus den Augen, ich will dich nicht mehr sehen! Und auch wenn andere Leute ihn aufmerksam anschauten, rechnete er immer damit, dass sie ausrufen würde: Der hat mit dem Heiner Abele Sauereien gemacht!

In dieser Zeit suchte Wolfgang nach einer Möglichkeit zu sterben, ohne dass es weh tat. Aufhängen schied er als Erstes aus; so wie der Mann, von dem der Großvater erzählt hatte, wollte er nicht aussehen. Und wenn er daran dachte, wie das Wasser nach seinem ersten Sprung vom Sprungbrett über ihm zusammengeschlagen war, wie er vergeblich nach Luft geschnappt und nur Wasser geschluckt hatte, kam ertrinken auch nicht in Frage. Er könnte die Pistole holen und sich erschießen. Aber wie sollte er allein in die Höhle kommen? Und selbst wenn er das schaffte, wäre nicht sicher, ob die Pistole überhaupt funktionierte. Vergiften schien ihm das Beste zu sein, aber er hatte kein Gift. Beim Großvater in der Werkstatt stand zwar ein Fläschchen mit Rattengift, doch schon bei dem Gedanken an die Nager schüttelte sich Wolfgang. Das Fläschchen, auf dem zwei Ratten abgebildet waren, hätte er niemals in die Hand nehmen können. Aus dem Fenster zu springen fand Wolfgang nicht sicher genug; er musste von etwas Höherem springen, um auch ganz bestimmt tot zu sein – vom Kirchturm! Wolfgang überlegte, wie er ungesehen auf den Kirchturm kommen könnte. Auf dem Weg fragte er sich, ob er in den Himmel kam, wenn er vom Kirchturm in den Tod sprang. Weil er daran zweifelte, stoppte er, wusste nicht wohin, lief durchs Dorf in Richtung »Kapf«, tauchte in den Wald ein, in dem er noch nie allein gewesen war, und blieb keuchend stehen. Die Stille, die nur durch die stechenden Schreie eines Eichelhähers jäh durchbrochen wurde, griff nach Wolfgang. Er ging schneller, spähte umher, ohne den Kopf zu drehen, glaubte sich verfolgt, traute sich jedoch nicht zurückzuschauen. Langsam wurde der Wald lichter, der Weg gabelte sich, Wolfgang nahm den rechten, der zu den Felsen führte. Von Osten war es kein Problem hinaufzukommen, ein schmaler, ausgetretener Pfad mündete direkt am Fels, und mit wenigen Tritten war man oben. Nach ein paar Schritten stand Wolfgang am vorderen Rand, wo der Fels senkrecht abfiel. Er schaute über den unter ihm liegenden Wald, sah rechts Straßberg, wo der Götte wohnte, ins Tal gebettet liegen, links Kaiseringen und die zwischen beiden Dörfern mäandernde Schmeie. Noch ein Schritt, und er würde in die Tiefe stürzen und hätte Sekunden später alles hinter sich. Er reckte den Hals, sah unten einen Weg, stellte sich vor, wie er aufschlagen und wie schmerzhaft das sein würde.

»He, was machst du denn da?«

Wolfgang zuckte zusammen, drehte sich erschrocken um, sah den Waldschütz, schwankte und drohte das Gleichgewicht zu verlieren. Mit zwei, drei Sätzen war der Waldschütz bei ihm, packte Wolfgang am Arm und zog ihn zu sich.

»Bist du verrückt, so weit nach vorn zu gehen!«, schimpfte er. »Du hättest abstürzen können, dann wärst du jetzt tot!«

Wolfgang stand mit hängenden Schultern vor dem großen Mann, den die Kinder des Dorfes fürchteten, seit er ein paar Jungen, die im Wald heimlich geraucht hatten, erwischt und verprügelt hatte.

»Was tust du überhaupt allein hier?«

Wolfgang antwortete nicht.

»Kannst du nicht reden?« Der Waldschütz fasste Wolfgangs Kinn und drückte es hoch. »Du gehörst doch dem Eugen beim Schwimmbad, stimmt's?«

Wolfgang nickte, und jetzt kullerten Tränen aus seinen Augen.

»Was ist denn los mit dir – du ... du ...« Der Waldschütz schaute an ihm vorbei zum Felsrand und schien zu ahnen, dass Wolfgang nicht aus Versehen dort gestanden war. »Komm, ich bring dich heim.«

Willenlos folgte Wolfgang, und sie gingen stumm nebeneinander her. In Wolfgangs Kopf kreiste nur ein Gedanke: Warum bin ich nicht gesprungen? Dann wäre jetzt alles vorbei.

Bei Windbachers war niemand zu Hause, und Wolfgang war ein wenig erleichtert.

»Mist!«, brummte der Waldschütz. »Was mach ich denn jetzt mit dir?«

»Ich kann mich auf die Bank setzen und warten, bis meine Mama oder mein Papa kommt«, murmelte Wolfgang und hoffte, der Waldschütz sei einverstanden und werde gehen.

Doch der schüttelte den Kopf und sagte: »Ich nehm dich mit zu mir.«

»Aber ich kann gut allein warten«, wagte Wolfgang noch einen zaghaften Versuch.

»Nein, du kommst mit mir!«, sagte der Waldschütz in einem Ton, der keinen Widerspruch duldete. Er schob Wolfgang vor sich aus dem Garten und nahm ihn mit nach Hause. Dort empfing ihn sein Setter mit freudigem Gebell und beschnüffelte dann den fremden Jungen, dass der ängstlich zurückwich.

»Aus!«, kommandierte der Waldschütz.

Der Setter ließ sofort von Wolfgang ab, legte sich untertänig neben die Füße seines Herrn und schielte nach oben, neue Befehle erwartend. Der Waldschütz ließ ihn links liegen, rief nach seiner Frau und redete kurz mit ihr. Sie nahm Wolfgang mit ins Wohnzimmer, wo er sich aufs Sofa setzte, und fragte ihn, ob er Hunger oder Durst habe, was er verneinte. Eine Weile betrachtete sie ihn, dass er verschämt den Blick senkte.

»Ich bin gleich wieder da«, sagte sie und ging hinaus.

Wolfgang hob den Kopf, schaute sich um, sah Bilder mit Jagdszenen an den Wänden hängen und entdeckte einen Fernseher, auf dem ein kleines Segelschiff stand, von dem ein Kabel zu einer Steckdose führte. Wolfgang wunderte sich, hatte jedoch nicht die Kraft, darüber nachzudenken.

»So, hier hast du ein paar Kekse und etwas zu trinken«, sagte die Frau vom Waldschütz. Sie stellte beides auf den Tisch und setzte sich. »Greif zu!«

Wolfgang nahm einen Keks, biss davon ab und kaute lange drauf herum.

»Weißt du, wo deine Mama oder dein Papa ist?«

Er schüttelte den Kopf.

»Hm«, machte sie und hielt ihm das Glas hin.

Er sah die gelbliche Flüssigkeit, hoffte schon, es handle sich dabei um *Brassi*, nahm das Glas, trank einen Schluck, ließ die Flüssigkeit im Mund und prüfte sie. Es war zwar Orangenlimonade, die gut schmeckte, aber *Brassi* war es nicht. Trotzdem trank er nur Schlückchen, die er im Mund behielt, bis die Limonade langsam ihren Geschmack verlor.

»Schmeckt's?«

Er nickte.

»Dann ist's recht.« Sie schien froh zu sein, dass Wolfgang sich mit dem Trinken so viel Zeit ließ. Als das Glas leer war, wollte sie ihm noch eines holen, doch Wolfgang lehnte ab. »Ich muss jetzt heim«, sagte er.

»Und wenn immer noch niemand da ist?«

»Dann warte ich.«

»Hm«, machte sie wieder. »Habt ihr Telefon?«

Er schüttelte den Kopf.

»Also allein lass ich dich nicht gehen, dann geh ich mit dir.«

Das wollte Wolfgang nicht, doch die Frau war genauso hartnäckig besorgt um ihn wie ihr Mann. Sie zog ihre Schürze aus, schlüpfte in eine Strickweste, sagte ihrem Mann Bescheid und verließ mit Wolfgang das Haus. Unterwegs wurde sie mehrfach angesprochen, auch auf Wolfgang, und gab ausweichende Antworten. Nur mit einer älteren Frau redete sie länger, und obwohl sie leise sprachen, hörte Wolfgang einzelne Worte: Kapf, Felsen, durcheinander, springen, armer Bub. Die ältere Frau tätschelte ihm die Wange und sagte: »Kopf hoch, es wird schon wieder.«

»Es wird nichts so heiß gegessen wie es gekocht wird, sage ich immer«, ergänzte die Frau vom Waldschütz und ging mit Wolfgang weiter.

Zu Hause erzählte sie Wolfgangs Mutter, die inzwischen von der Arbeit auf dem Krautfeld zurück war, was sie von ihrem Mann wusste, wobei sie nicht mit schmückenden Zugaben sparte. Hilde Windbacher nahm von all dem nur auf, dass ihr Sohn sich habe vom Kapffelsen stürzen wollen.

»Mein Mann hat ihn mit nach Hause genommen und ich habe ihn hergebracht, damit er keine Dummheiten macht«, sagte die Frau vom Waldschütz noch einmal, bevor sie endlich ging.

Hilde Windbacher hatte sich mechanisch bedankt, ließ sich nun schwer auf einem Stuhl nieder und schüttelte unaufhörlich den Kopf. Sie konnte nicht glauben, was sie eben gehört hatte.

»Wolfgang«, sagte sie nach einer Weile, »um Gottes Willen, Wolfgang!«

Er stand vor ihr, konnte den Anblick seiner fassungslosen Mutter kaum ertragen, wusste, dass sie gleich nach dem Warum fragen würde, und wünschte, er wäre gesprungen.

»Wolltest du wirklich vom Felsen springen?«, fragte sie mit weinerlicher Stimme.

Wolfgang antwortete nicht.

»Warum um Gottes Willen? Sag mir warum.«

Er schwieg weiter.

Wieder schüttelte sie den Kopf. »Mein Gott, du bist doch noch ein Kind!« Tränen schossen ihr in die Augen, sie zog Wolfgang an sich und nuschelte ihm ins Ohr: »Du bist mein Kind, mein Bub, mein Wolfgang. Du darfst doch nicht sterben wollen, das ist ja furchtbar!« Sie schaute ihn aus verweinten Augen an. »Versprich mir, dass du das nie wieder machst. Versprich es mir!«

Wolfgang nickte.

Wieder zog sie ihn an sich und drückte ihn heftig. »Du hast es nicht leicht, das weiß ich. Aber man darf sich doch nicht das Leben nehmen, wenn man noch ein Kind ist. Du hast das ganze Leben noch vor dir und du wirst noch sehr viel Schönes erleben, auch wenn du das jetzt nicht glauben magst. Das verspreche ich dir.« Sie löste sich von ihm und wischte mit dem Handrücken die Tränen weg. »Wenn dich etwas bedrückt und wenn du Kummer hast, musst du mir das sagen, dann helf ich dir.« Sie wartete, dass Wolfgang etwas sagte, doch der schwieg.

»Was ist denn so schlimm, dass du ... dass du auf den Kapf gegangen bist?«

Wolfgang hätte es ihr gern erzählt, wusste jedoch nicht, wo und wie anfangen.

26

Im Dorf wurde über Wolfgang und die Windbachers viel getratscht. Auf dem Weg zu und von der Schule, auf dem Pausenhof und in der Klasse spürte Wolfgang die vielen Blicke und hörte das Tuscheln. Manchmal wurden ältere Schüler auch deutlich: Du willst dich doch nur wichtig machen mit deinem Selbstmord. Du bist doch viel zu feige, um vom Kapffelsen zu springen. Wärst du doch gesprungen, dann hätte Winterlingen jetzt einen Irren weniger.

Wenn Herr Schaber solche oder ähnliche Äußerungen hörte, wurde er ziemlich wütend. Einmal erzählte er den Schülern eine Geschichte, die mehr als zwanzig Jahre zuvor passiert war. »Damals hatte Hitler die Macht in Deutschland. Einer seiner Wahlsprüche lautete: Wer nicht für mich ist, ist gegen mich, und wer gegen mich ist, den zertrete ich. Mein Vater war Lehrer in Ebingen und wollte nicht in die Nazi-Partei eintreten, obwohl er immer wieder bedrängt und bedroht wurde. Nach einem Elternabend lauerten ihm mehrere SA-Männer auf und schlugen ihn brutal zusammen. Am nächsten Tag kamen zwei Nazis ins Haus, legten ihm einen Aufnahmeantrag zum Unterschreiben vor und sagten, das sei seine letzte Chance. Mein Vater erwiderte, eine Partei, die die Leute mit Gewalt zwingen wolle, sei nicht seine Partei. Die Nazis beschimpften ihn als Kommunisten, und ein paar Tage später wurde er abgeholt. Mich ärgerten und piesackten die Jungs von der Hitlerjugend, ich durfte nirgendwo mehr mitmachen und wurde überall weggeschubst. Die Angst um meinen Vater und das Ausgestoßensein setzten mir so zu, plagten mich so, dass ich glaubte, es nicht mehr aushalten zu können. Damals wollte ich nicht mehr leben.

Ich bin sicher, die meisten Menschen und auch viele junge Menschen haben schon Zeiten erlebt, in denen sie ähnlich fühlten wie ich als zwölfjähriger Junge – und wie Wolfgang. Deswegen sollten sich alle lieber dumme Bemerkungen und Sprüche sparen.«

Wolfgang fühlte sich verstanden und wünschte sich Herrn Schaber mehr denn je als Vater. Er sah sich mit ihm durchs Dorf gehen, seine Hand in der Hand seines Wunschvaters, der sie gut festhielt. Die Erwachsenen grüßten freundlich, wobei die Männer ihre Hüte lüpften, den Kindern sah man an, dass sie Wolfgang um diesen Vater beneideten. Auf dem Sportplatz kickte er in Wolfgangs Mannschaft mit, der an seiner Seite spielte wie Pelé und nach Vorlagen seines Vaters drei herrliche Tore erzielte. Nach dem Spiel trugen ihn seine Mitspieler auf den Schultern vom Platz. Weil sie so verschwitzt waren, kletterten sie über den Zaun zum Schwimmbad und sprangen ins Wasser. Wolfgangs Vater alberte mit ihm herum, tauchte ihn von hinten an und nahm ihn auf die Schultern. So forderten sie andere Paare zum Hahnenkampf heraus. Wenn die angriffen, wich der Vater geschickt aus und setzte mit Kampfgeschrei sofort zum Gegenangriff an, dann stieß oder zerrte Wolfgang die Gegner nacheinander von den Schultern ihrer Untermänner. Zum Schluss saß er als Einziger noch oben und reckte die Arme in den Himmel, als wäre er gerade Weltmeister geworden. Mit einem Freudenschrei ließ er sich ins Wasser plumpsen und schwamm neben seinem Vater, der ihm zeigte, worauf es beim Kraulen ankam. Wolfgang lernte schnell und forderte ihn zu einem Wettrennen heraus. Sie stellten sich nebeneinander auf die Startblöcke und sprangen auf »Los!« ins Wasser. Beim Auftauchen lag Wolfgang einen Meter zurück, nach der halben Strecke war es nur noch ein halber Meter. Sein Vater schaute zu ihm herüber und rief: »Locker bleiben! Gleichmäßig mit den Beinen schlagen! Richtig ein- und ausatmen! Dann schaffst du's!« Wolfgang holte Zentimeter um Zentimeter auf, schob sich kurz vor dem Ziel vorbei und schlug als Erster an. Völlig ausgepumpt, aber unheimlich glücklich klammerte er sich an seinen Vater, der ihn lobte und sich mit ihm freute.

Wolfgang spürte eine Hand auf seiner Schulter und hörte seinen Namen, schaute hoch und sah seinen Vater, der angezogen neben ihm stand, brauchte ein paar Sekunden, bis er zurück ins Klassenzimmer fand und ihm schmerzhaft bewusst wurde, dass sein Vater nicht sein Vater, sondern Herr Schaber war, der nie sein Vater sein würde.

»Wolfgang, ist dir nicht gut?«

Er nickte, obwohl er nicht genau wusste, ob das die passende Reaktion auf Herrn Schabers Frage war.

»Möchtest du nach Hause?«

Jetzt schüttelte Wolfgang energisch den Kopf, denn er wollte auf keinen Fall früher nach Hause, als er musste, das wusste er genau. Doch irgendwann war auch die letzte Stunde zu Ende, und Wolfgang machte sich mit Peter und Rudi auf den Heimweg.

»Kommst du heute auf den Sportplatz?«, fragte Peter.

Wolfgang zog die Schultern hoch. »Ich weiß nicht, ob ich darf.«

»Und wenn du darfst?«

»Dann komme ich.«

»Ehrenwort?«

Wolfgang nickte.

Peter wohnte mitten im Dorf und war zuerst zu Hause. Das zweite Stück Weg gingen Wolfgang und Rudi zusammen, den Rest musste Rudi, der in einem Bauernhaus am Ortsrand wohnte, allein gehen.

Er schielte Wolfgang von der Seite an. »Du, Wolfi ...« Er stockte, schaute Wolfgang, der den Kopf gedreht hatte, in die Augen, und brauchte ein paar Schritte, bis er erneut ansetzen konnte: »... Wolltest du ... wirklich springen?«

Wolfgang ging weiter, als hätte er die Frage nicht gehört.

Wieder ein paar Schritte später sagte Rudi: »Dann wärst du jetzt tot.«

Plötzlich lief Wolfgang los, dass sein Ranzen auf dem Rücken hüpfte. Er lief bis nach Hause, wo er keuchend ankam und anscheinend schon erwartet wurde. Sein Vater saß am Tisch im Stüble, obwohl noch nicht gedeckt war. Weil er die meiste Zeit des Tages in seiner Werkstatt verbrachte und nur noch ins Dorf ging, wenn es unbedingt sein musste, hatte er erst am Morgen von dem Getratsche erfahren.

»Warum rennst du denn so, dass dir die Luft wegbleibt?«, fragte er vorwurfsvoll.

Wolfgang stand seitlich hinter seinem Vater und atmete schwer. »Ich ... ich ... ich bin ...«

Die Mutter kam herein, stellte sich neben ihren Sohn und nahm ihm den Ranzen ab. Dann wurde es still, unangenehm still. Bis Eugen Windbacher langsam und für seine Verhältnisse ungewöhnlich leise zu reden begann. »Ich habe gehört, dass du allein auf dem Kapffelsen warst.« Er machte eine Pause und schaute Wolfgang an. Der rührte sich nicht.

»Stimmt das?«

Wolfgang nickte.

»Und was wolltest du dort?«

Wolfgang schwieg.

»Die Leute sagen, du wärst hinuntergesprungen, wenn der Waldschütz dich nicht festgehalten hätte. Stimmt das?«

Wolfgang zog die Schultern hoch.

»Du musst doch wissen, ob du springen wolltest oder nicht«, sagte Eugen Windbacher schon deutlich lauter.

Um Wolfgangs Mund begann es zu zucken, Tränen stiegen ihm in die Augen.

»Ich will jetzt wissen, was du auf dem Kapf wolltest!«

»Lass ihn doch«, bat die Mutter.

»Ach was«, herrschte er sie an, »dem geht's zu gut. Aber das wird sich ändern!« Er wandte sich wieder Wolfgang zu, verlor die Kontrolle über sein Gesicht, das zur Fratze wurde, und schrie: »Was glaubst du eigentlich, wer du bist! Ein Nichtsnutz bist du, ein Tagdieb! Dumm, faul und gefräßig! Aber dir werd ich's zeigen, du machst uns nicht zum Gespött der Leute! Ab jetzt werde ich andere Saiten aufziehen, das verspreche ich dir! Ich werde dafür sorgen, dass du nicht mehr auf solche Gedanken kommst! Und jetzt geh mir aus den Augen, sonst passiert ein Unglück!«

27

In den folgenden Tagen und Wochen wurde in der Familie Windbacher nur das Nötigste geredet – vor allem, wenn der Hausherr anwesend war. Wie immer, wenn er in einer Wut mehr als gewöhnlich gesagt hatte, schwieg er anschließend, als habe er dabei seinen Vorrat an Wörtern aufgebraucht. Er sagte nicht einmal seinem Sohn, was er zu tun und zu lassen hatte, was allerdings auch nicht nötig war, denn der traute sich kaum noch laut zu atmen und erfüllte die Arbeiten in Haus und Hof und auf dem Feld vorauseilend gewissenhaft, um ja keinen Anlass für Unzufriedenheit zu geben. Wenn sich ein Konflikt mit seinen Schwestern andeutete, gab er sofort nach, was sonst nicht seine Art war. Manchmal hatte man den Eindruck, Wolfgang nehme sich so sehr zurück, dass er langsam verschwinde. Das war Eugen Windbacher auch wieder nicht recht. Er hatte sich immer einen Sohn gewünscht, aber eben einen richtigen Sohn, nicht diesen Weichling und Versager, der Wolfgang in seinen Augen war. Aber er würde schon noch einen richtigen Kerl aus ihm machen, so wahr er Eugen Windbacher hieß.

Die erste Maßnahme war, dass Wolfgang ins Fußballtraining musste und den Auftrag bekam, sich dort durchzusetzen und sich einen Platz in der C-Jugend zu erkämpfen. Nun spielte Wolfgang zwar gern Fußball, wobei die Betonung auf »spielen« lag, doch sobald es härter zur Sache ging, zog er sich zurück. Das wollte Eugen Windbacher ändern. Er stand während des Trainings oft am Spielfeldrand – manchmal schaute er auch heimlich zu – und verlangte anschließend von seinem Sohn, er müsse mehr Einsatz zeigen und energischer in die Zweikämpfe gehen. Wolfgang versuchte es nach Kräften, doch weil er einer der Jüngsten war, war er den meisten körperlich unterlegen. Trotzdem schaffte er es, dass nach einem halben Jahr sein Name erstmals auf der Mannschaftsaufstellung stand – wenn auch nur in der Spalte »Ersatzspieler«.

Eugen Windbacher sah es als Schande an, dass sein Sohn nur Ersatz war. Deswegen ergriff er die zweite Maßnahme: Er füllte einen Getreidesack halb mit Weizen und hängte ihn im Schuppen zwischen den Hasenställen und der Werkstatt an einen Querbalken. Dann holte er seine alten Boxhandschuhe vom Dachboden. Das ehemals braune Leder war in den langen Jahren vergilbt und spröde geworden, der rechte Handschuh hatte ein markstückgroßes Loch auf dem Rücken, aus dem das Gras lugte. Eugen Windbacher zwängte seine Hände hinein, stellte sich vor den Getreidesack, begann zu tänzeln und schlug zu. Erst nur leicht mit der Linken, als müsse er den Sack auf Distanz halten, dann schoss seine Rechte vor, dass der Sack weit nach hinten schwang. Den zurückschwingenden Sack empfing er mit einer schnellen Links-Rechts-Kombination.

»Hast du gesehen«, sagte er zu Wolfgang, zog ihm die viel zu großen Boxhandschuhe über und stellte sich erwartungsvoll neben ihn.

Wolfgang spürte das Gras, das an einigen Stellen durch den Stoff drang und auf der Haut unangenehm piekste. Er wollte nicht boxen, doch er hob die Fäuste und schlug sie aus dem Stand gegen den Sack.

»Tänzeln, du musst tänzeln, damit du den Schlägen des Gegners schnell ausweichen und die Wirkung nehmen kannst«, erklärte der Vater. »Und wenn du selbst einen wirkungsvollen Treffer landen willst, musst du aus der Vorwärtsbewegung heraus schlagen.«

Wolfgang bewegte die Beine, war jedoch nicht annähernd so leichtfüßig wie sein Vater, und schlug wieder auf den Sack ein.

»Nicht so lahmarschig! Du musst mehr Schwung in deine Schläge bringen! Vor allem die Rechte muss viel schneller kommen! Und tänzeln, immer tänzeln, ein guter Boxer steht nie, der ist immer in Bewegung, damit er schwer zu treffen ist und aus der Bewegung heraus selbst gute Treffer anbringen kann.«

Wolfgang wollte kein guter Boxer werden, er hasste Schlagen. Wenn es in der Schule, auf dem Sportplatz oder im Freibad zu Keilereien kam, suchte er immer nach Möglichkeiten, sich zu verdrücken. Gelang ihm das nicht, schützte er sich mit erhobenen Händen und hielt sich die Gegner mit Fußtritten möglichst weit vom Leib. Half das alles nichts, verwickelte er sie in Ringkämpfe und wälzte sich mit ihnen lieber am Boden als gegen sie zu boxen. Er schaffte es einfach nicht, jemandem die Faust absichtlich ins Gesicht zu schlagen. Er hasste Boxen, und er hasste seinen Vater, der ihn dazu zwingen wollte.

»Los jetzt, worauf wartest du, fang endlich an!«

Wolfgang hatte Tränen in den Augen und sah alles nur noch verschwommen, fing an zu tänzeln und zu schlagen, der Getreidesack wurde zu seinem Vater, auf den er immer schneller, immer härter einschlug.

»Gut so«, lobte Eugen Windbacher, »aber du darfst die Deckung nicht vernachlässigen.«

Wolfgang wollte nichts mehr hören und geriet außer sich wie damals, als er im Kindergarten auf Werner einprügelte, hämmerte seine Fäuste mit aller Kraft, die in ihm steckte, in den Vater, der ihn begeistert anfeuerte. Wolfgang hörte die Stimme, also lebte sein Vater noch, also musste er weiter schlagen, immer weiter, bis die Stimme verstummte, und er schlug so lange, bis seine Arme lahm wurden und er völlig erschöpft zu Boden sank.

28

Wenn keine Feld- oder sonstigen Arbeiten anstanden, musste Wolfgang jeden Tag am Getreidesack trainieren. Manchmal stellte sich sein Vater daneben, korrigierte und kommandierte, manchmal arbeitete er in seiner Werkstatt, schaute nur hin und wieder zu, gab Kommentare und Anweisungen. Um Wolfgangs Beinarbeit zu verbessern, ließ ihn der Vater in allen möglichen Variationen mit dem Seil springen, und bald war Wolfgang der beste Seilspringer von ganz Winterlingen. In dieser Disziplin hätte er gern an Wettkämpfen teilgenommen und wäre dabei vermutlich sehr erfolgreich gewesen. Doch das Seilspringen sollte Wolfgang nur zu einem flinkeren und zweikampfstärkeren Fußballer machen. Das galt auch für die Arbeit am Getreidesack, den Eugen Windbacher von Monat zu Monat weiter füllte, und an dem Wolfgang immer besser wurde. Wenn sein Vater nicht da war, ging er sogar freiwillig in den Schuppen und schlug auf den Sack ein, bis alles schwer und leicht zugleich wurde.

Eines Tages stellte sich Eugen Windbacher in Boxerstellung vor seinem Sohn auf und forderte ihn zum Kampf. Wolfgang wollte nicht kämpfen, doch sein Vater bestand darauf. »Du schlägst jetzt in meine Handflächen!« Er tänzelte dicht vor Wolfgang herum. »Du sollst die Fäuste hochnehmen und zuschlagen!«

Wolfgang wusste, dass er gehorchen musste, zögerte dennoch und tickte die Hände vor seiner Nase mit den Fäusten nur an. Wenn es ein Spiel gewesen wäre, ein nicht ernst gemeintes Kräftemessen, eine kumpelhafte Rangelei zwischen Vater und

Sohn, dann hätte sich Wolfgang über die Herausforderung gefreut. Aber es war kein Spiel, es war bitterer Ernst.

»Das sind Fliegenschisse, keine Schläge! Los jetzt, box endlich – sonst boxe ich!«

Wolfgang spürte den Kloß im Hals und die Tränen hinter den Augen, schluckte und schlug seine kleinen Fäuste gegen die tellergroßen Handflächen des Vaters, dass es nur so klatschte und er fürchtete, ihm weh zu tun – und noch härter schlug, um ihm weh zu tun.

»Gut so! Und jetzt versuch mal, meine Brust zu treffen!«

Wieder zögerte Wolfgang, denn in die Handflächen zu schlagen war etwas anderes als den Körper zu treffen. Eugen Windbacher tänzelte provozierend vor seinem Sohn herum und forderte ihn zum Boxen auf, nahm die Handflächen extra weit auseinander, um zu sehen, ob Wolfgang die Lücke erkennen und zuschlagen würde, was der auch tat. Doch weil der Vater damit gerechnet hatte, gelang es ihm, die Rechte abzufangen und sofort mit der Linken zu kontern, die er leicht gegen Wolfgangs Kinn schlug.

»Du darfst dich nicht von den Finten des Gegners zum Schlagen verleiten lassen, du musst ihn selbst durch kluges Boxen zu Fehlern zwingen und die Löcher in seiner Deckung zu Treffern nutzen!«

Obwohl Wolfgang nicht gerne boxte und schon gar nicht mit seinem Vater, war er ein guter Schüler, und als solcher setzte er auch diesmal die Anweisungen sofort um. Er täuschte eine Links-Rechts-Kombination an, schlug die Linke jedoch zweimal hintereinander und nutzte die kurze Verwirrung seines Vaters zu einer rechten Geraden, die satt im Magen landete.

»Uff!«, machte Eugen Windbacher und musste husten. »Gegen die Brust hab ich gesagt, nicht in den Magen!«

Wolfgang hätte über den Treffer am liebsten gejubelt, doch das schien ihm nicht ratsam und so freute er sich nur innerlich.

Auch beim Fußball wurde er immer besser, und je besser er wurde, desto mehr Freude machte es ihm. Zu seiner hohen Grundschnelligkeit war durch das Boxtraining eine geschmeidige Beweglichkeit und eine überdurchschnittliche Fitness gekommen. Durch das regelmäßige Jugendtraining war er auch am Ball sicherer geworden. Wenn die Jungen am Nachmittag auf dem Sportplatz zwei Mannschaften bildeten, wurde Wolfgang jetzt als einer der Ersten gewählt, was ihn ein wenig stolz machte. Und als er im Schaukasten am Vereinslokal »Zum Engel« zum ersten Mal W. Windbacher auf der Mannschaftsaufstellung der C-Jugend las, freute er sich wie schon lange nicht mehr. Zusammen mit Peter, der als großes Talent galt, war Wolfgang mit seinen knapp elf Jahren der Jüngste in der Mannschaft, in der sonst nur Jungen zwischen zwölf und vierzehn spielten. In Wolfgangs Freude mischte sich rasch die Frage nach der Ausrüstung. Das grüne Trikot wurde vom Verein gestellt, die weiße Sporthose, grün-weiße Stutzen und Fußballschuhe mussten die Jungen selbst besorgen. Wolfgang hatte nur eine schwarze Sporthose für den Turnunterricht, keine Stutzen und, was viel schlimmer war, keine Kickschuhe. Trainiert hatte er in ausgedienten, halbhohen braunen Lederstiefeln seiner Schwester Brigitte, doch mit denen konnte er ja nicht zu einem richtigen Spiel auflaufen. Was also sollte er tun? An neue Kickschuhe war nicht zu denken. Er solle die Älteren fragen, ob nicht der Eine oder Andere noch welche habe, die ihnen zu klein seien, schlug Eugen Windbacher vor. Wolfgang fragte alle, doch keiner hat Kickschuhe übrig; entweder spielten ihre jüngeren Brüder damit oder sie hatten sie verkauft oder weggeschmissen, weil sie auseinandergefallen waren.

Enttäuscht und entmutigt erzählte er am Samstagmorgen in der Schule seinem Freund Peter, dass er für das Spiel am Nachmittag keine Kickschuhe habe.

»Ich hab doch zum Geburtstag neue bekommen, du kannst meine alten haben.«

»Deine sind mir zu klein«, murmelte Wolfgang. »Sonst hätte ich dich ja als ersten gefragt.«

Peter stellte seinen rechten Fuß genau neben Wolfgangs linken, der deutlich größer war.

»Hm«, machte Peter, »probieren kannst du sie ja mal.« Doch es klang nicht sehr zuversichtlich.

Weil Wolfgang jetzt aber seine ganze Hoffnung darauf setzte, konnte er das Ende des Unterrichts kaum erwarten. Er hätte sogar gern auf die Fortsetzung der Geschichte von *Rulaman* verzichtet, die Herr Schaber am Samstag in der letzten Stunde vorlas – wenn die Klasse zuvor gut mitgearbeitet hatte.

Rulaman war das erste Buch, das Wolfgang faszinierte. Bei der Geschichte von den Höhlenmenschen, die »vor tausend und abertausend Jahren« auf der Schwäbischen Alb gelebt hatten, vergaß Wolfgang die Welt um sich herum und kämpfte mit Rulaman, einem Jungen in seinem Alter, gegen Bären, Mammuts, Riesenhirsche und Löwen. Der Größte von ihnen hatte Rulamans Großvater getötet und Rulamans Vater, Rulaba, der Häuptling des Stammes, schwor dem Mörder seines Vaters Rache. Nie würde Wolfgang vergessen, wie das Ungetüm Rulaba mit einem Prankenhieb zu Boden schleuderte und die anderen Männer verängstigt flohen. Nur Rulaman floh nicht. Die Angst um seinen Vater war stärker als die Angst vor dem Löwen. Todesmutig griff er ihn an und schlug mit der Steinaxt auf ihn ein. Der Löwe schüttelte den Kopf, drehte sich und hieb mit der Pranke nach Rulaman, der blitzschnell zurückwich und gleich wieder zuschlug. Die Unachtsamkeit des Löwen konnte

Rulaba ausnützen und sich in Sicherheit bringen. So rettete Rulaman seinem Vater das Leben, und den Löwen töteten sie auch noch.

In der heutigen Geschichte musste Rulamans Freund Obu einen Bären erlegen, um ein Mann zu werden, und Rulaman wollte ihm dabei helfen. Im Wald entdeckten sie einen Bären mit zwei Jungen und schlichen sich gegen den Wind an. Obu tötete den Bären mit einem gezielten Speerwurf und schnitt ihm den Kopf ab, um ihn als Trophäe mit ins Lager zu nehmen. Außerdem fingen sie eines der Jungen, banden ihm die Füße zusammen und machten sich auf den Heimweg. Doch plötzlich war die Bärin hinter ihnen, Obu und Rulaman kletterten mit ihrer Beute auf einen Baum.

Die Alte ließ nicht lange auf sich warten. Unten am Baum angekommen, schien sie einen Augenblick verwirrt, als die Spur nicht weiterging. Sie lief im Kreis um die Fichte herum, dann richtete sie sich in ihrer ganzen Größe auf und windete zu der Krone des Baumes hinauf. Sie erblickte die Jünglinge und stieß einen furchtbaren Wutschrei aus. Kreischend antwortete das gebundene Kleine vom Ast herunter. Im selben Augenblick schossen Rulaman und Obu ihre Pfeile ab.

Ohne sich darum zu kümmern, fasste die Alte den Baum und schüttelte ihn.

Rulaman stürzte hinunter, blieb regungslos liegen und stellte sich tot. Die Bärin wendete ihn mehrere Male um und beroch ihn im Gesicht. Rulaman hatte die Augen geschlossen. Er zuckte nicht.

Obu warf den kleinen Bären in die andere Richtung. Sofort ließ die Bärin von Rulaman ab und suchte das jämmerlich schreiende Junge.

Obu wollte ihr von hinten eine Schlinge um den Hals werfen, da drehte sich die Bärin blitzschnell, packte ihn und warf sich mit ihm auf den Boden, »als ob sie ihn in stiller Wut erdrücken und zermalmen wollte«.

Herr Schaber hob den Kopf und sah den Kindern an, dass sie noch im Wald auf Bärenjagd waren und nur langsam ins Klassenzimmer zurückfanden. Sogar Adolf Burger saß mit großen Augen, offenem Mund und geballten Fäusten auf seinem Platz. »Böser Bär!«, brummte er in die Stille hinein.

Diese zwei Worte machten die bärenjagenden Höhlenkinder wieder zur Schulkindern und brachten Leben in die Klasse. Ein Mädchen fragte leise, ob Obu wirklich tot sei.

»Das erfahren wir nächsten Samstag«, antwortete Herr Schaber.

Enttäuschte bis empörte Reaktionen waren zu vernehmen. Eine Woche Ungewissheit über das Schicksal Obus glaubten die Kinder kaum aushalten zu können. Auch Wolfgang hatte im Kampf mit den Bären das Fußballspiel völlig vergessen, wollte noch mehr hören und schaute Herren Schaber erwartungsvoll an. Doch der schwieg.

29

Peters alte Kickschuhe waren Wolfgang zu klein. Mit einiger Mühe schaffte er es zwar, seine Füße hineinzuzwängen, musste aber die Zehen kräftig anziehen. Doch er wollte lieber mit zu kleinen Kickschuhen als mit braunen Lederstiefeln spielen. Zu Hause nahm er die Dose mit der schwarzen Schuhcreme, setzte sich auf die Bank vor dem Haus und cremte das arg ramponierte Leder mit dem Bürstchen dick ein, wobei er darauf achtete, dass die Streifen an den Seiten, die längst nicht mehr weiß waren, nichts abbekamen. Dann wartete er eine Weile, nahm einen Lappen aus dem Karton mit Schuhputzzeug und rieb vorsichtig über das eingecremte Leder, bis es glänzte. Die Schuhspitzen, wo das Leder verstärkt und steinhart war, musste Wolfgang mehrmals nachbehandeln, bis er mit dem Erdal-Glanz zufrieden war. Schließlich kramte er in dem Karton und fand ein Fläschchen, das eine milchige Flüssigkeit enthielt. An der Innenseite des Deckels war ein winziger Pinsel angebracht, mit dem Wolfgang die Streifen weißer malte, als sie es je gewesen waren. Wenn er die Schuhe nun aus einiger Entfernung betrachtete, sahen sie wie neu aus. Die Lederstollen waren zwar ziemlich abgelaufen und schief, doch das störte Wolfgang nicht, weil die niemand sah, wenn er spielte. Zufrieden ging er in die Elternkammer, wo die Mutter seine wenigen Anziehsachen im Kleiderschrank aufbewahrte. Er suchte seine grau-grün-karierten Kniestrümpfe, die er als Stutzen anziehen wollte. Dabei entdeckte er zwischen den Bettlaken einen Buchrücken. Er wunderte sich, weil seine Eltern außer der Bibel kein Buch besaßen – so hatte er bisher gedacht. Und nun lag eines hier zwischen Bettlaken, als wolle es sich verstecken. Wolfgang zog es heraus und las *Th. van de Velde – Die vollkommene Ehe*. Er schlug das Buch auf, blätterte darin und hatte den Eindruck, dass es ziemlich neu war; in dem Buch schien noch nicht oft gelesen worden zu sein. Weil es keine Bilder enthielt, legte Wolfgang es wieder zurück, suchte und fand seine grau-grün-karierten Kniestrümpfe und ging mit ihnen ins Stüble, wo seine Sporthose auf dem Stuhl neben dem Ofen lag. Nun hatte er seine Ausrüstung – wenn auch nicht ganz den Vorschriften entsprechend – zusammen und fühlte sich erleichtert.

Je näher der Anpfiff rückte, desto häufiger und heftiger schickte der Magen heiße Wellen durch den Körper. Wolfgang musste mehrmals pinkeln, und seine Mutter sagte, er sei so bleich wie eine Milchsuppe. Schon kurz nach zwei zog er seine Fußballsachen an, setzte sich auf die Bank vor dem Haus und wartete auf Peter, der ihn abholen wollte. Viele Gedanken wirbelten durch Wolfgangs Kopf. Die Freude, zum ersten Mal aufgestellt worden zu sein, mischte sich mit der Angst, schlecht zu spielen und wieder aus der Mannschaft zu fliegen. Er hätte auch viel lieber auswärts gespielt, damit keine Zuschauer dabei gewesen wären, die ihn kannten, vor allem sein Vater nicht. Obwohl der noch kein Wort darüber gesagt hatte, würde er zuschauen, da war Wolfgang ganz sicher. Und schon der Gedanke daran verursachte ihm Übelkeit.

Drei Mannschaftskameraden fuhren mit ihren Fahrrädern in Richtung Sportplatz und riefen Wolfgang zu, er solle kommen. Jedesmal antwortete er, er warte auf Peter. Endlich kam der in einem perfekten Dress mit neuen Adidas-Schuhen aus der Serie »Uwe Seeler«. Wie schon so oft liefen sie miteinander zum Sportplatz, und doch war diesmal alles anders. Peter hatte schon sein drittes Paar Kickschuhe, Wolfgang stand zum ersten Mal drin, und in ihnen auf der Straße zu laufen, bereitete ihm Schwierigkeiten; Peter gehörte seit einem Jahr zum Stamm der Mannschaft, Wolfgang war zum ersten Mal aufgestellt; Peter war in der Mannschaft anerkannt, obwohl er mit Abstand der Jüngste war, Wolfgang war bisher nur als Ersatzspieler dabei gewesen und hatte gespürt, dass er nicht richtig dazugehörte.

Er fühlte sich auch unsicher, als sich die Mannschaft in der Holzbaracke im Raum des FC Winterlingen versammelte. Bis auf Hermann und Hannes, die beiden Ältesten, die ihre Sportsachen im Matchsack mitbrachten und sich umzogen, kamen alle im Dress. Nur Wolfgang trug noch ein Unterhemd, weil er kein grünes Trikot hatte; das bekam er mit einem stechenden Blick von Helmut, dessen Platz er nun einnahm. Fritz Bollmann, der Trainer, las die Mannschaftsaufstellung noch einmal vor und sagte zu jedem Spieler ein paar Worte. Wolfgang war als Letzter dran. »Du bist bestimmt aufgeregt, aber das legt sich, wenn das Spiel begonnen hat. Spiel einfach so, wie wir es im Training geübt haben, dann klappt es. Jürgen wird dich mit langen Pässen schicken, damit du deine Schnelligkeit ausspielen kannst. Dann schlägst du Flanken vor das Tor oder ziehst nach innen und schießt selbst.« Er gab Wolfgang einen aufmunternden Klaps und ging mit den Jungen hinaus, wo sie sich warmlaufen sollten.

Sie trabten über den Platz, der mehr Ähnlichkeit mit einer Wiese als mit einem englischen Rasen hatte. Nur die mit Sägemehl gezogenen Linien und die Maschendrahttore deuteten darauf hin, dass es sich um einen Fußballplatz handelte. Wolfgang versuchte zu spurten, was mit angezogenen Zehen nicht so einfach war.

Der Schiedsrichter pfiff die beiden Mannschaften zu sich vor die Baracke, lief mit ihnen aufs Spielfeld, wo sie sich in Reih und Glied aufstellen und nach beiden Seiten verbeugen mussten, obwohl auf der gegenüberliegenden Seite kein einziger Zuschauer stand. Während Jürgen und der Bitzer Spielführer zur Seitenwahl beim Schiedsrichter blieben, suchte Wolfgang mit den Augen den Spielfeldrand nach seinem Vater ab, entdeckte ihn vor der Baracke, wo er neben Hermanns Vater stand.

Jürgen gewann die Platzwahl und entschied sich wie immer für die Hälfte Richtung Kapf, damit sie in der zweiten Halbzeit auf ihr Trainingstor beim Freibad spielen konnten. Wolfgang lief auf seine Linksaußen-Position und war froh, dass er auf der zuschauerlosen Seite beginnen konnte. Halblinks spielte Jürgen, der einige Meter neben ihm stand, und schräg hinter ihm tänzelte Manni, der linke Läufer. Wolfgang hätte Peter gern näher bei sich gehabt, doch der spielte seit Monaten auf der halbrechten Position.

Als die Bitzer sich aufgestellt hatten, sah Wolfgang, dass deren rechter Verteidiger mindestens einen Kopf größer war als er, und schon rutschte ihm das Herz vollends in die Hose. Die ersten Bälle, die er bekam, passte er sofort zum nächsten Mitspieler. Er bot sich auch nicht an und schien froh zu sein, wenn er nicht angespielt wurde, aber den Gefallen tat ihm Jürgen, über den das Winterlinger Spiel lief, nicht. Er spielte einen herrlichen Pass in den freien Raum und rief: »Geh, Wolfi, geh!«

Wolfgang startete, zog trotz der drückenden Schuhe mühelos an seinem Gegenspieler vorbei, der Mittelläufer löste sich aus dem Abwehrzentrum und lief Wolfgang entgegen. Der stoppte kurz, legte sich den Ball auf seinen stärkeren rechten Fuß, sah Hermann und Peter am Sechzehnmeter winken und schlug eine schöne Flanke, die Hermann einköpfte. Die etwa zwanzig Winterlinger Zuschauer waren begeistert von diesem lehrbuchmäßigen Angriff. Seine Mitspieler lobten Wolfgang und der Trainer rief ihm zu: »Prima, Wolfi, genauso musst du spielen!«

Wolfgang schaute nach seinem Vater, wünschte sich eine anerkennende Geste, doch Eugen Windbacher zeigte keine Reaktion.

Das Spiel ging weiter, Wolfgang wurde lockerer, traute sich mehr zu und bekam bald einen schnelleren Gegenspieler, mit dem er sich einige Laufduelle lieferte – bis er Schmerzen im rechten Fuß spürte. Es waren nicht die Stellen, an denen der Schuh besonders drückte und rieb; es war ein Punkt an der Fußsohle, der mit jedem Schritt mehr schmerzte. Wolfgang wollte sich nichts anmerken lassen, wollte in seinem ersten Spiel, das für ihn so gut begonnen hatte, nicht verletzt ausscheiden. Er versuchte, nicht mehr mit dem ganzen Fuß aufzutreten, sondern nur noch auf dem Ballen zu laufen, um den Schmerz in der Ferse zu umgehen. Dadurch wurde er natürlich langsamer und kam nicht mehr an seinem Gegenspieler vorbei.

Kurz vor der Halbzeit trieb Jürgen den Ball auf halblinks in die Bitzer Hälfte, lockte Wolfgangs Gegenspieler heraus und schlug im richtigen Augenblick einen Pass in die Lücke. Wolfgangs startete, biss auf die Zähne, zog nach innen, schoss viel zu früh aufs Tor, nur um nicht mehr laufen zu müssen, ließ sich fallen und heulte ins Gras. Erst als seine Mannschaftskameraden sich auf ihn warfen und auf ihn einbrüllten, begriff er, dass er ein Tor geschossen hatte. Vor Schmerzen heulend, vor Glück lachend gab er ein jämmerliches Bild ab.

Was denn los sei, fragten Jürgen und Peter.

Er könne nicht mehr laufen.

Ob er verletzt sei.

Wolfgang schüttelte den Kopf.

»Die Schuhe!«, rief Peter.

Bevor sie weiter reden konnten, pfiff sie der Schiedsrichter energisch in ihre Hälfte. Wolfgang humpelte als Letzter über die Mittellinie. Wenige Sekunden später war Halbzeit. Die Jungen setzten sich an der Seitenlinie ins Gras, der Trainer kam über den Platz, brachte zwei Sprudelflaschen mit, die von Mund zu Mund gingen. Er lobte die Mannschaft, ganz besonders Wolfgang und fragte besorgt, warum er so eigenartig gelaufen und zum Schluss gehumpelt sei.

»Die Schuhe ...«, schniefte Wolfgang.

»Was ist damit?«

»Das sind meine alten«, antwortete Peter für Wolfgang, »die sind ihm zu klein.«

»Hast du keine eigenen?«

Wolfgang schüttelte den Kopf, ohne den Trainer anzusehen.

»Wahrscheinlich hast du Blasen«, vermutete der Trainer. »Zieh die Dinger mal aus.«

Wolfgang öffnete die Schnürsenkel, zog den rechten Schuh aus und erschrak, genau wie alle andern. Der Strumpf war blutrot, der Schuh innen ebenso. Als er auch den Strumpf ausgezogen hatte, sah man in der Ferse eine pfenniggroße ausgefranste Wunde, aus der Blut tropfte. Die Jungen waren sprachlos, der Trainer schüttelte den Kopf. »Und damit bist du gerannt und hast das 2:0 geschossen, das ist ja unglaublich!« Er nahm den Schuh und fand die Ursache für Wolfgangs Schmerzen: Die Spitze eines der Nägel, mit denen die Stollen an die Sohle genagelt waren, hatte sich durch das Leder und in Wolfgangs Ferse gebohrt. An ein Weiterspielen war nicht zu denken, und Wolfgang weinte mehr deshalb als wegen der Schmerzen. Er musste Helmut das Trikot geben, der für ihn eingewechselt wurde. Der Trainer gab noch ein paar Anweisungen, dann ging er mit dem humpelnden Wolfgang über den Platz, wo Eugen Windbacher an der Seitenlinie wartete und fragte: »Was ist?«

»Er hat ... er kann nicht mehr weiterspielen.«

»Warum nicht?«

Wolfgang hob wortlos den Fuß und zeigte seinem Vater die Wunde.

»Hast du einen Nagel im Schuh?«

Wolfgang nickte.

»Das kommt davon, wenn man seine Sachen nicht ordentlich herrichtet«, sagte Eugen Windbacher, drehte sich um und ging.

30

Wolfgang konnte zwei Wochen nicht auftreten und auch danach spürte er die heilende Wunde noch lange bei jedem Schritt, weshalb er leicht humpelte. Sein Vater machte sich lustig über ihn. Wenn sie früher wegen jedem Kratzer aufgegeben hätten, hätten sie ... Den Krieg nicht gewonnen, hätte er wahrscheinlich gern gesagt. Immer wieder warf er solche Satzbrocken über früher in den Raum, meistens zu seiner Frau gewandt, meinte aber Wolfgang und machte ihn damit klein. Was früher war, konnte Wolfgang nicht überprüfen, sondern nur glauben, und er hatte lange geglaubt, dass sein Vater ein guter Schüler, ein guter Fußballer, ein guter Arbeiter und ein guter Soldat gewesen war. Doch seit er wusste, dass sein Vater und die anderen deutschen Soldaten den Krieg verloren hatten, obwohl es in ihren Erzählungen immer ganz anders klang, zweifelte er auch an den anderen Geschichten von früher. Er hätte seinem Vater am liebsten ins Gesicht geschrien, dass er nicht aufgegeben und seine Mannschaft nicht verloren habe, dass er trotz höllischer Schmerzen das entscheidende 2:0 geschossen habe, ein Tor, von dem er nicht nur erzähle, nein, das er, der Vater, mit eigenen Augen gesehen habe, ohne ihn dafür mit einem Wort zu loben.

Wolfgang schrie nicht, jedenfalls nicht hörbar. Er blieb weiterhin der stille, brave, folgsame Junge, erledigte freudlos die ihm aufgetragenen Aufgaben, ging bald wieder ins Training, auf das er sich freute, auch weil ihm der Trainer ein paar halbwegs passende gebrauchte Kickschuhe für fünf Mark besorgt hatte. Da Eugen Windbacher wollte, dass sein Sohn Fußball spielte, bezahlte er die Schuhe, verbunden mit der Bemerkung, er hoffe, das Geld sei nicht zum Fenster hinausgeworfen.

Wolfgang war einer der eifrigsten im Training. Und weil er nun jede Gelegenheit zum Kicken nutzte, zur Not auch allein mit seinem braunen Gummiball gegen das Scheunentor, wurde er immer besser und schnell zum Stammspieler in der C-Jugend.

Auch in der Schule machte er Fortschritte. Wenn sich Herr Schaber neben ihn stellte, um Aufgaben zu kontrollieren oder etwas zu erklären, hatte Wolfgang keine Angst wie bei anderen Lehrern und wie bei seinem Vater. Selbst wenn er Fehler gemacht hatte und etwas nicht auf Anhieb begriff, kam er sich bei diesem Lehrer nicht dumm vor.

Alle Menschen machen Fehler, sagte Herr Schaber manchmal, kleine Menschen machen Fehler und große Menschen machen Fehler. Manche meinen allerdings, sie würden keine Fehler machen, und das ist der allergrößte Fehler.

Solche Sätze taten Wolfgang gut; sie klangen ganz anders als die Sätze seines Vaters. Und wenn Herr Schaber ihm dann noch aufmunternd den Hinterkopf tätschelte, fühlte sich Wolfgang angenommen und strengte sich noch mehr an.

In der sechsten Klasse stand zum ersten Mal in seinem Schulleben »Gut« unter einem Diktat, und darunter hatte Herr Schaber in seiner schönen Schrift noch geschrieben: »Siehst du, du kannst es. Mach weiter so, Wolfgang!«

Wolfgang konnte es nicht fassen. Er saß auf seinem Stuhl und wartete darauf, dass er aus dem schönen Traum aufwachte. Da bekam er einen Puffer in die Seite: »Zeig mal!«

Wolfgang schob Peter das Heft hin.

»Gut, genau wie ich!«

Für Peter waren gute Noten nichts Besonderes, für Wolfgang schon. Außer im Fach *Leibesübungen*, wo regelmäßig »Sehr gut« im Zeugnis stand, hatte er nur Noten von »Befriedigend« abwärts. Und unter seinen Diktaten war jahrelang »Ungenügend«, selten »Mangelhaft« gestanden. Erst bei Herrn Schaber hatte sich das langsam geändert. Und über das erste »Ausreichend« hatte sich Wolfgang mehr gefreut als über seine guten Noten in *Leibesübungen*. Nicht so sein Vater; der hatte gesagt, »Ausreichend« sei alles andere als ein Grund zum Freuen, er hätte sich früher über ein »Ausreichend« nicht gefreut, sondern geschämt.

Wolfgang wollte jetzt nicht an seinen Vater denken, der vermutlich auch an dem »Gut« noch herumnörgeln würde, er wollte sich die Freude nicht von ihm kaputt machen lassen, diesmal nicht. Er las das Wort »Gut« und Herrn Schabers Sätze so oft, bis die Buchstaben zu tanzen anfingen, und Wolfgang hätte am liebsten mit ihnen getanzt. Dieses »Gut« machte aus ihm einen anderen Menschen; dieses »Gut« gab ihm den Mut, sich zu Monika, die in der Nebenreihe schräg hinter ihm saß, umzudrehen und ihre Augen zu suchen. Als sich ihre Blicke trafen, schaute Wolfgang nicht wie sonst schnell weg, sondern hielt aus, bis es nicht mehr auszuhalten war.

In den Pausen suchte er nun ihre Nähe, ohne dass es den anderen auffiel, was schwierig war, denn Peter und Rudi waren fast immer bei ihm, während Monika ständig mit ihren Freundinnen Doris und Jutta zusammensteckte. Manchmal begegneten sich ihre Augen für Sekunden wie zufällig zwischen den vielen Kinderköpfen, dann spürte er die Blicke bis ins Herz; manchmal lief er über den Schulhof und rempelte sie an, um sie zu berühren und zu spüren. Im Klassenzimmer ging er öfter möglichst dicht an ihrem Platz vorbei und sog ihren Geruch ein. Sie roch völlig anders als seine Mutter und seine Schwestern. Da war nichts von Bauernhaus, Landwirtschaft, Nähmaschinenöl und Kernseife. Monika roch auch unter der Woche nach frisch gebadeter Haut, und von ihrem Haar stieg an manchen Tagen ein Shampooduft auf, der Wolfgang schweben ließ. Neben Herrn Schaber war Monika der zweite Grund, dass Wolfgang sich immer mehr auf die Schule freute und immer besser wurde. Solange »Mangelhaft« oder »Ungenügend« unter seinen Diktaten stand, hatte er sich nicht getraut, Monika, der besten Rechtschreiberin der Klasse, in die Augen zu sehen; jetzt traute er sich und wünschte, der Unterricht würde länger dauern, damit er wenigstens in ihrer Nähe sein konnte. Deswegen freute er sich, wenn sie auch am Nachmittag in die Schule mussten. An den schulfreien Nachmittagen schnappte er das Fahrrad seiner Mutter, fuhr durchs Dorf und am Haus vorbei, in dem Monika wohnte, hoffend und bangend, sie zu sehen. Sah er sie nicht, wendete er am Ende der Straße und fuhr wieder zurück. Das konnte sich bis zu zehnmal wiederholen, bevor er aufgab und enttäuscht nach Hause fuhr. Sah er sie, trat er so kräftig in die Pedale, als sei er bei etwas Verbotenem entdeckt worden und müsse fliehen.

Mehr und bessere Gelegenheiten, Monika näherzukommen, boten sich während der Badesaison im Freibad. Für Wolfgang war es jetzt noch schlimmer, dass er an vielen Tagen auf dem Bauernhof mithelfen musste. Einmal saß er mit seiner Mutter hinten auf dem vom Großvater gelenkten Leiterwagen, als ihnen Monika mit umgehängter Badetasche entgegenkam. Wolfgang durchfuhr es siedendheiß, er legte sich flach auf den Bauch und hoffte, sie würde ihn nicht sehen, nicht hier auf dem Leiterwagen neben seiner bäuerischen Mutter. Er schämte sich, er schämte sich so sehr, dass es weh tat. Als er den Kopf wieder hob, blieben zwei dunkle Flecken im Holz zurück.

Wenn die Ernte eingefahren war und Wolfgang auch ins Freibad durfte, kam er sich anfangs wie ein Fremder vor. Das änderte sich zwar bald, doch seit er in Monika nicht mehr nur eine Mitschülerin, sondern ein Mädchen sah, das er mehr und anders mochte als alles andere auf der Welt, hatte er die bubenhafte Unbefangenheit verloren. Wenn die Jungen zum Mädchentauchen riefen, hielt sich Wolfgang zurück. Er schwamm in Monikas Nähe, hätte sie gern berührt, konnte sich aber nicht vorstellen, sie unter Wasser zu drücken. Das taten dann andere, was Wolfgang jedesmal einen Stich versetzte. Doch helfen konnte er ihr nicht, das wäre aufgefallen und hätte dumme Bemerkungen zur Folge gehabt.

Wolfgang suchte nach einem Weg, Monika näherzukommen. Ihr zu sagen, dass er sie mochte, schaffte er nicht, obwohl er manchmal das Gefühl hatte, dass sie ihn anders anschaute als andere Jungs. Aber vielleicht bildete er sich das auch nur ein. Also blieb es vorerst bei Blicken, Remplern, Fahrten am Haus vorbei und Wunschfantasien.

Kaum hatte die Schule nach den Sommerferien wieder begonnen, fehlte Monika. Sie sei im Krankenhaus in Ebingen. Warum, das wussten ihre Freundinnen nicht. Nach ein paar Tagen kursierten verschiedene Gerüchte im Dorf: Man habe ihr eine Niere entfernen müssen; sie sei am Herz operiert worden; sie habe Blutkrebs wie ihr verstorbener Großvater. Wenn jemand solche Geschichten erzählte, hörte Wolfgang schnell weg. Doch selbst wenn er nur ein paar Worte mitbekommen hatte, lösten sie in seinem Kopf Bilder aus, schlimme Bilder. Mal sah er Monika blutend, mal abgemagert und bleich im Bett liegen, mal weinte sie, mal rührte sie sich nicht mehr. Oft wurden die Bilder zu stark und Wolfgang musste weinen, für seine Mitmenschen ohne jeden ersichtlichen Grund, weshalb manche glaubten, bei ihm stimme etwas nicht.

Nach zwei Wochen hielt Wolfgang es nicht mehr aus, er musste wissen, was mit Monika los war, musste sich mit eigenen Augen überzeugen, dass sie noch lebte. Aber wie sollte er nach Ebingen und ins Krankenhaus kommen? Ebingen war weit weg, das wusste er von den Besuchen bei Tante Erna und Onkel Hans vor Weihnachten. Wolfgang fragte sich, ob er es mit dem Fahrrad schaffen würde, hatte jedoch Zweifel; außerdem konnte es sein, dass seine Mutter ihr Rad brauchte. Dann würde sie später von ihm wissen wollen, wo er so lange gewesen sei, und er müsste sie anlügen. Mit dem Bus zu fahren wäre besser, doch er kannte sich mit dem Busfahren nicht aus und, was viel schlimmer war, es kostete Geld. Wolfgang hatte keines, aber er musste zu Monika. In seiner Verzweiflung griff er in einem günstigen Augenblick nach Mutters Geldbeutel, den sie in der Schublade ihrer Nähmaschine aufbewahrte. Mit klopfendem Herzen und zittrigen Fingern öffnete er ihn, sah Pfennige, Zehner, einen Fünfziger und drei Markstücke. Davon nahm er eines, steckte es in die Tasche und legte den Geldbeutel schnell wieder zurück. Er wusste zwar nicht, wie viel eine Busfahrt kostete, aber mehr als eine Mark konnte er nicht nehmen, nicht nur, weil seine Mutter es dann bestimmt merken würde.

Nachdem er beim Mittagessen den letzten Löffel Reisbrei im Mund hatte, betete er heimlich mit unter dem Tisch gefalteten Händen, dass sein Vater am Nachmittag keine Arbeit für ihn habe, und diesmal wurde sein Gebet erhört. Wolfgang schaute immer wieder zur Uhr, die über dem Radio an der Wand hing und deren großer Zeiger sich viel zu schnell bewegte. Spätestens um eins musste Wolfgang los, wenn er den Bus erreichen wollte, der zehn Minuten nach eins beim Rathaus abfuhr, wie er von seinem früheren Klassenkameraden Heinz, der jetzt auf die Oberschule ging, wusste. Kaum war der Tisch abgeräumt, holte Wolfgang seinen Schulranzen und machte sich an die Hausaufgaben, war jedoch mit seinen Gedanken schon mehr bei Monika als bei Haupt- und Nebensätzen. Er sah an der glimmenden Zigarette im Aschenbecher, dass sein Vater mindestens noch zweimal ziehen musste, bevor sie kurz genug zum Ausdrücken war, schielte zur Uhr, wo der große Zeiger sich unaufhaltsam der 12 näherte, betete erneut im Stillen, der Vater möge endlich den Stummel ausdrücken, die Zeitung zusammenfalten und in die Stube gehen, um sich dort ein Weilchen aufs Ohr zu legen, wie er das öfter tat, wenn keine dringenden Arbeiten riefen. Kaum war er draußen, packte Wolfgang seine Schulsachen ein, schlich aus dem Haus und rannte los. Schon von weitem sah er die wartenden Leute, war erleichtert und erreichte fast gleichzeitig mit dem Bus die Haltestelle. Schwer atmend stellte er sich ans Ende der Wartenden und beobachtete genau, was sie machten. Manche hatten schon Fahrscheine, in die der Busfahrer mit einer Zange Löcher knipste.

Die Frau vor Wolfgang sagte: »Einmal Ebingen.«

»Vierzig Pfennig.«

Wolfgang fiel ein Stein vom Herzen. Jetzt brauchte er nicht einmal mehr zu fragen, was eine Fahrt kostete und die Mark würde reichen.

»Einmal Ebingen«, sagte er.

»Zwanzig Pfennig.«

Wolfgang stutzte. »Ja ... aber ...«

»Was ist, hast du kein Geld?«

»Doch«, sagte Wolfgang und streckte ihm die Mark entgegen.

Der Fahrer nahm sie und gab ihm achtzig Pfennig zurück. Er hielt sie in der verschlossenen Hand, ging nach hinten und setzte sich an einen Fensterplatz. Dort öffnete er die Hand, sah den Fünfziger und die drei Zehner und schon war das ungute Gefühl wieder da.

Ich hätte gar keine Mark nehmen müssen, dachte er, vierzig Pfennig hätten auch gereicht. Ich tu die sechzig Pfennig wieder in den Geldbeutel zurück und die vierzig Pfennig gebe ich Mama, wenn ich mal Geld habe.

»Was machst du denn in Ebingen?«

Wolfgang schreckte zusammen, drehte den Kopf ein wenig und sah auf der gegenüberliegenden Sitzbank die Frau des Metzgers, dem er immer die Hasen zum Schlachten bringen musste.

»Ich ... ich ... ich fahre ... zu meiner Tante ...«, stotterte er.

»Ganz allein? Findest du denn überhaupt den Weg?«

Er nickte. »Ich war ja schon ein paar Mal bei ihr.«

»So, so.«

Wolfgang wandte sich ab, weil er keine Lust hatte, weiter Fragen zu beantworten. Er schaute nach draußen und wunderte sich über die vielen Autos, Motorräder und Roller, die auf der Straße nach Ebingen unterwegs waren. Aus Gesprächen der Männer an Großvaters Tisch wusste er, dass ein Auto ungeheuer viel Geld kostete und dass selbst Motorräder und Roller sehr teuer waren.

Als Gerhard Sawatzki eines Tages voller Stolz mit einer gebrauchten Vespa auf den Hof gefahren kam, hatte der Großvater die Welt nicht mehr verstanden. Wie man nur so viel Geld für so etwas ausgeben könne, wo man doch mit dem Fahrrad überall hinkomme, wo man hinmüsse. Die Jungen würden schon sehen, wo das noch ende.

Die Vespa war das erste motorisierte Fahrzeug in der Familie. Wolfgang hatte sich manchmal draufgesetzt, wenn sie vor dem Haus stand und niemand auf ihn achtete. Er hatte sich nach vorn gebeugt, bis er die gummiberingten Griffe fassen konnte, mit dem rechten Gas gegeben, mit den Lippen dazu die passenden Motorgeräusche gemacht und war in Gedanken losgefahren, hinaus in die weite, weite Welt.

Jetzt fuhr er zum ersten Mal allein nach Ebingen, das für ihn schon zur weiten Welt gehörte, und fragte sich, woher die Leute das Geld hatten, Roller, Motorräder und Autos zu kaufen, während bei ihnen zu Hause nur vier Fahrräder standen, von denen zwei alt und klapprig waren. Die beiden neuen Rixe-Räder hatten Sieglinde und Brigitte von ihrem Konfirmandengeld kaufen dürfen, und sie passten auf wie Luchse, dass Wolfgang nicht damit fuhr. Wenn er es trotzdem hin und wieder schaffte, ohne dass sie es merkten, genoss er jedesmal den heimlichen Triumph. Ansonsten musste er mit dem Fahrrad seiner Mutter fahren oder zu Fuß gehen.

Wie damals, als er auf dem Weg zu Tante Erna und Onkel Hans vor dem Spielwarengeschäft mit der wunderbaren Eisenbahnanlage stand, sagte er sich auch jetzt, das sei nicht gerecht. Er konnte doch nichts dafür, dass sein Vater krank war und nur ein paar Mark verdiente, wenn er einen Blumenständer verkaufte, aber er musste darunter leiden. Und seit er Monika mochte, litt er noch viel mehr. Zuvor hatte er kaum auf seine Kleidung geachtet, Hauptsache, er hatte etwas anzuziehen. Dass er Pullover seiner Schwestern auftragen musste und manchmal sogar ihre Schuhe, gefiel ihm zwar nicht, aber es war eben so. Auch dass seine Mutter die Pullover flickte und an Bund und Ärmel Stößer strickte, wenn er aus ihnen herauswuchs, kannte er nicht anders. Erst seit Monika diese neuen Gefühle in ihm ausgelöst hatte und er sich wünschte, sie möge für ihn fühlen wie er für sie, sah er sich genauer an, erkannte, dass er ärmlicher als die meisten gekleidet war und schämte sich.

Wolfgang sah an sich hinunter, sah den dunkelblauen Pullover mit den helleren Stößern, sah die von seiner Mutter selbst geschneiderte kackbraune Hose und die gestrickten grauen Kniestrümpfe, die mit straffen Gummis, die schmerzend in die

Haut schnitten, am Rutschen gehindert wurden. Konnte er so zu Monika gehen, die nicht nur gut roch, sondern auch immer hübsch angezogen war?

Der Bus hielt, Wolfgang ließ die Leute aussteigen, um den Fahrer noch etwas fragen zu können: »Wann fahren Sie wieder zurück?«

»Um halb fünf und um halb sieben.«

»Und wissen Sie, wo das Krankenhaus ist?«

Der Fahrer erklärte es ihm, nannte dabei so viele Straßen und so viele Abbiegungen nach links und rechts, dass Wolfgang nicht mehr folgen konnte und glaubte, das Krankenhaus befinde sich nicht nur am anderen Ende der Stadt, sondern am anderen Ende der Welt, das er niemals erreichen werde. Trotzdem bedankte er sich, stieg aus und ging in die Richtung, in die der Fahrer zuerst gezeigt hatte. Am Ende der Bahnhofstraße wusste er nicht, ob er nach links oder nach rechts gehen musste, fragte eine Frau, die ihm den Weg erklärte, was sich längst nicht so verwirrend wie bei dem Busfahrer anhörte. Wolfgang musste nach links und dann immer geradeaus durch die Marktstraße und einen Teil der Sonnenstraße, bis diese von der Friedrichstraße gekreuzt wurde. Dort musste er rechts weg und ein Stück den Berg hoch, wo auf der linken Seite das Krankenhaus lag. Wieder bedankte er sich, machte sich auf den Weg, wobei ihm auffiel, dass in Ebingen viel mehr Autos fuhren als in Winterlingen, weshalb er immer dicht an den Häuserwänden entlangging. Er fand das Krankenhaus und den Eingang, blieb davor stehen, traute sich nicht hinein, sah eine Frau mit einem Mädchen an der Hand kommen und schloss sich ihnen heimlich an.

»Guten Tag, wir möchten zu Kurt Hoffmann«, sagte die Frau zu der Frau hinter einem Tresen, über dem ein Schild hing, auf dem in großen Buchstaben das Wort *ANMELDUNG* stand.

Die Frau hinter dem Tresen senkte den Kopf, hob ihn wieder und sagte: »Erster Stock, Zimmer zwölf.«

Die Frau vor dem Tresen bedankte sich und ging mit dem Mädchen an der Hand weiter.

»Guten Tag, ich möchte zu Monika Bitzer«, sagte Wolfgang.

»Bist du allein?«

Er nickte.

»Bist du mit ihr verwandt?«

Er schüttelte den Kopf.

»Dann bist du wohl ein Freund von ihr?«

Wolfgang wurde rot und nickte zögerlich.

»Zweiter Stock, Zimmer vierzehn.«

Er schaute sich suchend um.

»Dort geht's zur Treppe«, sagte sie, auf eine Türe deutend.

Während Wolfgang die Treppe hochging, fragte er sich, warum die Frau hinter dem Tresen der Frau mit dem Mädchen keine Fragen gestellt, sondern sofort die gewünschte Zimmernummer genannt hatte. Warum musste sie nicht sagen, ob sie mit dem Mann, den sie besuchen wollte, verwandt war? Wahrscheinlich traute sich die Frau hinter dem Tresen bei Erwachsenen solche Fragen nicht. Bei ihm traute sie sich, weil er noch ein Kind war. Dabei ging es sie nichts an, ob er mit Monika verwandt oder befreundet war. Er nahm sich vor, nächstes Mal keine Antwort zu geben.

Im zweiten Stock hing an einer Tür ein Blatt Papier, auf dem stand: *Besuchszeit von 14:00 bis 16:00 Uhr.* Wolfgang hatte keine Uhr und wusste nicht, ob es schon 14 Uhr war, ob er überhaupt schon hineindurfte. Die Frau mit dem Mädchen wollte ja auch jemanden besuchen, und die Frau hinter dem Tresen hätte bestimmt gesagt, wenn noch keine Besuchszeit wäre, jedenfalls zu ihm, da war er sicher.

Vorsichtig öffnete er die Tür, sah einen langen Flur mit vielen Türen rechts und links. Es roch ähnlich wie in der Praxis von Doktor Schweimer, nur stärker, viel stärker. Die Mischung aus Putz-, Desinfektions- und Arzneimitteln, aus Krankheiten und Ausdünstungen verursachte Wolfgang eine leichte Übelkeit, die noch verstärkt wurde, wenn er daran dachte, dass er gleich in Monikas Zimmer treten sollte. Er schluckte ein paar Mal und war nahe daran, umzudrehen.

»Lässt du uns bitte mal durch?«

Hinter Wolfgang standen zwei Krankenschwester. Er trat in den Flur, um den Weg frei zu machen.

»Zu wem möchtest du denn?«

»Zu Monika Bitzer.«

»Die liegt auf Zimmer vierzehn.«

»Ich weiß«, sagte Wolfgang, ging langsam den Flur entlang und las die Nummern neben den Türen. Die 14 löste bei ihm heftiges Herzklopfen aus. Er legte sich die Worte zurecht, die er für die Begrüßung geübt hatte: Tag, Moni. Ich wollte mal sehen, wie es dir geht. Es sollte nicht so klingen, als sei er extra ihretwegen nach Ebingen gefahren und doch so, dass Monika glauben konnte, er sei extra ihretwegen gekommen. Er zupfte an den trotz der Stößer zu kurzen Ärmeln seines Pullovers, zog die Kniestrümpfe hoch, obwohl sie dank der straffen Gummis keinen Millimeter gerutscht waren, spuckte in die Hände, fuhr sich übers Haar und hätte gern einen Spiegel gehabt, um zu sehen, ob sein Scheitel noch ordentlich gezogen war. Dann nahm er Anlauf, zählte bis fünf, spürte sein Herz bis zum Hals schlagen, zählte bis zehn, bis fünfzehn, und als er sich entschied, bei zwanzig nach der Klinke zu greifen, öffnete sich die Tür wie von selbst. Ein Junge erschien, Wolfgang schaute an ihm vorbei, sah vier Betten, um die Leute standen und saßen, sah Monika in einem Bett liegen, erkannte ihre Mutter und ihre Oma, mit denen sie lebhaft redete und sogar lachte.

»Willst du rein?«, fragte der Junge.

Wolfgang drehte sich um und lief davon.

31

»Wo warst du?« Diese Frage hatte Wolfgang erwartet und auf dem Weg von Ebingen bis nach Hause glaubhafte Antworten gesucht, die nicht zu überprüfen waren. Übrig blieb nur eine: »Auf dem Kapf.«

Seine Mutter schaute überrascht. »Auf dem Kapf? Allein?«

Er nickte, ohne sie voll anschauen zu können.

»Und ... und was hast du da gemacht?«, fragte sie zögernd, weil sie daran dachte, dass er vom Kapffelsen hatte springen wollen. Seit damals hatte sie die harte Erziehung Wolfgangs durch ihren Mann ein wenig abzufangen versucht und ihm, wo immer es ihr möglich war, mehr Freiraum gelassen.

»Einen Ast für eine Schleuder gesucht«, antwortete Wolfgang, und auch diesen Satz hatte er sich genau überlegt.

Das klang so überzeugend, dass sie erst mal beruhigt war und Wolfgang schon glaubte, er habe es überstanden. Doch so wie ihn seine Mutter anschaute, spürte er, dass da noch etwas lauerte.

»Und sonst hast du mir nichts zu sagen?«

Er schüttelte den Kopf.

»Wirklich nicht?«

»Nein!«

»Ich frage dich zum letzten Mal: Willst du mir etwas sagen?«

Wolfgang schwieg und senkte den Kopf.

»Du hast mir also keine Mark aus meinem Geldbeutel genommen?«

Wie ein Faustschlag traf ihn diese Frage, und er hatte das Gefühl zu taumeln. Ohne dass er das eigentlich wollte, bewegte sich sein Kopf hin und her.

»Wolfgang!«

»Ich war's nicht!«, nuschelte er und dabei kullerten ihm schon Tränen aus den Augen.

»Wolfgang, Wolfgang!«, sagte die Mutter in dem Ton, den er nicht ertragen konnte. Obwohl er sie nicht anschaute, wusste er, wie ihr Gesicht jetzt aussah: enttäuscht, vorwurfsvoll, leidend, müde, traurig – und sie würde gleich weinen. Das wollte er nicht, sie sollte nicht weinen. Er griff in die Tasche, holte sechzig Pfennig heraus und streckte sie seiner Mutter entgegen. »Ich hab die Mark nicht gestohlen, ich hab sie nur geborgt und die vierzig Pfennig kriegst du auch wieder.«

»Und warum hast du mir nicht gesagt, dass du Geld brauchst?«

»Weil ... weil ... du ... wir ...«

»Wofür hast du das Geld denn gebraucht?«

Darauf antwortete Wolfgang nicht, auch nicht auf mehrmaliges Nachfragen.

»Jedenfalls nicht, um auf dem Kapf eine Schleuder zu suchen«, sagte die Mutter. »Du warst nicht auf dem Kapf, du hast mich angelogen. Die eigene Mutter bestehlen und belügen, wo ich es immer nur gut mit dir meine.«

»Ich hab nicht gestohlen«, schniefte Wolfgang.

»Du hast Geld aus meinem Geldbeutel genommen, ohne mich zu fragen; das ist gestohlen.« Sie schüttelte unaufhörlich den Kopf. »Wenn das dein Vater erfährt ... ich darf gar nicht daran denken.«

»Du brauchst es ihm ja nicht sagen.«

»Ich soll also auch noch lügen, nur weil du stiehlst und lügst«, sagte sie jetzt lauter. »Und Geheimnisse hast du auch vor mir, für die du stehlen und lügen musst. Das müssen ja schlimme Geheimnisse sein.«

»Ich hab nichts Schlimmes getan, ganz bestimmt nicht.«

»Warum sagst du mir dann nicht, wofür du das Geld gebraucht hast?«

»Weil ...« Wolfgang verstummte, und nicht einmal die Tränen seiner Mutter öffneten ihm diesmal den Mund. Er hatte mit eigenen Augen gesehen, dass Monika lebte, hatte sie sogar lachen sehen und schloss daraus, dass sie nicht so schwer krank sein konnte, wie im Ort gemunkelt wurde. Das war für ihn wichtiger als der Kummer, den er seine Mutter bereitete.

Zwei Tage später sagten Doris und Jutta, die natürlich längst gemerkt hatten, dass Wolfgang in Monika verliebt war, sie würden ihre Freundin im Krankenhaus besuchen. Wenn sie ihr von ihm etwas ausrichten sollten, würden sie das gern tun. Er war überrascht von diesem Angebot, weil er nicht geahnt hatte, dass sie von seinen Gefühlen für Monika wussten. Plötzlich wurde ihm klar, dass dann auch Monika davon wusste und ihm wurde heiß. Er hätte Monika gern einiges gesagt, aber das wollte er nicht Jutta und Doris sagen, das ging die nichts an. Da kam ihm die Idee, ein Briefchen zu schreiben, was er auch heimlich tat, während die anderen rechneten. In der Pause bat er Doris um ihren Uhu, verschwand damit auf dem Klo, zog ein Blatt, das er aus seinem Rechenheft gerissen hatte, unter dem Pullover hervor, faltete es in der Mitte, legte sein Briefchen hinein und klebte die Ränder zu. Dann ging er zurück, gab Doris den Kleber und den Brief mit den Worten: »Den darf aber nur Moni lesen.«

Die Stunden bis zum nächsten Morgen zogen sich schmerzlich hin, selbst in der Nacht lag Wolfgang lange wach und wälzte sich unruhig im Bett herum. Zwischendurch stürzte er im Traum wieder einmal von einem Felsen, fiel und fiel, bis er schreiend aufwachte, nassgeschwitzt und mit klopfendem Herzen im Bett lag, an das seine Mutter trat, um nach ihm zu sehen. Sie tupfte ihm den Schweiß von der Stirn, zog die Bettdecke zurecht und flüsterte: »Böse Träume kommen vom schlechten Gewissen und sind eine Strafe Gottes für das, was du getan hast.«

Wolfgang hätte sie beinahe gefragt, ob Gott nichts Wichtigeres zu tun habe, als ihn zu bestrafen. Warum bestrafte er nicht die Könige und Kaiser, die Kriege angefangen hatten, bei denen Millionen Menschen gestorben waren? Warum passte er nicht auf die Männer auf, die Verbrechen planten? Warum hatte er zugelassen, dass Heiner Abele ihm in die Hose fasste? Warum verhinderte er das nicht, wenn er doch alles wusste und konnte? War ihm egal, dass unschuldige Menschen gequält und ermordet wurden, quälte er lieber ihn mit schlimmen Träumen? Dann war er kein lieber, sondern ein böser Gott.

In der Kinderkirche hatte der Pfarrer gesagt, Gott sei nicht verantwortlich für die Taten der Menschen, er lasse ihnen die Freiheit, zu tun, was sie wollen. Aber er wollte doch nicht von Heiner Abele angefasst werden und ihn anfassen, und es wollte ja wohl niemand gequält und ermordet werden. Da stimmte doch etwas nicht.

»Denk mal darüber nach«, sagte die Mutter, löschte das Licht und ging wieder ins Bett.

Nein, darüber brauchte er nicht nachzudenken, denn er war sicher, dass Gott mit seinen schlimmen Träumen nichts zu tun hatte. Mehr noch, er war überzeugt, dass Gott sich nicht um ihn kümmerte und er ihm egal war. Das Lied »Weißt du, wie viel Sternlein stehen« fiel ihm ein. Er brachte den Text zwar nicht ganz zusammen, wusste jedoch, dass es in einer Strophe hieß, Gott im Himmel passe vom Aufstehen bis zum Schlafengehen auf alle Kinder auf. Und den Schlussvers kannte er genau: Kennt auch dich und hat dich lieb.

»Das glaub ich nicht«, sagte Wolfgang leise in die Dunkelheit, »das ist gelogen«.

Unausgeschlafen saß er am Morgen vor seiner Tasse mit warmer Milch und einem Marmeladebrot. Er würgte das Brot hinunter, weil er nicht schon wieder vorwurfsvolle Blicke provozieren wollte. Ohne dass ein Wort geredet worden wäre, verließ er das Haus und wartete vor dem Garten auf Rudi, mit dem er jeden Morgen das erste Stück des Schulwegs ging, bevor sie Peter abholten. Auf den mussten sie oft warten, weil der schwer aus dem Bett kam und eine lange Anlaufzeit brauchte.

In der Schule hoffte Wolfgang, dass Doris und Jutta ihm die Antwort auf sein Briefchen, falls es überhaupt eine gab, heimlich zustecken würde, denn er wollte nicht, dass seine Kameraden etwas davon erfuhren.

Bis zum Ende der großen Pause tat sich nichts. Erst als sie wieder im Klassenzimmer waren, ging Doris dicht an Wolfgangs Platz vorbei und legte ein mehrfach gefaltetes Blatt auf den Tisch. Er verdeckte es schnell mit den Händen, schielte herum, ob jemand die Übergabe gesehen hatte, was nicht der Fall zu sein schien. Peter stand mit Rudi und ein paar anderen Jungs zusammen, weil Herr Schaber noch nicht im Zimmer war. Wolfgang legte das Papier unauffällig in sein Schönschreibheft, faltete es leise auseinander, wobei er das Gefühl hatte, seine Brust müsse gleich bersten. Er wollte Monikas Antwort eigentlich nicht hier zwischen seinen Mitschülern, sondern an einem sicheren, ruhigen Ort lesen, hielt es jedoch nicht mehr aus, legte das Heft auf seine Schenkel und las:

Lieber Wolfgang!

Dein Brief ist schön. Ich habe mich sehr darüber gefreut. Nächste Woche darf ich wieder nach Hause. Ich kann es kaum erwarten Dich zu sehen, denn ich liebe Dich auch.

1000 Küsse von Deiner Monika

Die Hitze rötete Wolfgangs Gesicht, er hätte schreien können vor Glück. Während er den letzten Satz und den Gruß noch einmal las, hörte er ein lauter werdendes Kichern, das zu einem Prusten anwuchs, drehte den Kopf, sah Doris und Jutta auf ihn zeigen und hörte sie feixend flöten: »Ich kann es kaum erwarten dich zu sehen ... Ich liebe dich auch ... Tausend Küsse von deiner Monika!«

Wolfgang knüllte den Brief zusammen, sprang auf, schlug Jutta die Rechte in den Magen, dass sie nach Luft ringend zu Boden ging, stieß Doris um und rannte aus dem Klassenzimmer – Herrn Schaber direkt in die Arme. »Nicht so stürmisch!«, sagte der.

Wolfgang machte sich los und wollte vorbei. Da packte der Lehrer zu. »Wo willst du denn hin? Die Pause ist zu Ende, wir haben jetzt Unterricht.«

Wolfgang zog und zerrte, dabei kamen ihm die Tränen.

»Was ist denn passiert?«, fragte Herr Schaber. »Wolfgang, nun beruhige dich mal und sag mir, was passiert ist!«

Er schüttelte den Kopf.

»Dann gehen wir jetzt hinein und ich frage die andern.«

»Nein!«, rief Wolfgang und stemmte sich dagegen.

Herr Schaber hielt ihn mit einer Hand fest, öffnete mit der anderen die Tür ein Stück und rief in die Klasse: »Nehmt eure

Lesebücher und lest die Geschichte ›Der Wunschring‹ auf Seite dreiundsechzig! Und verhaltet euch ruhig, bis ich komme!«

»Herr Schaber!«, rief jemand, aber er drückte die Tür zu, ging mit Wolfgang ins Lehrerzimmer und setzte sich ihm gegenüber. »Was ist denn so Schlimmes passiert?«, fragte er jetzt in einem Ton, der Wolfgang erreichte und ihm erneut Tränen in die die Augen trieb.

»Die sind so gemein«, nuschelte er.

Herr Schaber fragte nicht nach, er ließ Wolfgang Zeit, und was der sonst keinem Menschen erzählt hätte, vertraute er seinem Wunschvater an. Dass er es erzählen konnte, machte die Sache zwar nicht ungeschehen, aber erträglicher.

Zusammen gingen sie ins Klassenzimmer und wurden von Juttas Anklage empfangen, Wolfgang habe sie in den Magen geboxt, dass sie fast keine Luft mehr bekommen habe.

»Und was hast du getan?«, fragte Herr Schaber.

»Ich ... wir ... wir haben doch nur einen Spaß gemacht«, stotterte Jutta verlegen.

»Für euch war das vielleicht ein Spaß, für Wolfgang nicht«, erwiderte Herr Schaber. »Und ich wünsche euch, dass ihr nicht mal selbst Opfer so eines ›Spaßes‹ werdet.«

Jutta und Doris schrumpften auf ihren Stühlen. Wolfgang setzte sich an seinen Platz, und Herr Schaber begann mit dem Unterricht.

32

WOLFGANG LAG AUF dem Kabinendach, wollte nicht an Monika denken und dachte damit schon an sie. Er hatte noch das gemeine Lachen von Doris und Jutta in den Ohren, wobei er wieder ein Zwicken im Magen spürte. Er fragte sich, warum Monika ihren Freundinnen den Brief gezeigt hatte; er hätte seinen Brief an sie nie Peter und Rudi gezeigt. Was er für sie empfand, ging nicht einmal die beiden etwas an. Vielleicht empfand Monika nicht das Gleiche für ihn, vielleicht hatten sie den Brief gemeinsam geschrieben, um sich über ihn lustig zu machen. Wolfgang wünschte sich, dass dies nicht der Fall war, schaffte es allerdings nicht, die Zweifel aus den Gedanken zu treiben. Wenn es stimmte, dann ...

Er wusste noch nicht, was er dann tun würde, aber etwas würde er tun, das wusste er.

Wolfgang beobachtete den immer dunkler werdenden Himmel, spürte die ersten Tropfen auf seinem Gesicht, überlegte kurz, ob er sich unterstellen oder nach Hause laufen sollte, blieb liegen, streckte Arme und Beine von sich und erwartete den Regen, der ihm wie tausend Tränen erschien.

Nach einigen Minuten rissen die Wolken auf und der Regen ließ nach. Wolfgang leckte über die Lippen, um zu prüfen, ob die Regentränen wie richtige Tränen schmeckten, und stellte fest, dass ihnen das Salzige fehlte.

Während er sich vorstellte, wie es wäre, ein Regentropfen zu sein, hörte er Stimmen. Er hob den Kopf und lauschte – jemand rief um Hilfe! Wolfgang wischte sich übers Gesicht, kletterte hinunter und lief am Sportplatz entlang. Durch die dicht stehenden Fichten, die den Platz umstellten und die Bälle aufhalten sollten, erspähte er ein graues Auto auf dem Weg hinter dem Sportplatz. Beim immer offen stehenden Eingang wechselte er auf die Innenseite und näherte sich im Schutz der Fichten dem Auto, sah zwei Männer, die mit einer Frau kämpften. Einer packte sie von hinten und drückte ihren Hals auf die heruntergekurbelte Scheibe der Fahrertür, der Andere lief um das Auto herum, setzte sich hinein und drehte die Scheibe so weit hoch, dass die Frau festgeklemmt war. Dann stellten sich beide hinter sie, schlugen ihren Rock hoch und wollten ihr den Slip ausziehen. Da schrie sie ins Wageninnere und trat mit einem Bein um sich.

»Gib Ruhe, sonst drehe ich die Scheibe noch weiter hoch, dass dir das Schreien und Treten vergeht!«, drohte einer.

Wolfgang kauerte hinter einem Fichtenstamm, war wie benommen von dem, was er sah, zu keinem klaren Gedanken und schon gar nicht zu einer Bewegung fähig.

Sie zogen der Frau den Slip aus, der größere Mann stellte sich hinter sie, öffnete seine Hose und schüttelte sie samt Unterhose abwärts. Wolfgang sah seinen Hintern, der sich wenig später vor und zurück bewegte, zuerst langsam und holpernd, dann rhythmischer und schneller. Dieser sich vor und zurück bewegende Hintern erinnerte Wolfgang an das, was er in der Elternkammer gesehen hatte, als das Sofa in der Stube sein Bett war. Damals hatte die Mutter auch gejammert und gestöhnt, ähnlich wie die Frau jetzt. Ob die Mutter das auch nicht gewollt hatte? Ob der Vater es auch mit Gewalt gemacht hatte? Zutrauen würde er ihm das, so laut und grob, wie er oft war. Aber warum ließ sich die Mutter das gefallen? Die Frau würde es sich nicht gefallen lassen, die würde weglaufen, wenn sie könnte. Warum lief die Mutter dann nicht weg? Weil sie mit dem Vater verheiratet war. Wer verheiratet war, durfte nicht weglaufen. Als Wolfgang kürzlich bei der Trauung eines Verwandten mit in die Kirche musste, hörte er den Pfarrer sagen: Bis dass der Tod euch scheidet. Männer und Frauen, die verheiratet waren, mussten beieinander bleiben, bis sie starben.

Das Vor-Zurück des Mannes wurde schneller, er stöhnte kurz auf, dann erstarben seine Bewegungen.

»Jetzt bin ich dran«, sagte der Andere ungeduldig.

Die beiden wechselten ihre Positionen und das Ganze begann von vorn. Nachdem auch der zweite Mann fertig war, ließen sie die Frau frei – und Wolfgang erkannte sie, wusste aber nicht mehr von ihr, als dass sie im Dorf wohnte.

»Das war doch auch für dich mal etwas Anderes«, sagte einer der Männer. »Und ein bisschen Abwechslung tut uns allen gut.«

»Ihr Schweine!«, schrie die Frau. »Das werdet ihr büßen! Ich zeig euch an!«

Die Männer lachten. »Auf eine wie dich haben sie bei der Polizei gerade noch gewartet. Geh nur, dann nehmen die dich dort auch noch ran!« Sie stiegen ins Auto und fuhren davon.

Die Frau hob einen Stein auf und warf ihn hinter dem Auto her, verfehlte es aber weit. Dann putzte sie sich mit einem Taschentuch zwischen den Beinen, ordnete schimpfend ihre Kleidung und ging los. Dabei entdeckte sie Wolfgang, den der Fichtenstamm nur halb verbarg.

»He du, hast du alles gesehen?« Sie machte ein paar Schritte auf ihn zu.

Wolfgang sprang auf und rannte davon.

»He, bleib stehen!«, rief die Frau und lief am Sportplatz entlang bis zum Eingang, lief auf das Spielfeld und schrie: »Du sollst stehen bleiben, verdammt noch mal!«

Wolfgang dachte nicht daran, er rannte zum Klohäuschen, das auf der einen Seite zum Sportplatz, auf der anderen zum

Freibad gehörte, kletterte am daran anschließenden Maschendrahtzaun hoch, sprang ab, rannte über die Liegewiese, kroch an deren Ende durch eine Lücke in der Thujahecke, die er beim Versteckspielen mal entdeckt hatte, lief bis zur Straße, die Richtung Sportplatz führte, blieb keuchend stehen, spähte hinaus, sah keine Frau, überquerte die Straße und verschwand im Haus.

Dort hetzte er die Treppe hoch bis ins Zimmer seiner Schwestern, von wo aus man das Schwimmbad und die Straße zum Sportplatz überblicken konnte. Er stand am Fenster und seine Augen huschten unruhig hin und her. Plötzlich entdeckte er die Frau und sofort schlug sein Herz härter. Schnellen Schrittes näherte sie sich, blieb an der Kreuzung stehen und schaute in alle Richtungen, ging am Haus vorbei, und Wolfgang verlor sie aus dem Blick. Sie hat mich nicht erkannt, sonst wäre sie hereingekommen, sagte er sich und hoffte, alles überstanden zu haben.

Am nächsten Morgen kam der Dorfpolizist Steinhauer in die Schule und wollte wissen, wer von den Jungen am Nachmittag zuvor auf dem Sportplatz gewesen war. Wolfgang stieg sofort eine pochende Hitze in den Kopf, doch er versuchte, sich nichts anmerken zu lassen. Auf die Frage, ob sie dort einen grauen VW-Käfer gesehen hätten, schüttelten alle in seiner Klasse die Köpfe.

Von wann bis wann sie auf dem Sportplatz gewesen seien?

»Von halb zwei bis viertel drei«, antwortete Freddy, der schon eine Armbanduhr besaß. »Dann hat es geregnet und wir sind nach Hause gegangen.«

»Alle?«, fragte der Polizist und schaute in die Runde. »Oder ist einer dort geblieben?«

Wieder schüttelten alle die Köpfe.

»Hm«, machte der Polizist nachdenklich und ging.

Wolfgang war erleichtert, die Hitze wich aus seinem Kopf, der wieder seine normale Farbe annahm. Die Frau hatte ihn nicht erkannt, und sonst hatte ihn niemand gesehen. Er durfte sich jetzt nur nicht verraten, dann konnte ihm nichts passieren.

Schon am folgenden Nachmittag klopfte Steinhauer bei Windbachers. Die Mutter führte ihn in die Stube, holte Wolfgang und sagte ihrem Mann Bescheid. Der kam, brummte zwischen den Zähnen ein kaum hörbares »Grüß Gott« und fragte den Polizisten, ohne ihm ins Gesicht zu schauen, was Wolfgang angestellt habe.

Er müsse ihm nur ein paar Fragen stellen, antwortete Steinhauer und wandte sich an Wolfgang. »Ich bin nicht hier, weil du etwas angestellt hast, im Gegenteil, vielleicht kannst du mir helfen ...«

»Wie soll er das können?«, fragte Eugen Windbacher dazwischen.

»Vielleicht hat er gestern Nachmittag hinter dem Sportplatz etwas gesehen.«

Wolfgang glühte und sein Feuerkopf signalisierte allen ein schlechtes Gewissen.

»Was soll er denn gesehen haben?«

»Das möchte ich ihn ja gern fragen«, sagte der Polizist spitz.

Wolfgang senkte den Kopf.

»Ich habe gehört, dass du öfter im Schwimmbad und auf dem Sportplatz bist, auch allein. Warst du gestern Nachmittag zwischen halb drei und drei auch auf dem Sportplatz?«

In der Schule, zwischen den anderen sitzend, hatte er den Kopf schütteln können, hier, vor dem Polizisten und seinem Vater stehend, brachte er das nicht fertig.

»Antworte!«, zischte sein Vater.

Dem schwachen »Ja« folgten die ersten Tränen.

»Ich verstehe gut, dass du darüber nicht reden möchtest«, sagte Steinhauer leise. »Ich möchte von dir auch nur wissen, ob

du zwei Männer gesehen hast, die eine Frau ... ja, wie soll ich sagen ... die sehr grob zu ihr waren.«
»Wolfgang nickte.
»Kennst du die Männer?«
Kopfschütteln.
»Sind sie mit einem grauen VW-Käfer weggefahren?«
»Ja.«
»Hast du vielleicht die Autonummer gelesen?«
»Nein.«
Das reiche ihm fürs Erste, sagte der Polizist und verabschiedete sich. Kaum war er draußen, fauchte Eugen Windbacher: »Das wird ja immer schöner mit dem! Jetzt bringt der uns schon die Polizei ins Haus! Was war da auf dem Sportplatz los?«, fragte er Wolfgang direkt.

Der konnte nicht antworten. Wie sollte er sagen, was er gesehen und gedacht hatte?

»Im Ort erzählen sie, die beiden Männer hätten die Berger-Maria ... na ja, du weißt schon ...«

»Und dabei hat der zugeschaut!« Eugen Windbacher holte aus, doch seine Frau drückte Wolfgang schützend gegen ihren Bauch. »Er hat doch nichts getan!«

»Nichts getan? Schämen muss man sich wegen diesem Sauhund! Der landet noch im Zuchthaus!«, schrie Eugen Windbacher und verließ die Stube.

»Er meint es nicht so«, sagte die Mutter und versuchte, mit milden Worten die bösen Worte des Vaters zurückzunehmen.

Wolfgang fühlte sich, als hätte *er* der Berger-Maria den Kopf eingeklemmt und dann mit ihr getan, was die Männer getan hatten, von dem er immer noch nicht genau wusste, was es war.

Es muss jedenfalls etwas sehr Schlimmes sein, dachte Wolfgang, sonst hätte er mich nicht Sauhund genannt und gesagt, ich würde im Zuchthaus landen, nur weil ich zugesehen habe. Sauhund hat er mich auch damals genannt, als ich die Kammertür geöffnet habe, weil ich Mama helfen wollte. Sogar totschlagen wollte er mich. Wenn es schon so schlimm ist, das zu sehen, wie schlimm muss es erst sein, es zu tun. Und er hat es doch mit Mama auch getan, dann ist er doch ein viel größerer Sauhund als ich.

Wolfgang hätte mit seiner Mutter gern über seine Gefühle und Gedanken geredet, aber er konnte es nicht.

33

Die brutale Vergewaltigung war *das* Gesprächsthema in Winterlingen. Wäre Wolfgang nicht Zeuge gewesen, hätten viele der Berger-Maria nicht geglaubt. Manche sagten auch, bei der Dorfhure könne man doch gar nicht von Vergewaltigung sprechen, die mache das doch sonst auch jeden Tag. Und man habe gehört, dabei seien manchmal auch Peitschen und andere Geräte im Spiel. Sie solle sich also nicht so anstellen, nur weil zwei Männer es ihr diesmal auf etwas ungewöhnliche Weise besorgt hätten. Wahrscheinlich gehe es ihr auch gar nicht darum, sondern nur ums entgangene Geld. Aber eine Hure müsse eben damit rechnen, dass auch mal einer nicht bezahle.

Andere meinten, auch die Berger-Maria habe Rechte und dürfe nicht so behandelt werden, selbst wenn sie eine Hure sei. Doch solche Stimmen waren in der Minderheit.

Bei den meisten Gesprächen ging es auch um Wolfgang, der nach seinem Schlitten-Schanzen und seinem Beinahe-Selbstmord zum dritten Mal Gegenstand des Dorfklatsches war. Die Gleichaltrigen wollten hören, was er gesehen hatte, möglichst ausführlich und detailgetreu, damit sie sich Bilder machen konnten. Doch Wolfgang wollte nicht darüber reden. Die etwas Älteren behaupteten, er habe gar nichts gesehen, so wie er damals auch nicht vom Kapffelsen habe springen wollen; er wolle sich wieder nur wichtig machen. Um diesen Vorwurf zu entkräften und nicht als Wichtigtuer zu gelten, erzählte er ihnen alles. Dabei merkten sie bald, dass er gar nicht wusste, was die Männer mit der Berger-Maria gemacht hatten und warum.

»Die haben sie gefickt«, sagte Herbert, der in die achte Klasse ging und der ungekrönte König auf dem Schulhof war. »Weißt du überhaupt, was das ist?«

Das Wort hatte Wolfgang schon gehört und er wusste, dass es etwas mit Männern und Frauen zu tun hatte, worüber die Erwachsenen nicht, die Jüngeren meist nur heimlich sprachen.

»Der glaubt bestimmt noch an den Klapperstorch!«, sagte einer.

Nein, an den Storch glaubte er nicht mehr. Er hatte lange Jahre immer wieder Würfelzucker auf den Fenstersims gelegt, weil die Erwachsenen gesagt hatten, dafür bringe der Storch im Gegenzug ein kleines Kind ins Haus. Und Wolfgang wünschte sich einen Bruder, seit er denken konnte. Doch aller Zucker hatte nicht geholfen. Inzwischen wusste Wolfgang, dass die Geschichte vom Storch zu den vielen Lügen gehörte, die Erwachsene Kindern erzählen. Er wusste, dass Frauen erst dicke Bäuche und dann Kinder bekamen und dass sie dazu Männer brauchten, aber er wusste nicht, wie die Kinder in den Bauch und wie sie herauskamen.

»Männer und Frauen ficken, wenn sie ein Kind machen wollen«, erklärte Herbert. »Der Mann steckt seinen Schwanz in ihr Loch und schiebt ihn hin und her.« Um seine Erklärung für Wolfgang und die anderen anschaulicher zu machen, formte er mit der rechten Hand eine runde Öffnung und schob den Zeigefinger der linken Hand hinein.

Manche kicherten, manche gingen verlegen weg, manche schauten Herbert fragend an. Der schien nachzudenken und überraschte plötzlich mit der Ankündigung: »Wer heute Mittag um halb drei zu der alten Hütte im Wäldchen kommt und fünfzig Pfennig mitbringt, darf zuschauen, wie es geht.«

Fünfzig Pfennig war viel Geld, doch alle wussten, dass man bei Herbert für sein Geld auch etwas geboten bekam. Im vergangenen Winter hatte er einen alten Bobschlitten organisiert und jeden mitfahren lassen, der zehn Pfennig bezahlte. Vom Ortsausgang bis nach Kaiseringen raste das schon klapprige Vehikel mit Herbert als Lenker auf der zugeschneiten Landstraße in einem Höllentempo drei Kilometer talabwärts. Unterwegs starben viele beinahe vor Angst, aber unten angekommen, schwärmten sie von der lebensgefährlichen Fahrt.

Nun wollte er allen, die fünfzig Pfennig bezahlten, zeigen, wie das Kindermachen geht. Herbert würde ihnen nichts vorlügen wie die Erwachsenen, davon war auch Wolfgang überzeugt. Und nach allem, was er in den letzten Tagen, meist hinter vorgehaltenen Händen, über Männer und Frauen, Huren und Böcke gehört, aber nicht verstanden hatte, war sein Interesse an dem Thema deutlich gestiegen. Aber wo sollte er die fünfzig Pfennig herbekommen? Seiner Mutter konnte er nicht noch einmal an den Geldbeutel gehen; daran hinderte ihn schon die Erinnerung an das Gespräch mit ihr. Er wollte überhaupt nichts mehr heimlich wegnehmen, also fragte er seine Kameraden, ob sie ihm das Geld leihen könnten. Rudi hatte selbst nur dreißig Pfennig und wollte den Rest von seiner Oma erbetteln. Peter bekam schon Taschengeld, von dem er immer einen Teil sparte. Er versprach, am Nachmittag eine Mark mitzubringen, damit sie zusammen ins Wäldchen gehen konnten.

Schon lange vor halb drei schlichen die Ersten um die alte Hütte herum, und von Minute zu Minute wurden es mehr. Schließlich warteten neunzehn Jungen im Alter zwischen elf und fünfzehn Jahren auf Herbert. Der kam kurz nach halb im Laufschritt den Weg entlang und zog einen Handkarren hinter sich her, auf dem Hermine saß, die über das ganze Gesicht strahlte. Herbert hob sie aus dem Karren und führte sie zu dem freien Platz vor der Hütte. Dann hieß er die Jungen einen Kreis bilden und sammelte das Geld ein, wobei ein Lächeln über sein

Gesicht huschte. Friedhelm hatte nur siebenunddreißig Pfennig und schwor, den fehlenden Rest gleich am nächsten Tag zu bringen. Normalerweise ließ Herbert sich auf solche Sachen nicht ein, aber er fürchtete, Friedhelm könnte petzen, wenn er ihn jetzt wegjagte. Also durfte er bleiben, und Herbert ließ alle schwören, bis ins Grab über das zu schweigen, was sie gleich sehen würden. Alle hoben die Hand und schworen. Auch Hermine hob die Hand, obwohl sie nicht begriff, worum es ging.

»Wer den Schwur bricht, den mache ich fertig!«, drohte Herbert. »Ist das klar?«

Alle nickten und niemand zweifelte, dass Herbert seine Drohung wahr machen würde.

Er legte Hermine, die ihre Puppe im Arm hielt, auf den Boden, schlug ihr Kleid hoch und zog an ihrer weißen Unterhose. Hermine gab in ihrer Stammelsprache zu verstehen, dass sie das nicht wollte und wand sich.

Herbert tat so, als wolle er ihre Puppe wegnehmen. »Wenn du nicht brav bist, mache ich deine Puppe kaputt!«, drohte er.

»Nich Puppa butt«, stammelte sie ängstlich und drückte die Puppe fest an sich. »Nich Puppa butt!«

»Du musst schön liegen bleiben und ganz still sein, dann passiert deiner Puppa nichts.«

Wieder griff er nach der Unterhose und zog sie langsam nach unten. Hermine rührte sich nicht.

Die Jungen starrten auf das haarige Dreieck, das zum Vorschein kam. Herbert spreizte Hermines Beine und strich die Haare so weit wie möglich hoch, so dass die Spalte sichtbar wurde. Die Jungen schluckten und atmeten kaum noch. Wolfgang dachte an Barbara und sah deren unbehaarte Scheide vor sich, die er schöner in Erinnerung hatte als die von Hermine.

»Da hinein stecken die Männer ihren Schwanz, wenn sie ein Kind machen wollen …«

»Mach mal«, rutschte es Hannes heraus.
»Ich will der doch kein Kind machen.«
»Aber du hast gesagt, du zeigst uns, wie's gemacht wird«, sagte Hannes. »Dafür haben wir bezahlt.«

Herbert schaute ihn aus zusammengekniffenen Augen an und schien zu überlegen. Dann öffnete er die Hose, holte sein Glied heraus, legte sich auf Hermine und bewegte den Hintern.

Während er das tat, sah Wolfgang wieder den nackten Hintern seines Vaters in der Elternkammer vor sich, der sich über seiner Mutter hob und senkte. Wenn er es nicht mit eigenen Augen gesehen hätte, würde er nicht glauben, dass seine Eltern das miteinander machten. Und er fragte sich, warum sie es machten. Zigmal hatte sein Vater schon gesagt, er wolle kein Kind mehr, die drei reichten ihm, mit denen habe er schon mehr als genug Ärger. Wolfgang konnte sich auch nicht vorstellen, dass die beiden Männer hinter dem Sportplatz mit der Berger-Maria ein Kind wollten, so grob wie die sie behandelt hatten. Und wenn sie nun ein Kind bekam, hätte das ja zwei Väter!

Wie so oft, wenn Wolfgang auf eine Frage eine Antwort erhielt oder fand, ergaben sich daraus neue Fragen, die ihn noch mehr verwirrten.

Herbert stemmte sich hoch, packte schnell sein Glied ein, kniete zwischen Hermines Beinen und sagte: »So, jetzt habt ihr gesehen, wie's gemacht wird.« Er zeigte auf ihre Spalte. »Und da kommen später die kleinen Kinder raus.«

»Das glaub ich nicht«, sagte Willi.

»Dann glaub doch weiter an den Klapperstorch!« Herbert stand auf, zog Hermine hoch, sagte, sie solle ihre Unterhose anziehen.

»Nich Puppa butt«, stammelte sie immer noch ängstlich.

»Keine Angst, ich tu deiner Puppa nichts«, beruhigte Herbert sie und streichelte der Puppe über den Kopf. Er half Hermine beim Anziehen und setzte sie ihn den Karren. »Und denkt daran, zu keinem ein Wort!«, sagte er, bevor er mit Hermine abzog.

Die Jungen schauten ihnen nach, unfähig, ihnen zu folgen, obwohl die Vorstellung zu Ende war. In ihren Köpfen wirbelten Bilder und Worte durcheinander, die sie noch nicht einordnen konnten, die ihnen zum Teil Angst machten.

Wolfgang hatte vor einigen Tagen den zwei Wochen alten Säugling seiner Nachbarin Elfriede gesehen. Der war zwar winzig, dennoch hielt er es für unmöglich, dass der aus so einer fingerlangen Spalte gekommen sein sollte. Doch obwohl er es für unmöglich hielt, glaubte er Herbert.

Die anderen nagten an ähnlichen Gedanken herum, und langsam begannen die ersten miteinander zu flüstern. Auch wenn sie für vieles keine vernünftigen Erklärungen fanden, waren die meisten überzeugt, dass Herbert sie nicht angelogen hatte.

34

Als Monika wieder in die Schule kam, war für Wolfgang nichts wichtiger als von ihr zu erfahren, ob sie in dem Brief die Wahrheit geschrieben habe, aber er traute sich nicht, sie zu fragen, weil er fürchtete, die falsche Antwort zu bekommen. Tagelang suchte er eine gute Gelegenheit, sie anzusprechen, nächtelang geisterte sie durch seine Träume. Einmal hielt sie einen Brief in der Hand und lachte genauso gemein wie Jutta und Doris; ein andermal lag sie vor ihm auf dem Boden und wurde zur halbnackten Hermine, in deren Scheide Heiner Abele sein riesiges Glied steckte, was Wolfgang so starkes Herzklopfen verursachte, dass er aufwachte und Angst hatte, wieder einzuschlafen. Doch die schlimmen Bilder kamen auch, wenn er wach lag. Und sie holten ihn manchmal bei Tag ein. Dann schüttelte er den Kopf, als wolle er sie auf diese Weise loswerden.

»Was ist?«, flüsterte Peter. »Wieso schüttelst du den Kopf?«

»Was?«, fragte Wolfgang, der erst wieder ins Klassenzimmer zurückkommen musste.

»Wieso hast du den Kopf geschüttelt?«, wiederholte Peter seine Frage. »Es hat doch keiner etwas zu dir gesagt.«

»Ich hab den Kopf nicht ...«

»Wolfgang! Du sollst nicht mit Peter reden, sondern lieber aufpassen, damit die nächste Arbeit wieder besser wird«, ermahnte ihn Herr Schaber. »Du hast es bitter nötig!«

Wolfgang spürte, wie ihm die Röte ins Gesicht stieg. Er wollte ja aufpassen, schon wegen Monika und um Herrn Schaber nicht zu enttäuschen, aber seine Gedanken schweiften immer wieder ab, mal zu Monika, mal zu der Vergewaltigung, mal zu dem, was Herbert gesagt und mit Hermine gemacht hatte, mal zu Heiner Abele. Und oft ging alles durcheinander. In dieser Zeit war in seinem Kopf einfach zu wenig Platz für das, was Herr Schaber seinen Schülern beibringen wollte. Und nicht nur in der Schule, auch auf dem Fußballplatz wurden Wolfgangs Leistungen schlechter. Sein Vater warf ihm wieder vor, ein Versager zu sein.

Das einzig Gute in diesen Tagen war, dass Eugen Windbacher nach mehreren vergeblichen Anläufen nun wieder eine Arbeit in Aussicht hatte. Seine alte Firma August Beck suchte einen Hausmeister, und Hilde Windbacher war der Meinung, das wäre eine geeignete Stelle für ihn.

»Hausmeister!«, hatte er gerufen. »Dass ich nicht lache! Die suchen einen, der ihnen den Deppen macht, so wie der Gustav, der jetzt in Rente geht. Morgens der Erste zum Aufschließen, den ganzen Tag jedem sein ›Geh-her-da-Bub‹ und als Letzter Feierabend. Nein, mit mir nicht!«

Hilde Windbacher hatte aber nicht lockergelassen, überaus vorsichtig auf ihre Geldsorgen hingewiesen und auf eine Chance, die er mit seinem lädierten Kreuz vermutlich nicht so schnell wieder bekommen würde.

Weil er wusste, dass sie Recht hatte, weil er endlich wieder arbeiten und mit seiner Arbeit regelmäßig Geld verdienen wollte, nicht nur hin und wieder ein paar Mark für einen Blumenständer, hatte er sich schweren Herzens dann doch dazu durchgerungen, ins Büro der Fabrik zu gehen und nach der Stelle zu fragen. Noch ein Jahr zuvor hätte er das um nichts in der Welt getan, aber nach allem, was er inzwischen durchgemacht hatte, war er nicht mehr der Eugen Windbacher von früher, auch wenn er oft noch so redete, um den Schein zu wahren.

Mit jeder Stufe, die er die Treppe hochstieg, verblasste dieser Schein mehr, und auf dem langen Flur wurden seine Schritte immer kürzer. Wäre nicht hinter ihm jemand gegangen, hätte er umgedreht und sich verdrückt. Die Papierwelt mit ihren Schreibmaschinen und Telefonen, mit weißen Hemden und Krawatten, mit hochdeutsch sprechenden jungen Damen war ihm fremd, hier fühlte er sich ausgeliefert.

»Ja Eugen, lebst du auch noch?«, rief ihm Kurt Hager, ein alter Schulkamerad, der sich hier hochgearbeitet hatte, zu. »Wie geht's dir?«

»Wie's halt so geht«, antwortete er kleinlaut.

»Willst du wieder bei uns anfangen?«

Eugen Windbacher nickte nur.

»Das freut mich für dich; also dann mach's gut!«

»Du auch.«

Vor der Tür mit der Aufschrift *Personalbüro* blieb Eugen Windbacher stehen; niemand hätte ihm jetzt seine 182 Zentimeter geglaubt. Er atmete tief durch und klopfte leise an.

»Herein!«

Langsam schob er die Tür auf und ging hinein.

»Na?«, fragte Hilde Windbacher gespannt.

»Am Ersten kann ich anfangen.«

»Na, siehst du«, sagte sie und freute sich wie schon lange nicht mehr. Neben dem dringend benötigten Lohn war für Hilde Windbacher genausowichtig, dass ihr Mann wieder eine Arbeit hatte, damit er nicht immer unzufriedener wurde und seine Launen an ihr und den Kindern ausließ.

Die Mädchen waren froh, dass ihr Vater nun wieder Geld verdiente, denn sie hofften, man werde sich endlich einige Dinge leisten können, von denen sie bisher kaum zu träumen gewagt hatten: einen Fernseher, ein Auto, ein Bad, eine Heizung.

Einen Fernseher und ein Auto wünschte sich Wolfgang natürlich auch, aber wichtiger war für ihn, dass sein Vater wieder den ganzen Tag aus dem Haus war. Und was dem besonders zu schaffen machte, dass er morgens als Erster und abends als Letzter in der Fabrik sein musste, das war für ihn das Beste an der neuen Arbeit. Von morgens halb sieben bis abends um sechs, nur unterbrochen von einer kurzen Mittagspause, war der Vater nun weg; egal welche Aufgaben und Arbeiten Wolfgang nach der Schule erledigen musste, er genoss die neue Freiheit.

Eines Nachmittags schickte ihn seine Mutter in den *Konsum*. Als Wolfgang den Laden betrat, wollte Monika ihn gerade verlassen. In der Tür standen sie sich gegenüber, er konnte nicht hinein, sie nicht heraus. Sie schauten einander an, ohne ein Wort zu sagen, und Wolfgangs Herz donnerte.

»Was ist?«, fragte eine Frau. »Rein oder raus!« Sie schob Monika von hinten gegen Wolfgang, dass ihre Gesichter sich so nahe kamen, als wollten sie sich küssen. Wolfgang fühlte und roch Monika, und er schwebte.

»He, träumst du!«, rief die Frau und schob Monika samt Wolfgang aus der Tür. »Hat man so was schon gesehen!«, sagte sie kopfschüttelnd.

Wolfgang und Monika standen sich dicht gegenüber. Er öffnete den Mund und die Worte »Ist es wahr, was du in dem Brief geschrieben hast?« stolperten heraus.

Für Sekundenbruchteile trafen sich ihre Augen, dann ging Monika schnell weiter, ohne geantwortet zu haben. Wolfgang stand noch eine ganze Weile vor der Tür, unfähig, sich zu bewegen.

35

Marina, Marina, Marina!
Ti voglio al piu' presto sposar.

O mia bella mora,
no non mi isciare,
non mi devi rovinare,
oh, no, no, no, no.

SO KLANG ES, wenn die ersten Gastarbeiter nach ein paar Gläsern Wein mit Heimweh in den Stimmen sangen, junge Männer aus Italien, die es nach Winterlingen verschlagen hatte und die hier anfangs in provisorisch ausgebauten Dachkammern der Fabriken, in Schuppen oder Baracken hausten. Diesen Männern, die allenfalls ein paar Brocken deutsch konnten und denen man schon von weitem ansah, dass sie nicht ins Dorf gehörten, begegneten die Einheimischen mit noch mehr Misstrauen als nach dem Krieg den Flüchtlingen. Was wollten die hier? Warum waren die nicht geblieben, wo sie herkamen? Wenn sie anständig und fleißig wären, hätten sie bestimmt auch dort Arbeit gefunden; deutsche Männer gingen ja auch nicht in andere Länder zum Arbeiten und ließen ihre Familien allein zurück. Vor diesen Fremden musste man sich in Acht nehmen.

Für Eugen Windbacher war schon schlimm, dass er nicht mehr an den Rundschleif- und Fräsmaschinen arbeiten konnte, sondern nur noch der »Geh-her-da-Bub« für alle war; aber dass nun auch noch die Gastarbeiter an diesen Maschinen arbeiteten und mehr verdienten als er, nagte an ihm.

»Diese Zigeuner saufen und fressen jeden Abend im Aufenthaltsraum, und ich kann jeden Morgen ihren Dreck wegputzen!«, schimpfte er.

Er solle das doch oben melden, sagte seine Frau. Da könne er genauso gut gegen eine Wand reden, blaffte er sie an. Das interessiere die da oben einen Scheißdreck. Er habe ihr ja gesagt, dass sie nur einen Deppen suchten, der allen den Dreck wegmache und nicht meckern dürfe. Aber sie habe ihm diese Stelle ja aufgeschwatzt, er habe ja nichts mehr zu wollen. Jeder dahergelaufene Itaker sei mehr wert als er, so weit sei es schon gekommen.

Er hieb die Faust auf den Tisch, dass alle zusammenzuckten und stierte seine Töchter an. »Eins kann ich euch sagen, wenn ich eine von euch mit so einem Zigeuner erwische, schlag ich ihr das Kreuz ab!«

Wie immer, wenn der Vater so laut wurde, musste Wolfgang beißen und schlucken, schlucken und beißen, um die Tränen nicht hochkommen zu lassen. Er wusste, dass Brigitte abends, wenn sie die Milch zur Sammelstelle brachte, schon bei jungen Italienern gestanden war. Und Brigitte wusste, dass er es wusste. Aber er dachte nicht daran, es dem Vater zu verraten, denn er freute sich heimlich, dass der davon keine Ahnung hatte, obwohl er immer alle mit der Behauptung einzuschüchtern versuchte, ihm bleibe nichts verborgen, er höre und sehe alles. Wolfgang wusste noch mehr von seinen Schwestern, Dinge, von denen der Vater ebenfalls nichts ahnte. Wenn die Eltern im Winterhalbjahr am Samstagabend ins Kino gingen, was sie wieder öfter taten, seit der Vater Geld verdiente, hatten Sieglinde und Brigitte mit ihren siebzehn und sechzehn Jahren um halb acht zu Hause zu sein und auf Wolfgang aufzupassen. Doch kaum waren die Eltern im Dorf, knatterten zwei Mopeds am Haus vorbei Richtung Sportplatz und zogen die

Schwestern hinter sich her. Die ersten Male nahmen sie Wolfgang mit, setzten ihn auf eines der Mopeds, was jedoch schnell seinen Reiz verlor. Dann schwang sich Sieglindes heimlicher Freund Klaus hinter Wolfgang auf den Sitz, fuhr mit ihm ein paar Runden um das Spielfeld und ließ ihn dabei lenken. Das fand der zwar toll und wäre am liebsten den ganzen Abend gefahren, doch das war nicht im Sinne von Sieglinde und Klaus, die anderes vorhatten.

Die Pärchen beim Schmusen und Fummeln zu beobachten, war Wolfgang peinlich. Wenn er sich vorstellte, dass er mit Monika hier wäre – und das stellte er sich jedesmal vor –, hätte er auch nicht gewollt, dass ihnen jemand zuschaute. Am liebsten wäre er daheim gewesen, zumal wenn es dunkel und kühler wurde, doch allein hatte er Angst.

Eines Abends boten sie ihm fünfzig Pfennig, wenn er zu Hause blieb und nichts verriet. Fünfzig Pfennig! Wolfgang schwankte. Fünfzig Pfennig war viel Geld, aber wogen sie zwei Stunden Angst auf? Die Vier hatten zwei Stunden ungestörtes Vergnügen zu erwarten und dafür waren fünfzig Pfennig wenig. Wolfgang wusste von seinen Eltern, dass eine Kinokarte einsfünfzig kostete. Wenn die zwei Pärchen also ins Kino gingen, müssten sie sechs Mark bezahlen. So viel wollte er zwar nicht verlangen, aber einsfünfzig als Vergnügungs-, Angst- und Schweigegeld hielt er für ein faires Gegenangebot. Das sahen die Vier etwas anders und sprachen von Wucher, rückten das Geld aber trotzdem heraus. Diesmal gab Wolfgang es nicht für Schleckereien aus, sondern versteckte es in seinem Schulranzen – genauso wie die nächsten und übernächsten Einsfünfzig. Die fünfzig Pfennig, die Peter ihm für den Eintritt zu Herberts Vorstellung im Wäldchen geliehen hatte, zahlte er zurück. Blieben vier Mark, zu denen mit der Zeit noch manche Mark kommen würde, da war sich Wolfgang sicher.

Dass es ihnen gelang, die Eltern, insbesondere den angeblich allwissenden Vater hinters Licht zu führen, band die Geschwister enger zusammen und machte sie stärker gegen ihn. Zumal sie immer deutlicher erkannten, dass er nicht der Mann war, der er zu sein vorgab und den sie ihm immer weniger glaubten, seit er das erste Mal vom Aufhängen geredet hatte. Zwar hatten sie weiterhin Angst vor ihm, weil er sie kleinbrüllen, ihnen alles vorschreiben und verbieten konnte, aber ihre Achtung vor ihm war nicht mehr hoch. Hatte er nicht selbst gesagt, jeder dahergelaufene Itaker sei mehr wert als er? Die Mädchen warfen ihm stillschweigend vor, dass die meisten Familien in Winterlingen besser lebten als ihre, obwohl sie beide der Mutter schon lange jeden Monat die Lohntüten ablieferten. Wenn sie sich etwas Neues zum Anziehen kaufen wollten, durfte der Vater nichts davon wissen, und sie mussten die neuen Sachen anfangs heimlich tragen. Dazu war vor allem Sieglinde, die seit drei Jahren verdiente und schon ans Heiraten dachte, immer weniger bereit. An einem Sonntagnachmittag kam sie in einer neuen Bluse und mit dezent geschminkten Lippen aus ihrem Zimmer, gefolgt von Brigitte, die vergeblich versucht hatte, ihrer Schwester wenigstens den Lippenstift auszureden. Bevor sie gehen durften, mussten sie sich bei ihrem Vater abmelden, der noch im Stüble das *Evangelische Sonntagsblatt* las. Wolfgang schaute die Bilder in dem Buch über die Fußballweltmeisterschaft 1962 an, das er zu Weihnachten vom Götte bekommen hatte.

Sieglinde blieb in der Tür stehen und sagte: »Wir möchten jetzt gehen.«

Schon diese Formulierung ließ Eugen Windbacher aufhorchen. Bisher hatten seine Töchter immer gefragt: Dürfen wir jetzt gehen? Nun hieß es auf einmal: Wir möchten jetzt gehen. Er war sicher, dass das seiner ältesten Tochter nicht nur so herausgerutscht war. Langsam drehte er den Kopf, sah ihre fraulichen Brüste, ihre roten Lippen, ihren herausfordernden Blick und sagte: »Komm mal her!«

»Warum?«

»Warum?« Er sprang auf, dass sein Stuhl gegen die Nähmaschine polterte, war mit zwei, drei Schritten vor Sieglinde und schlug sie links und rechts ins Gesicht. »Dich werde ich lehren, warum zu fragen, wenn ich etwas sage! So weit sind wir noch nicht! Und solange du deine Füße unter meinen Tisch stellst, wirst du dein freches Maul nicht rot anschmieren wie eine Hure! Hast du mich verstanden? Du gehst mir heute nicht aus dem Haus und du auch nicht!«

Obwohl Brigitte diesmal unschuldig war, hütete sie sich, jetzt auch nur ein Wort zu ihrer Verteidigung zu sagen. In solchen Augenblicken hassten die Mädchen ihren Vater so sehr, dass sie ihm den Tod wünschten – und Wolfgang mit ihnen.

36

Am späten Nachmittag des 29. Mai 1963 kam die große Welt in die kleine Windbachersche Stube. Als Wolfgang kurz nach acht vom Training nach Hause kam, saß die ganze Familie vor dem neuen Grundig-Fernseher, aus dem ein Mann zu ihnen sprach.

»Ist das ...«

»Pssst!«, zischten mehrere Münder.

Wolfgang setzte sich schweigend vor seiner Mutter auf den Boden, schaute den Rest der *Tagesschau* an und dann dem Leben der *Familie Hesselbach* zu. Anschließend folgte eine Sendung über das Brutverhalten verschiedener Tiere.

Hilde Windbacher stupste ihren Sohn an und sagte: »Es ist Zeit fürs Bett.«

Wolfgang blieb sitzen und grummelte etwas vor sich hin. Erst als sich der Vater übertrieben laut räusperte, stand er auf und verließ murrend die Stube.

Am nächsten Tag sah Wolfgang den amerikanischen Präsidenten John F. Kennedy mit dem Berliner Bürgermeister Willy Brandt und Bundeskanzler Adenauer im offenen Wagen durch Berlin fahren. An den Straßen standen unzählige Menschen, die ihnen zujubelten, von oben regnete es Konfetti. So etwas hatte Wolfgang noch nie gesehen, diese Bilder flossen in ihn, bemächtigten sich seines Denkens und Fühlens. Es musste fantastisch sein, wenn einem so viele Menschen zujubelten. Da musste man sich tausendmal größer fühlen, als wenn man beim Fußball ein Tor geschossen hatte. Durch so eine jubelnde Menge wollte er einmal fahren, wenn er groß war. Dafür würde er alles tun. Dann würde Monika nicht mehr über ihn lachen, sondern stolz auf ihn sein und ihn heiraten.

Von der Rede des Präsidenten bekam Wolfgang nichts mit, obwohl ein Mann holpernd hinterher übersetzte. Das war ihm zu kompliziert. Er begriff auch nicht, warum Kennedy sagte: »Ich bin ein Berliner!«; der war doch Amerikaner. Als nach diesem Satz der Jubel zu einem Orkan anschwoll, zog Wolfgang das Genick ein und hatte Angst um den neuen Fernseher.

Fortan nutzte Wolfgang jede Möglichkeit zum Fernsehen. Seine Mutter sagte, zu viel Fernsehen schade den Augen und mache dumm im Kopf. Ob das mit den Augen stimmte, wusste Wolfgang nicht, aber er war sicher, dass er durch Fernsehen nicht dümmer, sondern klüger wurde. Er hatte nicht nur Kennedy in Berlin gesehen, er hatte mit Professor Grzimek in der Serengeti Löwen beobachtet, war mit Luis Trenker in den Dolomiten geklettert und mit Amundsen an den Südpol gezogen, hatte *Ferien auf Immenhof* gemacht (und sich dabei heimlich in Dicki verliebt), als Sheriff in Oklahoma City für Recht und Ordnung gesorgt und bei Heinz Maegerleins *Hätten Sie's gewusst?* einiges gelernt, hatte die Beatles *Love me do* singen hören, außer *Love me* kein Wort verstanden und das Lied trotzdem toll gefunden. Wolfgang setzte sich zwar nicht vor den Fernseher, weil er klüger werden wollte, aber er wurde es. Das Fernsehen öffnete ihm Welten, von denen er bis dahin keine Ahnung hatte, und je mehr er von der Welt sah, desto stärker wurde sein Wunsch nach einem anderen Leben. Aber wie sollte er, der mittelmäßige Volksschüler, aus seinem jetzigen Leben entkommen? Das wurde zur wichtigsten Frage neben der, wie er Monika für sich gewinnen konnte, und beide hingen für ihn eng zusammen. Monikas Eltern besaßen ein Schuhgeschäft und einen Mercedes, mit dem sie im Sommer nach Italien fuhren, wo sie am Meer Urlaub machten. Sonntags gingen sie zum

Mittagessen in den »Bären«, und wenn Monika Geburtstag hatte, gab es ein großes Fest. Sie würde wahrscheinlich nicht mit ihm gehen und ihn später bestimmt nicht heiraten, wenn er in der Fabrik arbeitete wie sein Vater und nebenbei auch noch auf einem Bauernhof. Je mehr er darüber nachdachte, desto mehr hasste er den Bauernhof seines Großvaters und warf seinen Eltern vor, dass sie so arm waren.

Er überlegte, wie er zu so viel Geld kommen könnte, dass er nicht in einer Fabrik arbeiten müsste, und sah nur wenig Möglichkeiten: eine Bank ausrauben, Schlagersänger oder Fußballer werden. Auch ans Boxen dachte er, weil er wusste, dass Bubi Scholz für einen Kampf gegen den amerikanischen Weltmeister Harold Johnson 80 000 Mark bekommen hatte.

80 000 Mark war unvorstellbar viel Geld, aber wenn Wolfgang sich vorstellte, wie viel Schläge man austeilen und einstecken musste, bis man für einen Kampf so viel Geld bekam, wollte er doch lieber nicht boxen.

Zusammen mit Peter und Rudi überlegte er, welche der drei anderen Möglichkeiten wohl die einfachste und erfolgversprechendste wäre. Den Bankraub strichen sie schnell von der Liste, der war ihnen zu riskant; als Fußballer oder Schlagersänger Geld zu verdienen schien ihnen der bessere Weg, auch wenn Rudi zu bedenken gab, dass er beim Zeugnissingen noch nie über ein *Ausreichend* hinausgekommen sei. Das störe nicht, meinte Peter, es gäbe noch mehr Schlagersänger, die nicht besonders gut singen könnten, dann müsse man eben laute Musik machen, so wie die Rocker in Amerika. Doch schon bei den ersten Versuchen wurde schmerzlich hörbar, dass die Lehrer bei Rudis Zeugnisgesang wohl beide Ohren und Augen zugedrückt hatten, denn von *Ausreichend* konnte keine Rede sein. Dagegen hatten Wolfgang und Peter schöne Stimmen, die auch gut harmonierten und ein wenig wie die der Blue Diamonds klangen. Deswegen übten sie deren Hit *Ramona*, bis sie ihn perfekt beherrschten. Dann nahmen sie ihn mit dem Tonband von Rudis großem Bruder auf, schickten das Band mit einem handgeschriebenen Brief an den *Talentschuppen* des Südwestfunks und hofften, damit den ersten Schritt zu ihrer Karriere als Schlagersänger getan zu haben.

Parallel dazu arbeiteten die drei eifrig an ihren Karrieren als Fußballer, zumal die am 24. August gestartete Bundesliga den Spielern mehr Geld versprach als zu Oberligazeiten. Neben dem Geld war für Wolfgang wichtig, dass die Menschen den Fußball- und Schlagerstars zujubelten, wie sie in Berlin Kennedy zugejubelt hatten. So ein umjubelter Star wollte er werden, und er war bereit, dafür alles zu geben.

Wochenlang warteten sie auf eine Antwort des Südwestfunks, anfangs jeden Tag voller Ungeduld, die mit jeder Enttäuschung ein Stückchen schwächer wurde.

»Das sind alles Arschlöcher!«, schrie Wolfgang eines Abends und heulte ins Kopfkissen. Ihm war klar geworden, dass es mit der Sängerkarriere nichts würde, jedenfalls nicht so schnell, wie er es sich erträumt hatte. Und bis er als Fußballer so gut war, dass er in der Bundesliga spielen konnte, würden noch Jahre vergehen.

37

Wolfgangs letzter Lehrer in der Volksschule, Herr Nebel, mochte den hoch aufgeschossenen, ruhigen und fleißigen Jungen, dessen Leistungen in den Jahren bei Herrn Schaber stetig besser geworden waren. Wolfgang sah ihn mit anderen Augen als Herrn Schaber, den er sich immer als Vater gewünscht hatte. Herr Nebel war schon Großvater, ohne sich in der Schule großväterlich zu geben. Er kam stets im Anzug mit weißem Hemd und tadellos gebundener Krawatte in den Unterricht, so wie er es schon getan hatte, als er 1929 seinen Dienst an der Winterlinger Volksschule antrat. Er war nicht nur Deutscher von Geburt, sondern aus Überzeugung. Und dass die Sozis, die in seinen Augen vaterlandslose Gesellen waren, damals das Land regierten, störte ihn gewaltig. Ihnen und »dem internationalen Finanzjudentum« gab er die Schuld an der Weltwirtschaftskrise, in deren Verlauf die Arbeitslosigkeit in Deutschland dramatisch anstieg und die galoppierende Inflation das verdiente Geld praktisch wertlos machte. Der junge Lehrer wurde ein glühender Anhänger Hitlers und nach dessen Machtergreifung am 30. Januar 1933 bald Ortsgruppenleiter der NSDAP in Winterlingen. Als solcher sorgte er dafür, dass die Schüler im Sinne der Partei unterrichtet und erzogen wurden. Nach dem verlorenen Krieg und dem Ende des Dritten Reiches tat sich Herr Nebel schwer mit dem neu entstehenden demokratischen Staat, in dessen erstem Bundestag neben den Sozialdemokraten auch Kommunisten vertreten waren. Aber er konnte Lehrer bleiben, weil er im Entnazifizierungsverfahren nur als *Mitläufer* eingestuft worden war. Also unterrichtete er weiter die Winterlinger Kinder, wogegen die meisten Eltern nichts einzuwenden hatten. Denn sie waren sicher, dass er ihnen wie bisher Ordnung, Disziplin, Fleiß und Anstand beibringen werde. Und das habe noch keinem geschadet. Die wenigen Eltern, die verhindern wollten, dass Herr Nebel ihre Kinder unterrichtete, erreichten mit ihren Protesten nichts.

Wolfgang interessierte die Vergangenheit seines Lehrers nicht. Und ob der sich im Unterricht genau an den Lehrplan hielt, konnte er so wenig beurteilen wie die anderen Schüler. Er war froh, dass Herr Nebel ihn mochte; das war für ihn wichtiger als alles andere.

Seit der siebten Klasse waren die Mädchen und Jungen im Fach *Leibesübungen* getrennt, was besonders die Jungen bedauerten. Herr Nebel hätte das Fach am liebsten aus dem Stundenplan gestrichen; für ihn gehörte Sport zu den profanen Dingen, die in der Schule nichts zu suchen hatten. Deswegen ließ er auch manche Stunde ausfallen und behandelte stattdessen Texte von Goethe, Schiller, Eichendorff und Mörike, sehr zum Leidwesen der Jungen. Wenn er mit ihnen doch in die Turnhalle oder auf den Sportplatz ging, stellte er sich im Anzug an den Rand und übergab Wolfgang das Kommando. Der ließ zwei Mannschaften wählen, die gegeneinander Fußball, in der Halle zur Abwechslung auch mal Handball spielten.

Die Sonderstellung, die Wolfgang bei Herrn Nebel einnahm, tat ihm gut. Abfällige Bemerkungen, die einige Mitschüler hinter vorgehaltener Hand machten, störten ihn nicht sehr; sie kamen nur von Hinterbänklern, die ihm, dem größten Jungen und besten Sportler der Klasse, nichts anhaben konnten.

Ein-, zweimal in der Woche schickte Herr Nebel Wolfgang während des Unterrichts zu seiner Frau, für die er dann beim Metzger und Bäcker einkaufen musste, weil sie schlecht zu Fuß war. So kam Wolfgang um manche Stunde herum und wurde dafür beneidet. Dass er von der Lehrersfrau auch noch die kleinen Münzen des Rückgeldes oder Süßigkeiten als Belohnung bekam, hielten die Mädchen und Jungen seiner Klasse für doppelt ungerecht. Doch Wolfgang konnte nichts dafür, dass Herr Nebel gerade ihn ausgewählt hatte; er hatte sich diese Sonderstellung weder erschlichen noch erschmeichelt; wer so etwas versuchte, war bei diesem Lehrer unten durch. Er suchte sich seit Jahren in jeder Klasse einen Schüler – niemals eine Schülerin – für diese Stellung aus, und wenn der ihn nicht enttäuschte, behielt er sie bis zum Ende der Schulzeit.

So unterschiedlich die Lehrer Schaber und Nebel als Menschen und Lehrer auch waren, beide vermittelten Wolfgang das Gefühl, wichtig zu sein. Dieses Gefühl machte Wolfgang auch mutiger bei Monika. Seiner Frage nach dem Brief aus dem Krankenhaus war sie damals ausgewichen. Er sah darin inzwischen zumindest keine negative Antwort und setzte neu an, indem er so oft wie möglich ihre Nähe suchte und sie wegen belangloser Dinge ansprach, wobei er meistens den Eindruck hatte, dass ihr das zumindest nicht lästig war.

Als sie in der achten Klasse waren, legte er im Freibad sein Handtuch zum ersten Mal neben ihres und setzte sich mit klopfendem Herzen neben sie. Monika sagte nicht, er solle verschwinden, sie redete weiter mit ihren Freundinnen, die auf der anderen Seite lagen. Neben Wolfgang ließen sich Peter und Rudi nieder und alberten herum. Wolfgang schielte zu Monika, die einen gelben Bikini mit Blümchenmuster trug, dessen Oberteil die noch kleinen Brüste vollständig bedeckte, sah die nackte Haut bis zum Höschen und stellte sich, an Barbara und Hermine denkend, vor, wie es darunter aussah, spürte sein Glied in der Badehose wachsen und drehte sich schnell auf den Bauch.

Nach einer Weile standen die Mädchen kichernd auf, liefen los und stellten sich unter die Dusche. Die drei Jungen folgten ihnen und sprangen neben der Treppe kopfüber ins Wasser, dass es kräftig spritzte. Dann schwammen sie zum Baumstamm, stießen ein paar Kleinere hinunter, zogen und schoben ihn zu den Mädchen und boten ihnen an, sich draufzusetzen. Die spielten mit, versuchten auf den Stamm zu kommen und sich oben zu halten, was bei dem glitschigen Holz nicht einfach war. Nach einigen vergeblichen Anläufen gelang es Wolfgang, hinter Monika zu sitzen. Auf der linken Schulter hatte sie ein dickes Muttermal. Bevor er es genauer betrachten konnte, drehte sich der Baumstamm unter ihnen, reflexartig suchte Wolfgang nach Halt und schlang die Arme um Monika. Zusammen kippten sie ins Wasser, Wolfgang spürte Monikas Körper und ließ ihn nicht los. Die Füße suchten den Grund, fanden ihn und standen. Da erst griff sie nach seinen Händen, öffnete sie, ohne dabei grob zu werden, drehte sich um und schaute ihn einen Augenblick lang still an. Plötzlich schlug sie ihm eine Ladung Wasser ins Gesicht und schwamm davon. Er verfolgte sie, während Peter und Rudi Jutta und Doris spritzend in die andere Richtung trieben. Monika schwamm unter den Steg, hielt sich mit der rechten Hand an einem Brett fest und machte mit der linken Schwimmbewegungen, weil sie hier nicht stehen konnte. Beim Heranschwimmen fragte sich Wolfgang, warum Monika hierher geschwommen war? Ohne Doris und Jutta? Wo sie sonst immer und überall zusammensteckten? Und der Blick vorhin und das Spritzen! Das konnte doch nur bedeuten ... Diese Gedanken und die Anstrengung ließen sein Herz hämmern. Er griff neben Monikas Hand nach dem Brett, wusste nicht, was er jetzt sagen oder tun sollte, wollte etwas sagen oder tun, auf keinen Fall jedoch etwas Falsches und sagte leise »Ich mag dich«, weil er dachte, es könne doch nicht falsch sein, einem Mädchen zu sagen, dass man es mochte.

Monika sagte nicht »Ich dich auch« oder etwas Ähnliches, sie ruderte sich mit der linken Hand dichter an Wolfgang ran, so dicht, bis sie ihm einen schnellen Kuss geben konnte, der zwischen Nase und Mund landete, weil beiden der sichere Halt fehlte. Dann stieß sie sich von dem Brett ab und schwamm zu ihren Freundinnen zurück. Wolfgang verharrte noch kurz, tauchte unter und schrie seine Freude ins Wasser, dass ein Blasenpulk nach oben stieg.

Als sie wieder auf ihren Badetüchern lagen, rutschte Wolfgang näher an Monika heran und legte seinen Arm so neben sich, dass er ihren wie zufällig berührte. Sie zog ihn nicht weg, sondern drehte den Kopf und sagte mit ihren Augen: Schön, dass du da bist. Wolfgang hielt es fast nicht aus vor Glück; er wollte neben Monika liegen bleiben, am liebsten noch viel dichter bei ihr, was er sich hier vor aller Augen aber nicht traute, und verspürte gleichzeitig den Drang, loszurennen und allen zuzurufen: Monika mag mich!

Sie redeten über Musik und Fernsehsendungen, überboten sich mit Lob für ihre Idole, wobei die Mädchen besonders für Peter Kraus schwärmten, während die Jungen mehr auf Conny Froboess und Manuela standen, was Wolfgang in Monikas Gegenwart allerdings nicht so deutlich sagte. Und Dicki vom Immenhof erwähnte er überhaupt nicht. Wichtig war für ihn nur, dass er jetzt mitreden konnte. Und noch etwas konnte er: Monika ein Eis kaufen, denn inzwischen hatte er sich von dem Schweige-, Angst- und Vergnügungsgeld seiner Schwestern und ihrer Freunde, von dem Rückgeld von Frau Nebel und dem Sonntagsgeld vom Großvater und den Eltern ein kleines Vermögen von knapp vierzig Mark zusammengespart. Zwei Mark hatte er dabei und kaufte für Monika ein Eis zu fünfzig Pfennig, für sich eines zu zwanzig, was den anderen neckende Bemerkungen entlockte. Die fand Wolfgang zwar doof, wurde jedoch durch Monikas Blicke und ein kurzes Streicheln seiner Hand entschädigt.

Nach diesem Tag, dem einige ähnliche folgten, träumte Wolfgang Monika und sich zu einem Liebespaar zusammen und machte Heidi Brühls *Wir wollen niemals auseinandergehn* zu seinem Lieblingsschlager, den er, wenn er allein war, mit schmachtender Stimme sang. Deswegen traf es ihn wie ein Blitz aus heiterem Himmel, als er mit seinen Freunden an einem Samstag nach dem Fußballspiel ins Freibad kam und Luigi bei Monika sitzen sah. Er wollte sofort umdrehen und gehen, doch Peter und Rudi sagten, er dürfe jetzt nicht davonlaufen, sondern müsse dem Spagettifresser zeigen, dass Monika seine Freundin sei. Wolfgang zögerte, ging dann aber doch mit seinen Freuden über die Liegewiese, bis sie vor Monika, Luigi, Doris und Jutta standen. Monika wurde rot und fragte, um die etwas peinliche Situation zu überspielen, ob sie gewonnen hätten.

»Drei zu null«, antwortete Peter für Wolfgang, der Monika nur anschaute und kein Wort herausbrachte. »Und er«, dabei zeigte er auf seinen stummen Freund, »hat alle drei Tore geschossen.«

»He, du bist ja bald so gut wie Uwe Seeler!«, rief Jutta, und wie so oft wusste man bei ihr auch diesmal nicht, ob sie das wirklich als Lob meinte oder ob sie Wolfgang nur hochnehmen wollte. Dem war das im Moment allerdings völlig egal; für ihn war nur wichtig, was Monika dachte und sagte. »Drei Tore in einem Spiel, das ist toll«, lobte sie ihn. Doch so richtig konnte er sich darüber nicht freuen, jetzt, wo er sich fragte, warum Luigi hier saß.

Die drei Jungen setzten sich dazu, was Luigi nicht zu gefallen schien. Doch er blieb sitzen und spielte mit einem Grashalm.

Die Mädchen fragten noch einiges zum Spiel, und alle waren froh, dass sie so wenigstens ein Thema hatten. Doch das Gespräch wurde dünner und verebbte schließlich. Da sah Luigi, der zuvor nicht mitreden konnte, seine Chance und sagte: »Sonntag in Kino spiele schön Film. Heißt *Bella Italia*. Du mit in Kino?« Dabei schaute er Monika an. Wolfgang saß regungslos zwischen seinen Freunden und spürte sein Herz bis zum Hals schlagen. Monika brauchte eine Weile, bis sie den Kopf schüttelte. Für Wolfgang hatte es zu lange gedauert und es war nicht entschieden genug gewesen. Trotzdem versuchte er, sich nichts anmerken zu lassen. Luigi schnippte den Grashalm weg, griff nach der Zigarettenschachtel, die er samt Streichhölzern seitlich in der Badehose stecken hatte, zündete sich eine HB an, erhob sich und ging wortlos davon.

Wer wird denn gleich in die Luft gehen? Greife lieber zur HB, dann geht alles wie von selbst. Dieser dämliche Werbespruch fiel Wolfgang ein – aber vielleicht war er ja gar nicht so dämlich, vielleicht sollte er auch HB rauchen, vielleicht ...

»Ich geh ins Wasser«, sagte Monika, sprang auf und lief los. Ihre Freundinnen folgten ihr, die Jungen blieben sitzen.

»Scheiß-Itaker!«, knurrte Wolfgang. »Ich könnte den zusammenschlagen!«

»Der ist viel älter als wir«, sagte Rudi.

»Mir doch egal, vor dem hab ich keine Angst!«

Sie schimpften über die Italiener, die hierher kamen und ihnen die Mädchen wegschnappen wollten.

Die Mädchen kamen zurück, trockneten sich ab, legten sich hin und taten so, als sei nichts gewesen. Und Wolfgang traute sich nicht, weder jetzt noch in den folgenden Tagen, Monika direkt auf Luigi anzusprechen. Dieses Schweben zwischen Hoffen und Bangen dauerte an, denn mal gab ihm Monika das

Gefühl, ihn zu mögen, mal sah er sie irgendwo mit Luigi. Der passte Wolfgang an einem Spätnachmittag auf dem Weg zum Großvater ab, stellte sich vor ihn hin und sagte: »Monika mein Mädchen. Du weg, sonst ...« Statt weiter zu reden, zückte er ein Messer und ließ die Klinge aufschnappen.

Wolfgang wich zurück. »Spinnst du?«, fragte er, als er sich vom ersten Schreck erholt hatte.

»Monika mein Mädchen«, wiederholte Luigi, klappte das Messer zu und steckte es weg.

»Sie soll selbst entscheiden, ob sie dein oder mein Mädchen sein will«, sagte Wolfgang.

Luigi verstand nicht.

»Moni soll sagen: du oder ich.« Wolfgang redete betont langsam, zeigte bei *du* auf Luigi, bei *ich* auf sich.

Luigi verstand das falsch, glaubte, Wolfgang wolle mit ihm um Monika kämpfen und erklärte sich einverstanden. Der Achtklässler war für seine vierzehn Jahre zwar groß, aber längst nicht so kräftig wie der siebzehnjährige Luigi, der sich deswegen gute Chancen ausrechnete. Als Wolfgang begriff, was sein Gegenüber wollte, zögerte er. Wer garantierte ihm, dass der sich an die Regeln hielt und nicht wieder das Messer zückte, wenn er am Verlieren war? Also machte er ihm klar, dass er jederzeit mit ihm um Monika kämpfen werde, allerdings nur, wenn seine Freunde dabei waren. Luigi hatte nichts dagegen und wollte seine Freunde auch mitbringen. Der Kampf sollte gleich am nächsten Tag hinter der Scheune beim Sportplatz stattfinden. Als »Waffen« sollten nur die Fäuste erlaubt sein.

Obwohl sie die Sache nicht an die große Glocke hängten, kamen rund dreißig Zuschauer, darunter sechs junge Italiener, und bildeten einen Kreis, in dem sich die Kontrahenten aufstellten.

Luigi griff sofort ungestüm an, doch Wolfgang wich den Schlägen, die nicht gut platziert waren, geschickt aus oder fing sie mit den Handflächen ab. Nur einmal war er zu langsam und musste einen Schlag gegen den Hals einstecken, der ihn kurz ins Wanken brachte. Luigi setzte mit wilden Hieben nach, und Wolfgang konnte sich nur dank seiner schnellen Beine aus der Bedrängnis retten. Für die Zuschauer sah es so aus, als flüchte er vor seinem Gegner und es sei nur eine Frage der Zeit, bis der ihn erwischen und zu Boden schlagen würde. Sie wussten ja nichts von dem harten Training mit seinem Vater, das Wolfgang zu einem guten Boxer gemacht hatte, obwohl er nicht gern boxte, weil es ihm schwerfiel, jemanden zu schlagen. Doch hier ging es um Monika, und für sie war er dazu bereit. Wie die Zuschauer hatte Luigi den Eindruck, Wolfgang habe Angst vor ihm, wurde übermütig und unvorsichtig. Wolfgang sah den ungedeckten Körper und landete seinen ersten Treffer, Luigi krümmte sich, ließ die Arme fallen und Wolfgang schlug ihm die Rechte von unten ans Kinn, dass seine Finger schmerzten. Luigi taumelte, doch Wolfgang setzte nicht nach, wie alle erwarteten und wie es seine Freunde lautstark forderten; jetzt, wo er sicher war, dass er gewinnen würde, wollte er keinen schnellen Sieg, jetzt wollte er Luigi langsam fertigmachen. Mit zwei Metern Abstand blieb er vor seinem Gegner stehen, ließ ihn keine Sekunde aus den Augen und wartete, bis der sich einigermaßen erholt hatte und die Hände wieder hochnahm. Dann tänzelte er vor ihm, hielt ihn sich mit der Linken vom Leib, was nicht besonders schwierig war, denn Luigi hatte nicht mehr genug Luft und Kraft, um gefährlich anzugreifen. Wolfgang täuschte mit der Rechten einen Schlag gegen den Kopf an, Luigi riss die Hände hoch, genau wie er sollte, und fast gleichzeitig landete eine Links-Rechts-Kombination unter der Deckung, nahm ihm die Luft und zwang ihn auf die

Knie. Während seine Freunde johlten, stand Wolfgang vor ihm und fühlte sich so stark wie noch nie. Er wünschte sich, Luigi würde wieder aufstehen, dass er ihm noch ein paar verpassen konnte. Der erhob sich tatsächlich, stierte Wolfgang an, griff in die Tasche und holte das Messer heraus. Ein Raunen ging durch die Zuschauer. Bevor Wolfgang etwas tun konnte, lösten sich Giuseppe und Enrico aus dem Kreis, hielten ihren Freund fest, redeten auf ihn ein und nahmen ihm das Messer weg.

»Du Sieger«, sagte Giuseppe.

Wolfgang nickte.

Die Italiener nahmen Luigi in die Mitte und zogen ab. Die Winterlinger feierten Wolfgangs Sieg, den der in ihren Augen nicht nur für sich gegen Luigi, sondern auch für sie gegen die Itaker errungen hatte. Das sprach sich schnell herum, und Wolfgang war wieder einmal Gegenstand des Dorfklatsches.

»Ihr spinnt doch alle beide«, sagte Monika, als Wolfgang nach der Schule das letzte Stück des Heimweges neben ihr ging.

»Der hat gesagt, du seist sein Mädchen«, verteidigte sich Wolfgang. »Aber du ... du bist ...« Er schaffte es nicht zu sagen, du bist doch meine Freundin. Statt dessen fragte er leise: »Stimmt das?«

»Nein – aber ich bin auch nicht dein Mädchen, weil du gegen ihn gewonnen hast. Ich entscheide selbst, wer mein Freund ist.«

»Das hab ich ja zu ihm gesagt, aber er wollte unbedingt kämpfen, und da ... da hab ich ...«

»Um mich gekämpft«, führte Monika den Satz weiter. Sie drehte den Kopf, schaute ihn an und sagte nur: »Spinner.«

Für Wolfgang klang es so, als hätte sie gesagt, ich freu mich, dass du gegen den viel älteren Luigi um mich gekämpft und auch noch gewonnen hast. Aber nicht nur deswegen mag ich dich.

Zu Hause sagte Eugen Windbacher beim Mittagessen: »Dein Sohn ist mal wieder Ortsgespräch.« Doch wie das »Spinner« bei Monika klang auch »dein Sohn« ganz anders als gewöhnlich. Wenn Eugen Windbacher sonst »dein Sohn« sagte, folgte immer etwas Negatives. Dein Sohn muss neben dem Halbdackel von Burgers sitzen! Dein Sohn traut sich nicht in den Keller! Dein Sohn hat im Diktat mangelhaft! Dein Sohn macht uns zum Gespött des Dorfes! Dein Sohn kann nicht mal ein Brett sauber auseinandersägen! Dein Sohn bringt uns die Polizei ins Haus!

Der Ton und der Gesichtsausdruck des Vaters signalisierten Wolfgang, seinen Schwestern und der Mutter, dass keines der so häufigen Mittagsgewitter folgen würde, die das Essen verhagelten.

»Er hat sich mit dem Luigi geprügelt, der bei uns arbeitet«, fuhr Eugen Windbacher fort. Dann sprach er Wolfgang direkt an, was nicht oft vorkam: »So viel Mumm hätte ich dir gar nicht zugetraut, der Luigi ist doch viel älter als du und ein kräftiger Kerl.«

»Aber er kann nicht boxen«, murmelte Wolfgang.

Ein Lächeln huschte über Eugen Windbachers Gesicht. »Jetzt bist du froh, dass ich dir das Boxen beigebracht habe, was?«

Wolfgang nickte. Ja, er war wirklich froh und seinem Vater zum ersten Mal seit langer Zeit dankbar, denn ohne das Training hätte er gegen Luigi keine Chance gehabt und den Kampf um Monika verloren. Dass er sie mit dem Sieg nicht automatisch gewonnen hatte, wusste er ja inzwischen.

Die Mutter sagte, sie wolle nicht, dass er sich prügle, nicht mit Deutschen und schon gar nicht mit Italienern, bei denen man nie wisse, ob sie ein Messer hätten. Warum er sich überhaupt mit so einem geprügelt habe, fragte sie schließlich. Da senkte Wolfgang den Kopf.

»Jetzt wird er rot«, sagte Brigitte grinsend. »Weil es um ein Mädchen ging; sie haben um die Moni Bitzer gekämpft.«
»Blöde Kuh!«, zischte Wolfgang.
»Um ein Mädchen?«, fragte die Mutter überrascht. »In deinem Alter!«
»Unser Kleiner wird langsam groß«, stichelte Sieglinde.
»Ihr seid alle blöd!«, rief Wolfgang.
»Lasst ihn in Ruhe! Und du beherrsch dich!«, wies der Vater alle zurecht. Er war wie seine Frau der Meinung, für Mädchen sei Wolfgang eigentlich noch zu jung. »Aber dass du dir von so einem dreckigen Itaker deine Freundin nicht einfach ausspannen lässt, sondern dem die Fresse poliert hast, gefällt mir. Das sollten viel mehr Deutsche tun, dann würden die bald wieder verschwinden.«

38

Eugen Windbacher wollte seinen Sohn nach der Volksschule nicht wie seine Töchter zum schnellen Geldverdienen in die Fabrik schicken, Wolfgang durfte einen Beruf erlernen. Aber welchen? Er träumte immer noch davon, als Fußballer oder Schlagersänger viel Geld zu verdienen, und war überzeugt, dass dieser Traum eines Tages Wirklichkeit würde – eines Tages! Aber jetzt musste er sich für einen Beruf entscheiden, den er nicht wollte. Deswegen schob er die Entscheidung vor sich her, besprach sich mit seinen Freunden und fragte Monika. Sie würde im Geschäft ihrer Eltern eine Lehre als Verkäuferin beginnen. Das war ein Beruf für Mädchen, der für Wolfgang nicht in Frage kam.

Da er inzwischen zu den besten Schülern der Klasse gehörte und ein gutes Abschlusszeugnis zu erwarten hatte, boten ihm zwei Winterlinger Textilbetriebe eine kaufmännische Lehrstelle an. Wolfgang lehnte ab, er wollte keinen Beruf, bei dem man den ganzen Tag in einem Büro sitzen und rechnen, schreiben und lesen musste.

Eine Zeitlang dachte Wolfgang daran, Bäcker zu werden. Er war oft beim Eugen-Bäck in der Backstube gewesen, wenn er das Mehl abgeliefert und die fertigen Brotlaibe geholt hatte, war dem Bäcker zur Hand gegangen und hatte dafür nicht verkaufte Torten- und Kuchenstücke bekommen, Köstlichkeiten, die es zu Hause nicht gab. Weil es in der Backstube immer schön warm war und weil er dann Torten, Kuchen und süßes Gebäck nach Herzenslust essen konnte, schien ihm Bäcker ein guter Beruf zu sein – bis er von den Arbeitszeiten hörte.

Schon morgens um fünf in der Backstube stehen zu müssen, das schreckte ihn dann doch ab.

Mechaniker oder Automechaniker kamen ebenfalls nicht in Frage, denn Technik interessierte Wolfgang nicht besonders.

Dann bleibe nur noch der Bau, sagte sein Vater und schlug Elektriker vor, einen Beruf, der seiner Meinung nach Zukunft hatte. Wenn er fleißig sei, könne er sich später selbstständig machen, dann sei er sein eigener Herr und müsse nicht mehr für andere arbeiten. Das hörte sich gut an, aber wenn Wolfgang an Elektriker dachte, funkte es bei ihm nicht; er sah sich auch nicht als Flaschner, Glaser, Schreiner, Zimmermann oder Maurer.

Eine Lehrstelle als Millionär könne er ihm nicht bieten, davon gäbe es leider nur sehr, sehr wenig, sagte der Vater gereizt. Wenn er sich nicht bald entscheide, müsse er eben in die Fabrik.

Wolfgang erinnerte sich, wie er dem Maler zum ersten Mal beim Tapezieren zugeschaut hatte und beeindruckt gewesen war, als die grauen, verschmierten Wände Bahn um Bahn der frischen, blumigen Tapete wichen und sich der muffige Raum unterm Dach in ein freundliches Zimmer verwandelt hatte. Und er dachte daran, dass das Nachbarhaus wie neu aussah, seit die Maler es frisch gestrichen hatten. Maler machten alte Häuser und dunkle, schmutzige, verrauchte Räume wieder schön. Dazu brauchten sie Farben und Pinsel, Tapeten und Kleister, aber keine Bücher, Hefte, Füller und Schreibmaschinen, mussten weder rechnen noch lesen noch schreiben. Er entschied sich für den Malerberuf, und sein Vater war einverstanden. »Der Pinsel im Haus erspart den Maler«, sagte er sehr frei nach Schiller. Und den Pinsel würde man in dem alten Bauernhaus noch oft brauchen.

Im Dorf gab es drei Malergeschäfte, eines davon gehörte Traugott Gerber, mit dem Windbachers weitläufig verwandt waren. Der Vater schickte Wolfgang zum Traugott, den er fragen sollte, ob er einen Stift brauchen konnte.

»Du gehörst dem Eugen«, sagte er und musterte Wolfgang, dem das unangenehm war. »Du hast doch einen Spagettifresser verprügelt, stimmt's?«

Er nickte.

»Das hat mir gefallen, als ich es gehört habe«, sagte Traugott Gerber. »Du scheinst kräftig zu sein und groß bist du auch, das ist in unserem Beruf ein Vorteil, dann braucht man nicht immer eine Leiter.« Er lachte. »Du kannst bei mir anfangen. Wir arbeiten von sieben bis zwölf und von eins bis sechs. Im ersten Jahr bekommst du 85 Mark im Monat.« Mehr gab es nach Traugott Gerbers Meinung vorerst nicht zu sagen.

Zu Hause freuten sich Wolfgangs Eltern, dass er nun endlich eine Lehrstelle und dazu noch in einem sehr praktischen Beruf hatte.

Die Achtklässler genossen die letzten Wochen ihrer Schulzeit, bedauerten und bespöttelten die Jüngeren, feierten ihre Konfirmation und fühlten sich unheimlich erwachsen. Mit ihrem Konfirmandengeld erfüllten sich die meisten selbst Wünsche, kauften Fahrräder, Plattenspieler, Kofferradios, Tonbandgeräte, Musikinstrumente. Wolfgang gab keinen Pfennig aus, weil er das Geld für größere Wünsche sparen wollte.

Am Samstag nach der Konfirmation, einem ungewöhnlich warmen Frühlingstag, hatte die B-Jugend des FC Winterlingen ihr erstes Heimspiel nach der Winterpause. Die Jungen fieberten dem Spiel entgegen, zumal es gegen Balingen ging, den direkten Konkurrenten um die Bezirksmeisterschaft. Das hatte sich im Dorf herumgesprochen, und so kamen mehr Zuschauer als üblich auf den Sportplatz. Unter ihnen war natürlich Eugen Windbacher und zum ersten Mal auch Monika, die zwischen Doris und Jutta stand.

»Sie sind da!«, rief Wolfgang Peter zu, der sich seit einigen Wochen um Jutta bemühte.
Die Mädchen am Spielfeldrand motivierten Wolfgang und Peter ganz besonders. Von der ersten Minute an waren sie ständig in Bewegung, dribbelten und wirbelten über den Platz, als ginge es nicht nur um die Meisterschaft, sondern um ihr Leben. Die Balinger Abwehrspieler kämpften mit allen Mitteln, konnten beide auch oft mit Fouls stoppen, aber nie ganz ausschalten. Am Ende gewann Winterlingen mit 4:1, wobei sich Wolfgang und Peter die Tore brüderlich teilten. Beide wurden nach dem Sieg von allen Seiten beglückwünscht. Eugen Windbacher stand lächelnd dabei, und man sah ihm den Stolz auf seinen Sohn an. Doch heute war das für Wolfgang nicht so wichtig; er schielte wie Peter zu den Mädchen, für die sie gespielt hatten und auf deren Lob es ihnen vor allem ankam. Sie hofften, die Mädchen würden warten, bis sie umgezogen waren, beeilten sich, wuschen nur schnell das Gesicht mit kaltem Wasser ab, schlüpften in ihre Klamotten, stopften ihre Fußballsachen in die Matchsäcke, kämmten sich und liefen hinaus. Die Mädchen standen am Ausgang und empfingen die beiden mit lobenden Worten. Sie verstünden zwar nicht viel vom Fußball, aber das Spiel habe ihnen gefallen und zum nächsten Spiel kämen sie wieder.
Dann sagte Doris, sie müsse jetzt nach Hause und schaute ihre Freundinnen an, als wolle sie sagen: ihr auch! Doch die machten keine Anstalten, mit ihr zu gehen. Stattdessen fragte Monika: »Geht ihr jetzt auch heim?«
»Wir ... äh ...«
»Nein«, sagte Peter.
»Aber hier bleibe ich nicht stehen«, sagte Jutta.
»Ich geh jetzt«, sagte Doris, wartete noch einen Moment und zog ab.

Die Vier schauten ihr nach, standen unschlüssig beieinander, wandten sich schließlich wie auf ein geheimes Zeichen um und gingen in Richtung Kapf, teils schweigend, teils über das Spiel redend. Ohne sich abzusprechen, steuerten sie die Bank am Waldrand an und setzten sich, Wolfgang neben Monika, Peter neben Jutta. Sie redeten über ihre zu Ende gehende Schulzeit und über die Berufswelt, die in Kürze ihre Welt sein würde. Dabei ließ Wolfgang seine Hand langsam vom Oberschenkel zu Monikas Hand gleiten, die einladend zwischen ihnen auf der Bank lag. Hand in Hand saßen sie nebeneinander, und wenn sie allein gewesen wären, hätte Wolfgang Monika geküsst, so wie die Männer im Fernsehen ihre Freundinnen und Frauen küssten. Während er sich das vorstellte, schlich sich Luigi in seine Gedanken; Wolfgang konnte ihn nicht abschütteln und fragte sich, ob Monika mit ihm auch schon händchenhaltend auf dieser oder einer anderen Bank gesessen, ob sie sich vielleicht sogar schon geküsst hatten. Er ärgerte sich, dass er wieder an diesen Italiener denken musste, dass er ihn nicht mehr von Monika trennen konnte, obwohl er ihn besiegt hatte.

39

Am Morgen des 1. April 1964 fuhr Wolfgang mit dem alten Fahrrad seines Vaters, der sich inzwischen ein Kreidler-Moped gekauft hatte, zu der Malerwerkstatt, wo der neue Stift freundlich begrüßt wurde: Vom Meister Traugott und seiner Frau Angelika, von den Gesellen Berthold, Hotte und Paule, von Kalle und Gerd, den Stiften im dritten und im zweiten Lehrjahr. Wolfgang kannte alle, am besten Gerd, mit dem er in der B-Jugend spielte. Auch Hotte und Paule spielten beim FC Winterlingen, Hotte in der ersten, Paule in der zweiten Mannschaft. Von Kalle wusste Wolfgang, dass er Handballer und Leichtathlet war. Den ältesten Gesellen Berthold kannte er nur vom Sehen.

Der Meister, den alle Traugott nannten und duzten, überreichte Wolfgang einen Pinsel, eine Spachtel, einen Meterstab, einen Staubwisch und einen Putzlappen, alles noch jungfräulich rein. »Wie du damit umgehen musst, wirst du bei uns lernen – und noch viel, viel mehr!«

In den ersten Aprilwochen war es regnerisch. Sie arbeiteten in verschiedenen Häusern, und Wolfgang lernte als erstes das Abschrubben alter Leimfarbenanstriche, das Abkratzen alter Tapeten, vor allem jedoch lernte er das Abschleifen von Türen und Fensterrahmen, Tischen und Stühlen. Bald waren seine Finger von dem Schmirgelpapier wundgescheuert, und er konnte nichts mehr ohne Schmerzen anfassen. So hatte er sich den Malerberuf nicht vorgestellt.

Als er zu Hause klagte, hörte er den Satz »Lehrjahre sind keine Herrenjahre« zum ersten Mal. Er hörte ihn auch, als er sich über die lange Arbeitszeit beschwerte. Von Peter und Rudi, die beim August Beck Kaufmann und Mechaniker lernten, wusste er, dass die nur acht Stunden arbeiten mussten. Mehr sei für Jugendliche gar nicht erlaubt, das stehe im Jugendschutzgesetz, sagte Peter. Er lieh sich ein Exemplar vom Betriebsratsvorsitzenden aus und gab es Wolfgang. Der hatte große Mühe, den Text zu lesen, verstand aber wenigstens so viel, dass seine Freunde Recht hatten und sagte das seinen Eltern.

»Und?«, fragte Eugen Windbacher nur. Die Art, wie er dieses »Und?« aussprach, signalisierte, dass er die gesetzlichen Vorschriften für eine, die Verhältnisse vor Ort für eine ganz andere Sache hielt.

»Ich arbeite nur noch so lange, wie ich muss«, sagte Wolfgang.

Sein Vater lachte, wie er immer lachte, wenn er jemandem zeigen wollte, dass der großen Quatsch geredet hatte. »Was glaubst du, wer du bist? Du, ein Stift im ersten Lehrjahr? Du hast nichts zu wollen, sondern zu tun, was dein Meister sagt.«

»Aber nicht, wenn es gegen das Gesetz ist«, wagte Wolfgang zu widersprechen.

»Gesetz! Gesetz! Was dein Meister sagt, ist Gesetz!«

»Reg dich doch nicht so auf«, sagte seine Frau.

»Da soll man sich nicht aufregen!«, rief Eugen Windbacher und wandte sich, nun doch etwas ruhiger, wieder an Wolfgang. »Wenn du dem Traugott mit dem Jugendschutzgesetz kommst und ihm sagst, dass du nur noch acht Stunden arbeiten willst, schmeißt er dich raus, dann bekommst du in Winterlingen garantiert keine Lehrstelle mehr und musst froh sein, wenn sie dich noch in einer Fabrik als Hilfsarbeiter nehmen. Aufmüpfige Bürschchen sind nämlich nirgendwo gern gesehen, das musst du dir merken!«

Wolfgang schwieg.

Am nächsten Morgen wurde er zusammen mit Kalle in einen Neubau geschickt, wo sie sämtliche Wände abschleifen und mit Tiefgrund vorstreichen mussten, eine Arbeit für Stifte. Wolfgang nutzte die günstige Gelegenheit und sprach mit Kalle über die Arbeitszeit. Der zuckte mit den Schultern und sagte, das sei eben so, da könne man nichts machen. Der Traugott drücke einem dafür manchmal zehn Mark in die Hand, das sei ja auch nicht schlecht. Wolfgang versuchte, ihn mit dem Hinweis auf ihre gesetzlichen Rechte umzustimmen, doch Kalle schüttelte den Kopf. Er habe in einem Jahr ausgelernt, dann verdiene er gut.

»Aber bis dahin musst du für 120 Mark im Monat arbeiten und ich für 85, jeden Tag zehn Stunden. Das ist nicht richtig!«

»Das wirst du auch nicht ändern«, sagte Kalle. »Und jetzt lass mich damit zufrieden.«

Ähnlich reagierte Gerd, als Wolfgang ihn darauf ansprach. Auch von seinem Schulkameraden Wilfried, der beim Maler Maute eine Lehre begonnen hatte, erhielt er keine Unterstützung. Wolfgang war hin- und hergerissen. Sollte er einfach so weitermachen wie die andern oder sollte er sich wehren? Er allein? Was würde das für Folgen haben?

Am 23. Mai, seinem fünfzehnten Geburtstag, war Wolfgang mit Berthold in dem Neubau und bestrich Bahn um Bahn mit Kleister, während der Geselle die Tapeten an die Wände klebte und dem Stift nebenbei erklärte und zeigte, worauf es beim Tapezieren ankam. Um halb zehn machten sie eine Pause und aßen ihre Brote; Berthold las nebenbei wie jeden Tag die BILD-Zeitung und gab Wolfgang wie jeden Tag einen Teil ab. Wolfgang schaute vor allem die Bilder an und las selten mehr als die groß und fett gedruckten Schlagzeilen.

An diesem Tag nahm er nicht einmal die richtig auf, denn er war mit seinen Gedanken ganz woanders, redete kaum, gab einsilbige Antworten, weshalb Berthold ihn fragte, ob er krank sei, was Wolfgang verneinte.

Um Viertel nach vier wischte er sich die Hände ab, packte die Sprudelflasche in seine Tasche und sagte zu Berthold: »Ich gehe jetzt.«

Der schaute verdutzt auf seine Uhr. »Es ist doch erst viertel fünf.«

»Ich habe acht Stunden gearbeitet, mehr darf ich nicht«, sagte Wolfgang.

Berthold schaute ihn an, als habe er nicht richtig gehört. Dann murmelte er. »Ich kann dir nicht verbieten zu gehen, aber ich würde mir das noch mal gut überlegen, wenn ich du wäre. Was glaubst du, was der Chef sonst morgen mit dir macht!«

Davor hatte Wolfgang Angst, trotzdem ging er. Zu Hause flehte ihn seine Mutter an, sofort wieder zurückzufahren, sonst gäbe es ein Unglück. Wolfgang blieb.

Nach einer Nacht, in der er mehr gegrübelt als geschlafen hatte, fühlte er sich wie gerädert und wäre am liebsten im Bett geblieben. Aber seine Mutter trieb ihn zur Arbeit. Jetzt müsse er die Suppe auch auslöffeln, die er sich eingebrockt habe. Er setzte sich aufs Fahrrad und fuhr den schon gewohnten Weg. Mit pochendem Herzen trat er in die Werkstatt, wo Traugott Gerber ihn mit der noch relativ ruhig ausgesprochenen Frage empfing, wie er dazu komme, um viertel fünf nach Hause zu gehen? Wolfgang antwortete mit zitternder, kaum hörbarer Stimme, da seien acht Stunden um gewesen.

»Was soll das heißen? Ich habe dir gesagt, dass wir von sieben bis zwölf und von eins bis sechs arbeiten. Daran hat sich nichts geändert!«

Jetzt brachte Wolfgang den Satz an, den er schon tausendmal in allen Variationen geübt hatte: »Ich darf aber nur acht Stunden arbeiten.«

»Wer sagt das?«

»Das steht im Jugendschutzgesetz.«

»Du willst mir mit dem Gesetz kommen«, schrie Traugott Gerber mit sich überschlagender Stimme, »du, ein Stift, der den Scheißhafenring noch am Arsch hat! Du willst mir sagen, wie lange du zu arbeiten hast! So weit kommt's noch, Bürschchen! Hier bestimme ich, wie lange gearbeitet wird, und sonst niemand, dass das klar ist!« Er hielt inne, an seinen bebenden Lippen hingen Speichelfäden, seine Augen platzten beinahe aus den Höhlen. »Ob das klar ist?!«

Wolfgang wiederholte seinen einstudierten Satz »Ich darf nur acht Stunden arbeiten, so steht's im Gesetz« und merkte mit jedem Wort mehr, wie ihm dieser Satz Sicherheit gab.

Traugott Gerber holte zu einem Schlag aus, konnte sich im letzten Moment bremsen, starrte Wolfgang heftig schnaufend an, als würde er ihn am liebsten umbringen, wischte sich mit dem Handrücken über den Mund und brummte drohend: »So nicht, Bürschchen, das sag ich dir, so nicht!«

Er drehte sich zu den anderen, die die ganze Zeit im Hintergrund gestanden hatten, und sagte ihnen, wer mit wem auf welche Baustelle musste und was dort zu tun war.

Berthold und Wolfgang fuhren auf ihren Rädern wie am Vortag zum Neubau, um dort weiterzutapezieren. Wolfgang bestrich wieder Bahn um Bahn mit Kleister, Berthold klebte wieder Bahn um Bahn an die Wände. Nur geschah das stiller als sonst. Die Szene in der Werkstatt spulte sich wie eine Endlosschleife durch Wolfgangs Gedanken. Und Berthold schien neben dem Tapezieren und dem Nachdenken über das kurz zuvor Erlebte nicht auch noch reden zu können. Selbst die Vesperpause verlief schweigend.

Erst am Nachmittag sagte er mehr als für die Arbeit notwendig war. Er sei gespannt, was der Chef tun werde; von einem

Stift lasse der sich so etwas bestimmt nicht gefallen. Wolfgang sagte, er habe nichts Unrechtes getan, er wolle nur sein Recht. Da hörte er wieder den Satz, den er nicht mehr hören konnte: »Lehrjahre sind keine Herrenjahre!« Das wusste er inzwischen, aber das konnte doch nicht heißen, dass man sich als Lehrling alles gefallen lassen musste. Auch ein Lehrling hatte Rechte, selbst wenn es dem Meister nicht passte. Dass die anderen sich bisher nie gewehrt hatten, war deren Sache; er würde sich wehren und um seine Rechte kämpfen, auch wegen Monika. Wenn er diesen Kampf gewann, würde sie bestimmt stolz auf ihn sein, stolzer als nach seinem Sieg gegen Luigi. Dann würde sie sehen, dass er nicht nur stärker, sondern auch mutiger als dieser Scheiß-Itaker war, der sie immer noch haben wollte.

Gegen vier stieg die Spannung langsam an. Traugott Gerber hatte sich den ganzen Tag nicht sehen lassen, was sehr ungewöhnlich war, denn sonst schaute er mindestens einmal am Tag bei allen Trupps vorbei, um den Stand der Arbeit zu kontrollieren.

Die Minuten krochen träge durch das frisch tapezierte Zimmer, Wolfgang lauschte nach draußen, doch das bekannte Motorengeräusch des 180 D, das den Chef ankündigte und seine Leute antrieb, blieb aus.

Um viertel nach vier packte Wolfgang seine Sachen zusammen und ging. Berthold schüttelte den Kopf, genau wie zu Hause Wolfgangs Mutter.

Am Nachmittag hörte auch Eugen Windbacher vom »Zwergenaufstand« seines Sohnes, begleitet von hämischen Bemerkungen wie: Da habe er ja ein schönes Früchtchen aufgezogen; der meine wohl, er könne allen auf den Kopf scheißen; das habe es ja noch nie gegeben, dass ein Stift seinem Meister Vorschriften machen wolle; dem müsse mal jemand zeigen, wo der Hammer hänge.

Solche Sätze ließen seine Adern anschwellen, und wenn Wolfgang greifbar gewesen wäre, hätte er für nichts garantieren können. Doch zwischen seinem Zorn blitzte etwas auf, was Eugen Windbacher zuerst nicht wahrhaben wollte, es ähnelte dem Gefühl, das er auf dem Sportplatz hatte, wenn sein Sohn gelobt wurde und das er nach Wolfgangs Sieg über Luigi gehabt hatte. Dieses Gefühl wurde deutlicher und stärker, er konnte nichts dagegen tun. Dass sein Sohn es wagte, sich gegen den Meister zu stellen und um seine Rechte zu kämpfen, imponierte ihm insgeheim, auch wenn er es für falsch und schädlich hielt.

Zornig kam er nach Hause, traf Wolfgang jedoch nicht an, weil der im Training war. Hilde Windbacher musste um diese Zeit Großvaters Kühe melken, Brigitte half im Stall, brachte nach dem Melken die Milch zur Sammelstelle und stand anschließend am Latsch, dem Treffpunkt der Dorfjugend. Sieglinde hatte inzwischen einen festen Freund, zu dem sie nach Feierabend ging, was Eugen Windbacher zwar nicht passte, was er aber nicht mehr verhindern konnte. So war er mit seinem Zorn erst mal allein, ging in den Schuppen und hackte Holz.

Bis zur *Tagesschau* versammelte sich seine Familie – einschließlich Sieglindes Freund Walter – nach und nach in der Stube. Während der *Tagesschau* durfte nicht geredet werden, das war ein ungeschriebenes Fernsehgesetz im Hause Windbacher. Obwohl mit Robert Lembkes *Was bin ich?* eine seiner Lieblingssendungen folgte, konnte Eugen Windbacher nicht mehr an sich halten, doch schon seinen ersten Worten war anzuhören, dass das Holzhacken und die *Tagesschau* von seinem Zorn nicht viel übrig gelassen hatten. Die Fragen und Vorwürfe kamen nicht als Tiefschläge, waren allenfalls Nasenstüber, die Wolfgang locker wegsteckte. Er betonte noch einmal, er mache seine Arbeit, so gut er könne, habe nichts Unrechtes getan, sei nicht frech gewesen, auch am Morgen in der Werkstatt nicht, als der Chef ihn angebrüllt und beinahe geschlagen habe, er werde nur nicht mehr länger als acht Stunden arbeiten und wenn sich der Chef auf den Kopf stelle. »Der wird dich auf den Kopf stellen und ungespitzt in den Boden schlagen«, meinte sein Vater, der seinen heimlichen Stolz für sich behielt. »Aber ich habe dich gewarnt, erwarte also keine Hilfe von mir. Diese Suppe hast du dir selbst eingebrockt, die musst du auch selbst auslöffeln.« Er wandte sich dem Bildschirm zu, wo Robert Lembke eben seinen zweiten Gast fragte, welches Schweinderl er haben wolle.

40

Auch in dieser Nacht fand Wolfgang keine Ruhe, Halbschlaf, aufgewühltes Hin- und Herwälzen, Schlaf mit wirren Traumfetzen lösten sich ab. Er war froh, als es endlich Morgen war, und kam dann doch kaum aus dem Bett. Ohne Frühstück machte er sich auf den Weg in die Werkstatt, musste unterwegs anhalten, weil sein Magen rebellierte und alles Unverdaute nach oben drückte.

»Zuviel gesoffen gestern Abend, was!«, rief ein Vorbeiradelnder ihm zu.

Wolfgang würgte und würgte, bis nichts mehr kam, wischte mit dem Taschentuch über Mund und Kinn, mit der Hand die Schweißperlen von der Stirn und dachte einen Moment daran, nach Hause zu fahren, entschied sich anders, weil er die Sache hinter sich bringen wollte, hinter sich bringen musste. Er fuhr weiter, trat kräftig in die Pedale und spürte auf dem letzten, abschüssigen Stück zur Werksatt den erfrischenden Fahrtwind im Gesicht.

Wie am Tag zuvor öffnete er die Tür mit heftig klopfendem Herzen und brachte mit Müh und Not ein »Morgen« heraus.

»Morgen«, kam es von Traugott Gerber zurück, der an der Werkbank stand und gerade einen Farbtopf öffnete.

Wolfgang blieb in der Tür stehen und sah, dass außer dem Meister niemand in der Werkstatt war. Der drehte den Kopf und schaute seinen Stift an, als warte er auf etwas, doch Wolfgang schwieg.

»Komm rein und mach die Tür zu.« Traugott Gerber rührte den weißen Lack um, drückte aus einer Tube schwarze Mischfarbe hinein, rührte wieder und fragte, ohne aufzusehen:»Hast du's dir überlegt?«

Was?, hätte Wolfgang beinahe zurückgefragt, tat es nicht, weil er seinen Chef nicht reizen wollte und antwortete:»Ja, aber es hat sich nichts geändert. Ich darf nur acht Stunden arbeiten.« Traugott Gerber schluckte, atmete hörbar aus und rührte weiter in dem langsam grauer werdenden Lack.»Ich würde dich am liebsten rausschmeißen, das kann ich dir sagen. Aber dir traue ich zu, dass du mir dann noch einen Prozess anhängst. Du kannst also bleiben, aber angenehm wird deine Lehrzeit nicht werden, das verspreche ich dir!« Er rührte und rührte, obwohl die Mischfarbe längst verrührt war.»Und nun zu deiner Arbeitszeit: Du machst am Morgen eine Viertelstunde Vesperpause wie alle und am Nachmittag vesperst du doch auch, stimmt's?«

»Ja.«

»Ich ziehe dir dafür zweimal eine Viertelstunde ab, dann sind um halb fünf deine acht Stunden um und du kannst gehen.«

Wolfgang sagte nicht, dass er nachmittags sein Brot meistens während der Arbeit essen musste, weil die Gesellen keine Pause machten, er wollte die Sache nicht auf die Spitze treiben und war auch so mehr als zufrieden. Er hatte es geschafft, er hatte sich gegen den Chef durchgesetzt, er, der Stift im ersten Lehrjahr!

Ein paar Tage später wagten Kalle und Gerd zu sagen, es sei ungerecht, dass Wolfgang nur acht, sie aber zehn Stunden arbeiten müssten. Obwohl Traugott Gerber damit gerechnet hatte, tobte er erst mal, musste dann aber auch ihnen die kürzere Arbeitszeit zugestehen, was seine Wut auf Wolfgang noch vergrößerte. Den ließ er auf sämtlichen Baustellen schleifen, bis ihm die Finger bluteten, der musste mit einer Stahlbürste oder mit der Flex die alte Farbe von den Hauswänden bürsten, bis Augen, Nase und Mund voll mit beißendem Staub waren und er sich fast die Lunge aus dem Leib hustete, den schickte er in die Kellerräume einer großen Fabrik, wo er die endlos scheinenden rostbraunen Heizungsrohre schleifen und streichen musste, was nur möglich war, wenn er auf die schmierigen Öltanks kletterte, hinter und unter schmutzige Maschinen kroch, so dass er nach ein paar Stunden vor lauter Dreck kaum noch zu erkennen war.

Diese Schinderei wurde nur unterbrochen vom Berufsschultag in Ebingen, auf den Wolfgang sich besonders freute, weil Monika am gleichen Tag in die Berufsschule musste, was im Bus und auf dem Schulhof Gelegenheiten zum Reden bot.

Wochenlang war Wolfgang für alle schmutzigen, unbeliebten Arbeiten Kandidat Nummer eins. Manchmal heulte er vor Wut, seinen Chef hasste er, wie er seinen Vater gehasst hatte, einmal war er nahe daran, ihn vom Baugerüst zu stoßen, und immer wieder wollte er die Lehre schmeißen. Er tat es nicht, weil er dem Chef diesen Triumph nicht gönnte. Der sollte nicht im Dorf herumerzählen, dem jungen Windbacher habe er gezeigt, wo der Bartel den Most hole, der sei jetzt nicht nur eine, der sei zehn Nummern kleiner. Ihn würde keiner mehr kleinkriegen, weder der noch sein Vater noch sonst einer.

Die Art, wie Wolfgang sich durch diese schwere Zeit kämpfte, überraschte alle. Traugott Gerber konnte sich gut vorstellen, was für Gedanken seinem jüngsten Lehrling durch den Kopf gingen, wenn er tagelang Dreck fressen musste und mehr einem Kaminfeger als einem Maler glich. Dass er trotzdem nicht stänkerte und sich nie beschwerte, womit der Chef gerechnet hatte, sondern jede Arbeit gewissenhaft erledigte, nötigte ihm Respekt ab. Dagegen fand er das Verhalten seiner älteren Lehrlinge schäbig, die sich nie getraut hatten, wegen der

Arbeitszeit etwas zu sagen, die sich aber sofort angehängt hatten, als der Jungstift die Kohlen aus dem Feuer geholt hatte. Traugott Gerber beendete die schikanöse Behandlung seines jüngsten Lehrlings, ohne ein Wort darüber zu verlieren und ohne dass es zu sehr auffiel. Zu schmutzigen, unbeliebten Arbeiten, von denen es mehr als genug gab, teilte er alle drei Lehrlinge, manchmal auch den einen oder anderen Gesellen ein.

Wolfgang traute dem Frieden nicht gleich, schrieb das veränderte Verhalten den Launen des Chefs zu und rechnete mit weiteren Schikanen, war aber trotzdem froh, zumindest zwischendurch wie ein Mensch behandelt zu werden. Doch die Schikanen blieben aus, und mit der Zeit konnte niemand mehr übersehen, dass Traugott Gerber Wolfgangs Qualitäten besonders schätzte, auch wenn er das nie ausdrücklich sagte.

Für Wolfgang wurde das zu einer der wichtigsten Erfahrungen seines Lebens. Wie oft hatte er schon gehört, wer gegen Lehrer, Meister, Vorgesetzte oder den Chef aufmucke, müsse es büßen, selbst wenn er im Recht sei. Und aus lauter Angst muckte kaum jemand auf. Er hatte aufgemuckt und hatte büßen müssen, das war nicht zu leugnen. Aber er hatte auch etwas bewirkt: er, Kalle und Gerd mussten nur noch acht Stunden arbeiten. Dass der Chef deswegen wütend gewesen war, konnte keinen überraschen. Doch inzwischen nahm der ihn ernster als Kalle und Gerd. Wolfgang zog daraus die Erkenntnis, dass man sich nicht alles gefallen lassen durfte, wenn man geachtet werden wollte.

41

Neben seinen Leistungen als Fußballer hoben vor allem die Siege über Luigi und über seinen Chef Wolfgangs Ansehen bei der Dorfjugend gewaltig. Auch unter den Erwachsenen gab es welche, die anerkennend nickten, wenn das Gespräch auf ihn kam. Andere sahen in ihm einen frechen Rotzbuben, der nicht wisse, was sich gehöre und anscheinend meine, er könne sich alles erlauben. Solche Stimmen ärgerten ihn, weil Leute, die keine Ahnung von ihm und seinen Motiven hatten, sich Urteile über ihn erlaubten. Doch viel wichtiger als ihr Geschwätz war für ihn, was Monika dachte und sagte.

Anfangs hatte sie ihn wegen der Acht-Stunden-Sache für verrückt erklärt, weil ein Lehrling ihrer Meinung nach so etwas nicht machen konnte. Als er ihr von den Schikanen erzählt hatte, hatte er ihr so leid getan, dass sie ihn bat, aufzugeben und sich bei seinem Chef zu entschuldigen. Er hatte ihr erklärt, warum er das nicht konnte, warum er die Sache durchziehen musste, und hatte das Gefühl, dass sie ihn nicht verstand.

Auch jetzt stand sie nicht hinter dem, was er getan hatte, dazu war sie zu sehr Tochter des Schuh-Hauses Bitzer, in dem Lehrlinge abends oder samstags auch mal eine Stunde länger arbeiten mussten, wenn der Chef oder die Chefin das für notwendig hielten. Doch andererseits fand sie toll, dass Wolfgang den Mut gehabt hatte, sich allein gegen seinen Chef zu stellen.

»Du bist wirklich ein bisschen verrückt«, sagte sie, als sie nach der Berufsschule nebeneinander im Bus saßen.

Nach dir, hätte er gern zu ihr gesagt, brachte die zwei Worte aber nicht über die Lippen. Doch dafür fragte er sie zum ersten Mal, ob sie am Sonntag mit ihm ins Kino gehe. Sie schaute ihn an und ihr Blick gab schon die Antwort, trotzdem fragte ihr Mund: »In welchen Film?«
Wolfgang wurde rot, denn er hatte keine Ahnung, was gespielt wurde. »Lass dich überraschen!«, sagte er und war selbst überrascht, dass ihm diese Antwort, die er für genial hielt, eingefallen war.
»Um halb sechs?«
Er nickte und musste sich sehr beherrschen, nicht mehr zu tun.

Am Sonntag Nachmittag zog Wolfgang seine blaue Sonntagshose an, dazu sein blau-weiß gestreiftes Hemd und seinen weinroten Pullover. Dann ging er in die Elternkammer, wo der alte Toilettentisch mit dem dreiflügligen Spiegel stand, dem einzigen im Haus, in dem man sich von hinten sehen konnte, und kämmte sich lange. Er nahm das 4711-Fläschchen seiner Mutter und tupfte sich ein paar Tropfen ins Gesicht. Noch während er sich im Spiegel von allen Seiten betrachtete, hörte er einen bekannten Pfiff, öffnete das Fenster, sah Peter und Rudi vor dem Haus stehen und rief ihnen zu, er komme gleich, prüfte noch einmal seine Frisur, schlich durch die Stube, wo seine Mutter auf dem Sofa vor laufendem Fernseher döste, und verließ das Haus. Wie an jedem zweiten Sonntag gingen sie auf den Sportplatz, wo die zweite Mannschaft das Vorspiel bestritt, was jedoch nur Wenige interessierte. Erst im Verlauf der zweiten Halbzeit trudelten mehr Zuschauer ein, die das Spiel der ersten, die in der A-Klasse um den Aufstieg spielte, sehen wollten. Wolfgang, Peter, Rudi und noch einige andere Jugendspieler stellten sich wie immer hinter dem gegnerischen

Tor auf und feuerten ihre Mannschaft lautstark an. Doch heute war Wolfgang mit seinen Gedanken nicht beim Spiel; er freute sich zwar über die drei Tore, aber noch mehr über den Abpfiff des Schiedsrichters. Nach dem Spiel hingen sie noch eine Weile herum und redeten über das Spiel, dann gingen manche nach Hause, andere ins »Kreuz« zum Flippern und Kartenspielen, und einige schauten beim Kino nach, ob Mädchen dort standen, für die sich der Eintritt lohnen könnte.

Wolfgang hoffte, dass Monika allein kommen würde, glaubte es allerdings nicht und freute sich um so mehr, als sie ohne Jutta und Doris um die Kurve beim Rathaus kam. Peter und Rudi zwinkerten vielsagend und verzogen sich diskret. Monika kam auf Wolfgang zu, beide lächelten sich an und gingen gleich hinein.

»Zweimal«, sagte er zu der alten Frau hinter dem kleinen Fenster.

»Erste Reihe oder Sperrsitz?«

»Äh ... hinten«, sagte Wolfgang überrascht.

»Also Sperrsitz.« Sie riss zwei rote Karten von der Rolle. »Vier Mark.«

Wolfgang schob ihr das Geld hin, nahm die zwei Karten und gab Monika eine, die sich lächelnd bedankte. An der Tür zum Saal stand ein Mann von der Fachbergsiedlung, der die Karten kontrollierte und einriss. Hinter der Tür befand sich ein schwerer schwarzer Vorhang, der das helle Licht und die Stimmen aus dem Vorraum dämpfen sollte. Mit dem ersten Schritt in den Saal hatte man das Gefühl, eine andere Welt zu betreten; die Augen mussten sich an das matte Licht gewöhnen, bevor man sich orientieren konnte.

Wolfgang wusste, dass junge Pärchen im Kino möglichst weit hinten sitzen, also steuerte er die letzte Reihe auf der gegenüberliegenden Seite an. »Hier?«, fragte er, und Monika nickte.

Wolfgang ließ ihr den Vortritt, setzte sich links neben sie und hoffte, dass die Plätze neben ihnen frei blieben. Um etwas zu sagen, fragte er, wo Jutta und Doris seien. Doris habe mit ihren Eltern am Nachmittag einen Ausflug machen müssen, wo Jutta sei, wisse sie nicht. Das überraschte Wolfgang, denn normalerweise wussten die drei alles voneinander. Er schloss daraus, dass Monika Jutta von dem Kinobesuch nichts gesagt hatte – weil sie ihre Freundin nicht dabeihaben, sondern mit ihm allein sein wollte. Er drehte den Kopf, betrachtete sie von der Seite, bis auch sie den Kopf drehte und ihn anschaute, dass ihm warm wurde.

Das Licht wurde schwächer, die Wochenschau begann. Bundeskanzler Erhard saß mit einer Zigarre in der Hand hinter einem Tisch und redete von Wirtschaft und Konjunktur und vom Maßhalten. Das war Wolfgang zu kompliziert und es interessierte ihn ebenso wenig wie die Berichte über den Auschwitz-Prozess und irgendeinen Vertrag zwischen der Sowjetunion und der DDR. Erst als vom Rücktritt Sepp Herbergers die Rede war, hörte er zu. Es wurden einige Stationen aus dem Leben des Bundestrainers gezeigt, darunter Helmut Rahns Tor zum 3:2-Sieg gegen Ungarn im Endspiel von 1954. So ein Tor, von dem die Leute noch nach vielen Jahren reden würden, wollte Wolfgang auch einmal schießen.

Zum Schluss wurde noch von einer Modenschau in Paris berichtet; als Monika und Wolfgang die Hüte der Damen sahen, mussten sie lachen.

»Die haben mehr Gemüse auf dem Kopf als wir am Mittag im Teller«, witzelte Wolfgang.

»So einen Hut würde ich nicht mal im Klo aufsetzen«, spottete Monika.

Nach der Wochenschau gab es Werbung und die Vorschau auf das Programm der kommenden Woche.

»Den will ich sehen!«, sagte Monika, als Bilder vom doppelten Lottchen über die Leinwand flimmerten. »Gehst du mit mir rein?«

Wolfgang wurde von der Frage so überrascht, dass er nur nicken und sein freudiges »Klar!« erst mit kleiner Verspätung hinterherschicken konnte.

»Ich hab das Buch mindestens fünfmal gelesen«, flüsterte sie. »Hast du es auch gelesen?«

»Ich ... ich ... ich glaube nicht«, stammelte Wolfgang verlegen.

»Wenn du es gelesen hättest, wüsstest du es; das Buch ist nämlich ganz toll! Es handelt von Zwillingen, die ...« Monika stoppte. »Ich erzähl dir lieber nichts, dann ist der Film für dich spannender.«

Nach der Vorschau auf *Das doppelte Lottchen* wurde es noch einmal heller, bis der Hauptfilm begann, auf den Wolfgang schon ungeduldig wartete, damit es endlich dunkel bliebe.

Als der Titel, den Wolfgang als Wink des Schicksals betrachtete, auf der Leinwand erschien, beugte er sich zu Monika hinüber, genau wie er es zu Hause mit einer alten Puppe seiner Schwestern zigmal geprobt hatte, und flüsterte ihn ihr ins Ohr: »Jetzt dreht die Welt sich nur um dich.«

Sie schaute ihn an, ihre Gesichter waren keine Handbreit voneinander entfernt, näherten sich langsam, bis sich ihre Lippen zum ersten Mal berührten. Einen Kuss konnte man das noch nicht nennen, aber der Film hatte ja auch eben erst begonnen. Wolfgang suchte und fand Monikas Hand, sie hielten einander und ihre Finger nutzten die kleine Bewegungsfreiheit zum zärtlichen Streicheln. Als sich Gitte und Rex Gildo bei einem Spaziergang ansangen, löste Wolfgang seine Hand behutsam aus der von Monika und legte den rechten Arm auf ihre Schulter. Sie kam ihm entgegen, soweit die zwischen ihnen stehende Armlehne es zuließ. Mit der linken Hand suchte er ihr Gesicht, spürte ihre Hand auf seinem und empfand einen wohligen Schauer. Beide sahen immer weniger vom Film, sahen nur noch sich, obwohl sie sich kaum sahen, dafür um so mehr fühlten und rochen. Beim dritten Kuss wurde Wolfgang von Monikas Zunge überrascht, öffnete die Lippen etwas und spielte leicht verunsichert mit. Woher wusste sie, dass man das beim Küssen machte, fragte er sich und hatte schon wieder Luigi im Kopf. Ob der ihr das gezeigt hatte? Oder ein anderer? Ob sie schon oft geküsst hatte? Er ärgerte sich, dass ihm jetzt, im schönsten Augenblick seines Lebens, solche Fragen durch den Kopf gingen.

»Was ist denn?«, flüsterte sie.

»Nichts«, flüsterte er zurück und küsste sie heftiger als zuvor, um die Gedanken zu verscheuchen.

42

Dank ihrer guten Leistungen wurden Wolfgang und Peter vom Württembergischen Fußballverband zu einem Sichtungslehrgang in die Landessportschule Ruit bei Stuttgart eingeladen. Beide waren vor Freude völlig aus dem Häuschen und sahen sich schon als Nationalspieler.

Wolfgang erinnerte sich an seinen ersten Besuch in Stuttgart. Damals hatte er auf dem Volksfest einen Hauptgewinn gezogen; der Mann von der Losbude hatte ihm einen riesigen Bären in die Arme gedrückt und ihn einen Glückspilz genannt. Trotz des Hauptgewinns hatte Wolfgang sich lange Jahre nicht wie ein Glückspilz gefühlt, eher wie ein Pechvogel. Jetzt wusste er, dass der Mann Recht hatte, er war ein Glückspilz. Monika, die er mehr mochte als alles andere auf der Welt, war seine Freundin; die Einladung nach Ruit war der Lohn für seinen enormen Trainingsfleiß und vielleicht der Beginn einer großen Karriere.

Traugott Gerber wollte ihn nicht nach Ruit lassen: Es gäbe so viel Arbeit, dass er jetzt, mitten in der Hochsaison, auf keinen Mann verzichten könne, zumal ihm jeden Tag sechs Lehrlingsstunden fehlen würden, was er ja wohl wisse. Wolfgang ließ nicht locker, sprach von einer großen Chance für ihn und bot an, jeden Tag bis sechs zu bleiben und auch am Samstag Vormittag zu kommen, bis er die versäumte Zeit vor- und nachgearbeitet habe.

Jetzt dürfe er also plötzlich wieder zehn Stunden arbeiten, sagte Traugott Gerber in einem Ton, der deutlich machte, dass er die Auseinandersetzung keineswegs vergessen hatte.

Nein, das nicht, stellte Wolfgang klar, die Arbeitszeit würde nur für zwei, drei Wochen anders verteilt.

»Wolfgang, Wolfgang, du bist wirklich kein Gewöhnlicher!« Das klang mehr anerkennend als vorwurfsvoll. »Also pass mal auf: Es ist ja ziemlich schlecht, dass ihr Lehrlinge um halb fünf geht und die Gesellen ohne Handlanger zurücklasst. Wenn du in Zukunft wieder bis sechs arbeitest – du bekommst auch zwei Mark pro Überstunde –, dann überlege ich mir das mit Ruit.«

Auch Wolfgang überlegte und rechnete: Zwei Mark pro Überstunde hieß drei Mark pro Tag, hieß fünfzehn Mark pro Woche, hieß sechzig Mark pro Monat. Sechzig Mark jeden Monat nur für ihn! Sechzig Mark! Er war einverstanden, und Traugott Gerber ließ ihn zu dem Lehrgang.

Peters Vater fuhr die beiden Jungen mit seinem Ford Taunus 12 M nach Ruit, wo sich Wolfgang wie in einer anderen Welt vorkam. Es gab nicht nur mehrere Sport- und Tennisplätze, eine riesige Turnhalle und daneben noch drei kleinere Hallen, es gab auch einen Fitnessraum mit Geräten, wie Wolfgang noch keine gesehen hatte, ein Hallenbad und eine Sauna, eine Einrichtung, die ihm unbekannt war. Er und Peter bekamen zusammen ein Zimmer, worüber beide erleichtert waren. Nachdem sie ihre Sachen ausgepackt hatten, versammelten sich die 25 Jungen im Aufenthaltsraum, wo sie der Lehrgangsleiter Norbert Henle begrüßte. Er sagte ihnen, was auf dem Programm stand und welches Verhalten von ihnen erwartet wurde.

»Diese schöne Anlage hat viel Geld gekostet, hier haben schon unzählige junge Fußballer trainiert, hierher kommt die Nationalmannschaft, wenn sie sich auf ein Länderspiel in Stuttgart vorbereitet, in euren Betten haben schon Fritz Walter, Helmut Rahn, Uwe Seeler, Karl-Heinz Schnellinger, Helmut Haller und all die anderen Nationalspieler geschlafen. Das sollte für euch Grund genug sein, eure Zimmer und alles andere schonend zu behandeln. Und noch etwas: Für junge Sportler ist eigentlich selbstverständlich, dass sie nicht rauchen und nicht trinken. Wenn wir«, dabei deutete er auf seine Assistenten Jürgen Bruckner und Franz Huberich, »einen von euch beim Rauchen oder mit Alkohol erwischen, ist der für uns erledigt und kann sofort verschwinden.«

Mit Alkohol hatte Wolfgang nichts am Hut. Er hatte zwar bei Familienfesten hin und wieder einen Schluck Bier probiert und an einem Weinglas genippt, aber beides war ihm zu bitter gewesen. Deswegen hatte er auch nie mitgetrunken, wenn zufriedene Hausbesitzer nach der Arbeit Bier oder gar Schnaps spendierten. Seine Arbeitskollegen hatten ihn jedes Mal verspottet und gesagt, er solle sich nicht so anstellen, das gehöre auf dem Bau dazu, ein richtiger Handwerker müsse Bier und Schnaps vertragen. Dann sei er eben kein richtiger Handwerker, hatte er erwidert und ihnen seinen Anteil an Bier und Schnaps überlassen, worüber sich vor allem Hotte freute, der bei solchen Anlässen regelmäßig sein Lebensmotto zum Besten gab: Lieber ich kaputt als ein Tropfen Bier oder Schnaps.

Mit dem Rauchen war es etwas anders; in der achten Klasse hatte Wolfgang heimlich damit angefangen, und wenn der Chef nicht dabei war, rauchte er inzwischen nach dem Vesper eine HB. Er hatte auch jetzt eine Schachtel dabei, aber nach den deutlichen Worten von Herrn Henle nahm er sich fest vor, hier nicht zu rauchen.

»Gibt es noch Fragen?« Herr Henle schaute in die Runde. »Das ist nicht der Fall, dann wünsche ich allen eine interessante und erfolgreiche Woche.«

Für Wolfgang wurde es eine ganz besondere Woche. Er war zum ersten Mal in seinem Leben weg von zu Hause und genoss es, niemanden im Rücken zu spüren, sich für nichts rechtfertigen zu müssen, zu keiner Arbeit gerufen zu werden. Er durfte den ganzen

Tag das tun, was er am liebsten tat: Sport treiben – Fußball, zur Abwechslung mal Hand- und Basketball, Gymnastik, die er weniger mochte, Schwimmen, Fitnessraum, zwischendurch auch mal eine halbe Stunde Theorie und immer wieder Fußball in allen Variationen. Dreimal am Tag gab es leckere Sachen zu essen, und vor dem Essen sollten alle duschen. Einige drückten sich, doch Wolfgang freute sich darauf und genoss es, denn zu Hause gab es keine Dusche. Am zweiten Abend wurden sie in die Sauna geschickt. Nach drei Durchgängen hatte er das Gefühl, allen Schmutz, allen Druck, ja sogar die Gedanken ausgeschwitzt zu haben; er lag wie neugeboren im Ruheraum.

Am nächsten Abend waren die Jungen so geschafft, dass die meisten bald nach dem Abendbrot schlafen gingen.

»Das ist ein Leben«, sagte Wolfgang. »Mir tut jeder Muskel weh, aber es ist herrlich.«

»So leben Profis immer«, meinte Peter. »Nur werden die noch massiert, damit ihnen die Muskeln nicht weh tun.«

»Meinst du, wir schaffen das?«

»Ich tu alles dafür.«

»Ich auch.« Wolfgang verschränkte die Hände hinter dem Kopf und schaute an die Decke. »Mensch, Peter, stell dir das mal vor: nicht mehr jeden Tag arbeiten müssen, nur noch trainieren und spielen und dafür auch noch viel Geld bekommen. Das wär irre!«

»Dann sagt der Henle eines Tages zu den Jungs: In euren Betten haben schon Helmut Rahn, Uwe Seeler, Peter Baumann und Wolfgang Windbacher geschlafen.«

Wolfgang wippte im Bett. »Vielleicht hat Uwe in meinem Bett geschlafen und sein Geist geht in mich über.«

»Jetzt spinnst du.«

»Spinnen ist schön«, sagte Wolfgang. »Wenn ich spinne, ist alles möglich, ich kann mir ausdenken, was ich will, und

manchmal geschieht dann wirklich, was ich mir ausgedacht habe. Was meinst du, wie oft ich mir schon vorgestellt habe, Profi zu sein. Und jetzt liege ich hier im Bett, in dem schon Uwe Seeler geschlafen hat.«
»Das weißt du doch gar nicht.«
»Aber ich stelle es mir vor und das gibt mir Kraft.«
Peter schwieg eine Weile, dann murmelte er: »In meinem hat Helmut Haller geschlafen.«

Am Morgen krochen sie wie alte Männer aus den Betten und konnten sich kaum bewegen. Manche verzichteten auf das Frühstück, um eine halbe Stunde länger liegen zu bleiben. Doch die Trainer schafften es mit gezielten Übungen, dass die Jungen ihren Muskelkater bald nicht mehr spürten und wieder eifrig bei der Sache waren. Alle strengten sich an, denn am Freitag sollte zum Abschluss ein Spiel gegen die B-Jugend des VfB Stuttgart stattfinden, bei dem natürlich jeder in der Anfangsformation stehen wollte.
»Meinst du, wir sind dabei?«, fragte Peter am Abend im Bett.
»Ich denke schon«, antwortete Wolfgang. »Besser als wir sind nicht viele, bei den ersten elf sind wir bestimmt.«
»Wir müssen gut spielen, dann werden wir vielleicht vom VfB entdeckt.«
Wolfgang nickte nur.
»Was ist?«, fragte Peter nach einer Weile.
»Nichts.«
»Woran denkst du?«
Wolfgang antwortete nicht.
»Denkst du an Moni?«
Ja, er dachte an sie. Die ganze Woche hatte er das kaum getan und sie auch nicht vermisst, was ihn jetzt wunderte und ihm ein schlechtes Gewissen bereitete.

»Du, Wolfi, im Kino, hast du, habt ihr da geknutscht?«
»Warum fragst du?«
»Habt ihr?«
»Ja.«
»Und hast du sie auch angefasst, ich meine am Busen und zwischen den Beinen?«

Wolfgang antwortete nicht und drehte sich auf die Seite. Darüber wollte er nicht reden, nicht einmal mit seinem besten Freund. Aber durch dessen Fragen kamen die Bilder hoch und schoben sich vor den Fußball. Wolfgang hatte schon bei den ersten Küssen geschwebt und geglaubt, es könne im Leben nichts Schöneres mehr geben. Ein paar Filme später hatte er zwei Karten für den teureren Balkon gekauft, wo normalerweise nur einige Pärchen saßen, die andere nicht störten, weil sie selbst nicht gestört werden wollten. Gespielt hatte man *Denn sie wissen nicht, was sie tun* mit James Dean, doch Wolfgang und Monika hatten vom Film nur einzelne Szenen mitbekommen, weil sie viel zu sehr mit sich selbst beschäftigt waren. Nach den immer intensiveren Küssen hatte Wolfgang seine rechte Hand von Monikas Gesicht über den Hals abwärts gleiten und auf ihrer linken Brust liegen lassen. Sie hatte nichts dagegen getan, mit ihrer Linken über die Armlehne, die längst keine Grenze mehr markierte, gegriffen und seinen Oberkörper zärtlich berührt. Dadurch ermutigt, hatte er seine Hand vorsichtig bewegt, die beiden Brüste durch Bluse und BH gestreichelt, an Monikas Reaktionen gemerkt, dass es ihr wohltat, einen Knopf ihrer Bluse geöffnet und noch einen, seine Hand behutsam suchen lassen, warme, weiche Haut gespürt und bald einen harten Knubbel, der sich fremd anfühlte und Wolfgang ein wenig erschreckte. Seine Finger hatten ihn zögernd umkreist und abgetastet, was Monikas Atem beschleunigt hatte. Wolfgangs in die enge Hose geklemmtes und größer werdendes Glied hatte geschmerzt, er war auf dem Sitz hin und her gerutscht, um sich ein wenig Erleichterung zu verschaffen, was nicht gelang. Während auf der Leinwand zwei Autos einem Abgrund entgegengerast waren, hatte Wolfgang Lust und Schmerz kaum noch unterscheiden können. Und als er schon geglaubt hatte, eine Steigerung sei nicht mehr möglich, hatte Monika seine Hand aus dem BH gezogen, über ihren Bauch nach unten geführt und auf den nackten Schenkel gelegt, der an dieser Stelle noch hätte berockt sein müssen. Wolfgang war wie betäubt gewesen, hatte seine Hand langsam nach oben geschoben, Stoff gespürt und seine Finger sich drunterwühlen lassen, war bis zum Haaransatz und wegen der Enge nicht weiter gekommen. Monika hatte sich kurz hochgestemmt, damit Wolfgangs Hand sich ein wenig Platz verschaffen und seine Finger noch ein Stückchen weiter wühlen konnten, so weit, bis einer von ihnen die weiche, feuchte Spalte fühlte. Im gleichen Augenblick hatte Monikas Körper gezuckt und ihrem Mund war ein leiser Seufzer entschlüpft. Wolfgang hatte den Finger sacht hin und her gleiten lassen, Monika hatte den Kopf nach hinten gebeugt, die Augen geschlossen, den heftig atmenden Mund geöffnet. Wolfgang hatte sich gewünscht, der Film möge nie zu Ende sein.

Davon jemandem zu erzählen, wäre ihm wie Verrat vorgekommen. Das taten manche abends am Latsch, wo sie sich mit Weibergeschichten überboten und prahlten, mit welcher sie was gemacht hatten. Wolfgang glaubte ihnen kein Wort. Wer ein Mädchen mochte wie er Monika, der erzählte solche Sachen nicht, und wer sie erzählte, log.

»He, Wolfi, ich hab's nicht so gemeint«, sagte Peter leise und löschte das Licht. »Gut Nacht.«

»Gut Nacht.«

Am nächsten Tag konnten die Jungen es kaum erwarten, bis Herr Henle die Aufstellung für das Spiel gegen den VfB bekannt gab. Wolfgang und Peter waren dabei, Wolfgang auf Halblinks, Peter hinter ihm als linker Läufer. Nachdem sie ihre Anfangsnervosität abgelegt hatten, zeigten beide, was in ihnen steckte. Zusammen mit Bernd Lang aus Balingen machten sie das Spiel der Sichtungsauswahl, das vornehmlich über die linke Seite lief. Gegen die eingespielte VfB-Jugend hatten sie zwar keine Chance und verloren 1:4, dennoch fielen Wolfgang und Peter ebenso positiv auf wie Bernd Lang und Manni Kofler, der als Mittelläufer eine noch höhere Niederlage verhinderte.

Nach dem Spiel lobte Herr Henle diese vier besonders und sagte ihnen, dass sie bald zu einem weiteren Lehrgang eingeladen würden.

Peter puffte den neben ihm auf dem Rasen sitzenden Wolfgang in die Seite und flüsterte: »Mensch, Wolfi, wir haben's geschafft!«

Wolfgang konnte noch nichts sagen, in seinem Gesicht stand noch die Anspannung, die das versuchte Lächeln schief werden ließ.

Als sie geduscht hatten und ihre Sachen einpackten, sah Wolfgang die HB-Schachtel, die er in ein Seitenfach seiner Tasche gesteckt und die ganze Woche nicht angerührt hatte. Er ging zur Toilette, warf die Zigaretten ins Klo, riss die Packung in kleine Stücke, warf sie hinterher und spülte alles weg.

43

Zwei Wochen nach dem Lehrgang sagte Monika auf der Bank am Waldrand mit Tränen in den Augen, ihre Eltern hätten das Geschäft verkauft und würden nach Freiburg umziehen.

Wolfgang begriff die Bedeutung der Worte nicht. »Und du?«, fragte er.

Sie müsse mit, sie könne ja nicht allein hierbleiben.

Wolfgangs Gedanken machten sich selbstständig, wirbelten durch seinen Kopf, dass ihm schwindlig wurde. Er musste sich an Monika festhalten, wollte sie nie mehr loslassen, wollte lieber sterben als ohne sie leben. Ihre anschließenden Worte, die die entsetzliche Nachricht abmildern sollten, erreichten ihn nur bruchstückhaft. Um den Schmerz zu lindern, versprach sie ihm so fest wie er ihr, dass sie sich schreiben und besuchen und ihre junge Liebe retten würden.

Zu Hause holte er den alten Atlas, der mit Klebeband notdürftig zusammengehalten wurde, aus der oberen Schublade des Stubenbüfetts, suchte und fand Freiburg. Er hatte zwar keine Ahnung, wie viele Kilometer es bis dorthin waren, sah aber genau, dass es für ihn unerreichbar weit weg lag.

Die Wochen bis zum Umzug wurden für beide zur Qual; manchmal schmiedeten sie schöne Zukunftspläne, manchmal hingen sie verzweifelt aneinander, weil sie ahnten, dass es für sie keine gemeinsame Zukunft gab.

Zwei Tage nach dem Umzug kam der erste Brief von Monika. Er lag neben dem Radio, als Wolfgang zum Mittagessen nach Hause kam. Der erkannte sofort die Schrift, spürte sein Herz klopfen und wollte den Brief in seiner Latzhose verschwinden lassen.

Warum er den Brief nicht öffne? fragte Brigitte.

Weil er Hunger habe und essen wolle.

Wer ihm denn schreibe und auch noch ohne Absender?

Das gehe sie nichts an.

Ob es vielleicht ein Liebesbrief sei, ließ Brigitte nicht locker. Wolfgang trat sie unter dem Tisch ans Bein, dass sie aufschrie.

»Schluss jetzt! Ich will in Ruhe essen!« Der Vater warf beiden einen grimmigen Blick zu.

Brigitte und Wolfgang würgten die Nudelsuppe mit Tränen in den Augen hinunter.

»Dass ihr euch immer ärgern müsst«, sagte die Mutter vorwurfsvoll.

Nach dem Essen ging Wolfgang hinters Haus und verschwand im Schuppen. Dort setzte er sich auf eine Kiste, öffnete mit einem Nagel vorsichtig den Brief und las ihn. Monika schrieb, dass sie kein eigenes Haus, sondern nur eine Wohnung hätten, die aber ziemlich groß sei. In ihrem Zimmer stehe und liege alles noch durcheinander wie Kraut und Rüben, und in den anderen Zimmern sehe es nicht viel besser aus. Sie denke die ganze Zeit an ihn und vermisse ihn sehr.

Der Brief schloss mit »Ich hab dich sehr lieb, deine Moni«.

Wolfgang las ihn noch einmal und noch einmal, dabei tropften Tränen auf seine Hose, die dort wegen der vielen anderen Flecken nicht auffielen. Er steckte den Brief wieder ein und ging zurück ins Haus.

Eugen Windbacher saß noch am Tisch, rauchte eine *Reval* und sagte über die Zeitung: »Ich weiß nicht, was in letzter Zeit mit dir los ist, jedenfalls hast du das Training schleifen lassen, gerade jetzt, wo du wieder zu einem Lehrgang eingeladen bist. So geht das nicht, so machst du alles kaputt. Also reiß dich gefälligst zusammen!« Er legte die Zeitung weg, drückte die Zigarette aus, nahm sein Vesperbrot und machte sich auf den Weg zur Arbeit.

Kaum war er draußen, fingen Wolfgangs Schwestern zu sticheln an.

Ob er den neuen Schlager von Siw Malmkvist kenne, fragte Brigitte und legte mit ihrer rostigen Stimme gleich los: »Liebeskummer lohnt sich nicht, my Da-arling, schade um die Tränen in der Na-acht ...«

»Blöde Sau!«, schrie Wolfgang und wollte ihr eine kleben, was seine Mutter nur verhindern konnte, indem sie resolut dazwischen ging. »Lasst ihn in Ruhe, er hat es schwer genug!«

»Der und schwer«, sagte Sieglinde, »dass ich nicht lache! Der ist doch Papas Liebling. Wenn wir uns in seinem Alter erlaubt hätten ...«

»Halt den Mund!«, schnitt ihr die Mutter das Wort ab. »Du hast doch keine Ahnung!«

»Halt du nur zu ihm, das hast du ja immer getan!«, giftete Sieglinde. »Ich bin froh, dass ich bald ausziehen kann und hier rauskomme!«

Die Mutter ließ sich auf einen Stuhl sinken, schüttelte den Kopf, wobei ihre zuckenden Mundwinkel und die nass werdenden Augen verrieten, wie sehr sie getroffen war. »Das ist nun der Dank für alles«, murmelte sie. »Das hätte ich nicht erwartet.« Sie erhob sich schwer und ging an ihren Kindern vorbei aus dem Zimmer.

»Ist doch wahr«, sagte Sieglinde trotzig und so laut, dass die Mutter es noch hören konnte.

»Sei still!«, zischte Brigitte.

Wolfgangs Blick ließ Sieglinde zurückweichen. »Du bist eine ...« Ihm fiel kein Wort ein, das hätte ausdrücken können, was er in diesem Augenblick von ihr hielt.

Brigitte, die Schlimmes ahnte, stellte sich zwischen ihre Geschwister und schob Wolfgang vorsichtig Richtung Tür, wobei der, über ihre Schulter schauend, Sieglinde mit den Augen durchbohrte. Draußen drehte er sich um, lief die Treppe hinunter, warf die Haustür hinter sich zu und fuhr ohne Vesper und noch viel zu früh zur Baustelle. Dort las er auf dem Gerüst den Brief noch mehrere Male, bis er Hottes klapprigen Fiat hörte.

Am Abend verzog er sich vor der *Tagesschau* ins Stüble, angeblich, weil er noch die Wochenberichte schreiben musste. Er holte auch das Berichtsheft aus seiner Schultasche, doch nur, um damit notfalls Monikas Brief und seine Antwort zu verdecken. Das Schreiben, das ihm immer schwergefallen war, fiel ihm jetzt, wo es um seine Gefühle ging, noch viel schwerer. Er fing immer wieder neu an, zerknüllte die Blätter und steckte sie in den Ofen, wo ein Feuer brannte, brachte an diesem Abend keinen Brief zustande und auch am nächsten und übernächsten nicht. Dafür bekam er bald den zweiten, in dem Monika fragte, warum er nicht schreibe, ob er sie schon vergessen habe.

Nein, das habe er nicht, antwortete Wolfgang nun doch mit hölzernen Worten, die nichts von ihm nach Freiburg brachten. Zum Schluss schrieb er »Ich liebe dich«, und obwohl das stimmte, kamen ihm die Worte auf dem Papier lächerlich vor. In seinem zweiten Brief fragte er Monika, ob sie Telefon hätten. Sie schickte ihm die Nummer und schrieb, sie freue sich schon auf seinen Anruf. Mehrmals fuhr er zu der Telefonzelle bei der Post, traute sich irgendwann hinein, warf Münzen in den Schlitz, fing an zu wählen, brach ab, schaute nach draußen, ob niemand käme, der ihn kannte, während der Apparat die Münzen ausschepperte, warf sie wieder ein und wählte erneut, hängte den Hörer in die Gabel, bevor sich am anderen Ende der Leitung jemand meldete, fuhr durchs Dorf, um wenig später wieder in der Zelle zu landen und die Nummer, die er inzwischen auswendig kannte, zu wählen. Dreimal meldete sich eine männliche, zweimal eine weibliche Stimme, jedes Mal hängte Wolfgang den Hörer schnell ein. Nach zahlreichen abgebrochenen und vergeblichen Anläufen nahm endlich Monika ab, meldete sich und wartete, dass der Anrufer das auch tun würde. Wolfgang schluckte und hörte Monika »Hallo!« rufen und fragen, wer dran sei.

»Ich bin's«, brachte er schließlich heraus.

»Wer ... he, Wolfi, bist du's?«

Er nickte.

»Sag doch was!«

»Was?«

»Ich freu mich so, dass du anrufst!«

Ihre Stimme klang ungewohnt und fremd, sie passte nicht zu dem Bild, das Wolfgang von Monika hatte.

»Wie geht's dir? Ich würde dir gern mein Zimmer zeigen. Ich hab alles eingeräumt, jetzt ist es ganz nett. Aber ich wär trotzdem lieber bei dir. Und du, was machst du so?«

»Ich ... ich denke ... wenn ich an dich denke, ist es schön und tut weh ... du ...«

»Wolfi, bist du noch da?«

Er konnte mit dieser Stimme nicht reden, hängte ein und starrte die Wählscheibe an. Sekunden später rief er noch einmal an und sagte, ohne sich zu melden: »Ich kann so nicht mit dir reden.«

»Warum denn nicht?«

»Ich kann einfach nicht, sei mir nicht bös.«

»Aber wir ...« Er hängte ein, verließ die Telefonzelle und fuhr ziellos durch die Gegend.

44

Der zweite Lehrgang in Ruit fand vom Freitag bis Sonntag statt. Wolfgang war froh, denn nach so kurzer Zeit hätte er nicht schon wieder eine Woche frei bekommen. Einen Tag könne er gerade noch genehmigen, hatte Traugott Gerber gesagt. Aber langsam müsse Wolfgang sich entscheiden, ob er Maler oder Fußballer werden wolle. Die Entscheidung wäre ihm leicht gefallen, aber noch gab es nichts zu entscheiden. Auch die erneute Einladung zu einem Lehrgang war nicht mehr als ein kleiner Schritt in Richtung Fußballer.

Das Niveau bei diesem Lehrgang war viel höher als beim ersten, das erkannte Wolfgang ziemlich schnell. Trotzdem ließ er sich nicht Bange machen und hängte sich um so engagierter rein. Dank seiner außergewöhnlichen Fitness fiel ihm das nicht schwer, und er lief noch, wenn andere schon keuchend am Boden lagen. Weil er bei Trainingsspielen immer in Bewegung und damit gut anspielbar war, ein gutes Auge für seine Mitspieler besaß und genaue Pässe schlagen konnte, bestätigte er seine Qualitäten als Spielmacher, die er schon beim ersten Lehrgang gezeigt hatte. Peter und Werner Litzenberger vom SSV Reutlingen verfügten über ähnliche Fähigkeiten wie Wolfgang, nur waren beide längst nicht so fit und laufstark wie er.

Am Ende des Lehrgangs rief Herr Henle Wolfgang zu sich und wollte einiges über ihn und seine Familie wissen. Wolfgang beschönigte da und dort ein wenig, schämte sich aber trotzdem, als er sagte, sein Vater sei Hausmeister in einer Fabrik, seine Mutter arbeite als Näherin, seine Schwestern ebenfalls.

Er sei anfangs nicht gern in die Schule gegangen, habe schon als kleiner Junge auf dem großväterlichen Bauernhof mithelfen müssen und mache jetzt eine Lehre als Maler.

Er sei das Arbeiten also gewohnt, das sehe man, wenn er trainiere oder spiele. Talente gebe es genug, aber Talent allein genüge nicht. Wer ein guter Fußballer werden wolle, müsse bereit sein, sich zu schinden. »Mir scheint, du bist dazu bereit.«

Wolfgang nickte.

»Habt ihr ein Auto?«

Wolfgang senkte den Blick und schüttelte den Kopf. Sein Vater habe nur ein Moped.

In diesem Augenblick verfluchte er ihn. Warum hatte der nicht wie andere Männer den richtigen Führerschein gemacht, sondern nur den, mit dem man Moped und Traktor fahren durfte? Hatte er sich den richtigen nicht zugetraut? War er doch nicht so gescheit, wie er immer tat, oder lag es wieder einmal am Geld? War der Autoführerschein damals einfach zu teuer gewesen? Und warum machte er ihn dann jetzt nicht, wo sie ein bisschen mehr Geld hatten? So oder so, er war ein Versager.

»Hm«, machte Herr Henle, »das ist natürlich schlecht. Wenn du im Verbandskader bist, musst du regelmäßig zu Lehrgängen kommen ...«

»Im Verbandskader?«

»Ja, wir möchten es mit dir versuchen, weil wir glauben, dass du das Zeug zu einem guten Fußballer hast«, sagte Herr Henle. »Du solltest möglichst bald zu einem größeren Verein wechseln, damit du bessere Trainingsmöglichkeiten hast und bei Punktspielen mehr gefordert wirst. Über das alles möchte ich demnächst mal mit deinem Vater reden, sag ihm das bitte. Er soll mich anrufen, dann machen wir einen Termin aus.«

Wolfgang hörte Herrn Henle mit offenem Mund zu und konnte zum Schluss nur nicken.

Auf dem Weg zum Zimmer versuchte er zu begreifen, was er gehört hatte. Vor der Tür blieb er stehen und fragte sich, wie er das Peter sagen sollte. Er schaffte es nicht, die Klinke zu drücken und hineinzugehen.

»He, träumst du?«, fragte einer im Vorbeigehen.

Wolfgang reagierte nicht, stand minutenlang vor der Tür, bis sie sich öffnete.

»Was ist?«

»Ich komme in den Verbandskader und soll zu einem anderen Verein«, kam es roboterhaft aus Wolfgangs Mund.

Peter starrte ihn an, schrumpfte unter der Wucht dieser Nachricht, konnte nichts sagen, schob sich an seinem Freund vorbei und schlurfte den Flur entlang, wobei die Taschen auf dem Boden schleiften.

Wolfgang schaute ihm nach, hätte am liebsten »Ich mach's nicht!« gerufen, ging ins Zimmer, stopfte seine Sachen achtlos in die Tasche und folgte Peter, der schon im Auto saß, nicht hinten drin wie auf der Herfahrt, sondern vorne neben seinem Vater. Der Kofferraum stand offen wie ein gefräßiges Maul, Wolfgang hob seine Tasche hinein, drückte den Deckel zu und stellte sich neben die Beifahrertür. Peter stieg aus, ohne Wolfgang dabei anzusehen, der die Lehne des Sitzes nach vorn klappte und auf dem Rücksitz verschwand. Kaum saß Peter wieder drin, fuhr sein Vater los. Die feindselige Stimmung drückte Wolfgang in die Ecke. Er sah Peters Hinterkopf und ahnte, was jetzt in ihm vorging. Peter hatte immer als das größte Winterlinger Fußballtalent gegolten, sein Vater, dem der Krieg und die Gefangenschaft die besten Fußballerjahre und eine größere Karriere gestohlen hatten, wollte aus seinem Sohn einen Fußballer machen. Die Aufnahme in den Verbandskader wäre dafür ein wichtiger Schritt gewesen, und nun kam Wolfgang in den Kader.

Das ist doch nicht meine Schuld – natürlich ist es meine Schuld, aber ich habe nichts Unrechtes getan, habe mir die Aufnahme nicht mit unfairen Mitteln erschlichen, habe nur gezeigt, was ich kann, wie Peter auch.
Dass der enttäuscht war, verstand Wolfgang, dass er kein Wort mehr mit ihm redete, nicht. Er hoffte, das würde sich wieder geben, denn seinen besten Freund wollte er nicht auch noch verlieren.

Eugen Windbacher war stolz auf seinen Sohn, auch wenn er das nicht sagen konnte. Jetzt sehe Wolfgang vielleicht ein, dass es richtig gewesen sei, ihn manchmal hart anzufassen und einen richtigen Kerl aus ihm zu machen, ein »Mamakendle« käme nämlich nie in den Kader.
Hilde Windbacher freute sich zwar für Wolfgang, sah aber einige Probleme heraufziehen. Sein Chef werde bestimmt nicht erlauben, dass er immer wieder zu Lehrgängen müsse, und die Lehre ginge vor, der Fußball sei nur Nebensache. Die Herren in Ruit würden sich das so einfach vorstellen, auch das mit dem Fahren, wo sie doch nicht mal ein Auto hätten.
Sieglinde klagte, sie und Brigitte habe der Vater keinen Beruf lernen lassen, dabei sei sie in der Schule viel besser gewesen als Wolfgang. Der dürfe und bekomme alles, aber als sie sich Schlittschuhe gewünscht habe, seien die zu teuer gewesen. Wenn sie so unterstützt worden wäre wie der, hätte sie viel mehr aus sich machen können, wäre vielleicht sogar eine Eisprinzessin wie Marika Kilius. Jetzt sei sie zwanzig und müsse den Rest ihres Lebens hinter einer Maschine sitzen und nähen.
Eugen Windbacher ließ seine älteste Tochter zur Überraschung aller ausreden, drückte seine *Reval* in den Aschenbecher, dass Tabakkrümel durch das Papier platzten und sagte

schließlich: »Wenn es dir hier nicht mehr passt, kannst du jederzeit gehen.«

»Das tu ich auch«, wagte Sieglinde zu sagen. »Sobald ich einundzwanzig bin, heirate ich und ziehe aus!«

»Und so was hat man großgezogen.«

Wolfgang saß da und wünschte sich, er wäre nie in Ruit gewesen.

45

Seit Monika weg war, fuhr Wolfgang mit seinem Vetter Heinz, der zum sechzehnten Geburtstag ein gebrauchtes Moped Marke Zündapp bekommen hatte, zur Berufsschule, wenn es nicht gerade regnete. Für einen Anfänger fuhr Heinz ziemlich flott, in manche Kurven legte er das Moped so schräg, dass der Ständer auf der Straße streifte und Funken schlug. Wolfgang fühlte sich zwar nicht ganz wohl hinten drauf, aber wenn es galt, das Busgeld zu sparen, kam es darauf nicht an.

Am Mittwoch nach dem Lehrgang nieselte es, als die Schule aus war. Wolfgang überlegte, ob er Heinz sagen sollte, er fahre lieber mit dem Bus, wäre sich irgendwie schäbig vorgekommen und ging zum Parkplatz, wo sein Vetter gerade die Schultasche auf dem kleinen Gepäckständer festband.

»Scheißwetter«, brummte er und startete die Zündapp. »Nichts wie heim!«

Wolfgang setzte sich hinter ihn, stellte seine Tasche auf die Schenkel, hielt sich an Heinz' Hüfte fest, und ab ging's!

Auf der Landstraße drehte Heinz den Gasgriff bis zum Anschlag, obwohl er wegen des Nieselregens den Kopf zur Seite drehte und die Augen zusammenkniff.

»Fahr langsamer!«, schrie Wolfgang gegen Motor und Fahrtwind an.

»Was?«

»Du siehst doch nichts!«

Heinz reagierte nicht, fuhr auf der Fahrbahnmitte mit Vollgas über eine Kuppe, musste einem entgegenkommenden

VW-Bus ausweichen, das Moped kam ins Schlingern und fuhr ungebremst über den Straßenrand, Bäume schossen ihnen entgegen.

Wolfgang hörte einen Vogel zwitschern und spürte gleichzeitig einen Schmerz, der alle Gedanken auf sich zog. Der Schmerz kam von seinem linken Bein und war gewaltiger als alle Schmerzen, die er je gespürt hatte. Er hob den Kopf ein wenig und sah über Brust und Bauch an sich hinunter, sah aus seinem zerrissenen, blutverschmierten linken Hosenbein etwas Weißes ragen, wusste nicht, was das war, wollte das Bein bewegen und verlor das Bewusstsein.

Wolfgang kam wieder zu sich: Schmerzen, nichts als Schmerzen. Er versuchte sich zu erinnern, was passiert war, sah, wie er sich an Heinz geklammert hatte – Heinz!

»Heinz! Heinz, wo bist du?« Er drehte den Kopf nach links, sah Gras, Sträucher und ein paar Bäume, drehte ihn nach rechts, entdeckte Heinz, rief seinen Namen, erhielt jedoch keine Antwort. Unter höllischen Schmerzen brachte er den Oberkörper in eine seitliche Lage, stemmte den rechten Arm gegen den Boden und schob sich am Rand der Bewusstlosigkeit Zentimeter um Zentimeter an seinen Vetter ran. Als er ihn endlich erreichte, griff er nach seinem Arm. »Heinz, was ist denn? Sag doch was!« Mit letzter Kraft schaffte er es, seinen Vetter vom Bauch auf die Seite zu drehen. Stirn und Haare waren blutverschmiert, die Augen standen offen, aber sie schauten Wolfgang nicht an.

»Heinz!« Wolfgang ließ ihn los und wich entsetzt zurück, stieß dabei mit dem rechten Schuh gegen das linke Bein und wurde von einer gefühllosen Schwärze erlöst.

»Wolfgang! Hallo, Wolfgang!«

Heinz!

»Hörst du mich?«

Das ist nicht Heinz' Stimme ... das ist eine andere Stimme, die kenne ich ... die gehört ...

»Mama.«

»Ja, ich bin's.«

Wolfgang öffnete schwer die Augen, erkannte das Gesicht seiner Mutter über sich, schaute zur Seite, sah kein Gras, keine Bäume, keinen Heinz.

»Heinz«, nuschelte er, »wo ist Heinz?«

»Er ist in einem anderen Zimmer«, flüsterte die Mutter.

Wolfgang war zu schwach, um ihr nicht zu glauben. Er hob den Kopf, erinnerte sich an die Schmerzen, hielt den Atem an und erwartete sie.

»Nicht anstrengen«, sagte die Mutter und drückte seinen Kopf sanft zurück. »Du musst liegen bleiben und darfst dich nicht anstrengen.«

Die Schmerzen kamen nicht. Warum kamen sie nicht, wo waren sie, warum spürte er sie nicht? Er wollte sein linkes Bein bewegen, war zu müde und schlief ein.

Als er das nächste Mal aufwachte, stand eine weiße Frau neben seiner Mutter. Sie fragte ihn, wie er heiße, wo er wohne und wie alt er sei. Wolfgang fand die Fragen blöd, beantwortete sie aber trotzdem. Langsam wurde ihm bewusst, wo er sich befand. Das weiße Etwas, das aus seinem linken Hosenbein geschaut hatte, fiel ihm wieder ein und er fragte die Krankenschwester, was das gewesen sei.

»Dein Schienbein«, antwortete sie. Als sie sein entgeistertes Gesicht sah, fügte sie hinzu: »Keine Angst, die Ärzte haben es schon operiert und dein Knie auch. Das wächst alles wieder zusammen.«

Sie hatte Recht, die Knochen wuchsen wieder zusammen, die Wunden verheilten, und doch war nichts mehr wie vor dem Unfall. In den Nächten kam Heinz zu ihm und schaute ihn manchmal mit seinen lachenden, öfter mit seinen toten Augen an. Und immer wieder schrie er, schrie wie damals, als ihn der Pelzmärte in den Sack gesteckt und aus der Großvaterstube getragen hatte. An den Schreien wachte Wolfgang auf, brachte sie und die Augen lange nicht aus dem Kopf. Obwohl er keine Schuld an dem Unfall hatte, er hatte Heinz ja noch zugerufen, er solle langsamer fahren, quälte ihn sein Gewissen, weil er noch lebte. Daran änderte vorerst auch alles Reden nichts.

Wie lange war es her, als Wolfgang fest überzeugt gewesen war, kein Pechvogel, sondern ein Glückspilz zu sein? Er wollte nicht zählen und rechnen, für ihn war diese Zeit unendlich fern. Monika würde in Freiburg einen anderen finden und nicht auf ihn warten, da machte er sich nichts mehr vor; sein Vetter war tot; er hatte ein kaputtes Bein, mit dem er wahrscheinlich nie mehr Fußball spielen konnte wie zuvor. Wozu war er noch am Leben?

46

Die Krankenzeit erlebte er dieses Mal nicht als zwar schmerzhafte, aber dennoch willkommene Flucht aus dem ungeliebten Leben wie damals, als der frisch behufte Fritz ihn durch das halbe Dorf geschleift hatte und er mehr tot als lebendig gewesen war. Damals hatte er die Zeit, die er ungestört und frei von alltäglichen Anforderungen auf dem Sofa in der Stube verbringen durfte, trotz der Schmerzen genossen. Davon konnte nun keine Rede sein. Er haderte und grübelte, war niedergeschlagen und aufbrausend, fand nur langsam und schwer ins Leben zurück.

Im Krankenhaus bekam Wolfgang häufig Besuch. Die meisten Besucher konnten nicht verbergen, dass sie nur einer vermeintlichen Pflicht wegen kamen. Sie standen oder saßen steif an seinem Bett, brachten kaum mehr als vorgefertigte Sätze wie »Kopf hoch, das wird schon wieder!«, »Unkraut vergeht nicht«, »Die Zeit heilt alle Wunden«, »Junge Knochen heilen schnell«, »Bald bist du wieder daheim, und bei Mutter schmeckt's am besten«, »In einem Jahr denkst du nicht mehr daran« zustande, überbrückten die kriechenden Minuten mit belanglosen Neuigkeiten aus Winterlingen und der Welt, fragten nach dem Essen und redeten schließlich, weil ihnen nichts anderes mehr einfiel, über das Wetter, schauten dabei heimlich auf die Uhr und waren froh, wenn die Zeiger endlich signalisierten, dass der Pflicht nun Genüge getan sei.

Am schwersten von allen Besuchern tat sich Eugen Windbacher, der auch nur zweimal kam, beide Male mit seiner Frau. Zwischen »Grüß Gott!« und »Ade!« fragte er, »Wie geht's?«, mehr kam nicht über seine Lippen. Er schaute zu den anderen Betten, in denen ein Junge in Wolfgangs Alter und zwei Männer lagen; seine Augen wanderten immer wieder durchs Zimmer, als müsse er sich alle Details einprägen. Wenn sie sich verabschiedeten, drückte Hilde Windbacher ihrem Sohn die Hand, obwohl das bei ihnen sonst nicht üblich war. Ihr Mann stand dabei, ohne sich zu rühren, sagte mit einem Kopfnicken »Ade!«, drehte sich um, sagte auch zu den anderen Leuten »Ade!« und verließ vor seiner Frau das Zimmer.

Einmal besuchten ihn auch Peter und Rudi. Dass Peter kam, freute Wolfgang besonders; beide wussten nicht recht, wie sie, nach ihrem letzten Gespräch in Ruit, das genau genommen gar keines gewesen war, nun miteinander umgehen sollten. Dafür redete Rudi bald munter drauf los. Er war auch der Erste, der Heinz erwähnte. Ob der noch gelebt habe oder gleich tot gewesen sei? Wolfgang schaute an Rudi vorbei zur Wand und sah den Unfall wie in Zeitlupe. »Tot«, sagte er mit Tränen in den Augen. »Er war tot.«

Rudi hätte gern noch mehr gewusst, doch angesichts der Tränen behielt er seine Fragen für sich. Dafür erzählte er vom Fußball, dass sie einmal verloren und zweimal knapp gewonnen hätten und froh seien, wenn Wolfgang bald wieder mitspiele. Wolfgang schaute Peter an. Der nickte und sagte: »Ohne dich werden wir nicht Meister.«

Das war der erste Satz seit langem, über den sich Wolfgang wirklich freute.

Als ein paar Tage später der Gips abgenommen wurde, hing sein linkes Bein so fremd an ihm, dass Wolfgang weinte. Und als er sich draufstellen wollte, knickte es weg und er stürzte. Wolfgang glaubte nicht, dass er auf diesen bleich behauteten Knochen je wieder würde gehen können. Die Übungen mit der Physiotherapeutin machte er nur ihr zuliebe; sie war nett und gab sich so viel Mühe mit ihm, dass er sie nicht enttäuschen wollte.

Wolfgang war überrascht, als ihm eine Woche später im Flur bewusst wurde, dass er die Krücken in der Toilette vergessen hatte. Einen Moment hielt er den Atem an und wartete darauf, dass er fallen würde, fiel nicht, drehte sich langsam um, schlurfte an der Toilette vorbei zum Schwesternzimmer, streckte beide Arme hoch, um zu zeigen, dass er ohne Krücken gekommen war und wurde dafür freudig beglückwünscht. Er fragte nach der Physiotherapeutin, erfuhr, dass sie erst am Nachmittag kommen würde und war enttäuscht, weil er ihr die Neuigkeit nicht sofort vorführen konnte. Er schlurfte zurück, nahm unterwegs die Krücken mit, ohne an ihnen zu gehen. Dann wartete er ungeduldig auf den Nachmittag, und in seine Ungeduld mischte sich Freude. Zum ersten Mal seit Wochen freute er sich auf etwas; er freute sich, ihr ohne Krücken entgegengehen zu können und er freute sich auf ihr Gesicht. Als sie nach langen Stunden endlich kam und Wolfgang seine Fortschritte demonstrieren konnte, strahlte sie und nahm ihn in die Arme.

Sie habe ihm ja gesagt, er werde wieder gehen können und mit der Zeit auch wieder laufen und rennen. Er hatte ihr nicht geglaubt, hatte gedacht, sie erzähle ihm nur schöne Geschichten, um ihn zu trösten. Jetzt glaubte er ihr, wurde gierig auf neue Übungen, tat mehr, als sie verlangte und gut für ihn war. Das Knie schmerzte, er musste sich bremsen, was ihm sehr schwerfiel. Am Tag seiner Entlassung nahm sie ihm das Versprechen ab, zu Hause nur die Übungen zu machen, die sie ihm gezeigt hatte. Meistens hielt er sich daran und fuhr zweimal pro Woche mit dem Bus nach Ebingen, um mit ihr zu arbeiten. Dabei machte er große Fortschritte, und Mitte Februar 1965 war sein Bein so weit wiederhergestellt, dass Doktor Schweimer ihn arbeitsfähig schrieb. Wolfgang fragte, ob er auch wieder Fußball spielen dürfe. Der Arzt schüttelte den Kopf und sagte, dafür sei sein Knie noch nicht stabil genug.

Über drei Monate waren vergangen, seit Wolfgang zum letzten Mal in Richtung Werkstatt gefahren war. Er fühlte sich unbehaglich, ohne genau zu wissen warum. Beim Öffnen der Tür war er fast so angespannt wie an jenen Tagen, als er um die acht Stunden gekämpft hatte. Traugott Gerber, der ihn einmal im Krankenhaus und einmal zu Hause besucht hatte, begrüßte ihn und sagte, er freue sich, dass Wolfgang wieder gesund sei und die Lehre weitermachen könne.

»Ich auch«, sagte er.

Wie immer im Winter gab es auch in diesem Jahr auf dem Bau weniger Arbeit als in den anderen Monaten; Traugott Gerber konnte nicht alle drei Gesellen beschäftigen und schickte Berthold und Hotte seit Anfang des Jahres zum »Stempeln«, wie sie den wöchentlichen Gang zum Arbeitsamt nannten, wo sie ihr »Schlechtwettergeld« abholten. Die Lehrlinge arbeiteten nur acht Stunden, worüber Wolfgang sehr froh war, denn in der ersten Zeit bereitete ihm das lange Stehen noch große Probleme. Und es fiel ihm schwer, mit dem nicht mehr gewohnten Lebensrhythmus zurechtzukommen. Auch deshalb war er froh, dass es wenig Arbeit gab und er, als jüngster Lehrling, oft in der Werkstatt bleiben durfte, um Fensterläden zu streichen oder Grabkreuze zu beschriften oder einfach nur, um aufzuräumen und das Werkzeug zu reinigen. Dabei konnte er sich zwischendurch auf einen Farbeimer setzen, nachdenken, vor sich hinträumen, den neuen *Kicker* oder das neue *BRAVO* aus seiner Tasche holen und lesend die Zeit verkürzen, immer mit einem Ohr auf Gefahren lauschend. Die kündigten sich mit dem Mercedes Diesel, der gut hörbar in die Hofeinfahrt kurvte, oder mit Schritten aus der Gerberschen Wohnung an.

Blitzschnell ließ Wolfgang seine Lektüre verschwinden, schliff, strich, schrieb, rührte oder putzte eifrig.

So überstand er die ersten Wochen und freute sich, als mit dem Frühling Aufträge kamen und die zwar ruhige, aber auch langweilige Werkstattzeit ein Ende hatte. Nun ging es wieder hinaus zum Streichen und Tapezieren, und dabei sah Wolfgang alle Möglichkeiten des Wohnens, von engen, düsteren, feuchten Zwei-Zimmer-Wohnungen bis zu großräumigen Villen mit eigenem Schwimmbad in riesigen Gärten. Die waren hinter Hecken oder Mauern versteckt. Vor unerwünschten Besuchern wurden sie von Hunden und Alarmanlagen geschützt. Die automatischen Tore öffneten sich für gewöhnliche Sterbliche nicht – es sei denn, sie waren Handwerker.

Als Traugott Gerber eines Morgens beim Verteilen der Arbeit zu Berthold und Wolfgang sagte, sie müssten in der Dannecker-Villa das Wohnzimmer tapezieren, waren die anderen neidisch. Berthold war stolz, denn in so ein Haus schickte der Chef natürlich seinen besten Gesellen. Auch Wolfgang fühlte sich geschmeichelt, dass er Berthold zur Hand gehen sollte; aber vor allem war er gespannt, wie es in der Villa aussehen würde.

An der Sprechanlage neben dem Gartentor meldete Traugott Gerber sie an, das Tor öffnete sich wie von Geisterhand und schloss sich hinter dem Mercedes sofort wieder. Im Zwinger bellte ein Hund dem fremden Auto hinterher. An der Haustür wurden sie von Anna, der Danneckerschen »Perle«, empfangen, die sie durch eine große Diele in das bereits leer geräumte Wohnzimmer führte. Der Weg war mit ausgelegter Pappe, die die wertvollen Marmorplatten schützen sollte, vorgegeben. Auch der kaum weniger wertvolle Parkettboden im Wohnzimmer war vollständig mit Pappe abgedeckt.

»Wenn ihr etwas braucht, ruft mich, irgendwo bin ich«, sagte Anna.

»Wasser«, sagte Traugott Gerber. »Wir brauchen zuerst Wasser.«
Anna überlegte kurz und führte Wolfgang, der ihr mit einem Eimer folgte, ins Bad. »Hier«, sagte sie, »aber mach nichts schmutzig.«
Wolfgang blieb der Mund offen. Er hatte inzwischen zwar schon viele Bäder gesehen, aber noch nie so eines. Der Raum war ungefähr so groß wie die Windbachersche Stube und in einem dezenten Lindgrün gekachelt; an einer Wand hing ein meterlanger Spiegelschrank mit zwei mattweißen Waschbecken darunter. In einer Ecke stand eine Wanne, die vorne rund und so groß war, dass zwei Leute bequem hineinpassten; in einer anderen Ecke stand eine gläserne Duschkabine. An der Wand daneben entdeckte Wolfgang etwas, das er zuerst für ein Spülklosett hielt. Dann sah er, dass das nicht sein konnte, denn es hatte keinen Deckel und keinen Abflusskanal wie ein Spülklosett, sondern nur einen wie ein Waschbecken. Und der Wasserhahn zeigte nach vorn. Wolfgang stand staunend vor diesem unbekannten Ding und fragte sich, was die Danneckers damit machten.
»Wo bleibst du denn mit dem Wasser?«
Wolfgang hielt den Eimer schnell unter den funkelnden Wasserhahn in der Wanne, füllte ihn und ging ins Wohnzimmer zurück. »In so einem Bad traut man sich kaum, den Hahn anzufassen«, sagte er leise.
»Pass ja auf, dass du nichts schmutzig machst!«, sagte Traugott Gerber. »Das ist eine wichtige Kundschaft, hier müssen wir besonders gute und saubere Arbeit leisten.«
Wolfgang nickte, schüttete ein Päckchen Tapetenlöser ins Wasser, nahm eine Streichbürste und weichte die alte Tapete ein, damit sie sich besser von der Wand schaben ließ, während Berthold die beiden Türen, die noch fast wie neu wirkten, mit feinem Schmirgelpapier abschliff.

Ihr Chef holte den Tapeziertisch und das restliche Werkzeug aus dem Auto, dann ging er.

Wolfgang musste bei der Arbeit an das Bad denken. In Filmen hatte er schon ähnliche Bäder gesehen, aber dass in Filmen längst nicht alles echt war, dass dort mit Kulissen gearbeitet wurde, wusste er inzwischen. Und wenn er das Bad nebenan nicht mit eigenen Augen gesehen hätte, würde er nicht glauben, dass es so etwas in Winterlingen gab.

Er schaute sich um. Dieses Wohnzimmer war kein Zimmer, sondern eine Halle, eine Wohnhalle. Er stellte sich vor, welche Möbel wo stehen könnten, wobei ihm Bilder aus der Stube daheim dazwischengerieten. Dort stand ein Sofa, ein Tisch mit vier Stühlen, das alte Büfett, der neue Ölofen in einer, das Schränkchen mit dem Fernseher in einer anderen Ecke. Dazwischen gab es schmale Wege, die nur begehbar waren, wenn auf den Stühlen niemand saß. Er konnte sich nicht vorstellen, was für Möbel in dieser Wohnhalle stehen mussten, damit man sich nicht verlor, sondern wohl fühlte.

Wolfgang hätte gern das Kinderzimmer gesehen. Wahrscheinlich ist es ebenfalls riesig mit einem großen Bett, dachte er. Bestimmt hat der junge Dannecker, der höchstens zwei Jahre älter ist als ich, einen eigenen Fernseher, ein eigenes Radio, ein eigenes Telefon und überhaupt alles, was es gibt. Und ich muss heute Abend wieder in mein Bett im Stüble steigen, weil ich noch nicht mal ein eigenes Zimmer habe!

47

Wolfgang stand mit dem Meterstab im ausgedienten Kuhstall und zog mit Kreide Striche an die Wände und auf den Boden.

»Was machst du da?«

»Ich will ein eigenes Zimmer.«

Eugen Windbacher schaute ihn verblüfft an. »Wie ich sehe, hast du schon einen Plan gemacht.«

Wolfgang hatte sich auf eine andere Reaktion eingestellt, hatte erwartet, dass sein Vater sagen würde, das gehe nicht, das sei viel zu teuer. Deswegen sagte er nun die Worte, die er sich gegen ihn zurechtgelegt hatte: »Ich mach das selbst, wir müssen nur das Material kaufen.«

»Du stellst dir das ein bisschen einfach vor.«

Wolfgang erklärte ihm, wie er es sich vorstellte, Eugen Windbacher ließ seinen Sohn ausreden und merkte, dass der sich alles gut überlegt hatte. »Und wann willst du anfangen?«

Wolfgang schaute ihn staunend an und fragte sich, ob er richtig gehört hatte. War das wirklich sein Vater, der da vor ihm stand, der ihm zuhörte und nicht gleich sagte, er rede dummes Zeug? »So bald wie möglich«, antwortete er.

»Hm«, machte Eugen Windabcher und überlegte. »In der Erntezeit geht's natürlich nicht.«

»Bis zur Ernte will ich fertig sein!«

Dann habe er aber nicht viel Zeit.

Deswegen wolle er ja so bald wie möglich anfangen, am liebsten gleich.

Das könne er, denn zuerst müsse das ganze Gerümpel hinausgeschafft werden.

Wolfgang steckte seinen Meterstab ein und legte sofort los. Am nächsten Tag bat er Peter und Rudi, ihm beim Hinaustragen der schweren Gegenstände zu helfen. Sein Vater überlegte und berechnete inzwischen, welches Material sie benötigten und holte es mit dem gebraucht gekauften Traktor, der seit kurzem statt der Pferde die Wagen zog, beim Baugeschäft Maichle.

Weil Wolfgangs Freunde beim Umbau halfen, verwandelte sich ein Teil des alten Kuhstalls in knapp drei Wochen in einen völlig neuen Raum. Zu einem schönen Zimmer fehlten nur noch die Malerarbeiten, auf die sich Wolfgang besonders freute. Als er gerade dabei war, die Decke weiß zu walzen, kam Brigitte mit verheultem Gesicht herein und sagte: »Opa ist tot.«

Wolfgang stand mit der Walze in der Hand auf der Bockleiter und starrte seine Schwester an. Von der Walze tropfte Farbe auf den Boden.

»Wieso?«

»Er ist von der Scheune oben runtergestürzt.«

Wolfgang verzog unwillkürlich das Gesicht. »Von ganz oben?«

»Niemand war dabei, Onkel Gerhard hat ihn gefunden.«

Wolfgang hängte die tropfende Walze in den Eimer, stieg von der Leiter, stand vor Brigitte und fragte leise: »Hast du ihn gesehen?«

»Nur ganz kurz, es war alles voller Blut.« Sie weinte heftig, schlang die Arme um seinen Hals und drückte sich an ihn, wie sie es noch nie getan hatte. Wolfgang spürte ihre großen Brüste an seiner Brust und roch den Bauernhof. Zögernd hob er die Arme und legte seine Hände auf ihren Rücken.

»Und jetzt?«, fragte er nach einer Weile.

Sie zuckte mit den Schultern.

»Wo ist Mama?«

»Noch drüben.«

Ihr Vater war tot. Was mochte das für sie bedeuten? Wolfgang konnte sich nicht erinnern, dass seine Mutter und Großvater – außer den paar Worten, die die Arbeit betrafen – je miteinander geredet hätten. Vielleicht hatten sie das vor seiner Zeit getan, als sie noch jünger waren. Nein, das glaubte er nicht, so sehr hatten sich beide bestimmt nicht verändert. Im Haus des Großvaters war noch weniger geredet worden als bei ihnen. Trotzdem war der Großvater Mutters Vater, und der war nun tot, nun hatte sie keine Mutter und keinen Vater mehr.

Als Hilde Windbacher später heimkam, erzählte sie unter Tränen, der Großvater habe gemeckert, nun müsse er als alter Mann in die Scheune hochsteigen und Heu herunterschmeißen, weil die Jungen alle Wichtigeres zu tun hätten. Sie habe ihn gebeten zu warten, bis Onkel Gerhard komme, aber er habe natürlich nicht auf sie gehört. Wenn sie nur selbst hinaufgestiegen wäre, dann würde er jetzt noch leben.

So dürfe sie nicht denken, sie müsse sich keine Vorwürfe machen.

»Er hat mich gemeint«, sagte Wolfgang. Und nur seiner Mutter zuliebe sagte er nicht mehr.

Drei Tage später wurde der Großvater beerdigt. Die Worte des Pfarrers und der Grabredner plätscherten an Wolfgang vorbei. Er dachte an die unzähligen Stunden, die er mit ihm auf den Feldern verbracht hatte, dachte an die gemeinsame Stallarbeit und an die vielen Männergespräche am Stubentisch, dachte an die Pelzmärte und an die Bescherungen an Heiligabend. Den letzten Heiligen Abend vor einem halben Jahr hatten sie wie alle Jahre beim Großvater gefeiert, obwohl inzwischen auch seine jüngsten Enkelkinder nicht mehr ans

Christkind glaubten. Trotzdem hatte man sie in die Küche geschickt, wo sie warten mussten, bis die Erwachsenen »Ihr Kinderlein kommet ...« anstimmten.

Wolfgang sah seine Gotte. Und wie immer seit dem Unfall spürte er ihren unausgesprochenen Vorwurf, dass er noch lebte und ihr Sohn tot war. In ihrer ersten verzweifelten Trauer hatte sie sogar die Vermutung geäußert, nicht Heinz, sondern Wolfgang sei am Lenker des Mopeds gesessen und schuld an dem Unfall und damit an Heinz' Tod. Die Polizei hatte ihn im Krankenhaus dazu befragt, er hatte den Hergang genau geschildert, das Gerücht, dass er gefahren sei, aber nicht aus der Welt schaffen können.

Und nun hatte ihm der Großvater mit seinen letzten Worten auch noch die Schuld an seinem Tod aufgeladen. Es stimmte, Wolfgang hatte sich mit zunehmendem Alter von ihm und seinem Bauernhof entfernt – auch wenn er natürlich weiterhin mithelfen musste. Er lehnte seine altmodischen Ansichten und die Bauernarbeit immer offener ab, was den Großvater zornig gemacht hatte.

Bestimmt war er in den letzten Wochen wütend auf mich, weil ich nach Feierabend in meinem neuen Zimmer und nicht im Stall gearbeitet habe. In seiner Wut ist er dann vor drei Tagen trotzig die Leiter hochgestiegen und abgestürzt – oder er ist gar nicht gestürzt! Vielleicht ist er gesprungen, weil er gemerkt hat, dass sein Bauernhof nicht nur mir, sondern auch den andern immer lästiger wurde. Sieglinde und Brigitte drücken sich schon lange, wo sie nur können; Onkel Gerhard hat die Bauernarbeit noch nie gern gemacht, und Papa kann sie mit seinem kaputten Kreuz schon lange nicht mehr machen. Onkel Ludwig und Gotte haben auf ihrem Hof genug zu tun und Heinz, der Bauer werden wollte, den Opa viel mehr gemocht hat als mich, ist tot. Opa wäre es lieber gewesen, wenn ich bei dem Unfall gestorben wäre, genau wie Gotte. Aber ich war nicht schuld an dem Unfall und nicht an Heinz' Tod, und ich bin nicht schuld, dass Opa in der Scheune zu Tode gestürzt ist.

»Wolfgang.«

Er hob den Kopf und sah, dass Brigitte ihm Zeichen gab, trat ans Grab, sah den Sarg, auf dem Erde und Blumen lagen und warf sein Sträußchen dazu. »Ich bin nicht schuld, dass du da unten liegst, und ich lass mir das von dir nicht anhängen; du bist selber schuld, merk dir das«, murmelte er zwischen den Zähnen.

Die Umstehenden glaubten, er bete für seinen Großvater und wunderten sich auch nicht, dass er noch keine Träne vergossen hatte, schließlich war er ein großer Junge.

Vom Friedhof ging's in den »Bären« zum Leichenschmaus, ein Wort, über das Wolfgang erschrocken war, als er es nach der Beerdigung seiner Großmutter zum ersten Mal gehört hatte. Auch wenn er längst wusste, was mit dem Wort gemeint war, fand er immer noch eigenartig, dass man vom Friedhof in ein Wirtshaus ging, wie bei einer Familienfeier. Dabei hatte er schon erlebt, wie schnell die anfangs noch gedämpfte Stimmung umkippte und feuchtfröhlich wurde.

Nein, das mochte er nicht, und er hatte sich die beiden letzten Male auch verdrückt, was er beim Leichenschmaus für den Großvater nicht tun konnte, wenn er keinen Streit provozieren wollte.

Es dauerte nicht lange, bis jemand fragte, wie es nun mit dem Bauernhof weitergehen solle, worauf betretenes Schweigen folgte. Anders als in Großvaters Stube saßen hier die drei Frauen mit am Tisch, und sie waren die erbberechtigten Töchter, die Männer nur die eingeheirateten Schwiegersöhne, was sie ungewöhnlich zurückhaltend machte.

Auf jeden Fall müsse das Vieh weiter versorgt und die Ernte eingebracht werden, begann Hilde Windbacher als älteste Tochter. Und weil der Großvater nicht mehr da sei – sie schluckte und schneuzte sich -, müssten dabei alle ein bisschen mehr mithelfen.

Ohne den Großvater sei schon die alltägliche Arbeit kaum zu schaffen, hielt ihr Schwager Gerhard dem entgegen, zumal ohne die eigentlich längst notwendigen Maschinen. Und für die jetzt noch Geld auszugeben, lohne sich nicht mehr. Er sei dafür, dass man das Vieh verkaufe und die Felder verpachte.

»Ich auch«, sagte Sieglinde und erntete dafür von ihrer Mutter einen bösen Blick.

»Und ich«, sagte Wolfgang, der mit seiner Schwester ausnahmsweise einer Meinung war.

»Seit wann bestimmen die Jungen denn, was geschehen soll?«, fragte Hedwig Schäfer spitz.

»Wir bestimmen nicht, wir sagen nur unsere Meinung«, gab Wolfgang zurück. »Das ist unser Recht, schließlich geht es um unsere Freizeit.«

»Du bist ziemlich frech!«

»Was ist daran frech?«

»Wolfgang!«, sagte seine Mutter. »Sei jetzt still!«

»Wir wissen ja alle, dass der nicht nur ein vorlautes Maul hat«, giftete Hedwig Schäfer. »Der hat es faustdick hinter den Ohren!«

»Was soll das heißen?«, fragte Eugen Windbacher.

»Du weißt genau, was ich meine.«

Hilde Windbacher murmelte weinend: »Opa ist noch keine Stunde unter dem Boden und ihr streitet hier rum. Ihr solltet euch schämen!«

48

Noch vor der Heuernte wurde das Vieh verkauft. Die beiden besten Milchkühe und einen Teil der Felder beanspruchte Hedwig Schäfer als vorgezogenes Erbe, was ihre Schwestern und deren Männer um des lieben Friedens willen akzeptierten. Die restlichen Felder wurden vorläufig verpachtet.

Den Windbachers und Sawatzkis stand der erste Sommer ohne Bauernarbeit bevor, und allen wuchs dadurch Zeit zu, am meisten den beiden Frauen. Hilde Windbacher tat sich mit der Umstellung schwerer als ihre acht Jahre jüngere Schwester Luise. Obwohl es genug zu tun gab, fehlte ihr etwas, und sie fand nur langsam in einen neuen Lebensrhythmus.

Wolfgang konnte es noch nicht richtig fassen: ein Sommer ohne Bauerhof, ein Leben ohne Bauernhof! Das klang fast zu schön, um wahr zu sein. Er dankte seinem Großvater für den tödlichen Sturz, ob der nun absichtlich passiert war oder nicht. Jetzt konnte er in seinem neuen Zimmer arbeiten, ohne ständig ein schlechtes Gewissen haben zu müssen. Jeden Tag machte er sich nach Feierabend sofort an die Arbeit, und als er zwei Wochen später fertig war, hätte niemand dem nun schönsten Raum im Haus den ehemaligen Kuhstall geglaubt. Die Einrichtung war mit Bett, Hocker als Nachttischschränkchen und altem Kleiderschrank vom Großvater anfangs spartanisch, trotzdem war Wolfgang glücklich, als er zum ersten Mal im Leben in sein eigenes Zimmer zum Schlafen ging. Er lag im Bett, schaute sich um und sah schon Tisch und Stühle, die er besorgen würde, vor dem Fenster stehen, sah die Bilder von Uwe

Seeler und Wolfgang Overath, von Zehnkampf-Olympiasieger Willi Holdorf, von Manuela, Romy Schneider, Freddy Quinn und den Beatles an den Wänden. Wenn er wollte, könnte er jetzt aufstehen, leise zum Fenster hinaussteigen und noch irgendwo hingehen, ohne dass es oben jemand merken würde; er wollte nicht, aber er könnte, und das war ein gutes Gefühl. In dieses Gefühl mischte sich ein anderes, das Wolfgang nach seinem Geldbeutel auf dem Hocker greifen ließ. Er holte das Foto von Monika heraus, das schon ein wenig abgegriffen war, und betrachtete es. Sie lachte ihn wie immer an und wie immer drückte ihm dieses Lachen auf die Brust. Wie lange hatte sie schon nicht mehr geschrieben? Er hatte sie vor vier Wochen zum letzten Mal angerufen und ihr erzählt, dass er ein neues Zimmer bekomme; dass es sein erstes eigenes Zimmer würde, hatte er verschwiegen. Sie freue sich für ihn und würde das Zimmer gern sehen, hatte sie gesagt. Vielleicht hätte er ihr geglaubt, wenn sie vor ihm gestanden wäre, ihrer Telefonstimme hatte er nicht glauben können.

Er fragte sich, ob er ihr sagen oder schreiben sollte, dass sein Großvater gestorben sei und sie nun keinen Bauernhof mehr hätten, verwarf den Gedanken, weil er nicht unterdrücken konnte, dass etwas in ihm sagte, das interessiere sie nicht mehr. Einen Moment dachte Wolfgang, er müsse das Foto zerreißen; er fasste es an zwei Ecken, zerriss es aber nicht, steckte es auch nicht in seinen Geldbeutel zurück, sondern schob es unter seine Pullover im Schrank.

Am nächsten Tag ging er nach der Arbeit zum ersten Mal seit dem Unfall ins Training. Alle freuten sich, dass er wieder dabei war, auch wenn er vorerst nur Runden um den Platz drehte und leichte Übungen mit dem Ball machte. An ein Mitspielen war noch nicht zu denken, nicht einmal im Training. Die Verbandsrunde näherte sich dem Ende, und Wolfgangs

Ausfall hatte die B-Jugend des FC Winterlingen so geschwächt, dass sie im Kampf um die Bezirksmeisterschaft aussichtslos zurückgefallen war. Für Wolfgang ging es nun darum, durch gezieltes Aufbautraining, für das er von Verbandstrainer Henle einen Plan bekommen hatte, wieder Anschluss zu finden und bis zum Beginn der neuen Saison fit zu werden. Er machte auch gute Fortschritte und hätte noch mehr machen können, wenn das linke Knie nicht gewesen wäre. Es signalisierte ihm schmerzend, dass er seinen Eifer bremsen musste, auch wenn ihm das sehr schwerfiel.

Gar nicht schwer fiel ihm dagegen, den Mopedführerschein nicht zu machen, obwohl die meisten seiner Schulkameraden damit begannen, noch bevor sie sechzehn waren, damit sie an ihrem sechzehnten Geburtstag sofort mit ihren neuen oder gebrauchten Mopeds losfahren konnten. Dass Wolfgang den Führerschein nicht machen und kein Moped wollte, führten seine Freunde und seine Eltern auf den Unfall zurück, lagen damit jedoch falsch. Es stimmte, seit damals hatte sich Wolfgang nie mehr auf ein Moped gesetzt, aber dass er selbst keines wollte, obwohl er inzwischen so viel Geld auf dem Sparbuch hatte, dass er sich zumindest ein gebrauchtes hätte leisten können, hatte einen anderen Grund: So, wie er sein Konfirmandengeld nicht für ein Fahrrad ausgegeben, sondern gespart hatte, so wollte er sein Geld jetzt nicht für den Führerschein Klasse vier und ein Moped ausgeben wie sein Vater, sondern weiter sparen – für den richtigen Führerschein und ein Auto. Das war einer seiner Träume, und diesen Traum würde er sich erfüllen, ganz allein, ohne jemanden bitten zu müssen, ohne auf jemanden angewiesen oder von jemandem abhängig zu sein. An seinem achtzehnten Geburtstag würde er mit seinem eigenen Auto losfahren, wohin, das konnte er noch nicht sagen, aber es würde ein lohnendes Ziel geben, da war er ganz sicher.

Bis dahin musste er noch viel arbeiten, das wusste er. Inzwischen erhielt er aus der Verwandtschaft und dem Bekanntenkreis hin und wieder kleine Aufträge, die er annehmen konnte, weil es keinen Bauernhof mehr gab: Da war eine Garage, eine Küche, waren Türen oder Fenster zu streichen, dort war ein Schlaf- oder Kinderzimmer zu tapezieren, wofür die Fähigkeiten eines Lehrlings im zweiten Lehrjahr ausreichten. Da auch Traugott Gerber wieder so viel Aufträge hatte, dass Wolfgang jeden Tag zwei bezahlte Überstunden machen konnte, brachte er einiges auf die Seite, und sein Traum vom eigenen Auto wurde Monat für Monat realistischer. Gleichzeitig wurde der Traum von einer großen Fußballkarriere immer unrealistischer, weil Wolfgang wegen des schmerzenden Knies nicht so trainieren konnte, wie es notwendig gewesen wäre. Erst im Spätherbst stand er wieder in der Mannschaft. Nach ein paar Spielen gehörte er schon zu den Besten, dennoch blieb niemandem verborgen, dass er sich nicht so bewegte wie vor dem Unfall. Auch eine erneute Operation in der Winterpause, bei der Knorpel entfernt wurden, machte das Knie nicht schmerzfrei. Im Frühjahr konnte er das übliche Training zwar wieder mitmachen und am Samstag auflaufen, mehr nicht. Das deprimierte ihn so sehr, dass er aufhören wollte. Seine Mannschaftskameraden und der Trainer überredeten ihn, es nicht zu tun. Auch wenn es mit dem Verbandskader – zumindest vorerst – leider nichts werde, sei er für den FC Winterlingen ein wichtiger Spieler, sagte der Trainer. Vielleicht würde sein Knie eines Tages keine Probleme mehr machen, dann könne er wieder zeigen, was wirklich in ihm stecke. Er sei ja erst siebzehn, da sei noch vieles möglich.

Da wäre noch vieles möglich, dachte Wolfgang, und wenn es an mir läge, würde ich es möglich machen. Ich würde trainieren, bis zum Umfallen. Aber gegen das verdammte Knie hab ich keine Chance, das macht alles kaputt, und daran ist Heinz schuld, der Idiot, mit seiner verfluchten Raserei! Dem geschieht es ganz recht, dass er tot ist!

Eugen Windbacher ließ Wolfgang seine Enttäuschung, in der auch ein Stück Ärger steckte, spüren. Er habe in seinem Leben schon oft und noch ganz andere Schmerzen gehabt, sich aber nicht so hängen lassen. Er habe es ja immer gewusst, Wolfgang sei zu weich und zu wehleidig und jetzt verschenke er dadurch die mögliche Karriere.

Wolfgang wusste es besser und er merkte, dass ihn die Worte seines Vaters immer weniger erreichten, dass sie ihm immer gleichgültiger wurden.

49

Traugott Gerber war es mal wieder gelungen, seine Konkurrenten um einen schönen Auftrag auszustechen: dem Haus von Frau Stolzenburg, das nach mehreren Umbauten villenhafte Dimensionen angenommen hatte, einen neuen Anstrich zu verpassen. Das war eine Aufgabe für Berthold und Wolfgang – und manchmal arbeitete der Chef selbst mit, denn Frau Stolzenburg war nicht nur wohlhabend, sie war auch Witwe, eine Witwe allerdings, der man diese nicht ansah. Ihr fünfzehn Jahre älterer Mann war Architekt und leidenschaftlicher Segelflieger gewesen; seine Leidenschaft hatte ihn vor drei Jahren das Leben gekostet, als er aus ungeklärten Gründen in der Nähe von Tübingen abstürzte. Seither lebte Frau Stolzenburg allein in dem großen Haus – wenn man von ihrer Putzfrau, dem Gelegenheitsgärtner, der auch für kleine Reparaturen zuständig war, und den beiden Neufundländern absah. Letztere waren im Zwinger, wenn die Maler kamen.

Wolfgang war gespannt auf das Haus und die Frau, über die im Dorf immer wieder Gerüchte kursierten, teils den Absturz ihres Mannes, teils ihren Beruf und Lebenswandel betreffend. Mehr als der interessierte ihn, wie die Zimmer eingerichtet waren, und er freute sich schon, beim Fensterstreichen Blicke hineinwerfen zu können.

Am Morgen des dritten Tages bat Traugott Gerber die Putzfrau, sämtliche Fenster zu öffnen oder wenigstens zu kippen. Berthold und Wolfgang nahmen Schleifpapier, Ölkitt, Vorlack und Pinsel, stiegen aufs Gerüst und machten sich an die Arbeit. Während Wolfgang die sich lösende Farbe am ersten Flügel des Schlafzimmerfensters abkratzte, sah er Frau Stolzenburg im Morgenmantel hereinkommen. Im ersten Moment wich er zurück, damit sie ihn nicht entdeckte und glaubte, er würde sie beobachten. Doch dann wollte er genau das, nahm den Staubwisch und tat so, als würde er den Fensterrahmen, den er noch gar nicht geschliffen hatte, abstauben. Dabei schielte er möglichst unauffällig ins Zimmer, wo Frau Stolzenburg vor einem riesigen Toilettentisch saß und ihre langen blonden Haare bürstete. Als Wolfgang schon dachte, sie würde gar nicht mehr damit aufhören, griff sie nach einem Döschen und cremte das Gesicht ein, wischte die Hände an einem Papiertuch ab, öffnete den Bademantel und ließ ihn über die Schultern abwärts gleiten, was Wolfgang das Blut schneller durch die Adern trieb. Er sah ihren Rücken und einen Moment später im Spiegel ihre von einem weinroten BH gestützten vollen Brüste mit dem nackten Bauch darunter, wollte wegsehen und schaffte es nicht. Sie griff nach einem zweiten Döschen, cremte den Hals ein, schob die BH-Träger zur Seite und massierte die Creme mit kreisenden Bewegungen in ihre Schultern. Einmal hatte Wolfgang das Gefühl, sie schaue ihn aus dem Spiegel an, fühlte sich ertappt und ging zum nächsten Fenster.

Den ganzen Tag brachte er die Bilder nicht mehr aus dem Kopf; die langen blonden Haare, die nackte Haut und vor allem die hinter dem weinroten BH versteckten Brüste beflügelten seine Fantasie. In Gedanken stellte er Monika im Bikini neben Frau Stolzenburg und sah den Unterschied zwischen dem Mädchen und der Frau: Monika war klein, zierlich, sogar noch etwas kantig, Frau Stolzenburg war groß, kräftig, mit runden, weichen Formen; Monika war hübsch und süß, zum Verlieben, Frau Stolzenburg war und hatte etwas, das Wolfgang noch nicht benennen konnte.

Um sechs machten Traugott Gerber, Berthold und Wolfgang Feierabend, da kam Frau Stolzenburg aus dem Haus und fragte Wolfgang, ob er ihr noch kurz helfen könne, ein Schränkchen in den Keller zu tragen.

»Natürlich«, sagte er.

Ob er auch helfen solle, fragte Traugott Gerber.

Das sei nicht nötig, der junge Mann schaffe das Schränkchen bestimmt allein.

Traugott Gerber und Berthold verabschiedeten sich, und Frau Stolzenburg ging voraus ins Haus. Dicht hinter ihr folgend sah Wolfgang, dass ihre Haare mehr als blond waren, sie schimmerten golden. Ob ihre Haut auch golden schimmerte?

»So, hier steht das Schränkchen. Schaffst du das – ich darf doch du sagen?«

»Natürlich«, sagte Wolfgang wieder, bückte sich, hob das Schränkchen, das schwerer war, als er vermutet hatte, hoch, ließ sich jedoch nichts anmerken, um keinen Zweifel an seiner Kraft aufkommen zu lassen.

Frau Stolzenburg lächelte, ging voraus in den Keller, bat Wolfgang, auf der Treppe vorsichtig zu sein, und öffnete unten die Tür zu einem Raum, in dem mehrere Fitnessgeräte standen.

»Da hin«, sagte sie und deutete auf einen freien Platz an der Wand.

Wolfgang stellte das Schränkchen vorsichtig ab, wobei er die erlahmende Kraft in seinen Armen spürte. Fast wie in Ruit, dachte er, als er sich unauffällig umschaute.

»Vielen Dank ... äh, jetzt hätte ich noch eine kleine Bitte, aber nur, wenn es dir nicht zu viel ist.«

»Nein, nein«, sagte Wolfgang sofort, ohne zu wissen, worum sie ihn bitten wollte.

»Mit diesen Geräten hat mein Mann sich immer fit gehalten«, begann sie. »Seit seinem Tod vor drei Jahren stehen sie unbenutzt hier rum. In letzter Zeit habe ich öfter gedacht, ich könnte auch etwas für meine Fitness tun und bin manchmal mit dem Trimmrad gefahren, aber an den anderen Geräten kenne ich mich nicht aus und ich möchte nichts falsch oder kaputt machen. Weißt du, wie man damit arbeitet?«

Wolfgang nickte.

»Würdest du es mir zeigen?«

»Natürlich«, sagte er zum dritten Mal, obwohl er das überhaupt nicht natürlich fand.

»Hast du noch ein bisschen Zeit« – sie zögerte und fragte mit verschmitztem Lächeln – »oder wartet schon eine Freundin auf dich?«

Er schüttelte den Kopf und wurde rot.

Sie tat so, als sehe sie es nicht, und sagte, für eine Trainerstunde hätten sie beide nicht die richtige Kleidung an. Sie gab Wolfgang einen Trainingsanzug ihres verstorbenen Mannes und verschwand hinter einer Tür. Wolfgang hielt ihn in der Hand und schaute ihn an, als habe er noch nie einen Trainingsanzug gesehen. Er wusste nicht warum, aber plötzlich gingen ihm Gedanken durch den Kopf wie damals, als sich Heiner Abele auf dem Sportplatz neben ihn gesetzt und unter seine Sporthose gegriffen hatte: Das konnte nicht wahr sein, das gab es nicht, es war unmöglich, dass er mit dem Trainingsanzug eines Toten in diesem Fitnessraum stand und seiner Witwe zeigen sollte, wie man diese Geräte benützte. Einen Moment dachte er daran, sich zu verdrücken, hatte nicht den Mut dazu, zog die Schuhe aus, schlüpfte aus seiner Latzhose und aus dem Hemd, zog den Trainingsanzug an und hielt das alles für unwirklich, fühlte sich wie in einem Film.

Frau Stolzenburg kam in weißem Turnhemd und dunkelblauer Gymnastikhose zurück. Diese leichte Sportkleidung betonte ihre überaus weiblichen Formen auf eine Weise, die Wolfgang verlegen machte.

»So, da bin ich wieder.« Sie musterte ihn kurz. »Der Anzug passt doch gar nicht schlecht, oder?«

Er nickte.

»Also von mir aus kann's losgehen!«

Wolfgang erklärte ihr die Funktionen der verschiedenen Geräte, so gut er konnte, sagte, welche Übungen für welche Körperpartien und Muskeln gut seien und demonstrierte die meisten, wobei er ganz schön ins Schwitzen kam. Sie hörte aufmerksam zu und probierte gleich einige Übungen.

»Puh«, stöhnte sie, »das ist ganz schön anstrengend. Mir reicht's für heute. Jetzt muss ich erst mal duschen, und du auch.«

»Aber ich …«

»So verschwitzt lasse ich dich nicht gehen.« Sie gab ihm ein Handtuch, zeigte ihm die Dusche im Nebenraum und sagte, sie gehe nach oben zum Duschen, wenn er fertig sei, solle er hochkommen, er kenne ja den Weg. Als er mit dem Handtuch um die Hüfte in den Fitnessraum zurückkam, um seine Arbeitsklamotten zu holen, lag neben ihnen ein flauschiger weißer Bademantel. Wolfgang war völlig verwirrt, wusste nicht, was er tun sollte, zog seine verschwitzte Unterwäsche und den Trainingsanzug wieder an und schlich auf Zehenspitzen die Treppe hoch, wo ihn Frau Stolzenburg in dem Bademantel erwartete, den sie am Morgen getragen hatte.

Warum er denn die verschwitzten Sachen wieder angezogen habe, das sei unhygienisch. Sie gebe ihm gleich frische Wäsche, müsse ihm aber vorher noch etwas zeigen, er solle bitte mitkommen. Sie ging ins Schlafzimmer, wo er an der Tür mit offenem Mund stehen blieb.

»Komm bitte mal zum Fenster.«

Er spürte Erleichterung, weil er dachte, sie wolle ihm zeigen, dass er das Fenster nicht sauber gestrichen habe, trat ins

Zimmer und neben sie. Ein Duft stieg ihm in die Nase, den er noch nie gerochen hatte, der seine Sinne umschmeichelte.

»Stell dich bitte mit dem Rücken zum Fenster und bleib so stehen.«

Er wunderte sich und schaute ihr nach, wie sie um das Doppelbett herum ging und sich vor den Toilettentisch setzte. Dort nahm sie eine Bürste und fing an, ihre Haare zu bürsten. Wolfgang fühlte sich ertappt, ihm wurde schwummerig, er schaute ihr leicht benommen zu und fragte sich, warum sie das machte, fand jedoch keine Erklärung.

Wie am Morgen ließ sie den Bademantel über die Schultern gleiten, und wie am Morgen sah Wolfgang ihren Rücken und die weinrot bedeckten Brüste im Spiegel, wusste nicht mehr, was er denken und tun sollte.

»Heute morgen hast du dir bestimmt vorgestellt, wie es wäre, wenn ich den BH öffnen würde.« Ihr Spiegelgesicht schaute ihn an, wie ihn noch nie ein Gesicht angeschaut hatte. Dann griff sie nach hinten, öffnete den BH, zog ihn aus, straffte den Rücken und ließ Wolfgang schauen.

»Hast du es dir so vorgestellt?«

Wolfgang schluckte und nickte, obwohl er nicht hätte sagen können, wie er es sich vorgestellt hatte.

»Komm bitte zu mir.«

Ihm fiel auf, dass sie immer bitte sagte, was er nicht gewohnt war.

Sie erhob sich, der Bademantel glitt zu Boden, nur noch mit dem weinroten Slip bekleidet stand sie vor ihm. Seine Augen irrten haltlos umher.

»Du darfst mich ruhig anschauen, oder gefalle ich dir nicht?«

»Doch«, sagte er und fügte noch ein »sehr« hinzu.

Sie berührte ihn zum ersten Mal, indem sie sein Gesicht zärtlich streichelte, was ihm einen wohligen Schauer über den

Rücken jagte. Dann nahm sie seine Hände und legte sie auf ihre Brüste, die viel größer waren als Monikas. Wolfgang war nicht mehr sicher, ob er das wirklich erlebte oder ob alles nur ein Traum war; doch eigentlich spielte das keine Rolle, er hoffte nur, dass er nicht zu früh aufwachte, wie so oft, wenn er schöne Träume träumte.

Langsam begannen seine Finger zu tasten, das Ausmaß und die Beschaffenheit der Brüste zu erkunden. Gleichzeitig spürte er, wie die Frauenhände den Reißverschluss der Trainingsjacke öffneten, sein Unterhemd hochschoben, auf seiner Brust kreisten, abwärts wanderten, sich suchend in die Hose schoben, wo ihnen schon das Glied entgegenragte. Sie fuhr mit den Fingernägeln sanft daran entlang, wobei es zuckte und Wolfgang einen Augenblick die Luft anhielt.

»Möchtest du mir nicht den Slip ausziehen?«

»Doch«, sagte er mit trockenem Hals, bückte sich und streifte ihn vorsichtig nach unten. Als sie völlig nackt vor ihm stand, war er überwältigt und sicher, noch nie etwas so Schönes gesehen zu haben.

»Komm«, sagte sie und nahm ihn an die Hand. Was er dann erlebte, lag jenseits der Worte.

51

Wolfgang lag in seinem Bett und knipste schon zum dritten Mal das Nachttischlämpchen auf dem Hocker an. Er sah die Beatles winken, sah Uwe Seeler beim Fallrückzieher waagrecht in der Luft liegen, sah Wolfgang Overath mit einem Ball auf der Fußspitze, wurde von Manuela und Romy Schneider angelächelt. Auf dem Stuhl hingen seine Arbeitsklamotten, die er mit ausgestrecktem Arm anfassen konnte. Waren das Beweise dafür, dass er nicht träumte? Er kniff sich in die Backe, spürte den Schmerz und sagte sich, er habe auch schon in Träumen Schmerzen gespürt. Nicht beweisen zu können, ob er träumte oder wachte, machte Wolfgang fast verrückt. Er wollte nicht aufwachen und erkennen müssen, dass er nur geträumt hatte; wenn alles ein Traum war, wollte er nie mehr aufwachen.

Es war so schön gewesen, so unfassbar schön. Seine Augen füllten sich mit Tränen. Warum lag er jetzt allein in seinem Bett? Er wollte bei ihr liegen, stellte sich vor, er läge bei ihr und schaffte es, alle Energien seines Körpers auf sie zu konzentrieren, roch sie, spürte sie, hörte sie atmen und schlief mit ihr ein.

Der nächste Tag wurde schwer, Wolfgang wünschte sich nichts mehr, als sie zu sehen, und hatte gleichzeitig Angst davor. Vielleicht würde sie sagen, es sei nur ein Spiel gewesen, er habe sich ja wohl nicht eingebildet, sie, die wohlhabende Architektenwitwe Stolzenburg, hätte ernsthaftes Interesse an ihm, dem armen Malerlehrling. Sie zeigte sich nur kurz und tat dabei, als wäre nichts geschehen, was Wolfgang schon das Schlimmste befürchten ließ. Doch in einem günstigen Augenblick steckte sie ihm aus dem Schlafzimmerfenster einen Zettel zu. Wie lange war das schon her, als Doris ihm Monikas Brief gegeben hatte? Wie damals trieb sein Herz das Blut in den Kopf, der zu glühen begann, und wie damals schaute er sich verstohlen um, ob jemand die Übergabe gesehen hatte, bevor er den Zettel mit zitternden Fingern auseinanderfaltete.

Kannst du heute Abend kommen?
Ich warte ab sieben auf dich.
Anna

Wolfgang las noch einmal und noch einmal und wartete wie damals auf ein hässliches Lachen, das die schönen Worte ungültig machte.

»He, Wolfgang, es ist noch nicht Feierabend!«, rief Traugott Gerber, als er um die Ecke kam und seinen Stift untätig auf dem Gerüst stehen sah.

Wolfgang steckte den Zettel schnell in die Tasche, griff nach der Walze, und weil er seine überschäumende Freude nicht hinausschreien konnte, walzte er sie an die Fassade. Sein Chef freute sich und führte das enorme Arbeitstempo auf den kleinen Tadel zurück.

Anna hieß sie. Wolfgang sagte den Namen beim Walzen leise vor sich hin und fand nach einer Weile, dass er nicht stimmte. Er war zu kurz. Sie brauchte einen Namen, der klang, Annemarie zum Beispiel oder Marianne oder einen neuen, den es noch gar nicht gab, einen, der zu ihrem herrlichen Körper, zu ihrem wunderschönen Gesicht, zu ihrem goldenen Haar, zu ihrem betörenden Geruch und zu ihrer sanften Stimme passte. Dieser Name musste wie seiner mit W beginnen. Während er wie ein Wahnsinniger walzte, klangen alle möglichen und unmöglichen Namen durch seinen Kopf, bis er kurz vor Feierabend wusste, dass er ihn gefunden hatte: Wolfinia. Wolfinia Stolzenburg klang viel schöner als Anna Stolzenburg. Noch schöner klang Wolfinia Windbacher und am allerschönsten klang Wolfinia und Wolfgang Windbacher.

Um sieben war Training. Wolfgang zog seine Sportsachen an und fuhr mit dem Fahrrad in Richtung Sportplatz, bog auf halber Strecke ab, fuhr über Wiesen und auf Feldwegen zum Hause Stolzenburg, das am nördlichen Ortsrand lag.

Er läutete am Gartentor, hörte eine kratzende Stimme »Ja bitte?« fragen, hätte nicht sagen können, ob sie der Hausherrin oder der Putzfrau gehörte, sagte leise, als hätte er etwas zu verbergen: »Ich bin's.«

Es summte, er drückte das Tor ein Stück auf, schob das Fahrrad hinein, lehnte es an den Zaun und schloss das Tor.

Sie erwartete ihn unter der Haustür, sagte, sie freue sich, dass er komme und fragte, ob er schon zu Abend gegessen habe, was er verneinte. Sie lächelte wieder dieses Lächeln, das durch seine Augen den Weg ins Herz fand, ging voraus ins Esszimmer, wo für zwei Personen gedeckt war. Wolfgang hatte noch nie einen so liebevoll gedeckten Tisch gesehen. Ohne sich berührt zu haben, setzten sie sich. Wolfgang war unsicher, wusste nicht, was er zuerst nehmen sollte, wollte nichts falsch machen, schielte zu ihr, die ihn auch beim Essen unauffällig führte.

Nebenbei fragte sie ihn, was er in seiner Freizeit mache. Er spiele Fußball und hätte jetzt eigentlich Training, deswegen habe er die Sportsachen an, fügte er mehr entschuldigend als erklärend hinzu.

»Und wegen mir hast du das Training ausfallen lassen«, sagte sie lächelnd, legte ihre Hand auf seine und streichelte sie zärtlich.

Es kostete ihn viel Mühe, nicht aufzuspringen und sie in die Arme zu nehmen.

»Bist du ein guter Fußballer?«

Diese Frage machte ihn verlegen. Was sollte er darauf antworten? Er wollte nicht wie ein Angeber wirken, wollte ihr aber dennoch sagen, dass er ganz gut war. »Ich ... ich glaub schon ... vor dem Unfall war ich ... wäre ich in den Verbandskader gekommen.«

»Du hattest einen Unfall?«

Wolfgang erzählte ihr davon und mit jedem Wort fielen die Hemmungen mehr von ihm ab.

»Das warst du«, sagte sie. »Ich habe damals von dem Unfall gehört, aber da ich die Leute im Dorf kaum kenne, wusste ich nicht, um wen es sich handelte. Das muss sehr schlimm für dich gewesen sein.«

Er nickte.

»Aber jetzt kannst du wieder spielen.«

»Mhm«, machte er nur.

»Und nun halte ich dich vom Training ab. Anna, Anna!«, tadelte sie sich schmunzelnd selbst.

»Ich ... darf ich ... äh ... Ihnen etwas sagen?«

»Wir haben ja noch nicht mal Brüderschaft getrunken«, unterbrach sie ihn. »Das müssen wir gleich nachholen!« Sie standen auf, stießen miteinander an, küssten sich und tranken einen Schluck, sie Weißwein, er Mineralwasser. »Ich heiße Anna.«

»Und ich Wolfgang, aber meine Freunde nennen mich Wolfi.«

»Darf ich denn auch Wolfi zu dir sagen?«

Statt zu antworten, küsste er sie auf den Mund.

»Du wolltest mir vorhin etwas sagen, Wolfi.«

»Ja, wegen ... Ih ... deinem Namen.«

»Meinem Namen?«

Er erzählte ihr, was ihm durch den Kopf gegangen war, seit er wusste, dass sie Anna hieß. Sie hörte ihm staunend zu, nahm ihn an der Hand und ging mit ihm ins Schlafzimmer, wo sie sich liebten wie am Tag zuvor.

Zwei Tage später war Wolfgang zum dritten Mal bei ihr. Sie kuschelten auf der Couch im Wohnzimmer. Nach einer Weile löste Anna sich von Wolfgang und holte ein Buch aus dem Regal. »Ich lese dir mal etwas vor.«

Wolfgang legte den Kopf in ihren Schoß und schaute ihr beim Lesen zu.

Willkommen und Abschied

Es schlug mein Herz, geschwind zu Pferde!
Es war getan fast eh gedacht.
Der Abend wiegte schon die Erde,
Und an den Bergen hing die Nacht:
Schon stand im Nebelkleid die Eiche,
Ein aufgetürmter Riese, da,
Wo Finsternis aus dem Gesträuche
Mit hundert schwarzen Augen sah.

Der Mond von einem Wolkenhügel
Sah kläglich aus dem Duft hervor,
Die Winde schwangen leise Flügel,
Umsausten schauerlich mein Ohr;
Die Nacht schuf tausend Ungeheuer,
Doch frisch und fröhlich war mein Mut:
In meinen Adern welches Feuer!
In meinem Herzen welche Glut!

Dich sah ich, und die milde Freude
Floß von dem süßen Blick auf mich;
Ganz war mein Herz an deiner Seite
Und jeder Atemzug für dich.
Ein rosenfarbnes Frühlingswetter
Umgab das liebliche Gesicht,
Und Zärtlichkeit für mich – ihr Götter!
Ich hofft es, ich verdient es nicht!

Doch ach, schon mit der Morgensonne
Verengt der Abschied mir das Herz:
In deinen Küssen welche Wonne!
In deinem Auge welcher Schmerz!
Ich ging, du standst und sahst zur Erden,
Und sahst mir nach mit nassem Blick:
Und doch, welch Glück, geliebt zu werden!
Und lieben, Götter, welch ein Glück!

Wolfgang atmete tief ein, so, als habe er es beim Zuhören vergessen.

»Noch mal, bitte.«

Sie stutzte – und las das Gedicht noch einmal.

»Wie bei uns«, sagte er und dachte an Herrn Schaber. Seit damals hatte ihm niemand mehr so aus einem Buch vorgelesen, dass er glaubte, selbst in der Geschichte mitzuspielen. Doch obwohl er damals beim Zuhören zu Rulaman geworden war, hatte die Geschichte nichts mit seinem Leben zu tun. Nach dem Zuhören war er wieder zu Wolfgang Windbacher geworden, der ganz andere Sorgen als Rulaman hatte. Bei dem Gedicht war das anders; da wurde von seiner Wolfinia und ihm erzählt, wie sie sich aufeinander freuten, wie sie sich liebten und wieder trennen mussten. Nie hätte er gedacht, dass seine Gefühle in einem Gedicht beschrieben sein könnten.

»Wie bei uns«, wiederholte sie und legte das Buch weg.

»Wer hat das geschrieben?«

»Goethe.«

Goethe – den Namen hatte er in der Schule gehört, aber viel mehr als den Namen wusste er von ihm nicht. Von Goethe und von Schiller hatte Frau Thiedemann, vor allem aber Herr Nebel öfter Texte vorgelesen. Erinnern konnte Wolfgang sich nur an die *Glocke*, weil er die so quälend lang gefunden hatte.

»Liest du denn auch gern?«

Wolfgang wurde rot wie damals im Kino, als Monika ihn fragte, ob er *Das doppelte Lottchen* gelesen habe. Nur hatte Monika seinen Feuerkopf nicht sehen können, weil es im Kino duster gewesen war. Hier war es dafür hell genug. Wie damals hätte er auch jetzt gern »Ja« gesagt, tat es nicht, nicht nur, weil er weitere Fragen fürchtete, in denen er sich bestimmt verfangen würde, sondern weil er mit dem Kopf im Schoß seiner Wolfinia nicht lügen konnte. Aber er nahm sich vor, so bald wie möglich ein Buch zu lesen.

Wahrscheinlich sei er abends zu müde, sagte sie, um ihm aus der Verlegenheit zu helfen, zumal er jeden Tag zehn Stunden arbeite, was sie für einen Lehrling in seinem Alter für viel zu lang halte. Wenn sie sich nicht irre, sei das gar nicht erlaubt.

Er war froh, dass damit das Thema Buch in den Hintergrund geriet, erzählte ihr von seinem Kampf um die acht Stunden und warum er jetzt wieder zehn arbeitete. Sie hörte ihm genauso atemlos zu wie er ihr beim Vorlesen.

»Das ist stark, sehr stark!«, sagte sie. »Ich verstehe immer besser, warum ich mich vom ersten Augenblick an zu dir hingezogen fühlte.« Sie beugte sich hinab und küsste ihn zärtlich.

»Jetzt kann ich's dir ja sagen: Ich bin zwei Tage hinter den Gardinen gestanden und habe dich heimlich beobachtet und fotografiert.«

»Fotografiert?«

»Ich bin Fotografin«, sagte sie und fügte schmunzelnd hinzu: »Ich fotografiere nur besondere Menschen – deswegen habe ich dich fotografiert. Mir sind sofort deine dunklen Augen aufgefallen, du hast so einen ... ja, einen melancholischen Blick. Verstehst du, was ich meine?«

»Nicht ganz.«

»Ich versuch's mal mit ein paar Worten: traurig, enttäuscht, unzufrieden, unglücklich, sehnsuchtsvoll. Das alles und noch mehr lag in deinem Blick. Dieser Blick und was dahinter verborgen liegt, hat es mir angetan. Dabei hab ich mir gesagt, das ist verrückt, Anna, du bist einunddreißig, er vielleicht siebzehn, höchstens achtzehn, bestimmt hat er eine hübsche Freundin, die nach Feierabend schon auf ihn wartet, und will von so einer alten Tante überhaupt nichts wissen. Als du das Schlafzimmerfenster gestrichen hast, wollte ich testen, ob du mich für eine uninteressante alte Tante hältst oder beobachtenswert findest.«

»Du bist ja ein ...«

»Sag's ruhig, denn in diesem Fall stimmte es, da war ich ein kleines Luder, weil ich dich unbedingt haben wollte.«

»Ich will dich auch«, flüsterte er und eröffnete mit seinen Liebkosungen ein beglückendes Liebesspiel, bei dem sie ihm behutsam half, wenn sie eine Unsicherheit spürte.

Später kuschelten sie wieder aneinander, um miteinander auszuschwingen.

»Darf ich die Fotos sehen?«

»Was?«

»Ob ich die Fotos sehen darf?«

Anna kam von weit her, schaute ihn an und sagte schließlich: »Natürlich.« Sie holte einen ganzen Stapel, teils schwarzweiß, teils farbig.

Wolfgang war erstaunt, sah sich stehen, gehen, sitzen, sah sich schleifen, streichen, reden, essen, sah seine Hände sauber und farbbefleckt, sah Nase, Mund und Augen, immer wieder Augen, sah sich wie durch ihre Augen und damit neu.

Solche Fotos habe er noch nie gesehen. Bei manchen frage er sich, ob er das wirklich sei.

»Gute Fotos können mehr zeigen als die Wirklichkeit.« Anna sah seinen fragenden Blick, ging zum Bücherregal und holte zwei Bildbände; einer zeigte Menschen, einer Häuser, die sie fotografiert hatte. Mit jedem Bild begriff Wolfgang ihren Satz besser.

»Bilder können uns sehen lehren«, sagte sie, »genauso wie gute Gedichte und Geschichten.«

Wolfgang schaute zu der Bücherwand. »Hast du die alle gelesen?«, fragte er und wunderte sich im selben Augenblick, dass er das Thema erneut ansprach.

»Die meisten – und noch viele andere.«

Welches davon ihr Lieblingsbuch sei? Das wolle er auch lesen.

Sie lächelte, machte sich sanft von ihm los und holte es ihm.

Hermann Hesse – Siddhartha, las Wolfgang auf dem weißen Umschlag. Siddhartha war ein seltsames Wort, das er noch nie gehört hatte. Er drehte das Buch und sah auf der Rückseite zwei Sätze stehen:

Lehren sind nichts für mich.
Bei mir selbst will ich lernen.

Das Lesen dieser Sätze ließ ihn gleichzeitig zustimmen und zweifeln; sie gefielen ihm, er fand sie gut, aber ging das überhaupt? Musste man nicht von anderen lernen? Hatte er nicht in den letzten Tagen unendlich viel von seiner Wolfinia gelernt? Hatte sie nicht vor zwei Minuten gesagt, Bilder könnten uns sehen lehren so wie gute Gedichte und Geschichten? War er nicht in diesem Augenblick dabei, schon wieder von ihr oder – er drehte das Buch – von diesem Hermann Hesse zu lernen? Er sagte ihr, was er dachte. Sie lobte ihn dafür, wollte ihm jedoch keine Antworten auf seine Fragen geben. »Lies das Buch, und du wirst erfahren, wie Hesse das meint.«

»Da bin ich gespannt.«

50

Bei ihrer nächsten Begegnung redeten sie lange über *Siddhartha*. Wolfgang scheute sich nicht zu sagen, er habe erst siebzig Seiten gelesen und vieles nicht verstanden habe.

Anna lächelte. »Wenn es anders wäre, wärst du jetzt schon weise. Siddhartha ist kein Buch, das man einmal liest und dann weglegt, Siddhartha ist ein Buch fürs ganze Leben. Ich lese in ihm, seit ich es mit achtzehn zum ersten Mal in die Hand bekam, und mit jedem Jahr, das ich älter werde, lese ich es anders. So wird es auch bei dir sein.«

Wolfgang sagte, obwohl er Siddharthas Denken nicht immer folgen könne, finde er gut, dass der nicht einfach leben wolle wie alle andern, sondern nach mehr suche. Und am besten habe ihm bisher gefallen, dass Siddhartha Kamala getroffen habe – »so wie ich dich getroffen habe. Du bist meine Kamala.«

Diese Worte freuten sie sehr und zeigten ihr, dass er schon weiter war, als sie gedacht hatte.

»An einer Stelle könnte man meinen, Hesse habe von uns geschrieben«, sagte Wolfgang. Als er sie vorlas, verlieh eine zarte Röte seinem Gesicht etwas Knabenhaftes.

Täglich aber zu der Stunde, die sie ihm nannte, besuchte er die schöne Kamala, in hübschen Kleidern, in feinen Schuhen, und bald brachte er ihr auch Geschenke mit. Vieles lehrte ihn ihr roter, kluger Mund. Vieles lehrte ihn ihre zarte, geschmeidige Hand. Ihn, der in der Liebe noch ein Knabe war und dazu neigte, sich blindlings und unersättlich in die Lust zu stürzen wie ins Bodenlose, lehrte sie von Grund auf die Lehre, daß man Lust nicht nehmen kann, ohne Lust zu geben, und daß jede Gebärde, jedes Streicheln, jede Berührung, jeder Anblick, jede kleinste Stelle des Körpers ihr Geheimnis hat, das zu wecken dem Wissenden Glück bereitet. Sie lehrte ihn, daß Liebende nach einer Liebesfeier nicht voneinander gehen dürfen, ohne eins das andere zu bewundern, ohne ebenso besiegt zu sein, wie gesiegt zu haben, so daß bei keinem von beiden Übersättigung und Öde entstehe und das böse Gefühl, mißbraucht zu haben oder mißbraucht worden zu sein. Wunderbare Stunden brachte er bei der schönen und klugen Künstlerin zu, wurde ihr Schüler, ihr Liebhaber, ihr Freund. Hier bei Kamala lag der Wert und Sinn seines jetzigen Lebens.

Sie lauschten dem Klang der Worte nach, schauten sich wie auf ein geheimes Zeichen an und waren eins, bevor sie es wurden.

Nachdem sie sich beglückt hatten und noch beieinanderlagen, flüsterte Anna: »Du hast etwas von Siddhartha, du lebst nicht einfach vor dich hin, du suchst nach mehr. Vor dir hat noch nie ein Mensch nach einem Namen gesucht, der besser zu mir passt als Anna. Du hast das schon nach unserem ersten Beisammensein getan und mit Wolfinia einen gefunden, der eher nach Siddharthas Welt als nach unserer klang – obwohl du das Buch nicht kanntest. Das konnte ich kaum fassen, und es zeigte mir, dass wir zusammengehören.«

»Ich weiß, warum wir zusammengehören«, sagte Wolfgang. »Warte, ich lese es dir vor.« Er griff nach dem Buch und fand die gesuchte Stelle: *Du bist wie ich, du bist anders als die meisten Menschen ... Die meisten Menschen, Kamala, sind wie ein fallendes Blatt, das weht und dreht sich durch die Luft und schwankt und taumelt zu Boden. Andre aber, wenige, sind wie Sterne, die gehen eine feste Bahn, kein Wind erreicht sie, in sich selber haben sie ihr Gesetz und ihre Bahn.*

Wolfgang verbrachte viele Feierabende und viele Stunden an den Wochenenden bei seiner Wolfinia, anfangs noch getarnt hinter Arbeiten, die er für sie erledigen sollte. Doch die glaubten ihm die Leute im Dorf von Woche zu Woche weniger, und bald hieß es, die lustige Witwe habe sich mit Wolfgang einen blutjungen Liebhaber ins Haus geholt.

Tagtäglich hörte er anzügliche Bemerkungen, wurde gefragt, was die reiche Witwe denn dafür bezahle, dass er sie ficke. Selbst seine besten Freunde wollten wissen, wie es sei, so eine Frau zu ficken. Alle sprachen nur vom Ficken. Bei dem Wort musste er daran denken, was die beiden Männer mit der Berger-Maria, die längst aus Winterlingen weggezogen war, hinter dem Sportplatz getan hatten, was Herbert erklärt und mit Hermine im Wäldchen gemacht hatte und was er schon in Heftchen gesehen hatte. Wolfgang fand das Wort und die Bilder hässlich; mit seiner Wolfinia und ihm hatte es nichts zu tun. Sie lagen beieinander, aufeinander, ineinander, machten und schenkten sich Lust und wunderbare Gefühle. Etwas Schöneres hatte er noch nie erlebt, aber fast genauso schön war, dass sie miteinander lasen und redeten, wie er noch mit keinem Menschen geredet hatte. Davon ahnten die anderen nichts und konnten es sich nicht vorstellen, wollten es auch nicht, weil es nicht in ihr Bild von ihr passte.

Wolfgang merkte, wie er sich mehr und mehr von den Menschen in seiner Umgebung entfernte, hin zu Anna, dem neuen Mittelpunkt seines Lebens.

Hilde Windbacher klagte, man müsse sich schämen, sie traue sich schon gar nicht mehr in den Ort. Eugen Windbacher verbot seinem Sohn den Umgang mit Frau Stolzenburg, die ihn, der noch ein halbes Kind sei und keine Ahnung vom Leben habe, nur ausnütze. Er hätte gute Lust, diese Schlampe anzuzeigen. Bei dem Wort Schlampe stand Wolfgang auf und stellte sich mit geballten Fäusten neben seinen sitzenden Vater.

»Wolfgang!«, rief die Mutter.

»Das soll er wagen«, zischte Eugen Windbacher. »Dann schlag ich ihn tot!«

Wolfgang schlug nicht zu. Er ging aus dem Stüble und aus dem Haus, holte das Fahrrad aus der Scheune und fuhr zu Anna, obwohl er vorgehabt hatte, heute zu Hause zu bleiben.

Die Neufundländer, in deren Gegenwart er sich noch immer nicht wohl fühlte, empfingen ihn freudig bellend. Er tätschelte sie mehr aus Pflichtgefühl als aus Zuneigung. Anna, die das schnell bemerkt hatte, versuchte Wolfgang die Angst vor den Hunden zu nehmen und freute sich über die kleinen Fortschritte.

Noch unter der Haustür fragte sie, ob etwas passiert sei. Er nickte nur. Sie schickte die an Wolfgang schnuppernden und leckenden Hunde in den Garten und ging voraus ins Wohnzimmer, wo sie sich auf die Couch setzten.

»Er will mir verbieten, zu dir zu kommen.«

»Das überrascht mich nicht, und aus seiner Sicht muss er das tun, um dich vor mir zu beschützen. Er kann sich ebenso wenig wie die anderen Leute im Dorf vorstellen, was du mir bedeutest; wie sie glaubt er natürlich, ich hätte dich verführt« – sie lächelte und drückte Wolfgang einen Kuss auf die Backe, »womit er ja auch recht hat – um dich für meine Lust zu missbrauchen, womit er nicht recht hat. Oder fühlst du dich von mir missbraucht?«

Als Antwort küsste er Annas Ohr und flüsterte: »Ich liebe dich.« Er sprach die drei Worte ganz selbstverständlich aus und kam sich kein bisschen komisch dabei vor. Alle anderen Worte, die er kannte, wären zu schwach gewesen.

Sie streichelte ihn zärtlich. »Ich hab dir doch gesagt, dass wir mit diesem großen Wort vorsichtig umgehen müssen.«

»Von mir aus kannst du es nennen wie du willst, ich liebe dich«, sagte er trotzig.

Anna widersprach nicht mehr und liebte ihn so leidenschaftlich wie er sie.

Später wagte Wolfgang zu fragen, was ihn seit ihrem ersten gemeinsamen Abend beschäftigte und weswegen er heute gekommen war: »Kann ich nicht bei dir wohnen?«

Anna trank einen Schluck Rotwein, bevor sie antwortete. »Das geht nicht, jedenfalls noch nicht.«

»Warum nicht?«, fragte er ungeduldig.

»Du bist erst siebzehn ...«

»Aber ich ...«

»... deswegen könnten sie uns beiden Schwierigkeiten machen, vor allem könnten sie dich holen und in ein Heim stecken. Damit das nicht passiert, musst du jeden Tag zur Arbeit und jeden Abend nach Hause und in deinem Bett schlafen, dann können sie uns kaum etwas anhaben«, erklärte Anna.

Wolfgang schwieg. Er hatte sich alles so schön vorgestellt. Und nun?

»Wir können doch zusammen sein, so oft wir wollen«, versuchte sie ihn zu trösten. »Und wenn wir uns wirklich ...«, sie stockte.

»Lieben«, sagte Wolfgang.

»Lieben«, sagte Anna, »dann ziehen wir irgendwann zusammen.«

»Ich werde dich immer lieben«, flüsterte Wolfgang und musste an Monika denken. Auch sie hatte er immer lieben wollen, hatte gedacht, er könne ohne sie nicht leben. Und wenn er an sie dachte, spürte er auch jetzt noch etwas von ihr in sich, vielleicht war das ein Rest seiner Liebe. Vielleicht wurde auch seine Liebe zu Wolfinia kleiner, bis nur noch ein Rest übrig war. Nein, das konnte er sich nicht vorstellen, und das wollte er nicht.

»Liest du mir etwas vor?«, fragte er.

Lina Haag

Eine Hand voll Staub

Widerstand einer Frau 1933 bis 1945

»Eine Hand voll Staub«, verfasst 1944, ist die Lebensgeschichte einer mutigen Frau und Kommunistin. Lina Haag schildert ihre Verfolgung durch die Nazis und wie sie bei Himmler persönlich die Freilassung ihres Mannes aus dem KZ bewirkte. Das Buch gibt Zeugnis vom Widerstandswillen einer einzelnen Frau, es ist aber auch eine Liebesgeschichte ganz eigener Art. »Es gibt kaum einen zweiten Text, der dem Leser die Realität der Nazi-Diktatur so unmittelbar, so unsentimental und doch zu Herzen gehend nahe bringt.«
(Süddeutsche Zeitung)

Mit einem Nachwort von Barbara Distel.
9 Abbildungen.
ISBN 978-3-87407-581-7

In Ihrer Buchhandlung.

Silberburg-Verlag

www.silberburg.de